Édition bilingue
ANGLAIS-FRANÇAIS
avec lecture audio intégrée

Pour écouter la lecture de ce livre
dans sa version anglaise ou dans sa traduction française
scannez le code en début de chapitre avec :
votre téléphone portable, votre tablette
ou bien votre webcam depuis le site https://webqr.com

Roman fantastique
Littérature britannique

Titre original :
The Haunted Hotel, a Mystery of Modern Venice

Traduction française :
Henry Dallemagne

Lecture en anglais :
Nathalie J.

Lecture en français :
Daniel Luttringer

ISBN : 978-2-37808-064-8

WILKIE COLLINS

L'HÔTEL **HANTÉ**

1

In the year 1860, the reputation of Doctor Wybrow as a London physician reached its highest point. It was reported on good authority that he was in receipt of one of the largest incomes derived from the practice of medicine in modern times.

One afternoon, towards the close of the London season, the Doctor had just taken his luncheon after a specially hard morning's work in his consulting-room, and with a formidable list of visits to patients at their own houses to fill up the rest of his day—when the servant announced that a lady wished to speak to him.

'Who is she?' the Doctor asked. 'A stranger?'

'Yes, sir.'

'I see no strangers out of consulting-hours. Tell her what the hours are, and send her away.'

'I have told her, sir.'

'Well?'

'And she won't go.'

1

En 1860, la réputation du docteur Wybrow, de Londres, était arrivée à son apogée. Les gens bien informés affirmaient que, de tous les médecins en renom, c'était lui qui gagnait le plus d'argent.

Un après-midi, vers la fin de l'été, le docteur venait de finir son déjeuner après une matinée d'un travail excessif. Son cabinet de consultation n'avait pas désempli et il tenait déjà à la main une longue liste de visites à faire, lorsque son domestique lui annonça qu'une dame désirait lui parler.

« Qui est-ce ? demanda-t-il. Une étrangère ?

— Oui, monsieur.

— Je ne reçois pas en dehors de mes heures de consultation. Indiquez-les lui et renvoyez-la.

— Je les lui ai indiquées, monsieur.

— Eh bien ?

— Elle ne veut pas s'en aller.

'Won't go?' The Doctor smiled as he repeated the words.

He was a humourist in his way; and there was an absurd side to the situation which rather amused him.

'Has this obstinate lady given you her name?' he inquired.

'No, sir. She refused to give any name—she said she wouldn't keep you five minutes, and the matter was too important to wait till to-morrow. There she is in the consulting-room; and how to get her out again is more than I know.'

Doctor Wybrow considered for a moment. His knowledge of women (professionally speaking) rested on the ripe experience of more than thirty years; he had met with them in all their varieties—especially the variety which knows nothing of the value of time, and never hesitates at sheltering itself behind the privileges of its sex. A glance at his watch informed him that he must soon begin his rounds among the patients who were waiting for him at their own houses. He decided forthwith on taking the only wise course that was open under the circumstances. In other words, he decided on taking to flight.

'Is the carriage at the door?' he asked.

'Yes, sir.'

— Elle ne veut pas s'en aller ? répéta en souriant le médecin. »

C'était une sorte d'original que le docteur Wybrow, et il y avait dans l'insistance de l'inconnue une bizarrerie qui l'amusait.

« Cette dame obstinée vous a-t-elle donné son nom ?

— Non, monsieur. Elle a refusé ; elle dit qu'elle ne vous retiendra pas cinq minutes, et que la chose est trop importante pour attendre jusqu'à demain. Elle est là dans le cabinet de consultation, et je ne sais comment la faire sortir. »

Le docteur Wybrow réfléchit un instant. Depuis plus de trente ans qu'il exerçait la médecine, il avait appris à connaître les femmes et les avait toutes étudiées, surtout celles qui ne savent pas la valeur du temps, et qui, usant du privilège de leur sexe, n'hésitent jamais à le faire perdre aux autres. Un coup d'œil à sa montre lui prouva qu'il fallait bientôt commencer sa tournée chez ses malades. Il se décida donc à prendre le parti le plus sage : à fuir.

« La voiture est-elle là ? demanda-t-il.

— Oui, monsieur.

'Very well. Open the house-door for me without making any noise, and leave the lady in undisturbed possession of the consulting-room. When she gets tired of waiting, you know what to tell her. If she asks when I am expected to return, say that I dine at my club, and spend the evening at the theatre. Now then, softly, Thomas! If your shoes creak, I am a lost man.'

He noiselessly led the way into the hall, followed by the servant on tip-toe.

Did the lady in the consulting-room suspect him? or did Thomas's shoes creak, and was her sense of hearing unusually keen? Whatever the explanation may be, the event that actually happened was beyond all doubt. Exactly as Doctor Wybrow passed his consulting-room, the door opened—the lady appeared on the threshold—and laid her hand on his arm.

'I entreat you, sir, not to go away without letting me speak to you first.'

The accent was foreign; the tone was low and firm. Her fingers closed gently, and yet resolutely, on the Doctor's arm.

Neither her language nor her action had the slightest effect in inclining him to grant her request. The influence that instantly stopped him, on the way to his carriage, was the silent influence of her face. The startling contrast between the corpse-like pallor of her complexion and the overpowering life and light, the glittering metallic brightness in her large black eyes, held him literally spell-bound.

— Très bien. Ouvrez la porte sans faire de bruit, et laissez la dame tranquillement en possession du cabinet de consultation. Quand elle sera fatiguée d'attendre, vous savez ce qu'il y a à lui dire. Si elle demande quand je serai rentré, dites que je dîne à mon cercle et que je passe la soirée au théâtre. Maintenant, doucement, Thomas ! Si nos souliers craquent, je suis perdu. »

Puis il prit sans bruit le chemin de l'antichambre, suivi par le domestique marchant sur la pointe des pieds.

La dame se douta-t-elle de cette fuite ? Les souliers de Thomas craquèrent-ils ? Peu importe ; ce qu'il y a de certain, c'est qu'au moment où le docteur passa devant son cabinet, la porte s'ouvrit. L'inconnue apparut sur le seuil et lui posa la main sur le bras.

« Je vous supplie, monsieur, de ne pas vous en aller sans m'écouter un instant. »

Elle prononça ces paroles à voix basse, et cependant d'un ton plein de fermeté. Elle avait un accent étranger. Ses doigts serraient doucement, mais aussi résolument, le bras du docteur.

Son geste et ses paroles n'eurent aucun effet sur le médecin, mais à la vue de la figure de celle qui le regardait, il s'arrêta net ; le contraste frappant qui existait entre la pâleur mortelle du teint et les grands yeux noirs pleins de vie, brillant d'un reflet métallique, dardés sur lui, le cloua à sa place.

She was dressed in dark colours, with perfect taste; she was of middle height, and (apparently) of middle age—say a year or two over thirty. Her lower features—the nose, mouth, and chin—possessed the fineness and delicacy of form which is oftener seen among women of foreign races than among women of English birth. She was unquestionably a handsome person—with the one serious drawback of her ghastly complexion, and with the less noticeable defect of a total want of tenderness in the expression of her eyes. Apart from his first emotion of surprise, the feeling she produced in the Doctor may be described as an overpowering feeling of professional curiosity. The case might prove to be something entirely new in his professional experience. 'It looks like it,' he thought; 'and it's worth waiting for.'

She perceived that she had produced a strong impression of some kind upon him, and dropped her hold on his arm.

'You have comforted many miserable women in your time,' she said. 'Comfort one more, to-day.'

Without waiting to be answered, she led the way back into the room.

The Doctor followed her, and closed the door. He placed her in the patients' chair, opposite the windows. Even in London the sun, on that summer afternoon, was dazzlingly bright. The radiant light flowed in on her. Her eyes met it unflinchingly, with the steely steadiness of the eyes of an eagle. The smooth pallor of her

Ses vêtements étaient de couleur sombre et d'un goût parfait, elle semblait avoir trente ans. Ses traits : le nez, la bouche et le menton étaient d'une délicatesse de forme qu'on rencontre rarement chez les Anglaises. C'était, sans contredit, une belle personne, malgré la pâleur terrible de son teint et le défaut moins apparent d'un manque absolu de douceur dans les yeux. Le premier moment de surprise passé, le docteur se demanda s'il n'avait pas devant lui un sujet curieux à étudier. Le cas pouvait être nouveau et intéressant. Cela m'en a tout l'air, pensa-t-il, et vaut peut-être la peine d'attendre.

Elle pensa qu'elle avait produit sur lui une violente impression, et desserra la main qu'elle avait posée sur le bras du docteur.

« Vous avez consolé bien des malheureuses dans votre vie, dit-elle. Consolez-en une de plus aujourd'hui. »

Sans attendre de réponse, elle se dirigea de nouveau vers le cabinet de consultation.

Le docteur la suivit et ferma la porte. Il la fit asseoir sur un fauteuil, en face de la fenêtre. Le soleil, ce qui est rare à Londres, était éblouissant cet après-midi-là. Une lumière éclatante l'enveloppa. Ses yeux la supportèrent avec la fixité des yeux d'un aigle. La pâleur uniforme de son

unwrinkled skin looked more fearfully white than ever. For the first time, for many a long year past, the Doctor felt his pulse quicken its beat in the presence of a patient.

Having possessed herself of his attention, she appeared, strangely enough, to have nothing to say to him. A curious apathy seemed to have taken possession of this resolute woman. Forced to speak first, the Doctor merely inquired, in the conventional phrase, what he could do for her.

The sound of his voice seemed to rouse her. Still looking straight at the light, she said abruptly:

'I have a painful question to ask.'

'What is it?'

Her eyes travelled slowly from the window to the Doctor's face. Without the slightest outward appearance of agitation, she put the 'painful question' in these extraordinary words:

'I want to know, if you please, whether I am in danger of going mad?'

Some men might have been amused, and some might have been alarmed. Doctor Wybrow was only conscious of a sense of disappointment. Was this the rare case that he had anticipated, judging rashly by appearances? Was the new patient only a hypochondriacal woman, whose malady was a disordered stomach and whose misfortune was a weak brain?

visage paraissait alors plus effroyablement livide que jamais. Pour la première fois depuis bien des années, le docteur sentit son pouls battre plus fort en présence d'un malade.

Elle avait demandé qu'on l'écoutât, et maintenant elle semblait n'avoir plus rien à dire. Une torpeur étrange s'était emparée de cette femme si résolue. Forcé de parler le premier, le docteur lui demanda simplement, avec la phrase sacramentelle, ce qu'il pouvait faire pour elle.

Le son de cette voix parut la réveiller ; fixant toujours la lumière, elle dit tout à coup :

« J'ai une question pénible à vous faire.

— Qu'est-ce donc ? »

Son regard allait doucement de la fenêtre au docteur. Sans la moindre trace d'agitation, elle posa ainsi sa pénible question :

« Je veux savoir si je suis en danger de devenir folle ? »

À cette demande, les uns auraient ri, d'autres se seraient alarmés. Le docteur Wybrow, lui, n'éprouva que du désappointement. Était-ce donc là le cas extraordinaire qu'il avait espéré en se fiant légèrement aux apparences ? Sa nouvelle cliente n'était-elle qu'une femme hypocondriaque dont la maladie venait d'un estomac dérangé et d'un cerveau faible ?

'Why do you come to me?' he asked sharply. 'Why don't you consult a doctor whose special employment is the treatment of the insane?'

She had her answer ready on the instant.

'I don't go to a doctor of that sort,' she said, 'for the very reason that he is a specialist: he has the fatal habit of judging everybody by lines and rules of his own laying down. I come to you, because my case is outside of all lines and rules, and because you are famous in your profession for the discovery of mysteries in disease. Are you satisfied?'

He was more than satisfied—his first idea had been the right idea, after all. Besides, she was correctly informed as to his professional position. The capacity which had raised him to fame and fortune was his capacity (unrivalled among his brethren) for the discovery of remote disease.

'I am at your disposal,' he answered. 'Let me try if I can find out what is the matter with you.'

He put his medical questions. They were promptly and plainly answered; and they led to no other conclusion than that the strange lady was, mentally and physically, in excellent health. Not satisfied with questions, he carefully examined the great organs of life.

« Pourquoi venez-vous chez moi ? lui demanda-t-il brusquement. Pourquoi ne consultez-vous pas un médecin spécial, un aliéniste ? »

Elle répondit aussitôt :

« Si je ne vais pas chez un de ces médecins-là, c'est justement parce qu'il serait un spécialiste et qu'ils ont tous la funeste habitude de juger invariablement tout le monde d'après les mêmes règles et les mêmes préceptes. Je viens chez vous, parce que mon cas est en dehors de toutes les lois de la nature, parce que vous êtes fameux dans votre art pour la découverte des maladies qui ont une cause mystérieuse. Êtes-vous satisfait ? »

Il était plus que satisfait. Il ne s'était donc pas trompé, sa première idée avait été la bonne, Cette femme savait bien à qui elle s'adressait. Ce qui l'avait élevé à la fortune et à la renommée lui, docteur Wybrow, c'était la sûreté de son diagnostic, la perspicacité, sans rivale parmi ses confrères, avec laquelle il prévoyait les maladies dont ceux qui venaient le consulter pouvaient être atteints dans un temps plus ou moins éloigné.

« Je suis à votre disposition, répondit-il, je vais essayer de découvrir ce que vous avez. »

Il posa quelques-unes de ces questions que les médecins ont l'habitude de faire ; la patiente répondit promptement et avec clarté ; sa conclusion fut que cette dame étrange était, au moral comme au physique, en parfaite santé. Il se mit ensuite à examiner les principaux organes de la vie.

Neither his hand nor his stethoscope could discover anything that was amiss. With the admirable patience and devotion to his art which had distinguished him from the time when he was a student, he still subjected her to one test after another. The result was always the same. Not only was there no tendency to brain disease—there was not even a perceptible derangement of the nervous system.

'I can find nothing the matter with you,' he said. 'I can't even account for the extraordinary pallor of your complexion. You completely puzzle me.'

'The pallor of my complexion is nothing,' she answered a little impatiently. 'In my early life I had a narrow escape from death by poisoning. I have never had a complexion since—and my skin is so delicate, I cannot paint without producing a hideous rash. But that is of no importance. I wanted your opinion given positively. I believed in you, and you have disappointed me.'

Her head dropped on her breast.

'And so it ends!' she said to herself bitterly.

The Doctor's sympathies were touched. Perhaps it might be more correct to say that his professional pride was a little hurt.

'It may end in the right way yet,' he remarked, 'if you choose to help me.'

She looked up again with flashing eyes, 'Speak plainly,' she said. 'How can I help you?'

Ni son oreille ni son stéthoscope ne lui révélèrent rien d'anormal. Avec cette admirable patience et ce dévouement à son art qui l'avaient distingué dès le temps où il étudiait la médecine, il continua son examen, toujours sans résultat. Non seulement il n'y avait aucune prédisposition à une maladie du cerveau, mais il n'y avait même pas le plus léger trouble du système nerveux.

« Aucun de vos organes n'est atteint, dit-il ; je ne peux même pas me rendre compte de votre extrême pâleur. Vous êtes pour moi une énigme.

— Ma pâleur n'est rien, répondit-elle avec un peu d'impatience. Dans ma jeunesse, j'ai failli mourir empoisonnée ; depuis, mes couleurs n'ont jamais reparu, et ma peau est si délicate qu'elle ne peut supporter le fard. Mais ceci n'a aucune importance. Je voulais avoir votre opinion, je croyais en vous, et maintenant je suis toute désappointée. »

Elle laissa tomber sa tête sur sa poitrine.

— Et c'est ainsi que tout cela finit, dit-elle en elle-même amèrement.

Le docteur parut touché ; peut-être serait-il plus exact de dire que son amour-propre de médecin était un peu blessé.

« Cela peut encore se terminer comme vous le voulez, dit-il, si vous prenez la peine de m'aider un peu. »

Elle releva la tête. Ses yeux étincelaient.

« Expliquez-vous ; comment puis-je vous aider ?

'Plainly, madam, you come to me as an enigma, and you leave me to make the right guess by the unaided efforts of my art. My art will do much, but not all. For example, something must have occurred—something quite unconnected with the state of your bodily health—to frighten you about yourself, or you would never have come here to consult me. Is that true?'

She clasped her hands in her lap. 'That is true!' she said eagerly. 'I begin to believe in you again.'

'Very well. You can't expect me to find out the moral cause which has alarmed you. I can positively discover that there is no physical cause of alarm; and (unless you admit me to your confidence) I can do no more.'

She rose, and took a turn in the room.

'Suppose I tell you?' she said. 'But, mind, I shall mention no names!'

'There is no need to mention names. The facts are all I want.'

'The facts are nothing,' she rejoined. 'I have only my own impressions to confess—and you will very likely think me a fanciful fool when you hear what they are. No matter. I will do my best to content you—I will begin with the facts that you want. Take my word for it, they won't do much to help you.'

— Avouez, madame, que vous venez chez moi un peu comme un sphinx. Vous voulez que je découvre l'énigme avec le seul secours de mon art. La science peut faire beaucoup, mais non pas tout. Voyons, quelque chose doit vous être arrivé, quelque chose qui n'a aucun rapport à votre état de santé et qui vous a effrayée ; sans cela, vous ne seriez jamais venue me consulter. Est-ce la vérité ?

— C'est la vérité, dit-elle vivement. Je recommence à avoir confiance en vous.

— Très bien. Vous ne devez pas supposer que je vais découvrir la cause morale qui vous a mise dans l'état où vous êtes : tout ce que je puis faire, c'est de voir qu'il n'y a aucune raison de craindre pour votre santé, et, à moins que vous ne me preniez comme confident, je ne puis rien de plus. »

Elle se leva, fit le tour de la chambre.

« Supposons que je vous dise tout, répondit-elle. Mais faites bien attention que je ne nommerai personne.

— Je ne vous demande pas de noms, les faits seuls me suffisent.

— Les faits sont de peu d'importance, reprit-elle, je n'ai que des impressions personnelles à vous révéler, et vous me prendrez probablement pour une folle imaginaire, quand vous m'aurez entendue. Qu'importe ! Je vais faire mon possible pour vous contenter. Je commence par les faits, puisque vous le voulez. Mais croyez-moi, cela ne vous servira pas à grand-chose. »

She sat down again. In the plainest possible words, she began the strangest and wildest confession that had ever reached the Doctor's ears. ◆

Elle s'assit de nouveau et commença avec la plus grande sincérité la plus étrange et la plus bizarre de toutes les confessions qu'eût jamais entendues le docteur. ■

2

'IT IS ONE FACT, sir, that I am a widow,' she said. 'It is another fact, that I am going to be married again.'

There she paused, and smiled at some thought that occurred to her. Doctor Wybrow was not favourably impressed by her smile—there was something at once sad and cruel in it. It came slowly, and it went away suddenly.

He began to doubt whether he had been wise in acting on his first impression. His mind reverted to the commonplace patients and the discoverable maladies that were waiting for him, with a certain tender regret.

The lady went on.

'My approaching marriage,' she said, 'has one embarrassing circumstance connected with it. The gentleman whose wife I am to be, was engaged to another lady when he happened to meet with me, abroad: that lady, mind, being of his own blood and family, related to him as his cousin. I have innocently robbed her of her lover, and destroyed her prospects in life.

2

« Je suis veuve, monsieur, c'est un fait : je vais me remarier, c'est encore un fait ».

Elle s'arrêta et sourit à quelque pensée qui lui traversa l'esprit. Ce sourire fit mauvaise impression sur le docteur Wybrow : il avait quelque chose de triste et de cruel à la fois, il se dessina lentement sur ses lèvres et disparut soudain.

Le docteur se demanda s'il avait bien fait de céder à son premier mouvement. Il songea avec un certain regret à ses malades qui l'attendaient.

La dame continua :

« Mon prochain mariage, dit-elle, se rattache à une circonstance assez délicate. Le gentleman dont je dois être la femme était engagé à une autre personne, quand le hasard fit qu'il me rencontra à l'étranger. Cette personne, faites bien attention, est de sa famille. C'est sa cousine. Je lui ai innocemment volé son fiancé, j'ai détruit toutes les espérances de sa vie.

Innocently, I say—because he told me nothing of his engagement until after I had accepted him. When we next met in England—and when there was danger, no doubt, of the affair coming to my knowledge—he told me the truth. I was naturally indignant. He had his excuse ready; he showed me a letter from the lady herself, releasing him from his engagement. A more noble, a more high-minded letter, I never read in my life. I cried over it—I who have no tears in me for sorrows of my own! If the letter had left him any hope of being forgiven, I would have positively refused to marry him. But the firmness of it—without anger, without a word of reproach, with heartfelt wishes even for his happiness—the firmness of it, I say, left him no hope. He appealed to my compassion; he appealed to his love for me. You know what women are. I too was soft-hearted—I said, Very well: yes! In a week more (I tremble as I think of it) we are to be married.'

She did really tremble—she was obliged to pause and compose herself, before she could go on. The Doctor, waiting for more facts, began to fear that he stood committed to a long story.

'Forgive me for reminding you that I have suffering persons waiting to see me,' he said. 'The sooner you can come to the point, the better for my patients and for me.'

Innocemment, dis-je, parce qu'il ne m'a révélé son engagement antérieur qu'après que je lui ai eu moi-même accordé ma main. Quand nous nous revîmes en Angleterre, et quand il craignit sans doute que l'affaire ne vînt à ma connaissance, il m'avoua la vérité. Naturellement je fus indignée. Il avait une excuse toute prête : il me montra une lettre de sa cousine lui rendant sa parole. Je n'ai jamais rien lu de plus noble, d'un esprit plus élevé. J'en pleurai, moi, qui n'ai pas trouvé de larmes à verser sur mes propres douleurs ! Si la lettre lui avait laissé l'espoir d'être pardonné, j'aurais positivement refusé de l'épouser. Mais la fermeté de cette lettre sans colère, sans un mot de reproche, faisant au contraire des souhaits pour son bonheur, la fermeté dont elle était empreinte ne pouvait lui laisser d'espoir. Il me supplia d'avoir pitié de lui, de ne pas oublier son amour pour moi. Vous savez ce que sont les femmes. Moi aussi j'eus le cœur tendre, je donnai mon consentement, et dans huit jours – je tremble quand j'y songe – nous serons mariés. »

Elle tremblait réellement ; elle fut obligée de s'arrêter quelques instants avant de reprendre. Le docteur, attendant toujours la révélation de quelque fait important, commençait à craindre d'avoir à subir un long récit.

« Pardonnez-moi, madame, dit-il, de vous rappeler que j'ai des personnes souffrantes qui attendent *ma* visite ; plus vite vous arriverez au but, mieux cela vaudra pour mes malades et pour moi. »

The strange smile—at once so sad and so cruel—showed itself again on the lady's lips.

'Every word I have said is to the point,' she answered. 'You will see it yourself in a moment more.'

She resumed her narrative.

'Yesterday—you need fear no long story, sir; only yesterday—I was among the visitors at one of your English luncheon parties. A lady, a perfect stranger to me, came in late—after we had left the table, and had retired to the drawing-room. She happened to take a chair near me; and we were presented to each other. I knew her by name, as she knew me. It was the woman whom I had robbed of her lover, the woman who had written the noble letter. Now listen! You were impatient with me for not interesting you in what I said just now. I said it to satisfy your mind that I had no enmity of feeling towards the lady, on my side. I admired her, I felt for her—I had no cause to reproach myself. This is very important, as you will presently see. On her side, I have reason to be assured that the circumstances had been truly explained to her, and that she understood I was in no way to blame. Now, knowing all these necessary things as you do, explain to me, if you can, why, when I rose and met that woman's eyes looking at me, I turned cold from head to foot, and shuddered, and shivered, and knew what a deadly panic of fear was, for the first time in my life.'

L'étrange sourire si triste et si froid reparut sur les lèvres de l'inconnue :

« Rien de ce que je dis n'est inutile, vous le verrez vous-même dans un moment. »

Elle continua en ces termes :

« Hier, – ne craignez pas une longue histoire, monsieur, – hier même, je venais de prendre part à un de vos *lunch* anglais, lorsqu'une dame qui m'était tout à fait inconnue arriva. Elle était en retard : nous avions déjà quitté la table, nous étions dans le salon. Elle prit par hasard une chaise à côté de la mienne ; on nous présenta l'une à l'autre. Je connaissais son nom, elle connaissait aussi le mien. C'était la femme à laquelle j'avais volé son fiancé, la femme qui avait écrit la lettre dont je vous ai parlé. Écoutez, maintenant ! vous vous êtes montré impatient parce que je ne vous ai pas intéressé jusqu'à présent ; si je vous ai donné quelques détails, c'était pour vous prouver que je n'ai jamais eu contre cette dame le moindre sentiment d'hostilité. J'avais pour elle de la sympathie, je l'admirais presque, je n'avais donc rien à me reprocher à son égard. Retenez-le bien, c'est fort important, comme vous le verrez tout à l'heure. Quant à elle, je sais que les circonstances qui ont dicté ma conduite lui ont été expliquées dans tous leurs détails, je sais qu'elle ne me blâme en aucune façon. Et maintenant que vous savez tout, expliquez-moi, si vous le pouvez, pourquoi, quand je me suis levée et que mes yeux ont rencontré les siens, pourquoi j'ai senti un manteau de glace m'envelopper, un frisson parcourir mes membres, une peur mortelle s'abattre sur moi pour la première fois de ma vie ».

The Doctor began to feel interested at last.

'Was there anything remarkable in the lady's personal appearance?' he asked.

'Nothing whatever!' was the vehement reply. 'Here is the true description of her:—The ordinary English lady; the clear cold blue eyes, the fine rosy complexion, the inanimately polite manner, the large good-humoured mouth, the too plump cheeks and chin: these, and nothing more.'

'Was there anything in her expression, when you first looked at her, that took you by surprise?'

'There was natural curiosity to see the woman who had been preferred to her; and perhaps some astonishment also, not to see a more engaging and more beautiful person; both those feelings restrained within the limits of good breeding, and both not lasting for more than a few moments—so far as I could see. I say, «so far,» because the horrible agitation that she communicated to me disturbed my judgment. If I could have got to the door, I would have run out of the room, she frightened me so! I was not even able to stand up—I sank back in my chair; I stared horror-struck at the calm blue eyes that were only looking at me with a gentle surprise. To say they affected me like the eyes of a serpent is to say nothing. I felt her soul in them, looking into mine—looking, if such a thing can be, unconsciously to her own mortal self. I tell you my impression, in all its horror and in all its folly!

Le docteur commençait à s'intéresser au récit.

« Y avait-il donc, demanda-t-il, dans l'air ou dans l'attitude de cette dame quelque chose qui ait pu vous frapper ?

— Rien, répondit-on brusquement. Voici son portrait : une Anglaise comme elles le sont toutes, avec des yeux bleus, froids et clairs, le teint rosé, les manières pleines de politesse et de froideur, la bouche grande et réjouie, des joues et un menton gros, et c'est tout.

— Quand vos yeux se sont rencontrés, y avait-il dans son regard une expression quelconque qui vous ait frappée ?

— Je n'y ai découvert que la curiosité bien naturelle de voir la femme qui lui avait été préférée, et peut-être aussi quelque étonnement de ne pas la trouver plus belle et plus charmante : ces deux sentiments, contenus dans les limites des convenances du monde, sont les seuls que j'aie pu deviner ; ils n'ont du reste fait que paraître et disparaître. En proie à une horrible agitation, toutes mes facultés se troublaient ; si j'avais pu marcher, je me serais précipitée hors de la chambre, tant cette femme me faisait peur. Mais c'est à peine si je pus me lever, je tombai à la renverse sur ma chaise, regardant toujours ces yeux bleus et calmes qui me fixaient alors avec une douce expression de surprise, et cependant j'étais là comme un oiseau fasciné par un serpent. Son âme plongeait dans la mienne, l'enveloppant d'une crainte mortelle. Je vous dis mon impression telle que je l'ai ressentie, dans toute son horreur et dans toute sa folie.

That woman is destined (without knowing it herself) to be the evil genius of my life. Her innocent eyes saw hidden capabilities of wickedness in me that I was not aware of myself, until I felt them stirring under her look. If I commit faults in my life to come—if I am even guilty of crimes—she will bring the retribution, without (as I firmly believe) any conscious exercise of her own will. In one indescribable moment I felt all this—and I suppose my face showed it. The good artless creature was inspired by a sort of gentle alarm for me. «I am afraid the heat of the room is too much for you; will you try my smelling bottle?» I heard her say those kind words; and I remember nothing else—I fainted. When I recovered my senses, the company had all gone; only the lady of the house was with me. For the moment I could say nothing to her; the dreadful impression that I have tried to describe to you came back to me with the coming back of my life. As soon I could speak, I implored her to tell me the whole truth about the woman whom I had supplanted. You see, I had a faint hope that her good character might not really be deserved, that her noble letter was a skilful piece of hypocrisy—in short, that she secretly hated me, and was cunning enough to hide it.

No! the lady had been her friend from her girlhood, was as familiar with her as if they had been sisters—knew her positively to be as good, as innocent, as incapable of hating anybody, as the greatest saint that ever lived. My one last hope, that I had only felt an ordinary forewarning of danger in the presence of an ordinary enemy, was a hope destroyed for ever.

Cette femme, j'en suis sûre, est destinée, sans le savoir, à être le mauvais génie de ma vie. Ses yeux limpides ont découvert en moi des germes de méchanceté cachée que je ne connaissais pas moi-même jusqu'au moment où je les ai sentis tressaillir sous son regard. À partir d'aujourd'hui, si dans ma vie je commets des fautes, si je me laisse entraîner au crime, c'est elle qui m'en fera payer la peine involontairement, je le crois ; mais involontairement ou non, ce sera elle. En un instant, toutes ces pensées traversèrent mon esprit et se peignirent sur mes traits. Cette bonne créature s'inquiéta de moi. « La chaleur étouffante de cette pièce vous a fait mal, voulez-vous mon flacon ? » me dit-elle doucement, puis je ne me souviens plus de rien. J'étais évanouie. Quand je repris connaissance, tout le monde était parti ; seule la maîtresse de la maison était avec moi. Je ne pus tout d'abord prononcer une parole ; l'impression terrible que j'ai essayé de décrire me revint aussi violente que quand je la ressentis. Dès que je pus parler, je la suppliai de me dire toute la vérité sur la femme que j'avais supplantée, j'avais un faible espoir que sa bonne réputation ne fût pas réellement méritée, que sa lettre fût une adroite hypocrisie ; enfin j'espérais qu'elle nourrissait contre moi une haine soigneusement cachée.

Non ! La personne à qui je m'adressais avait été son amie d'enfance, elle la connaissait aussi bien que si elle eût été sa sœur, elle m'affirma qu'elle était aussi bonne, aussi douce, aussi incapable de haïr que la sainte la plus parfaite qui ait jamais été. Mon seul, mon unique espoir m'échappait donc.

There was one more effort I could make, and I made it. I went next to the man whom I am to marry. I implored him to release me from my promise. He refused. I declared I would break my engagement. He showed me letters from his sisters, letters from his brothers, and his dear friends—all entreating him to think again before he made me his wife; all repeating reports of me in Paris, Vienna, and London, which are so many vile lies. «If you refuse to marry me,» he said, «you admit that these reports are true—you admit that you are afraid to face society in the character of my wife.» What could I answer? There was no contradicting him—he was plainly right: if I persisted in my refusal, the utter destruction of my reputation would be the result. I consented to let the wedding take place as we had arranged it—and left him. The night has passed. I am here, with my fixed conviction—that innocent woman is ordained to have a fatal influence over my life. I am here with my one question to put, to the one man who can answer it. For the last time, sir, what am I—a demon who has seen the avenging angel? or only a poor mad woman, misled by the delusion of a deranged mind?'

Doctor Wybrow rose from his chair, determined to close the interview.

J'aurais voulu croire que ce que j'avais éprouvé en présence de cette femme était un avertissement de me tenir en garde contre elle, comme contre un ennemi ; après ce qu'on venait de m'en dire, cela était impossible. Il me restait encore un effort à faire, je le fis. J'allai chez celui que je dois épouser lui demander de me rendre ma parole. Il refusa, Je déclarai que, malgré tout, je voulais rompre. Il me fit voir alors des lettres de ses sœurs, des lettres de ses frères et de ses meilleurs amis ; toutes l'engageaient à bien réfléchir avant de faire de moi sa femme ; toutes répétant les bruits qui ont couru sur moi à Paris, à Vienne et à Londres, autant de mensonges infâmes. « Si vous refusez de m'épouser, me dit-il, c'est que vous reconnaîtrez que ces bruits sont fondés. Vous avouerez que vous avez peur d'affronter le monde à mon bras. » Que pouvais-je répondre ? Il n'y avait pas à discuter. Il avait pleinement raison ; si je persistais dans mon refus, c'était l'entière destruction de ma réputation. Je consentis donc à ce que le mariage ait lieu, comme nous l'avions arrêté, et je le quittai. C'était hier. Je suis ici, toujours avec mon idée fixe : cette femme est appelée à avoir une influence fatale sur ma vie. Je suis ici et je pose la seule question que j'aie à faire, au seul homme qui puisse y répondre. Pour la dernière fois, monsieur, que suis-je ? Un démon qui a vu l'ange vengeur ou une pauvre folle trompée par l'imagination déréglée d'un esprit en délire ? »

Le docteur Wybrow se leva de sa chaise pour terminer l'entretien.

He was strongly and painfully impressed by what he had heard.

The longer he had listened to her, the more irresistibly the conviction of the woman's wickedness had forced itself on him. He tried vainly to think of her as a person to be pitied—a person with a morbidly sensitive imagination, conscious of the capacities for evil which lie dormant in us all, and striving earnestly to open her heart to the counter-influence of her own better nature; the effort was beyond him. A perverse instinct in him said, as if in words, Beware how you believe in her!

'I have already given you my opinion,' he said. 'There is no sign of your intellect being deranged, or being likely to be deranged, that medical science can discover—as I understand it. As for the impressions you have confided to me, I can only say that yours is a case (as I venture to think) for spiritual rather than for medical advice. Of one thing be assured: what you have said to me in this room shall not pass out of it. Your confession is safe in my keeping.'

She heard him, with a certain dogged resignation, to the end.

'Is that all?' she asked.

'That is all,' he answered.

Il était fortement et péniblement impressionné par ce qu'il avait entendu.

À mesure qu'il avait écouté ce récit, la conviction qu'il était en face d'une méchante femme s'était ancrée dans son esprit. Il essaya, mais en vain, de la regarder comme une personne à plaindre, comme une malheureuse femme d'une imagination sensible et maladive sentant se développer les germes du mal que nous avons tous en nous, et essayant réellement de réagir contre cette fatale influence, et d'ouvrir son cœur aux conseils du bien. Mais une mauvaise pensée lui souffla ces mots aussi distinctement que s'il l'eût entendu à son oreille : Fais attention, tu crois trop en elle.

« Je vous ai déjà donné mon opinion, dit-il ; il n'y a chez vous aucun symptôme de dérangement d'esprit présent ou à venir qu'un médecin puisse découvrir ; un médecin, vous m'entendez bien. Quant aux impressions que vous m'avez confiées, tout ce que je puis vous dire, c'est que vous êtes, je crois, dans un cas où l'on a plus besoin de conseils s'appliquant à l'âme qu'au corps. Soyez certaine que ce que vous m'avez dit dans ce cabinet n'en sortira pas. Votre confession restera secrète, je vous l'affirme. »

Elle l'écouta avec une sorte de résignation soumise jusqu'à la fin.

« Est-ce là tout ? demanda-t-elle.

— C'est tout, répondit-il.

She put a little paper packet of money on the table. 'Thank you, sir. There is your fee.'

With those words she rose. Her wild black eyes looked upward, with an expression of despair so defiant and so horrible in its silent agony that the Doctor turned away his head, unable to endure the sight of it. The bare idea of taking anything from her—not money only, but anything even that she had touched—suddenly revolted him. Still without looking at her, he said, 'Take it back; I don't want my fee.'

She neither heeded nor heard him. Still looking upward, she said slowly to herself, 'Let the end come. I have done with the struggle: I submit.'

She drew her veil over her face, bowed to the Doctor, and left the room.

He rang the bell, and followed her into the hall. As the servant closed the door on her, a sudden impulse of curiosity—utterly unworthy of him, and at the same time utterly irresistible—sprang up in the Doctor's mind. Blushing like a boy, he said to the servant, 'Follow her home, and find out her name.'

For one moment the man looked at his master, doubting if his own ears had not deceived him. Doctor Wybrow looked back at him in silence. The submissive servant knew what that silence meant—he took his hat and hurried into the street.

— Permettez-moi de vous remercier, monsieur, reprit-elle en mettant un petit rouleau d'argent sur la table. »

Elle se leva. Ses yeux noirs et brillants avaient une expression de désespoir si poignant et si horrible dans leur plainte silencieuse, que le docteur détourna la tête, incapable d'en supporter la vue. L'idée de garder non seulement de l'argent, mais même une chose qui lui eût appartenu, ou à laquelle elle eût touché, lui était insupportable. Soudain, toujours sans la regarder, il lui tendit le rouleau en disant :

« Reprenez-le, je ne veux pas être payé. »

Elle, sans faire attention, sans entendre, les yeux toujours levés au ciel se parlant à elle-même, s'écria :

« Attendons la fin, car j'ai fini avec la lutte ; je me soumets. »

Elle rabattit son voile sur son visage, salua le docteur et quitta le cabinet.

Il sonna, la reconduisit jusqu'à l'antichambre, et, comme le domestique refermait la porte derrière elle, un éclair de curiosité indigne de lui et en même temps irrésistible traversa l'esprit du docteur. C'est en rougissant qu'il dit à son domestique :

« Suivez-la chez elle, et sachez son nom. »

Pendant un instant le serviteur regarda le maître, se demandant s'il en croirait ses oreilles. Le docteur Wybrow le fixa en silence. Le domestique comprit ce que ce silence signifiait, il prit son chapeau et s'élança dans la rue.

The Doctor went back to the consulting-room. A sudden revulsion of feeling swept over his mind. Had the woman left an infection of wickedness in the house, and had he caught it?

What devil had possessed him to degrade himself in the eyes of his own servant? He had behaved infamously—he had asked an honest man, a man who had served him faithfully for years, to turn spy!

Stung by the bare thought of it, he ran out into the hall again, and opened the door. The servant had disappeared; it was too late to call him back. But one refuge from his contempt for himself was now open to him—the refuge of work. He got into his carriage and went his rounds among his patients.

If the famous physician could have shaken his own reputation, he would have done it that afternoon. Never before had he made himself so little welcome at the bedside. Never before had he put off until to-morrow the prescription which ought to have been written, the opinion which ought to have been given, to-day. He went home earlier than usual—unutterably dissatisfied with himself.

The servant had returned. Dr. Wybrow was ashamed to question him. The man reported the result of his errand, without waiting to be asked.

'The lady's name is the Countess Narona. She lives at—'

Le docteur rentra dans son cabinet. À peine y fut-il qu'un changement subit se fit en lui. Cette femme avait-elle donc apporté chez lui une épidémie de mauvais sentiments. Y avait-il déjà succombé ?

Quel besoin avait-il de se rabaisser aux yeux de son propre domestique ? Sa conduite était indigne d'un honnête homme ; d'un homme qui l'avait fidèlement servi depuis des années, il venait de faire un espion !

Irrité à cette seule pensée, il courut à l'antichambre et en ouvrit la porte. Le domestique avait disparu ; il était trop tard pour le rappeler. Il ne lui restait qu'un moyen d'oublier le mépris qu'il se sentait pour lui-même : le travail. Il monta en voiture et fit ses visites à ses malades.

Si ce fameux médecin avait pu détruire sa réputation, il l'aurait fait cet après-midi même. Jamais encore il ne s'était montré si peu soigneux de ses malades. Jamais encore il n'avait remis au lendemain l'ordonnance qui aurait dû être écrite à l'instant même, le diagnostic qui aurait dû être donné instantanément. Il rentra chez lui de meilleure heure que de coutume, fort mécontent.

Le domestique était de retour. Le docteur Wybrow n'osait plus le questionner; mais avant d'être interrogé, il rendit compte du résultat de sa mission.

« La dame s'appelle la comtesse Narona. Elle demeure à... »

Without waiting to hear where she lived, the Doctor acknowledged the all-important discovery of her name by a silent bend of the head, and entered his consulting-room. The fee that he had vainly refused still lay in its little white paper covering on the table. He sealed it up in an envelope; addressed it to the 'Poor-box' of the nearest police-court; and, calling the servant in, directed him to take it to the magistrate the next morning. Faithful to his duties, the servant waited to ask the customary question, 'Do you dine at home to-day, sir?'

After a moment's hesitation he said, 'No: I shall dine at the club.'

The most easily deteriorated of all the moral qualities is the quality called 'conscience.' In one state of a man's mind, his conscience is the severest judge that can pass sentence on him. In another state, he and his conscience are on the best possible terms with each other in the comfortable capacity of accomplices. When Doctor Wybrow left his house for the second time, he did not even attempt to conceal from himself that his sole object, in dining at the club, was to hear what the world said of the Countess Narona. ◆

Sans en entendre davantage, le docteur fit un signe de tête comme pour remercier et entra dans son cabinet. L'argent qu'il avait refusé était encore sur la table, dans son petit rouleau de papier blanc. Il le mit sous une enveloppe qu'il cacheta : il le destinait au tronc pour les pauvres du bureau de police voisin ; puis, appelant le domestique, il lui donna l'ordre de le porter au magistrat dès le lendemain matin. Fidèle à ses devoirs, le domestique fit la question accoutumée :

« Monsieur dîne-t-il chez lui aujourd'hui ? »

Après un moment d'hésitation, le docteur dit : « Non, je vais dîner au cercle. »

De toutes les qualités morales, celle qui se perd le plus facilement est sans contredit la conscience. L'esprit humain, dans certains cas, n'a pas de juge plus sévère qu'elle ; dans d'autres, au contraire, l'esprit et la conscience sont au mieux ensemble et vivent en harmonie comme deux complices. Quand le docteur Wybrow sortit de chez lui pour la seconde fois, il ne chercha même pas à se cacher à lui-même que la seule raison pour dîner au cercle était de chercher à savoir ce que le monde disait de la comtesse Narona. ■

3

THERE WAS a time when a man in search of the pleasures of gossip sought the society of ladies. The man knows better now. He goes to the smoking-room of his club.

Doctor Wybrow lit his cigar, and looked round him at his brethren in social conclave assembled. The room was well filled; but the flow of talk was still languid. The Doctor innocently applied the stimulant that was wanted. When he inquired if anybody knew the Countess Narona, he was answered by something like a shout of astonishment. Never (the conclave agreed) had such an absurd question been asked before! Every human creature, with the slightest claim to a place in society, knew the Countess Narona. An adventuress with a European reputation of the blackest possible colour—such was the general description of the woman with the deathlike complexion and the glittering eyes.

3

Il fut un temps où l'homme, à l'affût de toutes les médisances recherchait la société des femmes. Maintenant l'homme fait mieux : il va à son cercle et entre dans le fumoir.

Le docteur Wybrow alluma donc son cigare et regarda autour de lui : ses semblables étaient réunis en conclave. La salle était pleine, mais la conversation encore languissante. Le docteur, sans s'en douter y apporta l'entrain qui y manquait. Quand il eut demandé si quelqu'un connaissait la comtesse Narona, il lui fut répondu par une sorte de *tollé* général indiquant l'étonnement. Jamais, telle était du moins l'opinion du conclave, jamais on n'avait encore fait une question aussi absurde ! Tout le monde, au moins toute personne ayant la plus petite place dans ce qu'on appelle la société, connaissait la comtesse Narona. Une aventurière à la réputation européenne aussi noire que possible, d'ailleurs, tel fut en trois mots le portrait de cette femme au teint pâle et aux yeux étincelants.

Descending to particulars, each member of the club contributed his own little stock of scandal to the memoirs of the Countess. It was doubtful whether she was really, what she called herself, a Dalmatian lady. It was doubtful whether she had ever been married to the Count whose widow she assumed to be. It was doubtful whether the man who accompanied her in her travels (under the name of Baron Rivar, and in the character of her brother) was her brother at all. Report pointed to the Baron as a gambler at every 'table' on the Continent. Report whispered that his so-called sister had narrowly escaped being implicated in a famous trial for poisoning at Vienna—that she had been known at Milan as a spy in the interests of Austria—that her 'apartment' in Paris had been denounced to the police as nothing less than a private gambling-house—and that her present appearance in England was the natural result of the discovery. Only one member of the assembly in the smoking-room took the part of this much-abused woman, and declared that her character had been most cruelly and most unjustly assailed. But as the man was a lawyer, his interference went for nothing: it was naturally attributed to the spirit of contradiction inherent in his profession. He was asked derisively what he thought of the circumstances under which the Countess had become engaged to be married; and he made the characteristic answer, that he thought the circumstances highly creditable to both parties, and that he looked on the lady's future husband as a most enviable man.

Puis, passant aux détails, chaque membre du cercle ajouta un souvenir scandaleux à la liste de ceux qu'on attribuait à la comtesse. Il était douteux qu'elle fût réellement ce qu'elle prétendait être, une grande dame dalmatienne. Il était douteux qu'elle eût jamais été mariée au comte dont elle prétendait être la veuve. Il était douteux que l'homme qui l'accompagnait dans ses voyages, sous le nom de baron Rivar, et en qualité de frère, fût véritablement son frère. On prétendait que le baron était un joueur connu dans tous les tapis verts du continent. On prétendait que sa soi-disant sœur avait été mêlée à une cause célèbre relative à un empoisonnement, à Vienne ; – qu'elle était connue à Milan comme une espionne de l'Autriche ; – que son appartement à Paris avait été dénoncé à la police comme un véritable tripot, et que son apparition récente en Angleterre était le résultat naturel de cette dernière découverte. Un seul membre de l'assemblée des fumeurs prit la défense de cette femme si gravement outragée, et déclara que sa réputation avait été cruellement et injustement noircie. Mais cet homme était un avocat, son intervention ne servit à rien ; on l'attribua naturellement à l'amour de la contradiction qu'éprouvent tous les gens de son métier. On lui demanda ironiquement ce qu'il pensait des circonstances à la suite desquelles la comtesse en était arrivée à promettre sa main ; il répondit d'une manière très caractéristique, qu'il pensait que les circonstances auxquelles on faisait allusion n'avaient rien que de fort honorable pour les deux personnes qui y étaient intéressées, et qu'il regardait le futur mari de la dame comme un homme des plus heureux et des plus dignes d'envie.

Hearing this, the Doctor raised another shout of astonishment by inquiring the name of the gentleman whom the Countess was about to marry.

His friends in the smoking-room decided unanimously that the celebrated physician must be a second 'Rip-van-Winkle,' and that he had just awakened from a supernatural sleep of twenty years. It was all very well to say that he was devoted to his profession, and that he had neither time nor inclination to pick up fragments of gossip at dinner-parties and balls. A man who did not know that the Countess Narona had borrowed money at Homburg of no less a person than Lord Montbarry, and had then deluded him into making her a proposal of marriage, was a man who had probably never heard of Lord Montbarry himself. The younger members of the club, humouring the joke, sent a waiter for the 'Peerage'; and read aloud the memoir of the nobleman in question, for the Doctor's benefit—with illustrative morsels of information interpolated by themselves.

'Herbert John Westwick. First Baron Montbarry, of Montbarry, King's County, Ireland. Created a Peer for distinguished military services in India. Born, 1812. Forty-eight years old, Doctor, at the present time. Not married. Will be married next week, Doctor, to the delightful creature we have been talking about. Heir presumptive, his lordship's next brother, Stephen Robert, married to Ella, youngest daughter of the Reverend Silas Marden, Rector of Runnigate,

Le docteur provoqua alors un nouveau cri d'étonnement en demandant le nom de la personne que la comtesse allait épouser.

Tous ses amis du fumoir déclarèrent à l'unanimité que le célèbre médecin devait être un frère de la Belle au Bois Dormant, et qu'il venait à peine de se réveiller d'une léthargie de vingt ans. C'était parfait de dire qu'il était tout à sa profession et qu'il n'avait ni le temps ni le goût de ramasser dans les dîners ou dans les bals les bouts de conversations qui arrivaient à ses oreilles ; mais un homme qui ne savait pas que la comtesse Narona avait emprunté de l'argent à Hombourg à lord Montbarry, et l'avait ensuite amené à lui faire une proposition de mariage, n'avait probablement jamais entendu parler non plus de lord Montbarry lui-même. Les plus jeunes membres du cercle, amis de la plaisanterie, envoyèrent le domestique chercher un dictionnaire de la noblesse et lurent pour le docteur, à haute voix, la généalogie de la personne en question, l'agrémentant de commentaires variés qu'ils y intercalaient à l'usage du docteur.

Herbert John Westwick. Premier baron Montbarry, de Montbarry, comté du roi en Irlande. Créé pair pour des services militaires distingués dans les Indes. Né en 1812. « Âgé de quarante-huit ans, docteur. » En ce moment non marié. « Sera marié la semaine prochaine, docteur, à la délicieuse créature dont nous avons parlé. » Héritier présomptif : le frère cadet de Sa Seigneurie, Stephen Robert, marié à Ella, la plus jeune fille du révérend Silas Marden, recteur de Rumigate,

and has issue, three daughters. Younger brothers of his lordship, Francis and Henry, unmarried. Sisters of his lordship, Lady Barville, married to Sir Theodore Barville, Bart.; and Anne, widow of the late Peter Norbury, Esq., of Norbury Cross. Bear his lordship's relations well in mind, Doctor. Three brothers Westwick, Stephen, Francis, and Henry; and two sisters, Lady Barville and Mrs. Norbury. Not one of the five will be present at the marriage; and not one of the five will leave a stone unturned to stop it, if the Countess will only give them a chance. Add to these hostile members of the family another offended relative not mentioned in the 'Peerage,' a young lady—'

A sudden outburst of protest in more than one part of the room stopped the coming disclosure, and released the Doctor from further persecution.

'Don't mention the poor girl's name; it's too bad to make a joke of that part of the business; she has behaved nobly under shameful provocation; there is but one excuse for Montbarry—he is either a madman or a fool.'

In these terms the protest expressed itself on all sides. Speaking confidentially to his next neighbour, the Doctor discovered that the lady referred to was already known to him (through the Countess's confession) as the lady deserted by Lord Montbarry. Her name was Agnes Lockwood. She was described as being the superior

a trois filles de son mariage. Les plus jeunes frères de Sa Seigneurie, Francis et Henry, non mariés. Sœurs de Sa Seigneurie, lady Barville, mariée à sir Théodore Barville, Bart ; et Anne, veuve de feu Peter Narbury, esq., de Narbury Cross. « Retenez bien, docteur, la famille de sa Seigneurie. Trois frères Westwick, Stephen, Francis et Henry ; et deux sœurs, lady Barville et Mrs Narbury. Pas un des cinq ne sera présent au mariage, et il n'en est pas un des cinq qui ne fera tout son possible pour l'empêcher, si la comtesse en donne le moindre prétexte. Ajoutez à ces membres hostiles de la famille une autre parente offensée qui n'est pas mentionnée dans le dictionnaire, une jeune demoiselle. »

Un cri soudain de protestation partant de tous les côtés de la salle arrêta la révélation qui allait suivre et délivra le docteur d'une plus longue persécution.

« Ne dites pas le nom de la pauvre fille ; c'est de fort mauvais goût de plaisanter sur ce qui lui est arrivé ; elle s'est conduite fort bien, malgré les honteuses provocations auxquelles elle a été en butte ; il n'y a qu'une excuse pour Montbarry : il est fou ou imbécile. »

C'est en ces termes ou à peu près que chacun s'exprima. En causant intimement avec son plus proche voisin, le docteur découvrit que la dame de laquelle on causait lui était déjà connue par la confession de la comtesse : c'était la personne abandonnée par lord Montbarry. Son nom était Agnès Lockwood. On disait qu'elle était de beaucoup supérieure

of the Countess in personal attraction, and as being also by some years the younger woman of the two. Making all allowance for the follies that men committed every day in their relations with women, Montbarry's delusion was still the most monstrous delusion on record. In this expression of opinion every man present agreed—the lawyer even included.

Not one of them could call to mind the innumerable instances in which the sexual influence has proved irresistible in the persons of women without even the pretension to beauty. The very members of the club whom the Countess (in spite of her personal disadvantages) could have most easily fascinated, if she had thought it worth her while, were the members who wondered most loudly at Montbarry's choice of a wife.

While the topic of the Countess's marriage was still the one topic of conversation, a member of the club entered the smoking-room whose appearance instantly produced a dead silence. Doctor Wybrow's next neighbour whispered to him, 'Montbarry's brother—Henry Westwick!'

The new-comer looked round him slowly, with a bitter smile.

'You are all talking of my brother,' he said. 'Don't mind me. Not one of you can despise him more heartily than I do. Go on, gentlemen—go on!'

But one man present took the speaker at his word. That man was the lawyer who had already undertaken the defence of the Countess.

à la comtesse et qu'elle était en outre de quelques années moins âgée. Faisant d'ailleurs toutes les réserves possibles sur les mauvaises actions que les hommes commettent chaque jour dans leurs relations avec les femmes, la conduite de Montbarry semblait des plus blâmables. Sur ce point, chacun était d'accord, y compris l'avocat.

Aucun d'entre eux ne put ou ne voulut se souvenir des monstrueux exemples qu'il y a de l'influence irrésistible que certaines femmes ont sur les hommes, en dépit de leur laideur. Les membres du cercle qui s'étonnaient le plus du choix de Montbarry étaient justement ceux que la comtesse, malgré son défaut de beauté, eût très aisément fascinés si elle eût voulu s'en donner la peine.

Pendant que le mariage de la comtesse était encore le pivot de la conversation, un membre du cercle entra dans le fumoir. Son apparition fit faire aussitôt un silence absolu. Le voisin du docteur Wybrow lui dit tout bas :

« Le frère de Montbarry, Henry Westwick ? »

Le nouveau venu regarda lentement autour de lui en souriant amèrement :

« Vous parlez de mon frère ? dit-il. Ne faites pas attention à moi. Aucun de vous ne peut avoir pour lui plus de mépris que je n'en ai moi-même. Continuez, messieurs, continuez ! »

Un seul des assistants prit le nouveau venu au mot. C'était l'avocat qui avait déjà tenté la défense de la comtesse.

'I stand alone in my opinion,' he said, 'and I am not ashamed of repeating it in anybody's hearing. I consider the Countess Narona to be a cruelly-treated woman. Why shouldn't she be Lord Montbarry's wife? Who can say she has a mercenary motive in marrying him?'

Montbarry's brother turned sharply on the speaker.

'I say it!' he answered.

The reply might have shaken some men. The lawyer stood on his ground as firmly as ever.

'I believe I am right,' he rejoined, 'in stating that his lordship's income is not more than sufficient to support his station in life; also that it is an income derived almost entirely from landed property in Ireland, every acre of which is entailed.'

Montbarry's brother made a sign, admitting that he had no objection to offer so far.

'If his lordship dies first,' the lawyer proceeded, 'I have been informed that the only provision he can make for his widow consists in a rent-charge on the property of no more than four hundred a year. His retiring pension and allowances, it is well known, die with him. Four hundred a year is therefore all that he can leave to the Countess, if he leaves her a widow.'

« Je reste donc seul de mon opinion, dit-il, mais je n'ai pas honte de la répéter devant qui que ce soit. Je considère la comtesse Narona comme fort injustement soupçonnée. Pourquoi ne deviendrait-elle pas la femme de lord Montbarry ? Qui de nous peut dire qu'elle fait une spéculation, par exemple, en l'épousant ? »

Le frère de Montbarry se retourna brusquement vers celui qui venait de parler :

« Moi je le dis ! » répliqua-t-il.

La réponse aurait pu désarçonner certaines gens, mais l'avocat resta impassible et continua à défendre le terrain qu'il avait choisi.

« Je crois que je suis dans le vrai, reprit-il en disant que le revenu de Sa Seigneurie est plus que suffisant pour fournir à ses besoins sa vie durant ; j'ajoute que c'est un revenu provenant presque entièrement de propriétés en terres situées en Irlande et dont chaque arpent est substitué ».

Le frère de Montbarry fit un signe d'assentiment pour faire comprendre qu'il n'y avait pas d'objection possible sur ce point.

« Si Sa Seigneurie décède en premier, continua l'avocat, on m'a dit que le seul legs qu'il peut faire à sa veuve consiste en fermages sur la propriété, ne s'élevant pas à plus de 400 livres par an. Ses pensions, ses retraites, c'est un fait bien connu, s'éteignent avec lui. Quatre cents livres par an, voilà donc tout ce qu'il peut donner à la comtesse, s'il la laisse veuve.

'Four hundred a year is not all,' was the reply to this. 'My brother has insured his life for ten thousand pounds; and he has settled the whole of it on the Countess, in the event of his death.'

This announcement produced a strong sensation. Men looked at each other, and repeated the three startling words, 'Ten thousand pounds!' Driven fairly to the wall, the lawyer made a last effort to defend his position.

'May I ask who made that settlement a condition of the marriage?' he said. 'Surely it was not the Countess herself?.'

Henry Westwick answered, 'It was the Countess's brother'; and added, 'which comes to the same thing.'

After that, there was no more to be said—so long, at least, as Montbarry's brother was present. The talk flowed into other channels; and the Doctor went home.

But his morbid curiosity about the Countess was not set at rest yet. In his leisure moments he found himself wondering whether Lord Montbarry's family would succeed in stopping the marriage after all. And more than this, he was conscious of a growing desire to see the infatuated man himself. Every day during the brief interval before the wedding, he looked in at the club, on the chance of hearing some news. Nothing had happened, so far as the club knew. The Countess's position was secure; Montbarry's resolution to be her husband was unshaken. They were both Roman Catholics,

— Quatre cents livres par an, ce n'est pas tout. Mon frère a assuré sa vie pour 10, 000 livres qu'il a léguées à la comtesse au cas où il mourrait avant elle. »

Cette déclaration produisit un certain effet. Chacun se regarda en répétant ces trois mots : – Dix mille livres ! Poussé au pied du mur, le notaire fit un dernier effort pour défendre sa position.

« Puis-je vous demander qui a fait de cet arrangement une condition du mariage ? dit-il ; ce n'est sûrement pas la comtesse elle-même ?

— C'est le frère de la comtesse, ce qui revient absolument au même, répondit Henry Westwick. »

Après cela, il n'y avait plus à discuter, au moins tant que le frère de Montbarry serait présent. La conversation changea donc, et le médecin rentra chez lui.

Mais sa curiosité malsaine sur la comtesse n'était pas encore satisfaite. Dans ses moments de loisir, il pensait à la famille de lord Montbarry et se demandait si elle réussirait en définitive à empêcher le mariage. Chaque jour il se prenait à désirer connaître le malheureux à qui on avait ainsi tourné la tête. Chaque jour, durant le court espace de temps qui devait s'écouler avant le mariage, Il se rendit au cercle pour tâcher d'apprendre quelques nouvelles. Rien ne s'était passé, c'est tout ce que l'on savait au cercle. La position de la comtesse était toujours inébranlable : lord Montbarry voulait plus que jamais épouser cette femme. Tous deux étaient catholiques,

and they were to be married at the —el in Spanish Place. So much the Doctor discovered about them—and no more.

On the day of the wedding, after a feeble struggle with himself, he actually sacrificed his patients and their guineas, and slipped away secretly to see the marriage. To the end of his life, he was angry with anybody who reminded him of what he had done on that day!

The wedding was strictly private. A close carriage stood at the church door; a few people, mostly of the lower class, and mostly old women, were scattered about the interior of the building. Here and there Doctor Wybrow detected the faces of some of his brethren of the club, attracted by curiosity, like himself. Four persons only stood before the altar—the bride and bridegroom and their two witnesses. One of these last was an elderly woman, who might have been the Countess's companion or maid; the other was undoubtedly her brother, Baron Rivar. The bridal party (the bride herself included) wore their ordinary morning costume. Lord Montbarry, personally viewed, was a middle-aged military man of the ordinary type: nothing in the least remarkable distinguished him either in face or figure. Baron Rivar, again, in his way was another conventional representative of another well-known type. One sees his finely-pointed moustache, his bold eyes, his crisply-curling hair, and his dashing carriage of the head, repeated hundreds of times over on the Boulevards of Paris. The only noteworthy point about him was of the negative sort—he was not in the least like his sister.

le mariage devait être célébré à la chapelle de la place d'Espagne. Voilà tout ce que le docteur apprit de nouveau.

Le jour de la cérémonie, après avoir lutté quelques instants avec lui-même, il se décida à sacrifier pour un jour ses malades et leurs guinées, et se dirigea, sans en rien dire vers la chapelle. Sur la fin de sa vie, il entrait en colère quand quelqu'un lui rappelait sa conduite ce jour-là !

Le mariage fut, pour ainsi dire, secret. Une voiture fermée attendait à la porte de l'église ; quelques personnes appartenant pour la plupart à la basse classe, et presque toutes de vieilles femmes, étaient éparpillées dans l'intérieur de l'église. Le docteur aperçut cependant quelques rares visages de quelques-uns des membres du cercle, attirés comme lui par la curiosité. Quatre personnes seulement étaient devant l'autel : la mariée, le marié et leurs deux témoins. Un de ces derniers était une vieille femme, qui pouvait passer pour la camériste ou la dame de compagnie de la comtesse ; l'autre était sans aucun doute son frère, le baron Rivar. Toutes les personnes faisant partie de la noce, la mariée elle-même, portaient leurs costumes habituels du matin. Lord Montbarry était un homme d'âge moyen, au type militaire, n'ayant rien de remarquable ni dans la démarche, ni dans la physionomie. Le baron Rivar, lui, était la personnification d'un autre type bien connu. On rencontre à Paris presque à chaque pas, sur les boulevards, ces moustaches cirées en pointes, ces yeux hardis, ces cheveux noirs frisés et épais, en un mot cette tête portée arrogamment ; il ne ressemblait en rien à sa sœur.

Even the officiating priest was only a harmless, humble-looking old man, who went through his duties resignedly, and felt visible rheumatic difficulties every time he bent his knees.

The one remarkable person, the Countess herself, only raised her veil at the beginning of the ceremony, and presented nothing in her plain dress that was worth a second look. Never, on the face of it, was there a less interesting and less romantic marriage than this. From time to time the Doctor glanced round at the door or up at the galleries, vaguely anticipating the appearance of some protesting stranger, in possession of some terrible secret, commissioned to forbid the progress of the service. Nothing in the shape of an event occurred—nothing extraordinary, nothing dramatic.

Bound fast together as man and wife, the two disappeared, followed by their witnesses, to sign the registers; and still Doctor Wybrow waited, and still he cherished the obstinate hope that something worth seeing must certainly happen yet.

The interval passed, and the married couple, returning to the church, walked together down the nave to the door.

Doctor Wybrow drew back as they approached. To his confusion and surprise, the Countess discovered him. He heard her say to her husband, 'One moment; I see a friend.'

Le prêtre qui officiait était un pauvre bon vieillard remplissant les devoirs de son ministère avec une sorte de résignation et ressentant des douleurs rhumatismales chaque fois qu'il était obligé de s'agenouiller.

La personne sur qui aurait dû se concentrer toute la curiosité des assistants, la comtesse, souleva son voile au commencement de la cérémonie ; mais sa robe, d'une extrême simplicité, n'appelait pas longtemps les regards. Jamais mariage ne fut moins intéressant et plus bourgeois que celui-là. De temps en temps le docteur jetait un coup d'œil vers la porte, comme s'il attendait la subite intervention de quelqu'un qui viendrait révéler un terrible secret et s'opposer à la continuation de la cérémonie. Rien de semblable n'arriva, rien d'extraordinaire, rien de dramatique.

Étroitement liés l'un à l'autre par un éternel serment, les deux époux disparurent suivis de leurs témoins, pour aller signer sur le registre à la sacristie ; cependant le docteur attendait toujours et continuait à nourrir l'espoir obstiné qu'un événement inattendu et important devait certainement arriver.

Mais le temps passa et le couple uni rentra dans l'église, se dirigeant cette fois vers la porte.

Le docteur, afin de n'être pas vu, essaya de se cacher ; à sa grande surprise, la comtesse l'aperçut. Il l'entendit dire à son mari :

« Un moment, je vous prie, je vois un ami. »

Lord Montbarry bowed and waited. She stepped up to the Doctor, took his hand, and wrung it hard. He felt her overpowering black eyes looking at him through her veil.

'One step more, you see, on the way to the end!' She whispered those strange words, and returned to her husband.

Before the Doctor could recover himself and follow her, Lord and Lady Montbarry had stepped into their carriage, and had driven away.

Outside the church door stood the three or four members of the club who, like Doctor Wybrow, had watched the ceremony out of curiosity. Near them was the bride's brother, waiting alone. He was evidently bent on seeing the man whom his sister had spoken to, in broad daylight. His bold eyes rested on the Doctor's face, with a momentary flash of suspicion in them. The cloud suddenly cleared away; the Baron smiled with charming courtesy, lifted his hat to his sister's friend, and walked off.

The members constituted themselves into a club conclave on the church steps. They began with the Baron.

'Damned ill-looking rascal!'

They went on with Montbarry.

'Is he going to take that horrid woman with him to Ireland? Not he! he can't face the tenantry; they know about Agnes Lockwood.'

Lord Montbarry s'inclina et attendit. Elle s'avança alors vers le docteur, lui prit la main et la serra convulsivement. Ses grands yeux noirs, pleins d'éclat, brillaient à travers son voile.

« Un pas de plus, vous voyez, vers le commencement de la fin ! » lui dit-elle ; puis elle retourna auprès de son mari.

Avant que le docteur ait pu se remettre et la suivre, lord et lady Montbarry étaient dans leur voiture et les chevaux marchaient déjà.

À la porte de l'église étaient trois ou quatre membres du cercle qui, comme le docteur Wybrow, n'avaient assisté à la cérémonie que par curiosité. Près d'eux se tenait le frère de la mariée, attendant seul. Son intention évidente était de voir l'homme à qui sa sœur avait parlé. Son regard insolent fixait le docteur d'un air étonné, mais cela ne dura qu'un instant ; le regard s'éclaircit soudain et le baron souriant avec une courtoisie charmante, salua l'ami de sa sœur et s'en alla.

Les membres du cercle formèrent un petit groupe sur les marches de l'église et commencèrent à causer: du baron d'abord.

« Quel coquin de mauvaise mine ! »

Ils passèrent à Montbarry.

« Est-ce qu'il va emmener cette horrible femme avec lui en Irlande ? Certainement non ! Il n'ose plus regarder en face ses fermiers, ils savent tous l'histoire d'Agnès Lockwood.

'Well, but where is he going?'

'To Scotland.'

'Does she like that?'

'It's only for a fortnight; they come back to London, and go abroad.'

'And they will never return to England, eh?'

'Who can tell? Did you see how she looked at Montbarry, when she had to lift her veil at the beginning of the service? In his place, I should have bolted. Did you see her, Doctor?'

By this time, Doctor Wybrow had remembered his patients, and had heard enough of the club gossip. He followed the example of Baron Rivar, and walked off.

'One step more, you see, on the way to the end,' he repeated to himself, on his way home. 'What end?' ◆

— Eh bien, où ira-t-il ?

— En Écosse.

— Aimera-t-elle ce pays-là ?

— Oh ! Pour une quinzaine seulement ; ils reviendront ensuite à Londres et partiront à l'étranger.

— Parions qu'ils ne reviendront jamais en Angleterre !

— Qui sait ? Avez-vous vu comme elle a regardé Montbarry au commencement de la cérémonie quand elle a été obligée de soulever son voile ? À sa place je me serais sauvé. L'avez-vous vu, docteur ? »

Mais le docteur se souvenait maintenant de ses malades, et il en avait assez de tous ces bavardages. Il suivit donc l'exemple du baron Rivar et s'en alla.

— Un pas de plus, vous voyez, vers le commencement de la fin, se répétait-il à lui-même en rentrant chez lui. Quelle fin ? ■

4

On the day of the marriage Agnes Lockwood sat alone in the little drawing-room of her London lodgings, burning the letters which had been written to her by Montbarry in the bygone time.

The Countess's maliciously smart description of her, addressed to Doctor Wybrow, had not even hinted at the charm that most distinguished Agnes—the artless expression of goodness and purity which instantly attracted everyone who approached her. She looked by many years younger than she really was. With her fair complexion and her shy manner, it seemed only natural to speak of her as 'a girl,' although she was now really advancing towards thirty years of age. She lived alone with an old nurse devoted to her, on a modest little income which was just enough to support the two. There were none of the ordinary signs of grief in her face, as she slowly tore the letters of her false lover in two, and threw the pieces into the small fire which had been lit to consume them. Unhappily for herself, she was one of those women who feel too deeply to find relief in tears.

4

Le jour du mariage, Agnès Lockwood était assise seule dans le petit salon de son appartement de Londres, brûlant les lettres qui lui avaient été écrites autrefois par Montbarry.

Dans le portrait si minutieux que la comtesse avait tracé d'elle au docteur Wybrow, elle avait passé sous silence un des charmes les plus grands d'Agnès : l'expression de bonté et de pureté de ses yeux, qui frappait tous ceux qui l'approchaient. Elle semblait beaucoup plus jeune qu'elle n'était réellement. Avec son teint clair et ses manières timides, on était tenté de parler d'elle comme d'une petite fille, bien qu'elle approchât de la trentaine. Elle vivait seule avec une vieille nourrice qui lui était toute dévouée, d'un modeste revenu, suffisant à peine à leur entretien à toutes deux. Pendant qu'elle déchirait lentement les lettres du parjure, qu'elle jetait ensuite au feu, son visage ne montrait aucun signe de douleur. C'était une de ces natures qui souffrent trop profondément pour trouver un soulagement dans les larmes.

Pale and quiet, with cold trembling fingers, she destroyed the letters one by one without daring to read them again. She had torn the last of the series, and was still shrinking from throwing it after the rest into the swiftly destroying flame, when the old nurse came in, and asked if she would see 'Master Henry,'—meaning that youngest member of the Westwick family, who had publicly declared his contempt for his brother in the smoking-room of the club.

Agnes hesitated. A faint tinge of colour stole over her face.

There had been a long past time when Henry Westwick had owned that he loved her. She had made her confession to him, acknowledging that her heart was given to his eldest brother. He had submitted to his disappointment; and they had met thenceforth as cousins and friends. Never before had she associated the idea of him with embarrassing recollections.

But now, on the very day when his brother's marriage to another woman had consummated his brother's treason towards her, there was something vaguely repellent in the prospect of seeing him. The old nurse (who remembered them both in their cradles) observed her hesitation; and sympathising of course with the man, put in a timely word for Henry.

'He says, he's going away, my dear; and he only wants to shake hands, and say good-bye.'

Pâle et tranquille, en apparence, les mains froides et tremblantes, elle anéantit toutes les lettres une à une sans oser les relire. Elle venait de déchirer la dernière et se demandait s'il fallait la jeter au feu comme les autres, quand la vieille nourrice entra lui demander si elle voulait recevoir M. Henry ; elle nommait ainsi le plus jeune frère de la famille Westwick, qui avait si publiquement déclaré, dans le fumoir du cercle, son mépris pour son frère aîné.

Agnès hésitait. Une légère rougeur colora son visage.

C'est qu'il y avait eu un temps, bien éloigné maintenant, où Henry Westwick avait dit qu'il l'aimait. Elle lui avait fait sa confession bien sincère, lui avait dit que son cœur appartenait à son frère aîné, et Henry s'était soumis. Depuis, ils avaient été de véritables amis, des parents dévoués l'un à l'autre ; depuis, chaque fois qu'ils s'étaient rencontrés, la situation n'avait jamais été embarrassante pour eux.

Mais aujourd'hui, le jour du mariage de son frère avec une autre femme, le jour où la trahison était consommée, elle éprouvait une certaine répulsion à le revoir. Son hésitation n'échappa pas à la vieille nourrice qui, se souvenant de les avoir vus tous deux au berceau et se sentant, bien entendu, plus de sympathie pour l'homme, dit timidement un mot en faveur d'Henry.

« Il parait qu'il va partir, ma chérie ; il veut seulement vous donner la main et vous dire adieu. »

This plain statement of the case had its effect. Agnes decided on receiving her cousin.

He entered the room so rapidly that he surprised her in the act of throwing the fragments of Montbarry's last letter into the fire. She hurriedly spoke first.

'You are leaving London very suddenly, Henry. Is it business? or pleasure?'

Instead of answering her, he pointed to the flaming letter, and to some black ashes of burnt paper lying lightly in the lower part of the fireplace.

'Are you burning letters?'

'Yes.'

'His letters?'

'Yes.'

He took her hand gently.

'I had no idea I was intruding on you, at a time when you must wish to be alone. Forgive me, Agnes—I shall see you when I return.'

She signed to him, with a faint smile, to take a chair.

'We have known one another since we were children,' she said. 'Why should I feel a foolish pride about myself in your presence? why should I have any secrets from you? I sent back all your brother's gifts to me some time ago. I have been advised to do more, to keep nothing that can remind me of him—in short, to burn his letters.

Cette simple explication fit son effet. Agnès se décida à recevoir son cousin.

Il entra si vite dans la chambre, qu'il la surprit, jetant dans les flammes les morceaux de la dernière lettre de Montbarry. Elle se mit aussitôt à parler la première, pour dissimuler son embarras.

« Vous quittez Londres bien soudainement, Henry. Est-ce pour affaires ou pour votre plaisir ? »

Au lieu de répondre, il montra de la main les lettres qui flambaient encore et les cendres noircies de papier brûlé qui formaient un léger amas autour du foyer.

« Vous brûlez des lettres ?

— Oui.

— Ses lettres ?

— Oui. »

Il lui prit doucement la main.

« Je ne me doutais pas que je vous importunais ainsi, à un moment où vous désiriez sans doute être seule. Pardonnez-moi, Agnès, je vous verrai à mon retour. »

Elle sourit tristement et lui fit signe de s'asseoir.

« Nous nous connaissons depuis notre enfance, dit-elle. Pourquoi aurais-je des secrets pour vous ? J'ai renvoyé à votre frère, depuis quelque temps déjà, tous les cadeaux qu'il m'avait faits. J'ai voulu faire plus encore et ne rien garder qui pût me rappeler son souvenir. J'ai tenu à brûler ses lettres.

I have taken the advice; but I own I shrank a little from destroying the last of the letters. No—not because it was the last, but because it had this in it.' She opened her hand, and showed him a lock of Montbarry's hair, tied with a morsel of golden cord. 'Well! well! let it go with the rest.'

She dropped it into the flame. For a while, she stood with her back to Henry, leaning on the mantel-piece, and looking into the fire. He took the chair to which she had pointed, with a strange contradiction of expression in his face: the tears were in his eyes, while the brows above were knit close in an angry frown. He muttered to himself, 'Damn him!'

She rallied her courage, and looked at him again when she spoke. 'Well, Henry, and why are you going away?'

'I am out of spirits, Agnes, and I want a change.'

She paused before she spoke again. His face told her plainly that he was thinking of her when he made that reply. She was grateful to him, but her mind was not with him: her mind was still with the man who had deserted her. She turned round again to the fire.

'Is it true,' she asked, after a long silence, 'that they have been married to-day?'

He answered ungraciously in the one necessary word:—'Yes.'

'Did you go to the church?'

J'ai suivi mon inspiration ; mais j'avoue que j'hésitais un peu à détruire la dernière. Non pas parce que c'était la dernière, mais parce qu'elle contenait ceci. Elle ouvrit sa main, et lui fit voir une mèche des cheveux de Montbarry attachée par une petite tresse d'or. Allons ! qu'elle disparaisse comme le reste ! »

Elle la laissa tomber dans le feu. Pendant un moment, elle resta le dos tourné à Henry, appuyée sur le marbre de la cheminée et regardant les flammes. Henry prit la chaise qu'elle lui avait désignée; son visage exprimait deux sentiments bien contraires : son front tout plissé indiquait la colère et il avait les larmes aux yeux. Il s'assit en murmurant entre ses lèvres ce mot :

— Misérable !

Elle fit un effort sur elle-même, et le regardant bien fixement, lui dit : « Voyons, Henry, pourquoi partez-vous ?

— Je m'ennuie, Agnès, et j'ai besoin de changement. »

Elle s'arrêta un instant avant de reprendre. Les yeux d'Henry disaient clairement qu'il pensait à elle en faisant cette réponse. Agnès lui en était reconnaissante, mais elle songeait toujours à celui qui l'avait abandonnée, sans penser à Henry.

« Est-ce vrai, demanda-t-elle après un long silence, qu'ils se sont mariés aujourd'hui ? »

Il répondit presque avec brusquerie par ce seul mot : « Oui.

— Êtes-vous allé à l'église ? »

He resented the question with an expression of indignant surprise. 'Go to the church?' he repeated. 'I would as soon go to—' He checked himself there.

'How can you ask?' he added in lower tones. 'I have never spoken to Montbarry, I have not even seen him, since he treated you like the scoundrel and the fool that he is.'

She looked at him suddenly, without saying a word. He understood her, and begged her pardon. But he was still angry.

'The reckoning comes to some men,' he said, 'even in this world. He will live to rue the day when he married that woman!'

Agnes took a chair by his side, and looked at him with a gentle surprise.

'Is it quite reasonable to be so angry with her, because your brother preferred her to me?' she asked.

Henry turned on her sharply.

'Do you defend the Countess, of all the people in the world?'

'Why not?' Agnes answered. 'I know nothing against her. On the only occasion when we met, she appeared to be a singularly timid, nervous person, looking dreadfully ill; and being indeed so ill that she fainted under the heat of my room.

Il écouta cette question avec un air de surprise indignée. « Aller à l'église ? répéta-t-il. J'aimerais autant aller au... » Il s'arrêta là.

« Comment pouvez-vous demander cela ? ajouta-t-il plus bas. Je n'ai jamais parlé à Montbarry, je ne l'ai même pas vu depuis qu'il a agi avec vous comme un misérable et un imbécile qu'il est. »

Elle le regarda soudain, sans dire un mot. Il la comprit et lui demanda pardon. Mais il n'était pas encore redevenu maître de lui.

« Le jour de l'expiation arrive pour certains hommes, dit-il, même dans ce monde. Il vivra assez pour maudire le jour où il épousa cette femme ».

Agnès prit une chaise à côté de lui et le regarda avec une douce surprise.

« Est-ce bien raisonnable d'être prévenu contre cette femme, parce que votre frère me l'a préférée. »

Henry lui répondit brusquement :

— Est-ce que vous défendez la comtesse ? Vous seriez la seule au monde.

— Pourquoi pas, reprit Agnès. Je ne sais rien contre elle. La seule fois où nous nous sommes rencontrées, elle m'a paru une personne singulièrement timide et nerveuse, et de plus, fort malade, si malade qu'elle s'est évanouie, parce qu'il faisait un peu trop chaud dans la pièce où nous étions.

Why should we not do her justice? We know that she was innocent of any intention to wrong me; we know that she was not aware of my engagement—'

Henry lifted his hand impatiently, and stopped her.

'There is such a thing as being too just and too forgiving!' he interposed. 'I can't bear to hear you talk in that patient way, after the scandalously cruel manner in which you have been treated. Try to forget them both, Agnes. I wish to God I could help you to do it!'

Agnes laid her hand on his arm. 'You are very good to me, Henry; but you don't quite understand me. I was thinking of myself and my trouble in quite a different way, when you came in. I was wondering whether anything which has so entirely filled my heart, and so absorbed all that is best and truest in me, as my feeling for your brother, can really pass away as if it had never existed. I have destroyed the last visible things that remind me of him. In this world I shall see him no more. But is the tie that once bound us, completely broken? Am I as entirely parted from the good and evil fortune of his life as if we had never met and never loved? What do you think, Henry? I can hardly believe it.'

'If you could bring the retribution on him that he has deserved,' Henry Westwick answered sternly, 'I might be inclined to agree with you.'

Pourquoi serions-nous injustes ? Nous savons qu'elle n'est nullement coupable, qu'elle n'a pas voulu me faire du mal, qu'elle ne savait pas la parole que nous avions échangée avec votre frère. »

Henry leva la main avec impatience et l'arrêta.

« Il ne faut pas être non plus trop juste et trop prête à pardonner, reprit-il. Je ne peux pas souffrir vous entendre parler de cette façon résignée, après la manière scandaleuse et cruelle dont vous avez été traitée de les oublier tous deux, Agnès, je désire que Dieu me permette de vous y aider ! »

Agnès lui mit la main sur le bras. « Vous êtes bon pour moi, Henry ; mais vous ne me comprenez pas tout à fait. Quand vous êtes entré, je pensais à mes souffrances, mais non pas avec les idées que vous avez. Je me demandais s'il était possible que mes sentiments pour votre frère, qui emplissaient entièrement mon cœur et qui avaient si complètement absorbé mon être, avaient pu disparaître comme s'ils n'avaient jamais existé. J'ai détruit les derniers souvenirs qui me le rappelaient : je ne le reverrai plus en ce monde ; mais le lien qui nous a jadis unis est-il absolument brisé ? Suis-je aussi désintéressée de ce qui peut lui arriver d'heureux ou de malheureux que si nous ne nous étions jamais rencontrés et jamais aimés ? Qu'en pensez-vous, Henry ? Moi, je ne le crois pas.

— Si vous pouviez lui faire porter la peine de sa conduite, répondit sévèrement Henry Westwick, je pourrais être de votre opinion. »

As that reply passed his lips, the old nurse appeared again at the door, announcing another visitor.

'I'm sorry to disturb you, my dear. But here is little Mrs. Ferrari wanting to know when she may say a few words to you.'

Agnes turned to Henry, before she replied.

'You remember Emily Bidwell, my favourite pupil years ago at the village school, and afterwards my maid? She left me, to marry an Italian courier, named Ferrari—and I am afraid it has not turned out very well. Do you mind my having her in here for a minute or two?'

Henry rose to take his leave.

'I should be glad to see Emily again at any other time,' he said. 'But it is best that I should go now. My mind is disturbed, Agnes; I might say things to you, if I stayed here any longer, which—which are better not said now. I shall cross the Channel by the mail to-night, and see how a few weeks' change will help me.' He took her hand. 'Is there anything in the world that I can do for you?' he asked very earnestly.

She thanked him, and tried to release her hand. He held it with a tremulous lingering grasp.

'God bless you, Agnes!' he said in faltering tones, with his eyes on the ground.

Au moment ou il faisait cette réponse, la vieille nourrice reparut à la porte, annonçant une autre visite.

« Je regrette de vous déranger, ma chérie. Mais il y a la petite Mme Ferraris qui veut savoir quand elle pourra vous dire un mot. »

Agnès se tourna vers Henry avant de répondre.

« Vous vous souvenez d'Émilie Bidwell, ma petite élève favorite, il y a bien des années, à l'école du village, qui est ensuite devenue ma femme de chambre ? Elle m'a quittée pour épouser un courrier italien nommé Ferraris, et j'ai bien peur qu'elle ne soit pas heureuse. Cela ne vous gêne-t-il pas que je la fasse entrer une ou deux minutes. »

Henry se leva pour prendre congé.

« Je serais heureux de revoir Émilie à un autre moment, dit-il, mais il est préférable que je m'en aille. Je n'ai pas tout à fait l'esprit à moi, Agnès, et si je restais ici plus longtemps, je pourrais vous dire des choses qu'il vaut mieux ne pas dire maintenant. Je vais traverser la Manche ce soir et voir ce que me feront quelques semaines de voyage. Il lui prit la main. Y a-t-il quelque chose au monde que je puisse faire pour vous ? » demanda-t-il vivement.

Elle le remercia et essaya de retirer sa main, mais Henry résista par une douce étreinte.

« Dieu vous bénisse, Agnès ! » dit-il avec un tremblement dans la voix, les yeux fixés à terre.

Her face flushed again, and the next instant turned paler than ever; she knew his heart as well as he knew it himself—she was too distressed to speak. He lifted her hand to his lips, kissed it fervently, and, without looking at her again, left the room. The nurse hobbled after him to the head of the stairs: she had not forgotten the time when the younger brother had been the unsuccessful rival of the elder for the hand of Agnes.

'Don't be down-hearted, Master Henry,' whispered the old woman, with the unscrupulous common sense of persons in the lower rank of life. 'Try her again, when you come back!'

Left alone for a few moments, Agnes took a turn in the room, trying to compose herself. She paused before a little water-colour drawing on the wall, which had belonged to her mother: it was her own portrait when she was a child. 'How much happier we should be,' she thought to herself sadly, 'if we never grew up!'

The courier's wife was shown in—a little meek melancholy woman, with white eyelashes, and watery eyes, who curtseyed deferentially and was troubled with a small chronic cough. Agnes shook hands with her kindly.

'Well, Emily, what can I do for you?'

The courier's wife made rather a strange answer:

'I'm afraid to tell you, Miss.'

Le visage d'Agnès se colora d'une soudaine rougeur, puis aussitôt devint plus pâle que jamais ; elle connaissait ses sentiments aussi bien qu'il les connaissait lui-même, mais elle était trop troublée pour parler. Il porta la main qu'il tenait à ses lèvres et l'embrassa de toute son âme ; puis, sans la regarder, quitta la chambre. La nourrice courut après lui en haut de l'escalier : elle n'avait pas oublié le temps où le plus jeune frère avait été le rival malheureux de l'aîné.

« Ne soyez pas triste, M. Henry, dit tout bas la vieille femme, avec ce gros bon sens des gens du peuple. Essayez encore, quand vous reviendrez ! »

Laissée seule pendant quelques instants, Agnès fit le tour de la chambre, cherchant à se calmer. Elle s'arrêta devant une petite aquarelle suspendue au mur et qui avait appartenu à sa mère ; c'était son portrait quand elle était enfant. Comme nous serions heureux, pensa-t-elle tristement, si nous ne grandissions jamais !

On fit entrer la femme du courrier : une petite femme douce et mélancolique, avec des cils blonds et des yeux clairs, qui salua avec déférence en toussant d'une petite toux chronique. Agnès lui tendit affectueusement la main.

« Eh bien, Émilie, que puis-je pour vous ? »

La femme du courrier fit une réponse assez étrange :

« J'ai peur de vous le dire, mademoiselle.

'Is it such a very difficult favour to grant? Sit down, and let me hear how you are going on. Perhaps the petition will slip out while we are talking. How does your husband behave to you?'

Emily's light grey eyes looked more watery than ever. She shook her head and sighed resignedly.

'I have no positive complaint to make against him, Miss. But I'm afraid he doesn't care about me; and he seems to take no interest in his home—I may almost say he's tired of his home. It might be better for both of us, Miss, if he went travelling for a while—not to mention the money, which is beginning to be wanted sadly.'

She put her handkerchief to her eyes, and sighed again more resignedly than ever.

'I don't quite understand,' said Agnes. 'I thought your husband had an engagement to take some ladies to Switzerland and Italy?'

'That was his ill-luck, Miss. One of the ladies fell ill—and the others wouldn't go without her. They paid him a month's salary as compensation. But they had engaged him for the autumn and winter—and the loss is serious.'

'I am sorry to hear it, Emily. Let us hope he will soon have another chance.'

— La faveur est-elle si difficile à obtenir ? Asseyez-vous et dites-moi d'abord comment vous allez. Peut-être que la demande viendra toute seule pendant que nous causerons. Comment votre mari se conduit-il avec vous ? »

Les yeux gris-clair d'Émilie devinrent plus clairs encore. Elle secoua sa tête et dit avec un soupir de résignation :

« Je n'ai pas à me plaindre positivement de lui, mademoiselle, mais je crains bien qu'il ne m'aime guère ; son intérieur ne lui plaît pas : on dirait qu'il est déjà fatigué de la vie de ménage. Il vaudrait mieux pour tous deux, mademoiselle, qu'il voyageât pendant quelque temps, à tous les points de vue, sans compter que le besoin d'argent commence à se faire joliment sentir. »

Elle porta son mouchoir à ses yeux et soupira encore avec plus de résignation que jamais.

« Je ne comprends pas bien, dit Agnès ; je croyais que votre mari avait un engagement pour mener des dames en Suisse et en Italie ?

— Oui, mademoiselle, malheureusement ; car voici ce qui est arrivé : une de ces dames est tombée malade et les autres n'ont pas voulu partir sans elle. Elles ont donné un mois de gage comme compensation ; mais elles avaient pris pour l'automne et l'hiver, et la perte est sérieuse.

— C'est bien fâcheux pour vous, Émilie ; mais il faut espérer qu'il y aura bientôt une autre occasion.

'It's not his turn, Miss, to be recommended when the next applications come to the couriers' office. You see, there are so many of them out of employment just now. If he could be privately recommended—'

She stopped, and left the unfinished sentence to speak for itself.

Agnes understood her directly.

'You want my recommendation,' she rejoined. 'Why couldn't you say so at once?'

Emily blushed.

'It would be such a chance for my husband,' she answered confusedly. 'A letter, inquiring for a good courier (a six months' engagement, Miss!) came to the office this morning. It's another man's turn to be chosen—and the secretary will recommend him. If my husband could only send his testimonials by the same post—with just a word in your name, Miss—it might turn the scale, as they say. A private recommendation between gentlefolks goes so far.'

She stopped again, and sighed again, and looked down at the carpet, as if she had some private reason for feeling a little ashamed of herself.

Agnes began to be rather weary of the persistent tone of mystery in which her visitor spoke.

'If you want my interest with any friend of mine,' she said, 'why can't you tell me the name?'

— Ce n'est plus son tour, mademoiselle, à être proposé, quand les prochaines demandes viendront au bureau de placement des courriers. Il y en a tant sans travail dans ce moment ! S'il pouvait être particulièrement recommandé... »

Elle s'arrêta et laissa la phrase inachevée parler pour elle.

Agnès comprit sur-le-champ.

« Vous voulez ma recommandation, répondit-elle ; pourquoi ne pas le dire de suite ? »

Émilie rougit.

« Ce serait une si bonne recommandation pour mon mari, répondit-elle toute confuse. Une lettre demandant un bon courrier pour un engagement de six mois, mademoiselle, est justement arrivée au bureau ce matin. C'est le tour d'un autre à être placé, et le secrétaire va le recommander. Si mon mari pouvait seulement envoyer ses certificats aujourd'hui même, avec un simple mot de vous, mademoiselle, cela pèserait dans la balance, comme l'on dit. Une recommandation particulière, entre gens de condition, cela fait tant d'effet. »

Elle s'arrêta encore une fois, et soupira de nouveau en regardant le tapis comme si elle avait quelque raison secrète d'être honteuse d'elle-même.

Agnès commençait à se fatiguer du ton persistant de mystère avec lequel son ancienne femme de chambre lui parlait.

« Si vous voulez un mot de moi pour un de mes amis, lui dit-elle, pourquoi ne pas m'en dire le nom ? »

The courier's wife began to cry.

'I'm ashamed to tell you, Miss.'

For the first time, Agnes spoke sharply.

'Nonsense, Emily! Tell me the name directly—or drop the subject—whichever you like best.'

Emily made a last desperate effort. She wrung her handkerchief hard in her lap, and let off the name as if she had been letting off a loaded gun:—'Lord Montbarry!'

Agnes rose and looked at her.

'You have disappointed me,' she said very quietly, but with a look which the courier's wife had never seen in her face before. 'Knowing what you know, you ought to be aware that it is impossible for me to communicate with Lord Montbarry. I always supposed you had some delicacy of feeling. I am sorry to find that I have been mistaken.'

Weak as she was, Emily had spirit enough to feel the reproof. She walked in her meek noiseless way to the door.

'I beg your pardon, Miss. I am not quite so bad as you think me. But I beg your pardon, all the same.'

She opened the door. Agnes called her back.

La femme du courrier se mit à pleurer.

« Je suis honteuse de vous le dire, mademoiselle. »

Agnès, irritée, lui parla sévèrement pour la première fois.

« Vous êtes absurde, Émilie. Dites-moi le nom immédiatement ou n'en parlons plus. Qu'est-ce que vous préférez ? »

Émilie fit un dernier effort. Elle tordit son mouchoir sur ses genoux, et lança le nom comme si elle avait fait partir un fusil chargé :

« Lord Montbarry ! »

Agnès se leva et la regarda.

« Vous me surprenez, répondit-elle tranquillement, mais avec un regard que la femme du courrier ne lui avait jamais vu auparavant. – Sachant ce que vous savez, vous deviez bien penser qu'il m'est impossible d'écrire à lord Montbarry. Je supposais que vous aviez quelque délicatesse de sentiments. Je suis fâchée de voir que je m'étais trompée. »

Toute simple qu'elle était, Émilie n'en comprit pas moins fort bien la réprimande. Elle se dirigea sans bruit vers la porte, et avec ses petites manières pleines de douceur :

« Je vous demande pardon, mademoiselle, je ne suis pas si mauvaise que vous croyez. Mais je vous demande pardon tout de même, » dit-elle.

Elle ouvrit la porte. Agnès la rappela.

There was something in the woman's apology that appealed irresistibly to her just and generous nature.

'Come,' she said; 'we must not part in this way. Let me not misunderstand you. What is it that you expected me to do?'

Emily was wise enough to answer this time without any reserve.

'My husband will send his testimonials, Miss, to Lord Montbarry in Scotland. I only wanted you to let him say in his letter that his wife has been known to you since she was a child, and that you feel some little interest in his welfare on that account. I don't ask it now, Miss. You have made me understand that I was wrong.'

Had she really been wrong? Past remembrances, as well as present troubles, pleaded powerfully with Agnes for the courier's wife.

'It seems only a small favour to ask,' she said, speaking under the impulse of kindness which was the strongest impulse in her nature. 'But I am not sure that I ought to allow my name to be mentioned in your husband's letter. Let me hear again exactly what he wishes to say.'

Emily repeated the words—and then offered one of those suggestions, which have a special value of their own to persons unaccustomed to the use of their pens.

Il y avait quelque chose dans l'excuse de cette femme qui frappa la nature juste et généreuse de son ancienne maîtresse.

« Venez, lui dit-elle, il ne faut pas nous quitter comme cela. Faites-vous bien comprendre. Qu'est-ce que vous voulez que je fasse ? »

Émilie fut assez sage pour répondre cette fois-ci sans réticence.

« Mon mari va envoyer ses certificats, mademoiselle, à lord Montbarry, en Écosse. Je voulais seulement que vous lui permettiez de dire dans sa lettre que sa femme est connue de vous depuis son enfance, et que vous vous intéressez un peu à lui à cause d'elle. Je ne le demande plus maintenant, mademoiselle, puisque vous m'avez fait comprendre que j'avais tort. »

Avait-elle réellement tort ? Les souvenirs du passé, aussi bien que les chagrins du présent, plaidèrent puissamment auprès d'Agnès pour la femme du courrier.

« Ce n'est pas une bien grosse faveur que vous me demandez là, dit-elle, se laissant aller à un sentiment de bonté qui prévalait dans toutes les actions de sa vie. Mais je ne sais si je dois permettre que mon nom soit mentionné dans la lettre de votre mari. Redites-moi encore exactement ce qu'il désire écrire. »

Émilie répéta sa demande et fit une proposition qui lui sembla fort importante, comme à toutes les personnes qui n'ont pas l'habitude de tenir une plume.

'Suppose you try, Miss, how it looks in writing?'

Childish as the idea was, Agnes tried the experiment.

'If I let you mention me,' she said, 'we must at least decide what you are to say.'

She wrote the words in the briefest and plainest form:—'I venture to state that my wife has been known from her childhood to Miss Agnes Lockwood, who feels some little interest in my welfare on that account.'

Reduced to this one sentence, there was surely nothing in the reference to her name which implied that Agnes had permitted it, or that she was even aware of it. After a last struggle with herself, she handed the written paper to Emily.

'Your husband must copy it exactly, without altering anything,' she stipulated. 'On that condition, I grant your request.'

Emily was not only thankful—she was really touched. Agnes hurried the little woman out of the room.

'Don't give me time to repent and take it back again,' she said.

Emily vanished.

« Supposons que vous écriviez vous-même, mademoiselle, pour voir ce que cela donnera une fois sur le papier ? »

Quoique enfantine, l'idée fut mise à exécution par Agnès.

« Si je vous laisse prononcer mon nom, dit-elle, il faut en effet que nous décidions au moins ce que vous direz. »

Elle écrivit donc une phrase la plus brève et la plus simple qu'elle put trouver :

« J'ose dire que ma femme est connue depuis son enfance par Mlle Agnès Lockwood, qui, par cette raison, porte quelque intérêt à ma réussite en cette circonstance. »

Réduite à cette seule phrase, il n'y avait sûrement rien dans la mention de son nom qui pût signifier qu'Agnès eût donné une autorisation quelconque ou même qu'elle en eût eu connaissance. Elle hésita cependant encore un peu et tendit le papier à Émilie.

« Il faut que votre mari le copie exactement sans rien y changer, dit-elle. À cette condition, je consens à ce que vous voulez. »

Émilie n'était pas seulement reconnaissante, elle était réellement touchée. Agnès congédia vivement la petite femme.

« Ne me donnez pas le temps de me repentir et de le reprendre, » dit-elle.

Émilie disparut.

'Is the tie that once bound us completely broken? Am I as entirely parted from the good and evil fortune of his life as if we had never met and never loved?'

Agnes looked at the clock on the mantel-piece. Not ten minutes since, those serious questions had been on her lips. It almost shocked her to think of the common-place manner in which they had already met with their reply.

The mail of that night would appeal once more to Montbarry's remembrance of her—in the choice of a servant.

Two days later, the post brought a few grateful lines from Emily. Her husband had got the place. Ferrari was engaged, for six months certain, as Lord Montbarry's courier. ◆

« Le lien qui nous a jadis unis est-il complètement brisé ? Suis-je aussi désintéressée de ce qui peut lui arriver d'heureux ou de malheureux que si nous ne nous étions jamais rencontrés et jamais aimés ? »

Agnès regarda la pendule. Il n'y avait pas dix minutes qu'elle s'était posé ces questions, et elle était presque honteuse en songeant à la réponse qu'elle venait d'y faire.

Le courrier de cette nuit la rappellerait une fois de plus au souvenir de Montbarry, et à quel propos ? À propos du choix d'un domestique.

Deux jours après, elle reçut quelques lignes pleines de reconnaissance d'Émilie. Son mari avait obtenu la place. Ferraris était engagé pour six mois en qualité de courrier de lord Montbarry. ■

5

After only one week of travelling in Scotland, my lord and my lady returned unexpectedly to London. Introduced to the mountains and lakes of the Highlands, her ladyship positively declined to improve her acquaintance with them. When she was asked for her reason, she answered with a Roman brevity, 'I have seen Switzerland.'

For a week more, the newly-married couple remained in London, in the strictest retirement. On one day in that week the nurse returned in a state of most uncustomary excitement from an errand on which Agnes had sent her. Passing the door of a fashionable dentist, she had met Lord Montbarry himself just leaving the house. The good woman's report described him, with malicious pleasure, as looking wretchedly ill.

'His cheeks are getting hollow, my dear, and his beard is turning grey. I hope the dentist hurt him!'

5

Après une semaine de voyage en Écosse, milord et milady revinrent subitement à Londres. Sa visite aux montagnes et aux lacs écossais n'avait point donné à milady le désir de faire plus ample connaissance avec eux. Quand on lui en demanda la raison, elle répondit laconiquement :

« J'ai déjà vu la Suisse. »

Pendant une semaine encore, les nouveaux mariés restèrent à Londres, vivant en véritables reclus. Un jour, la vieille nourrice qui revenait de faire une commission dont Agnès l'avait chargée rentra dans un état d'excitation difficile à décrire. En passant devant la porte d'un dentiste à la mode, elle avait rencontré lord Montbarry qui en sortait. La bonne femme dépeignit cette rencontre avec un malin plaisir, représentant lord Montbarry comme affreusement malade.

« Ses joues se creusent, ma chérie, sa barbe est grise. J'espère que le dentiste lui aura fait beaucoup de mal ! »

Knowing how heartily her faithful old servant hated the man who had deserted her, Agnes made due allowance for a large infusion of exaggeration in the picture presented to her. The main impression produced on her mind was an impression of nervous uneasiness. If she trusted herself in the streets by daylight while Lord Montbarry remained in London, how could she be sure that his next chance-meeting might not be a meeting with herself? She waited at home, privately ashamed of her own undignified conduct, for the next two days. On the third day the fashionable intelligence of the newspapers announced the departure of Lord and Lady Montbarry for Paris, on their way to Italy.

Mrs. Ferrari, calling the same evening, informed Agnes that her husband had left her with all reasonable expression of conjugal kindness; his temper being improved by the prospect of going abroad. But one other servant accompanied the travellers—Lady Montbarry's maid, rather a silent, unsociable woman, so far as Emily had heard. Her ladyship's brother, Baron Rivar, was already on the Continent. It had been arranged that he was to meet his sister and her husband at Rome.

One by one the dull weeks succeeded each other in the life of Agnes. She faced her position with admirable courage, seeing her friends, keeping herself occupied in her leisure hours with reading and drawing, leaving no means untried of diverting her mind from the melancholy remembrance of the past. But she had loved too faithfully,

Sachant que sa vieille et fidèle servante haïssait de tout son cœur l'homme qui l'avait abandonnée, Agnès fit la part d'une grande exagération dans le récit qu'elle venait d'entendre, et néanmoins sa première impression fut celle d'un véritable malaise. Elle risquait, en effet, elle aussi, de rencontrer dans la rue lord Montbarry : il était même possible qu'elle se trouvât face à face avec lui la première fois qu'elle sortirait. Elle resta deux jours entiers chez elle, honteuse de cette crainte ridicule. Le troisième jour, les nouvelles du monde, dans les journaux, annoncèrent le départ pour Paris de lord Montbarry se rendant en Italie.

Mme Ferraris vint le même soir prévenir Agnès que son mari l'avait quittée en lui donnant quelques preuves de tendresse conjugale ; la seule perspective d'aller à l'étranger l'avait rendu plus aimable. Un seul domestique accompagnait les voyageurs, la femme de chambre de lady Montbarry, une silencieuse et revêche créature, avait-on dit à Émilie. Le frère de madame, le baron Rivar, était déjà sur le continent. Il avait été entendu qu'il retrouverait à Rome sa sœur et son mari.

Les semaines se succédaient tristement pour Agnès. Elle montrait dans sa position un courage admirable, voyant ses amis, s'occupant à ses heures de loisir à lire ou à dessiner, essayant de tout enfin pour détourner son esprit des tristes souvenirs du passé. Mais elle avait trop aimé,

she had been wounded too deeply, to feel in any adequate degree the influence of the moral remedies which she employed. Persons who met with her in the ordinary relations of life, deceived by her outward serenity of manner, agreed that 'Miss Lockwood seemed to be getting over her disappointment.' But an old friend and school companion who happened to see her during a brief visit to London, was inexpressibly distressed by the change that she detected in Agnes. This lady was Mrs. Westwick, the wife of that brother of Lord Montbarry who came next to him in age, and who was described in the 'Peerage' as presumptive heir to the title. He was then away, looking after his interests in some mining property which he possessed in America. Mrs. Westwick insisted on taking Agnes back with her to her home in Ireland.

'Come and keep me company while my husband is away. My three little girls will make you their playfellow, and the only stranger you will meet is the governess, whom I answer for your liking beforehand. Pack up your things, and I will call for you to-morrow on my way to the train.'

In those hearty terms the invitation was given. Agnes thankfully accepted it. For three happy months she lived under the roof of her friend. The girls hung round her in tears at her departure; the youngest of them wanted to go back with Agnes to London. Half in jest, half in earnest, she said to her old friend at parting, 'If your governess leaves you, keep the place open for me.'

avait été trop profondément blessée pour que les remèdes moraux qu'elle employait eussent une influence quelconque sur elle, Les personnes qui se trouvaient avec elle dans les relations ordinaires de la vie, trompées par l'apparente sérénité de ses manières, étaient d'accord pour dire que miss Lockwood paraissait oublier ses malheurs. Mais une vieille amie à elle, une amie de pension qui la vit pendant un petit voyage à Londres, fut très vivement alarmée par le changement qu'elle remarqua chez Agnès. Cette amie était Mme Westwick, femme de ce frère cadet de lord Montbarry, que le dictionnaire nobiliaire indiquait comme héritier présomptif du titre. Il était en Amérique, surveillant les propriétés minières qu'il y possédait. Mme Westwick insista pour emmener Agnès chez elle en Irlande.

« Venez me tenir compagnie pendant que mon mari est absent. Mes trois petites filles vous feront une société ; la seule étrangère que vous verrez est la gouvernante, et je réponds d'avance que vous l'aimerez. Faites vos paquets, et je viendrai vous prendre demain pour aller à la gare. »

Agnès ne pouvait qu'accepter une aussi aimable invitation. Pendant trois mois, elle vécut heureuse sous le toit de son amie. Les petites filles en larmes s'accrochèrent à ses vêtements lors de son départ, la plus jeune voulait absolument partir à Londres avec Agnès. Moitié plaisantant, moitié sérieusement, elle dit à Mme Westwick en se séparant :

« Si votre gouvernante vous quitte, gardez-moi sa place. »

Mrs. Westwick laughed. The wiser children took it seriously, and promised to let Agnes know.

On the very day when Miss Lockwood returned to London, she was recalled to those associations with the past which she was most anxious to forget. After the first kissings and greetings were over, the old nurse (who had been left in charge at the lodgings) had some startling information to communicate, derived from the courier's wife.

'Here has been little Mrs. Ferrari, my dear, in a dreadful state of mind, inquiring when you would be back. Her husband has left Lord Montbarry, without a word of warning—and nobody knows what has become of him.'

Agnes looked at her in astonishment. 'Are you sure of what you are saying?' she asked.

The nurse was quite sure.

'Why, Lord bless you! the news comes from the couriers' office in Golden Square—from the secretary, Miss Agnes, the secretary himself!'

Hearing this, Agnes began to feel alarmed as well as surprised. It was still early in the evening. She at once sent a message to Mrs. Ferrari, to say that she had returned.

In an hour more the courier's wife appeared, in a state of agitation which it was not easy to control. Her narrative, when she was at last able to speak connectedly, entirely confirmed the nurse's report of it.

Mme Westwick sourit. Les enfants prirent gravement la chose au sérieux et promirent à Agnès de la prévenir.

Le jour même où Agnès Lockwood revint à Londres, le passé se rappela à son souvenir. Elle qui tenait tant à l'oublier ! Après les premiers embrassements et les premiers compliments, la vieille nourrice, qui était restée pour garder l'appartement, eut des nouvelles importantes à donner de la femme du courrier.

« La petite Mme Ferraris est venue, ma chérie, dans un état affreux, demandant quand vous serez de retour. Son mari a quitté lord Montbarry sans prévenir et personne ne sait ce qu'il est devenu. »

Agnès la regarda avec étonnement : « Êtes-vous sûre de ce que vous dites ? »

La nourrice répandit qu'elle en était absolument sûre.

« Mais, mon Dieu, mademoiselle, ajouta-t-elle, la nouvelle vient du bureau des courriers dans Golden square, du secrétaire, mademoiselle Agnès, du secrétaire lui-même ! »

À cette nouvelle affirmation, Agnès, surprise et inquiète, envoya sur-le-champ — la soirée n'était pas encore très avancée — prévenir Mme Ferraris qu'elle était de retour.

Une heure après, la femme du courrier arriva, dans un état d'agitation incroyable ; quand elle put parler, elle confirma en tous points ce qu'avait dit la nourrice.

After hearing from her husband with tolerable regularity from Paris, Rome, and Venice, Emily had twice written to him afterwards—and had received no reply.

Feeling uneasy, she had gone to the office in Golden Square, to inquire if he had been heard of there. The post of the morning had brought a letter to the secretary from a courier then at Venice. It contained startling news of Ferrari. His wife had been allowed to take a copy of it, which she now handed to Agnes to read.

The writer stated that he had recently arrived in Venice. He had previously heard that Ferrari was with Lord and Lady Montbarry, at one of the old Venetian palaces which they had hired for a term. Being a friend of Ferrari, he had gone to pay him a visit. Ringing at the door that opened on the canal, and failing to make anyone hear him, he had gone round to a side entrance opening on one of the narrow lanes of Venice. Here, standing at the door (as if she was waiting for him to try that way next), he found a pale woman with magnificent dark eyes, who proved to be no other than Lady Montbarry herself.

She asked, in Italian, what he wanted. He answered that he wanted to see the courier Ferrari, if it was quite convenient. She at once informed him that Ferrari had left the palace, without assigning any reason, and without even leaving an address at which his monthly salary (then due to him) could be paid.

Après avoir reçu avec assez de régularité des lettres de son mari, datées de Paris, de Rome et de Venise, Émilie lui avait écrit deux fois sans recevoir de réponse.

Fort inquiète, elle était allée au bureau, à Golden square, demander si on avait des nouvelles de son mari. La poste du matin avait apporté au secrétaire une lettre d'un courrier qui était à Venise. Elle contenait des renseignements sur Ferraris ; on avait laissé sa femme en prendre une copie qu'elle apportait à lire à Agnès.

Celui qui écrivait disait qu'il était tout récemment arrivé à Venise, et que sachant que son ami Ferraris était avec lord et lady Montbarry, logé dans un vieux palais vénitien qu'on avait loué à bail, il y était allé pour le voir. Après avoir sonné à une porte ouvrant sur le canal, sans pouvoir se faire entendre, il était allé de l'autre côté donnant dans une étroite allée comme la plupart des rues de la ville. Il trouva sur le seuil de la porte, comme si elle se fût attendue à ce qu'il vînt ensuite par là, une femme pâle avec de magnifiques yeux noirs, qui n'était autre que lady Montbarry.

Elle lui demanda en italien ce qu'il voulait. Il répondit qu'il désirait voir le courrier Ferraris, si cela était possible. Aussitôt elle lui dit que Ferraris avait quitté le palais, sans donner aucune explication, et sans même laisser une adresse à laquelle on pût lui faire parvenir les gages du mois courant qui lui étaient dus.

Amazed at this reply, the courier inquired if any person had offended Ferrari, or quarrelled with him.

The lady answered, 'To my knowledge, certainly not. I am Lady Montbarry; and I can positively assure you that Ferrari was treated with the greatest kindness in this house. We are as much astonished as you are at his extraordinary disappearance. If you should hear of him, pray let us know, so that we may at least pay him the money which is due.'

After one or two more questions (quite readily answered) relating to the date and the time of day at which Ferrari had left the palace, the courier took his leave.

He at once entered on the necessary investigations—without the slightest result so far as Ferrari was concerned. Nobody had seen him. Nobody appeared to have been taken into his confidence. Nobody knew anything (that is to say, anything of the slightest importance) even about persons so distinguished as Lord and Lady Montbarry. It was reported that her ladyship's English maid had left her, before the disappearance of Ferrari, to return to her relatives in her own country, and that Lady Montbarry had taken no steps to supply her place. His lordship was described as being in delicate health. He lived in the strictest retirement—nobody was admitted to him, not even his own countrymen. A stupid old woman was discovered who did the housework at the palace, arriving in the morning and going away again at night.

Tout étonné, le courrier demanda si quelqu'un avait fait de vifs reproches à Ferraris, ou si l'on s'était disputé avec lui.

Voici la réponse même de la dame :

« À ma connaissance, on n'a rien dit à Ferraris et il n'a eu de dispute avec personne. Je suis lady Montbarry et je puis vous assurer que Ferraris a été traité chez nous avec la plus grande bonté. Nous sommes aussi étonnés que vous de sa disparition extraordinaire. Si vous entendez parler de lui, je vous prie de nous le faire savoir, afin que nous puissions au moins lui payer ce qui lui est dû. »

Après une ou deux questions auxquelles on répondit encore, sur la date et l'heure à laquelle Ferraris avait quitté le palais, le courrier s'éloigna.

Sur-le-champ il commença les recherches nécessaires sans le moindre résultat. D'ailleurs personne n'avait vu Ferraris. Il n'avait fait de confidences à personne ; en un mot, nul ne savait quoi que ce fût d'important, pas même sur lord et lady Montbarry. Le bruit courait bien que la servante anglaise de madame l'avait quittée avant la disparition de Ferraris pour retourner auprès de sa famille, dans son pays, et que lady Montbarry n'avait pas cherché à la remplacer. On parlait de milord, comme d'un homme d'une santé faible. Il vivait dans la plus absolue solitude ; personne n'était admis à le voir pas même ses compatriotes. On avait découvert une vieille femme imbécile qui faisait le ménage ; elle arrivait le matin et s'en allait le soir ;

She had never seen the lost courier—she had never even seen Lord Montbarry, who was then confined to his room. Her ladyship, 'a most gracious and adorable mistress,' was in constant attendance on her noble husband. There was no other servant then in the house (so far as the old woman knew) but herself. The meals were sent in from a restaurant. My lord, it was said, disliked strangers. My lord's brother-in-law, the Baron, was generally shut up in a remote part of the palace, occupied (the gracious mistress said) with experiments in chemistry. The experiments sometimes made a nasty smell. A doctor had latterly been called in to his lordship—an Italian doctor, long resident in Venice. Inquiries being addressed to this gentleman (a physician of undoubted capacity and respectability), it turned out that he also had never seen Ferrari, having been summoned to the palace (as his memorandum book showed) at a date subsequent to the courier's disappearance. The doctor described Lord Montbarry's malady as bronchitis. So far, there was no reason to feel any anxiety, though the attack was a sharp one. If alarming symptoms should appear, he had arranged with her ladyship to call in another physician. For the rest, it was impossible to speak too highly of my lady; night and day, she was at her lord's bedside.

With these particulars began and ended the discoveries made by Ferrari's courier-friend. The police were on the look-out for the lost man—and that was the only hope which could be held forth for the present, to Ferrari's wife.

mais elle n'avait jamais vu le courrier ; elle n'avait même pas aperçu lord Montbarry, qui restait alors confiné dans sa chambre. Madame, une bien bonne et bien charmante maîtresse, prodiguait des soins assidus à son mari. Il n'y avait pas d'autres domestiques dans la maison, du moins la bonne femme n'en connaissait pas d'autres qu'elle. On faisait venir les repas du restaurant ; milord, disait-on, n'aimait pas les étrangers. Le beau-frère de milord, le baron, était généralement enfermé dans un endroit retiré du palais, occupé, disait l'excellente maîtresse, à des expériences de chimie. Ces expériences répandaient quelquefois une mauvaise odeur. Un médecin avait été appelé récemment pour voir Sa Seigneurie, un médecin italien, résidant depuis longtemps à Venise. On lui fit quelques questions ; c'était un médecin de talent et un homme d'une réputation fort honorable ; il n'avait pas vu Ferraris, ayant été mandé au palais, comme il le fit voir par son agenda, à une date postérieure à la disparition du courrier. Le médecin donna quelques détails sur la maladie de lord Montbarry : c'était une bronchite. Il n'y avait encore aucune crainte à avoir, bien que la maladie fût aiguë. Si des symptômes alarmants venaient à se produire, il était entendu avec madame qu'on appellerait un autre médecin. Il était impossible de dire trop de bien de milady ; nuit et jour elle veillait au chevet de son mari.

Voilà tout ce que révéla l'enquête faite par le courrier, ami de Ferraris. La police était à la recherche de l'homme disparu. C'était le seul espoir qui restât à la femme de Ferraris.

'What do you think of it, Miss?' the poor woman asked eagerly. 'What would you advise me to do?'

Agnes was at a loss how to answer her; it was an effort even to listen to what Emily was saying. The references in the courier's letter to Montbarry—the report of his illness, the melancholy picture of his secluded life—had reopened the old wound. She was not even thinking of the lost Ferrari; her mind was at Venice, by the sick man's bedside.

'Do you think it would help you, Miss, if you read my husband's letters to me? There are only three of them—they won't take long to read.'

Agnes compassionately read the letters. They were not written in a very tender tone.

'Dear Emily,' and 'Yours affectionately'—these conventional phrases, were the only phrases of endearment which they contained. In the first letter, Lord Montbarry was not very favourably spoken of:

> *'We leave Paris to-morrow. I don't much like my lord. He is proud and cold, and, between ourselves, stingy in money matters. I have had to dispute such trifles as a few centimes in the hotel bill; and twice already, some sharp remarks have passed between the newly-married couple, in consequence of her ladyship's freedom in purchasing pretty tempting things at the shops in Paris. I can't afford it; you must keep to your allowance.*

« Qu'en pensez-vous, mademoiselle, demanda avec vivacité la pauvre femme ; que me conseillez-vous de faire ? »

Agnès ne savait que lui répondre ; elle avait réellement souffert en écoutant Émilie. Ce qui se rapportait à Montbarry dans la lettre du courrier, la nouvelle de sa maladie, la triste peinture de la vie retirée qu'il menait, avait rouvert l'ancienne blessure. Elle ne pensait même pas à la disparition de Ferraris ; son esprit était à Venise auprès du malade.

« Pensez-vous que cela vous donnerait une idée, mademoiselle, si vous lisiez les lettres que mon mari m'a écrites ? Il n'y en a que trois, ce ne sera pas long. »

Agnès, par bonté, se mit à lire les lettres. Elles n'étaient pas des plus tendres.

Chère Émilie et *Votre affectionné* étaient, bien que conventionnels, les seuls mots aimables qu'elles continssent. Dans la première lettre, on ne parlait pas très favorablement de lord Montbarry :

> *« Nous quittons Paris demain. Je n'aime pas beaucoup milord. Il est fier et froid, et, entre nous, fort avare de son argent. J'ai eu avec lui des discussions pour des riens, pour quelques centimes sur une note d'hôtel ; et deux fois déjà il y a eu des mots piquants entre les nouveaux mariés à cause de la facilité avec laquelle madame a acheté toutes les jolies choses qui l'ont tentée dans les magasins de Paris. Mes moyens ne me le permettent pas ; il faut que vous ne dépensiez pas plus que ce que je vous donne.*

She has had to hear those words already. For my part, I like her. She has the nice, easy foreign manners—she talks to me as if I was a human being like herself.'

The second letter was dated from Rome.

'My lord's caprices' (Ferrari wrote) 'have kept us perpetually on the move. He is becoming incurably restless. I suspect he is uneasy in his mind. Painful recollections, I should say—I find him constantly reading old letters, when her ladyship is not present. We were to have stopped at Genoa, but he hurried us on. The same thing at Florence. Here, at Rome, my lady insists on resting. Her brother has met us at this place. There has been a quarrel already (the lady's maid tells me) between my lord and the Baron. The latter wanted to borrow money of the former. His lordship refused in language which offended Baron Rivar. My lady pacified them, and made them shake hands.'

The third, and last letter, was from Venice.

'More of my lord's economy! Instead of staying at the hotel, we have hired a damp, mouldy, rambling old palace. My lady insists on having the best suites of rooms wherever we go—and the palace comes cheaper for a two months' term. My lord tried to get it for longer; he says the quiet of Venice is good for his nerves.

Il le lui a dit très ferme. Quant à moi, j'aime madame. Elle a les façons gracieuses et aimables des étrangères, elle me parle comme si j'étais son égal. »

La seconde lettre était datée de Rome :

« *Les caprices de milord, écrivait Ferraris, ne nous laissent pas un instant de repos. Il devient d'une humeur intolérable. Je pense qu'il est tourmenté par des souvenirs pénibles. Je le vois constamment lire de vieilles lettres quand sa femme n'est pas là. Nous devions rester à Gênes, mais il nous l'a fait quitter à la hâte, de même que Florence. Ici, à Rome, milady insiste pour se reposer. Son frère est venu nous retrouver. Il y a déjà eu une dispute, à ce que m'a dit la femme de chambre, entre milord et le baron. Ce dernier voulait emprunter de l'argent à monsieur Milord qui a refusé sur un ton qui a offensé le baron Rivar. Milady les a remis d'accord et leur a fait échanger une poignée de main.* »

La troisième et dernière lettre était de Venise :

« *Encore des économies de milord ! Au lieu de rester à l'hôtel, nous avons loué un vieux palais humide, moisi et désert. Milady insiste pour avoir les meilleures chambres partout où nous allons, mais le palais coûte bien moins cher que l'hôtel, et nous l'avons pour deux mois. Milord a essayé de l'avoir pour plus longtemps ; il prétend que la tranquillité de Venise lui fait du bien.*

But a foreign speculator has secured the palace, and is going to turn it into an hotel. The Baron is still with us, and there have been more disagreements about money matters. I don't like the Baron—and I don't find the attractions of my lady grow on me. She was much nicer before the Baron joined us. My lord is a punctual paymaster; it's a matter of honour with him; he hates parting with his money, but he does it because he has given his word. I receive my salary regularly at the end of each month—not a franc extra, though I have done many things which are not part of a courier's proper work. Fancy the Baron trying to borrow money of me! he is an inveterate gambler. I didn't believe it when my lady's maid first told me so—but I have seen enough since to satisfy me that she was right. I have seen other things besides, which—well! which don't increase my respect for my lady and the Baron. The maid says she means to give warning to leave. She is a respectable British female, and doesn't take things quite so easily as I do. It is a dull life here. No going into company—no company at home—not a creature sees my lord—not even the consul, or the banker. When he goes out, he goes alone, and generally towards nightfall. Indoors, he shuts himself up in his own room with his books, and sees as little of his wife and the Baron as possible. I fancy things are coming to a crisis here. If my lord's suspicions are once awakened, the consequences will be terrible.

Mais un spéculateur étranger a acheté le palais et va le transformer en hôtel. Le baron est toujours avec nous, et il y a encore eu des ennuis pour des affaires d'argent. Je n'aime pas le baron ; mes sympathies pour milady n'augmentent pas. Elle était bien plus aimable avant que le baron nous eût rejoints. Milord paie très exactement, c'est un point d'honneur chez lui. Il n'aime pas à se séparer de son argent, mais il s'y décide, parce qu'il a donné sa parole. Je reçois mon salaire régulièrement à la fin de chaque mois. Pas un franc de plus, par exemple, bien que j'aie fait une foule de choses qui n'entrent pas dans le service d'un courrier. Figurez-vous le baron essayant de m'emprunter de l'argent à moi ! C'est un joueur endurci. Je ne l'avais pas cru quand la femme de chambre de milady me l'avait dit, mais j'en ai vu assez depuis pour me convaincre. J'ai vu en outre d'autres choses qui... eh bien ! Qui n'augmentent pas mon respect pour milady et le baron. La femme de chambre a l'intention de s'en aller. C'est une Anglaise rigide qui ne prend pas les choses tout à fait aussi bien que moi. La vie est bien triste ici. On ne va nulle part, pas une âme ne vient à la maison ; personne ne fait de visite à milord, pas même le consul ; son banquier non plus. Quand il sort, il sort seul, et généralement vers la tombée de la nuit. À la maison, il s'enferme dans sa chambre avec ses livres, et voit aussi peu sa femme et le baron que possible. Je crois que nous ne sommes pas loin d'une crise. Quand les soupçons de milord seront une fois éveillés, les conséquences seront terribles.

Under certain provocations, the noble Montbarry is a man who would stick at nothing. However, the pay is good—and I can't afford to talk of leaving the place, like my lady's maid.'

Agnes handed back the letters—so suggestive of the penalty paid already for his own infatuation by the man who had deserted her!—with feelings of shame and distress, which made her no fit counsellor for the helpless woman who depended on her advice.

'The one thing I can suggest,' she said, after first speaking some kind words of comfort and hope, 'is that we should consult a person of greater experience than ours. Suppose I write and ask my lawyer (who is also my friend and trustee) to come and advise us to-morrow after his business hours?'

Emily eagerly and gratefully accepted the suggestion. An hour was arranged for the meeting on the next day; the correspondence was left under the care of Agnes; and the courier's wife took her leave.

Weary and heartsick, Agnes lay down on the sofa, to rest and compose herself. The careful nurse brought in a reviving cup of tea. Her quaint gossip about herself and her occupations while Agnes had been away, acted as a relief to her mistress's overburdened mind. They were still talking quietly, when they were startled by a loud knock at the house door. Hurried footsteps ascended the stairs. The door of the sitting-room was thrown open violently; the courier's wife rushed in like a mad woman.

Dans certains cas, je crois lord Montbarry homme à ne s'arrêter devant rien. Néanmoins, mes gains sont bons et mes moyens ne me permettent pas de quitter la place comme la femme de chambre de milady. »

Agnès, avec un sentiment de honte et de chagrin qui n'en faisait pas une bonne conseillère pour la malheureuse femme qui implorait ses avis, rendit les lettres qui venaient de lui apprendre les peines qu'avait déjà supportées, par sa faute, l'homme qui l'avait abandonnée.

« La seule chose que je puisse vous dire, reprit-elle après avoir prononcé quelques paroles de consolation et d'espoir, est qu'il faut consulter une personne de plus d'expérience que moi. Voulez-vous que j'écrive à mon notaire, qui est en même temps mon ami et mon homme d'affaires, de venir demain dès qu'il aura terminé ses travaux ? »

Émilie accepta cette proposition avec reconnaissance ; on prit rendez-vous pour le lendemain. Agnès se chargea d'écrire la lettre nécessaire et la femme du courrier s'en alla.

Fatiguée, blessée an cœur, Agnès s'étendit sur le canapé pour se reposer et se remettre un peu. La nourrice, toujours pleine de sollicitude, lui apporta une tasse de thé. Le bavardage de la bonne vieille, qui roula sur elle-même et sur ce qu'elle avait fait pendant l'absence d'Agnès, fut une sorte de soulagement. Elles causaient encore tranquillement, quand on frappa un coup violent à la porte de la maison. Des pas précipités montèrent l'escalier. La porte de la chambre fut ouverte avec fracas ; la femme du courrier entra comme une folle.

'He's dead! They've murdered him!'

Those wild words were all she could say. She dropped on her knees at the foot of the sofa—held out her hand with something clasped in it—and fell back in a swoon.

The nurse, signing to Agnes to open the window, took the necessary measures to restore the fainting woman.

'What's this?' she exclaimed. 'Here's a letter in her hand. See what it is, Miss.'

The open envelope was addressed (evidently in a feigned hand-writing) to 'Mrs. Ferrari.' The post-mark was 'Venice.' The contents of the envelope were a sheet of foreign note-paper, and a folded enclosure.

On the note-paper, one line only was written. It was again in a feigned handwriting, and it contained these words:

'To console you for the loss of your husband'

Agnes opened the enclosure next.

It was a Bank of England note for a thousand pounds. ◆

« Il est mort ! Ils l'ont assassiné ! »

Ce fut tout ce qu'elle put dire. Elle se jeta à genoux auprès du canapé, étendit une main qui serrait un papier et tomba à la renverse.

La nourrice fit signe à Agnès d'ouvrir la fenêtre, et s'occupa de rappeler la malheureuse à la vie.

« Qu'est-ce donc que cela ? s'écria-t-elle tout à coup. Elle tient une lettre. Voyez ce que c'est, mademoiselle. »

L'enveloppe ouverte était adressée à Mme Ferraris. L'écriture était évidemment contrefaite. Le cachet de la poste était celui de Venise, l'enveloppe renfermait une feuille de papier à lettre et un billet plié en plusieurs doubles.

La lettre avait une ligne d'une écriture contrefaite également :

Pour vous consoler de la perte de votre mari...

Agnès ouvrit ensuite un morceau de papier qui y était joint.

C'était un billet de la Banque d'Angleterre de mille livres sterling.

6

THE NEXT DAY, the friend and legal adviser of Agnes Lockwood, Mr. Troy, called on her by appointment in the evening.

Mrs. Ferrari—still persisting in the conviction of her husband's death—had sufficiently recovered to be present at the consultation. Assisted by Agnes, she told the lawyer the little that was known relating to Ferrari's disappearance, and then produced the correspondence connected with that event.

Mr. Troy read (first) the three letters addressed by Ferrari to his wife; (secondly) the letter written by Ferrari's courier-friend, describing his visit to the palace and his interview with Lady Montbarry; and (thirdly) the one line of anonymous writing which had accompanied the extraordinary gift of a thousand pounds to Ferrari's wife.

Mr. Troy was not only a man of learning and experience in his profession—he was also a man who had seen something of society at home and abroad.

6

Le lendemain, l'ami et conseiller d'Agnès Lockwood, M. Troy, vint au rendez-vous dans la soirée.

Mme Ferraris, toujours convaincue de la mort de son mari, était suffisamment remise pour assister à la consultation. Aidée par Agnès, elle dit au notaire le peu que l'on savait relativement à la disparition de Ferraris, et lui montra ensuite les lettres ayant trait à cette affaire.

M. Troy lut d'abord les trois lettres adressées par Ferraris à sa femme, puis la lettre écrite par le courrier, ami de Ferraris, racontant sa visite au palais et son entrevue avec lady Montbarry, puis enfin la ligne d'écriture anonyme qui avait accompagné le don extraordinaire de mille livres sterling fait à la femme de Ferraris.

M. Troy n'était pas seulement un homme de savoir et d'expérience dans sa profession, c'était un homme connaissant les mœurs de l'Angleterre et celles de l'étranger.

He possessed a keen eye for character, a quaint humour, and a kindly nature which had not been deteriorated even by a lawyer's professional experience of mankind. With all these personal advantages, it is a question, nevertheless, whether he was the fittest adviser whom Agnes could have chosen under the circumstances.

Little Mrs. Ferrari, with many domestic merits, was an essentially commonplace woman. Mr. Troy was the last person living who was likely to attract her sympathies—he was the exact opposite of a commonplace man.

'She looks very ill, poor thing!'

In these words the lawyer opened the business of the evening, referring to Mrs. Ferrari as unceremoniously as if she had been out of the room.

'She has suffered a terrible shock,' Agnes answered.

Mr. Troy turned to Mrs. Ferrari, and looked at her again, with the interest due to the victim of a shock. He drummed absently with his fingers on the table. At last he spoke to her.

'My good lady, you don't really believe that your husband is dead?'

Mrs. Ferrari put her handkerchief to her eyes. The word 'dead' was ineffectual to express her feelings.

'Murdered!' she said sternly, behind her handkerchief.

'Why? And by whom?' Mr. Troy asked.

Observateur habile, esprit original, il avait conserve sa bonté naturelle que la triste expérience qu'il avait acquise de l'humanité n'avait pu altérer. Malgré toutes ces qualités, était-ce le meilleur conseiller qu'Agnès pût choisir dans les circonstances actuelles ?

La petite Mme Ferraris, avec tous ses mérites de bonne femme de ménage, était une femme essentiellement commune, M. Troy, lui, était la dernière personne qui eût su lui inspirer des sympathies ou de la confiance ; il était tout l'opposé d'un homme ordinaire.

« Elle a l'air bien malade, la pauvre petite ! »

C'est ainsi qu'il entama l'affaire, parlant de Mme Ferraris comme si elle n'eût pas été là.

« Elle a subi un terrible malheur, » répondit Agnès.

M. Troy se tourna vers Mme Ferraris et la regarda de nouveau avec l'intérêt qu'on accorde en général à la victime d'un malheur. D'un air distrait, il tapotait sur la table avec ses doigts. Puis il se décida à parler.

« Vous ne croyez réellement pas, ma chère dame, que votre mari soit mort ? »

Mme Ferraris mit son mouchoir sur ses yeux. « *Mort !* » ce mot ne rendait nullement sa pensée.

« Assassiné ! dit-elle sèchement, la figure, cachée par son mouchoir.

— Pourquoi et par qui ? » demanda M. Troy.

Mrs. Ferrari seemed to have some difficulty in answering.

'You have read my husband's letters, sir,' she began. 'I believe he discovered—' She got as far as that, and there she stopped.

'What did he discover?'

There are limits to human patience—even the patience of a bereaved wife. This cool question irritated Mrs. Ferrari into expressing herself plainly at last.

'He discovered Lady Montbarry and the Baron!' she answered, with a burst of hysterical vehemence. 'The Baron is no more that vile woman's brother than I am. The wickedness of those two wretches came to my poor dear husband's knowledge. The lady's maid left her place on account of it. If Ferrari had gone away too, he would have been alive at this moment. They have killed him. I say they have killed him, to prevent it from getting to Lord Montbarry's ears.'

So, in short sharp sentences, and in louder and louder accents, Mrs. Ferrari stated her opinion of the case.

Still keeping his own view in reserve, Mr. Troy listened with an expression of satirical approval.

'Very strongly stated, Mrs. Ferrari,' he said. 'You build up your sentences well; you clinch your conclusions in a workmanlike manner. If you had been a man, you would have made a good lawyer—you would have taken juries by the scruff of their necks.

Mme Ferraris parut hésiter un peu à répondre.

« Vous avez lu les lettres de mon mari, monsieur, commença-t-elle. Je crois qu'il a découvert... » et elle s'arrêta.

« Qu'a-t-il découvert ? »

Il y a des limites à la patience humaine, même à la patience d'une femme désolée. Cette froide question irrita Mme Ferraris au point de la faire s'expliquer enfin clairement.

« Il a découvert lady Montbarry avec le baron ! répondit-elle, avec un éclat de voix. Le baron n'est pas plus le frère de cette misérable femme que moi. Mon pauvre cher mari s'est aperçu de l'infamie de ces deux coquins. La femme de chambre a quitté sa place à cause de cela ; si Ferraris s'en était allé aussi, il serait en vie maintenant. Ils l'ont tué. Je dis qu'ils l'ont tué pour empêcher que tout n'arrivât aux oreilles de lord Montbarry. »

Puis, en quelques mots de plus en plus vifs, s'exaltant à mesure qu'elle parlait, Mme Ferraris donna son opinion sur l'affaire.

Sans se prononcer, M. Troy écouta avec une expression de railleuse approbation.

« C'est très remarquablement arrangé, madame Ferraris, dit-il ; vous bâtissez bien vos phrases et vous posez vos conclusions de main de maître. Si vous étiez homme, vous auriez fait un excellent avocat, vous auriez empoigné les jurés corps à corps.

Complete the case, my good lady—complete the case. Tell us next who sent you this letter, enclosing the bank-note. The «two wretches» who murdered Mr. Ferrari would hardly put their hands in their pockets and send you a thousand pounds. Who is it—eh? I see the post-mark on the letter is «Venice.» Have you any friend in that interesting city, with a large heart, and a purse to correspond, who has been let into the secret and who wishes to console you anonymously?'

It was not easy to reply to this. Mrs. Ferrari began to feel the first inward approaches of something like hatred towards Mr. Troy.

'I don't understand you, sir,' she answered. 'I don't think this is a joking matter.'

Agnes interfered, for the first time. She drew her chair a little nearer to her legal counsellor and friend.

'What is the most probable explanation, in your opinion?' she asked.

'I shall offend Mrs. Ferrari if I tell you,' Mr. Troy answered.

'No, sir, you won't!' cried Mrs. Ferrari, hating Mr. Troy undisguisedly by this time.

The lawyer leaned back in his chair.

'Very well,' he said, in his most good-humoured manner. 'Let's have it out. Observe, madam, I don't dispute your view of the position of affairs at the palace in Venice.

Terminez, ma bonne dame, terminez maintenant. Dites-nous qui vous a envoyé cette lettre contenant le billet de banque. Les deux misérables qui ont assassiné M. Ferraris n'auraient pas, je crois, mis la main à la poche pour vous envoyer mille livres. Qui est-ce, hein ? Je crois que le timbre de la poste est Venise. Avez-vous quelque ami dans cette ville intéressante, un ami au cœur large comme sa bourse, qui ait été mis dans le secret et qui veuille vous consoler en gardant l'anonyme ? »

Il n'était guère facile de répondre à cela. Mme Ferraris commença à ressentir une sorte de haine pour M. Troy.

« Je ne vous comprends pas, monsieur, répondit-elle ; je ne pense pas qu'il y ait dans cette affaire sujet à plaisanterie. »

Agnès intervint alors pour la première fois. Elle approcha un peu sa chaise de celle de son ami.

« À votre avis, lui demanda-t-elle, quelle explication vous semble plausible ?

— J'offenserais Mme Ferraris en le disant, répondit M. Troy.

— Non, monsieur, vous ne m'offenserez en aucune façon, » s'écria Mme Ferraris qui maintenant ne prenait plus la peine de cacher l'inimitié qu'elle ressentait pour M. Troy.

Le notaire se renversa dans sa chaise.

« Très bien, dit-il, de l'air le plus affable, terminons donc. Remarquez, madame, que je ne discute pas votre manière de voir sur ce qui a pu se passer au palais à Venise.

You have your husband's letters to justify you; and you have also the significant fact that Lady Montbarry's maid did really leave the house. We will say, then, that Lord Montbarry has presumably been made the victim of a foul wrong—that Mr. Ferrari was the first to find it out—and that the guilty persons had reason to fear, not only that he would acquaint Lord Montbarry with his discovery, but that he would be a principal witness against them if the scandal was made public in a court of law. Now mark! Admitting all this, I draw a totally different conclusion from the conclusion at which you have arrived. Here is your husband left in this miserable household of three, under very awkward circumstances for him. What does he do? But for the bank-note and the written message sent to you with it, I should say that he had wisely withdrawn himself from association with a disgraceful discovery and exposure, by taking secretly to flight. The money modifies this view—unfavourably so far as Mr. Ferrari is concerned. I still believe he is keeping out of the way. But I now say he is paid for keeping out of the way—and that bank-note there on the table is the price of his absence, sent by the guilty persons to his wife.'

Mrs. Ferrari's watery grey eyes brightened suddenly; Mrs. Ferrari's dull drab-coloured complexion became enlivened by a glow of brilliant red.

Vous avez les lettres de votre mari, sur lesquelles vous vous appuyez, et vous avez aussi en faveur de votre thèse le départ significatif de la femme de chambre de lady Montbarry. Supposons donc tout d'abord que lord Montbarry ait subi quelque injure, que M. Ferraris ait été le premier à s'en apercevoir, et que les coupables aient eu des raisons de craindre, non seulement qu'il instruisît lord Montbarry de sa découverte, mais encore qu'il pût être le principal témoin à charge contre eux, si le scandale éclatait et venait à se dénouer devant un tribunal. Maintenant, faites bien attention ! En admettant tout cela, j'arrive à une conclusion totalement opposée à la vôtre. Voici votre mari dans ce misérable ménage à trois, y vivant d'une manière fort embarrassante pour lui. Que fait-il ? Il y a le billet de banque et les quelques mots qu'il vous a envoyés ; sans cela, je pourrais dire qu'on a agi prudemment en prenant la fuite et qu'il s'est sagement retiré de l'association dont je viens de parler, après avoir découvert un secret qui pouvait lui attirer certains désagréments ; mais la somme que vous avez reçue ne permet pas de soutenir cette opinion. Ma seconde hypothèse n'est pas, je l'avoue, très favorable à M. Ferraris : je crois qu'on a eu intérêt à l'éloigner, et je prétends maintenant qu'il a été payé pour disparaître et que le billet de banque que voici est le prix de son départ subit, prix que les coupables ont envoyé à sa femme. »

Les yeux gris-clair de Mme Ferraris s'éclairèrent soudain ; son teint, plombé d'ordinaire, s'empourpra subitement.

'It's false!' she cried. 'It's a burning shame to speak of my husband in that way!'

'I told you I should offend you!' said Mr. Troy.

Agnes interposed once more—in the interests of peace. She took the offended wife's hand; she appealed to the lawyer to reconsider that side of his theory which reflected harshly on Ferrari. While she was still speaking, the servant interrupted her by entering the room with a visiting-card. It was the card of Henry Westwick; and there was an ominous request written on it in pencil.

'I bring bad news. Let me see you for a minute downstairs.'

Agnes immediately left the room.

Alone with Mrs. Ferrari, Mr. Troy permitted his natural kindness of heart to show itself on the surface at last. He tried to make his peace with the courier's wife.

'You have every claim, my good soul, to resent a reflection cast upon your husband,' he began. 'I may even say that I respect you for speaking so warmly in his defence. At the same time, remember, that I am bound, in such a serious matter as this, to tell you what is really in my mind. I can have no intention of offending you, seeing that I am a total stranger to you and to Mr. Ferrari. A thousand pounds is a large sum of money;

« C'est faux ! cria-t-elle. C'est une honte ! c'est une infamie de parler ainsi de mon mari !

— Je vous avais bien dit que je vous offenserais, » repartit M. Troy.

Agnès intervint une fois encore pour rétablir la paix. Elle prit la main de l'épouse offensée ; elle fit remarquer au notaire ce qu'il y avait d'injurieux pour Ferraris dans ses soupçons, et en appela à lui-même de son propre jugement. Pendant qu'elle parlait, la nourrice interrompit l'entretien en entrant dans la chambre avec une carte de visite. C'était la carte d'Henry Westwick ; il y avait quelques mots écrits à la hâte au crayon.

« J'apporte de mauvaises nouvelles. Laissez-moi vous voir un instant en bas. »

Agnès quitta immédiatement la chambre.

Seul, avec Mme Ferraris, M. Troy montra enfin la bonté de son cœur. Il essaya de faire la paix avec la femme du courrier.

« Vous avez parfaitement le droit, ma chère dame, de ressentir aussi vivement une appréciation qui vous semble injurieuse pour votre mari, reprit-il ; je dois même dire que je ne vous en respecte que plus en vous voyant prendre ainsi chaleureusement sa défense. Mais aussi, n'oubliez pas, vous, que mon devoir, dans une aussi grave affaire, est de dire sincèrement ce que je pense. Il est impossible que j'aie l'intention de vous être désagréable, ne connaissant ni vous, ni M. Ferraris. Mille livres sterling, c'est une grosse somme ;

and a poor man may excusably be tempted by it to do nothing worse than to keep out of the way for a while. My only interest, acting on your behalf, is to get at the truth. If you will give me time, I see no reason to despair of finding your husband yet.'

Ferrari's wife listened, without being convinced: her narrow little mind, filled to its extreme capacity by her unfavourable opinion of Mr. Troy, had no room left for the process of correcting its first impression. 'I am much obliged to you, sir,' was all she said. Her eyes were more communicative—her eyes added, in their language, 'You may say what you please; I will never forgive you to my dying day.'

Mr. Troy gave it up. He composedly wheeled his chair around, put his hands in his pockets, and looked out of window.

After an interval of silence, the drawing-room door was opened.

Mr. Troy wheeled round again briskly to the table, expecting to see Agnes. To his surprise there appeared, in her place, a perfect stranger to him—a gentleman, in the prime of life, with a marked expression of pain and embarrassment on his handsome face. He looked at Mr. Troy, and bowed gravely.

'I am so unfortunate as to have brought news to Miss Agnes Lockwood which has greatly distressed her,' he said. 'She has retired to her room. I am requested to make her excuses, and to speak to you in her place.'

et quelqu'un qui n'est pas riche, peut être excusable de se laisser tenter quand on lui demande, non pas de commettre une mauvaise action, mais seulement de se tenir à l'écart pendant un certain temps. Mon seul but, agissant en votre faveur, est d'arriver à la vérité. Si vous voulez bien m'accorder du temps, je ne vois encore aucune raison qui puisse empêcher d'espérer qu'on retrouve votre mari. »

La femme de Ferraris écouta sans se laisser convaincre : son esprit borné et plein de méfiance contre M. Troy ne lui permettait pas de comprendre ce qui aurait dû la faire revenir sur sa première impression. « Je vous suis très obligée, monsieur. » C'est tout ce qu'elle répondit, mais ses yeux furent plus expressifs et ils ajoutèrent très clairement, dans leur langage : « Vous pouvez dire ce que vous voudrez ; je ne vous pardonnerai jamais de ma vie. »

M. Troy abandonna la partie. Il recula tranquillement sa chaise, mit ses mains dans ses poches, et regarda par la fenêtre.

Après quelques instants de silence, la porte du salon s'ouvrit.

M. Troy rapprocha vivement sa chaise de la table, s'attendant à voir Agnès. À sa grande surprise, c'est une personne qui lui était complètement étrangère qui entra : un homme jeune ayant sur son visage une expression de tristesse et d'embarras. Il regarda M. Troy et salua gravement.

« J'ai eu le malheur d'apporter à miss Agnès Lockwood des nouvelles qui l'ont fortement impressionnée, dit-il ; elle s'est retirée dans sa chambre en me priant de vous faire ses excuses et de la remplacer auprès de vous. »

Having introduced himself in those terms, he noticed Mrs. Ferrari, and held out his hand to her kindly.

'It is some years since we last met, Emily,' he said. 'I am afraid you have almost forgotten the «Master Henry» of old times.'

Emily, in some little confusion, made her acknowledgments, and begged to know if she could be of any use to Miss Lockwood.

'The old nurse is with her,' Henry answered; 'they will be better left together.'

He turned once more to Mr. Troy.

'I ought to tell you,' he said, 'that my name is Henry Westwick. I am the younger brother of the late Lord Montbarry.'

'The late Lord Montbarry!' Mr. Troy exclaimed.

'My brother died at Venice yesterday evening. There is the telegram.' With that startling answer, he handed the paper to Mr. Troy.

The message was in these words:

> 'Lady Montbarry, Venice. To Stephen Robert Westwick, Newbury's Hotel, London. *It is useless to take the journey. Lord Montbarry died of bronchitis, at 8.40 this evening. All needful details by post.'*

'Was this expected, sir?' the lawyer asked.

Après s'être ainsi présenté, il aperçut Mme Ferraris et lui tendit gracieusement la main :

« Il y a des années que nous ne nous sommes vus, Émilie ; j'ai peur que vous n'ayez presque oublié le « monsieur Henry » d'autrefois. »

Émilie, toute confuse, lit la révérence, et demanda si elle pouvait être de quelque utilité à miss Lockwood.

« La vieille nourrice est avec elle, répondit Henry ; il vaut mieux les laisser ensemble. »

Puis il se tourna de nouveau vers M. Troy :

« J'aurais dû vous dire mon nom, monsieur. Je m'appelle Henry Westwick ; je suis le plus jeune frère de défunt lord Montbarry.

— Défunt lord Montbarry ! s'écria M. Troy.

— Mon frère est mort à Venise, hier soir ; voici la dépêche, dit-il, en tendant un papier à M. Troy. »

Le télégramme était ainsi conçu :

> « Lady Montbarry, Venise, à Stephen Robert Westwick, Newburry-Hotel, Londres. *Il est inutile de faire le voyage. Lord Montbarry est mort de bronchite, à huit heures quarante, ce soir. Tous détails nécessaires par poste.* »

« Cette mort était-elle attendue, monsieur ? demanda le notaire.

'I cannot say that it has taken us entirely by surprise,' Henry answered. 'My brother Stephen (who is now the head of the family) received a telegram three days since, informing him that alarming symptoms had declared themselves, and that a second physician had been called in. He telegraphed back to say that he had left Ireland for London, on his way to Venice, and to direct that any further message might be sent to his hotel. The reply came in a second telegram. It announced that Lord Montbarry was in a state of insensibility, and that, in his brief intervals of consciousness, he recognised nobody. My brother was advised to wait in London for later information. The third telegram is now in your hands. That is all I know, up to the present time.'

Happening to look at the courier's wife, Mr. Troy was struck by the expression of blank fear which showed itself in the woman's face.

'Mrs. Ferrari,' he said, 'have you heard what Mr. Westwick has just told me?'

'Every word of it, sir.'

'Have you any questions to ask?'

'No, sir.'

'You seem to be alarmed,' the lawyer persisted. 'Is it still about your husband?'

— Je ne puis pas dire qu'elle nous ait entièrement surpris, répondit Henry. Mon frère Stephen, qui est maintenant le chef de la famille, a reçu, il y a trois jours, une dépêche l'informant que des symptômes alarmants s'étaient déclarés dans l'état de mon frère, et qu'un deuxième médecin avait dû être appelé. Il télégraphia aussitôt pour dire qu'il avait quitté l'Irlande, se dirigeant sur Londres pour se rendre à Venise, priant qu'on adressât à son hôtel les nouvelles qu'il pourrait être utile de lui faire parvenir. Une seconde dépêche arriva. Elle annonçait que lord Montbarry était dans un état d'insensibilité complète et qu'il ne reconnaissait plus personne. On conseillait en outre à mon frère d'attendre à Londres de plus amples informations. La troisième dépêche est maintenant entre vos mains. Voilà tout ce que je sais jusqu'à présent. »

M. Troy regardait en ce moment la femme du courrier ; il fut frappé par l'expression de peur qui se dessina nettement sur sa physionomie.

« Madame Ferraris, lui dit-il, avez-vous entendu ce que vient de me dire M. Westwick ?

— Pas un mot ne m'a échappé, monsieur.

— Avez-vous quelques questions à faire ?

— Non, monsieur.

— Vous paraissez fort alarmée, insista le notaire. Est-ce toujours de votre mari ?

'I shall never see my husband again, sir. I have thought so all along, as you know. I feel sure of it now.'

'Sure of it, after what you have just heard?'

'Yes, sir.'

'Can you tell me why?'

'No, sir. It's a feeling I have. I can't tell why.'

'Oh, a feeling?' Mr. Troy repeated, in a tone of compassionate contempt. 'When it comes to feelings, my good soul—!'

He left the sentence unfinished, and rose to take his leave of Mr. Westwick.

The truth is, he began to feel puzzled himself, and he did not choose to let Mrs. Ferrari see it.

'Accept the expression of my sympathy, sir,' he said to Mr. Westwick politely. 'I wish you good evening.'

Henry turned to Mrs. Ferrari as the lawyer closed the door.

'I have heard of your trouble, Emily, from Miss Lockwood. Is there anything I can do to help you?'

— Je ne le reverrai jamais, monsieur ; depuis longtemps je le croyais, vous le savez ; maintenant, j'en suis sûre.

— Sûre, après ce que vous avez entendu ?

— Oui, monsieur.

— Pouvez-vous me dire pourquoi ?

— Non, monsieur ; c'est un pressentiment que j'ai, sans pouvoir l'expliquer.

— Oh ! Un pressentiment ? répéta M. Troy avec un ton de dédain plein de compassion. Quand on en arrive aux pressentiments, ma bonne dame !... »

Il laissa la phrase inachevée, et se leva pour prendre congé de M. Westwick.

La vérité c'est qu'il commençait à se perdre lui-même en conjectures, et qu'il ne voulait pas le laisser voir à Mme Ferraris.

« Acceptez l'expression de toute ma sympathie, monsieur, dit-il fort poliment à Henry Westwick. Je vous salue, monsieur. »

Henry se tourna vers Mme Ferraris, comme l'avocat fermait la porte.

« J'ai entendu parler de vos peines, Émilie, par miss Lockwood. Y a-t-il quelque chose que je puisse faire pour vous ?

'Nothing, sir, thank you. Perhaps, I had better go home after what has happened? I will call to-morrow, and see if I can be of any use to Miss Agnes. I am very sorry for her.'

She stole away, with her formal curtsey, her noiseless step, and her obstinate resolution to take the gloomiest view of her husband's case.

Henry Westwick looked round him in the solitude of the little drawing-room. There was nothing to keep him in the house, and yet he lingered in it. It was something to be even near Agnes—to see the things belonging to her that were scattered about the room.

There, in the corner, was her chair, with her embroidery on the work-table by its side. On the little easel near the window was her last drawing, not quite finished yet. The book she had been reading lay on the sofa, with her tiny pencil-case in it to mark the place at which she had left off. One after another, he looked at the objects that reminded him of the woman whom he loved—took them up tenderly—and laid them down again with a sigh. Ah, how far, how unattainably far from him, she was still!

'She will never forget Montbarry,' he thought to himself as he took up his hat to go. 'Not one of us feels his death as she feels it. Miserable, miserable wretch—how she loved him!'

— Rien, monsieur, merci. Peut-être vaut-il mieux que je rentre chez moi après ce qui vient d'arriver. Je viendrai demain voir si je puis être de quelque utilité à Mlle Agnès. Je prends bien part à ses chagrins. »

Elle s'en alla sans bruit, toujours pleine de déférence, s'obstinant à conserver les idées les plus sombres sur la cause de la disparition de son mari.

Henry Westwick regarda autour de lui, le petit salon était vide. Il n'y avait rien qui pût le retenir dans la maison, et cependant il y restait. C'était quelque chose déjà d'être près d'Agnès, de voir les objets qui lui appartenaient éparpillés dans la pièce.

Là, dans un coin, était son fauteuil, à côté, sa broderie sur la table de travail : sur un petit chevalet, près de la fenêtre, son dernier dessin, encore inachevé. Le livre qu'elle avait lu était sur le canapé avec un couteau à papier marquant la page à laquelle elle s'était arrêtée. Il regarda les uns après les autres tous ces objets qui lui rappelaient la femme qu'il aimait, les prit avec une sorte de respect et les reposa à leur place en soupirant. Ah ! qu'elle était encore loin de lui, qu'ils étaient loin l'un de l'autre !

« Elle n'oubliera jamais Montbarry, pensa-t-il, en prenant son chapeau pour s'en aller. Pas un de nous ne souffre de sa mort aussi vivement qu'elle. Pauvre femme, comme elle l'aimait ! »

In the street, as Henry closed the house-door, he was stopped by a passing acquaintance—a wearisome inquisitive man—doubly unwelcome to him, at that moment.

'Sad news, Westwick, this about your brother. Rather an unexpected death, wasn't it? We never heard at the club that Montbarry's lungs were weak. What will the insurance offices do?'

Henry started; he had never thought of his brother's life insurance.

What could the offices do but pay? A death by bronchitis, certified by two physicians, was surely the least disputable of all deaths.

'I wish you hadn't put that question into my head!' he broke out irritably.

'Ah!' said his friend, 'you think the widow will get the money? So do I! so do I!' ◆

Dans la rue, au moment où Henry fermait la porte de la maison, il fut arrêté au passage par quelqu'un qu'il connaissait, – un homme fatigant et curieux, – doublement mal venu en ce moment.

« Tristes nouvelles sur votre frère, Westwick. Une mort bien inattendue, n'est-ce pas ? Nous n'avions jamais entendu dire au cercle que la poitrine de lord Montbarry fût délicate. Que va faire la Compagnie ? »

Henry tressaillit ; il n'avait jamais pensé à l'assurance sur la vie contractée par son frère.

Que pouvaient faire les Compagnies, sinon payer ? Une mort causée par une bronchite attestée par deux médecins était sûrement la mort la moins sujette à discussion.

« Je voudrais que vous ne m'ayez pas parlé de cela, dit-il d'un ton irrité.

— Ah ! répliqua son ami, vous pensez que la veuve aura l'argent ? Moi aussi ! Moi aussi ! » ■

7

Some days later, the insurance offices (two in number) received the formal announcement of Lord Montbarry's death, from her ladyship's London solicitors. The sum insured in each office was five thousand pounds—on which one year's premium only had been paid. In the face of such a pecuniary emergency as this, the Directors thought it desirable to consider their position.

The medical advisers of the two offices, who had recommended the insurance of Lord Montbarry's life, were called into council over their own reports. The result excited some interest among persons connected with the business of life insurance. Without absolutely declining to pay the money, the two offices (acting in concert) decided on sending a commission of inquiry to Venice, 'for the purpose of obtaining further information.'

Mr. Troy received the earliest intelligence of what was going on. He wrote at once to communicate his news to Agnes; adding, what he considered to be a valuable hint, in these words:

7

Quelques jours plus tard, deux compagnies d'assurances reçurent de l'homme d'affaires de la veuve la nouvelle officielle de la mort de lord Montbarry. La somme assurée à chaque bureau était de 5 000 livres sterling, sur lesquelles une année de prime seulement avait été payée. En pareille occurrence, les directeurs jugèrent utile d'étudier un peu l'affaire.

Les médecins attitrés des deux compagnies qui avaient recommandé l'assurance de lord Montbarry furent appelés en conseil pour expliquer les rapports qu'ils avaient faits. Cette nouvelle éveilla la curiosité des personnes s'occupant d'assurances sur la vie. Sans refuser absolument de payer l'argent, les deux bureaux, agissant de concert, décidèrent qu'ils nommeraient une commission d'enquête à Venise « pour recueillir de plus amples informations ».

M. Troy apprit aussitôt ce qui se passait. Il écrivit sur-le-champ à Agnès pour l'en informer, ajoutant un bon conseil à son avis.

'You are intimately acquainted, I know, with Lady Barville, the late Lord Montbarry's eldest sister. The solicitors employed by her husband are also the solicitors to one of the two insurance offices. There may possibly be something in the report of the commission of inquiry touching on Ferrari's disappearance. Ordinary persons would not be permitted, of course, to see such a document. But a sister of the late lord is so near a relative as to be an exception to general rules. If Sir Theodore Barville puts it on that footing, the lawyers, even if they do not allow his wife to look at the report, will at least answer any discreet questions she may ask referring to it. Let me hear what you think of this suggestion, at your earliest convenience.'

The reply was received by return of post. Agnes declined to avail herself of Mr. Troy's proposal.

'My interference, innocent as it was,' she wrote, 'has already been productive of such deplorable results, that I cannot and dare not stir any further in the case of Ferrari. If I had not consented to let that unfortunate man refer to me by name, the late Lord Montbarry would never have engaged him, and his wife would have been spared the misery and suspense from which she is suffering now. I would not even look at the report to which you allude if it was placed in my hands — I have heard more than enough already of that hideous life in the palace at Venice. If Mrs. Ferrari chooses to address herself to Lady Barville (with your assistance), that is of course quite another thing.

« Vous êtes intimement liée, je le sais, lui disait-il, avec lady Barville, sœur aînée de feu lord Montbarry. L'avocat de son mari est aussi celui de l'une des compagnies d'assurances : il peut y avoir dans le rapport de la commission d'enquête quelque chose qui ait trait à la disparition de Ferraris ; on ne laisserait pas voir, cela va de soi, un pareil document à des personnes ordinaires ; mais une sœur du feu lord est une si proche parente qu'on fera sûrement en sa faveur exception aux règles habituelles. Sir Théodore Barville n'a qu'à en manifester le désir, et les avocats, même s'ils ne permettent pas à sa femme de prendre connaissance du rapport, répondront du moins à toutes les questions qu'elle leur posera à ce sujet. Dites-moi ce que vous pensez de mon idée le plus tôt possible. »

La réponse arriva par retour du courrier. Agnès refusait de suivre le conseil de M. Troy.

« Mon intervention, tout innocente qu'elle a été, écrivait-elle, a déjà eu de si déplorables résultats, que je ne veux pas me mêler davantage de l'affaire Ferraris. Si je n'avais pas consenti à laisser ce malheureux individu se servir de mon nom, feu lord Montbarry ne l'aurait pas engagé, et sa femme n'aurait pas eu à supporter l'incertitude et l'angoisse dont elle souffre aujourd'hui. En admettant que le rapport dont vous parlez soit entre mes mains, je ne voudrais même pas y jeter les yeux ; j'en sais déjà trop sur cette triste vie du palais de Venise. Si Mme Ferraris s'adresse à lady Barville par votre intermédiaire, ceci est, bien entendu, une tout autre affaire.

But, even in this case, I must make it a positive condition that my name shall not be mentioned. Forgive me, dear Mr. Troy! I am very unhappy, and very unreasonable—but I am only a woman, and you must not expect too much from me.'

Foiled in this direction, the lawyer next advised making the attempt to discover the present address of Lady Montbarry's English maid.

This excellent suggestion had one drawback: it could only be carried out by spending money—and there was no money to spend. Mrs. Ferrari shrank from the bare idea of making any use of the thousand-pound note. It had been deposited in the safe keeping of a bank. If it was even mentioned in her hearing, she shuddered and referred to it, with melodramatic fervour, as 'my husband's blood-money!'

So, under stress of circumstances, the attempt to solve the mystery of Ferrari's disappearance was suspended for a while.

It was the last month of the year 1860. The commission of inquiry was already at work; having begun its investigations on December 6. On the 10th, the term for which the late Lord Montbarry had hired the Venetian palace, expired. News by telegram reached the insurance offices that Lady Montbarry had been advised by her lawyers to leave for London with as little delay as possible. Baron Rivar, it was believed, would accompany her to

Mais, dans ce cas, il faut que je vous pose encore une condition absolue, c'est que mon nom ne sera pas prononcé. Pardonnez-moi, cher monsieur Troy ! Je suis très malheureuse et peut-être très déraisonnable, mais je ne suis qu'une femme et il ne faut pas trop me demander. »

Battu sur ce point, le notaire conseilla de tâcher de découvrir l'adresse de la femme de chambre anglaise de lady Montbarry.

Cette idée, excellente au premier abord, avait une chose contre elle. On ne pouvait la mettre à exécution qu'en dépensant de l'argent, et il n'y avait pas d'argent à dépenser. Mme Ferraris reculait devant l'idée de se servir du billet de mille livres. Elle l'avait mis en sûreté dans une maison de banque. Si l'on parlait devant elle d'y toucher, elle frissonnait de la tête aux pieds et prenait des airs de mélodrame en parlant du « prix du sang de son mari ! »

Dans ces conditions, les tentatives à faire pour découvrir le mystère de la disparition de Ferraris furent remises à un autre moment.

C'était dans le dernier mois de l'année 1860. La commission d'enquête était déjà à l'ouvrage ; elle avait commencé ses travaux le 6 décembre et la location faite par lord Montbarry expirait le 10. Les compagnies d'assurances furent avisées par dépêche que les avocats de lady Montbarry lui avaient conseillé de se rendre à Londres dans le plus bref délai ; le baron Rivar, croyait-on, devait l'accompagner en

England, but would not remain in that country, unless his services were absolutely required by her ladyship. The Baron, 'well known as an enthusiastic student of chemistry,' had heard of certain recent discoveries in connection with that science in the United States, and was anxious to investigate them personally.

These items of news, collected by Mr. Troy, were duly communicated to Mrs. Ferrari, whose anxiety about her husband made her a frequent, a too frequent, visitor at the lawyer's office. She attempted to relate what she had heard to her good friend and protectress. Agnes steadily refused to listen, and positively forbade any further conversation relating to Lord Montbarry's wife, now that Lord Montbarry was no more.

'You have Mr. Troy to advise you,' she said; 'and you are welcome to what little money I can spare, if money is wanted. All I ask in return is that you will not distress me. I am trying to separate myself from remembrances—' her voice faltered; she paused to control herself—'from remembrances,' she resumed, 'which are sadder than ever since I have heard of Lord Montbarry's death. Help me by your silence to recover my spirits, if I can. Let me hear nothing more, until I can rejoice with you that your husband is found.'

Time advanced to the 13th of the month; and more information of the interesting sort reached Mr. Troy. The labours of the insurance commission had come to an end—the report had been received from Venice on that day. ◆

Angleterre ; mais il n'avait pas l'intention de rester dans ce pays, à moins que ses services ne fussent absolument indispensables à sa sœur. Le baron, connu pour un chimiste enthousiaste, avait entendu parler de certaines découvertes récentes faites aux États-Unis, et il désirait les étudier sur place.

M. Troy sut bientôt tout cela et s'empressa de communiquer ces nouvelles à Mme Ferraris, qui, dans son inquiétude croissante sur le sort de son mari, faisait de fréquentes, de trop fréquentes visites même, à l'étude du notaire. Elle voulut redire à son amie et protectrice ce qu'elle avait appris, mais Agnès refusa de l'entendre et défendit positivement qu'on lui parlât davantage de la femme de lord Montbarry, lord Montbarry n'existant plus.

« M. Troy est votre conseil, lui dit-elle, vous serez toujours la bienvenue chez moi : je suis prête à vous aider du peu d'argent dont je peux disposer, s'il est nécessaire ; mais ce que je vous demande en retour, c'est de ne pas me causer de chagrin. J'essaie d'oublier... (la voix lui manqua, elle s'arrêta un instant) d'oublier, continua-t-elle, des souvenirs qui sont plus douloureux que jamais, depuis que j'ai appris la mort de lord Montbarry. Aidez-moi par votre silence à retrouver la tranquillité, s'il est possible. Ne me dites plus rien jusqu'à ce que je puisse me réjouir avec vous du retour de votre mari. »

On était déjà au 13 du mois, et M. Troy avait recueilli un plus grand nombre de renseignements utiles. Les travaux de la commission d'enquête étaient terminés. Le rapport était arrivé de Venise ce jour même. ■

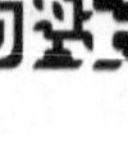

8

ON THE 14th the Directors and their legal advisers met for the reading of the report, with closed doors. These were the terms in which the Commissioners related the results of their inquiry:

'Private and confidential.

'We have the honour to inform our Directors that we arrived in Venice on December 6, 1860. On the same day we proceeded to the palace inhabited by Lord Montbarry at the time of his last illness and death.

'We were received with all possible courtesy by Lady Montbarry's brother, Baron Rivar.

'«My sister was her husband's only attendant throughout his illness,» the Baron informed us. «She is overwhelmed by grief and fatigue — or she would have been here to receive you personally. What are your wishes, gentlemen? and what can I do for you in her ladyship's place?»

8

Le 14, les directeurs et leurs conseillers se réunirent pour entendre la lecture du rapport. En voici le texte :

Personnel et confidentiel.

« Nous avons l'honneur d'informer les directeurs que nous sommes arrivés à Venise le 6 décembre 1860. Le même jour nous nous présentâmes au palais que lord Montbarry habitait au moment de sa dernière maladie.

» Nous fûmes reçus avec toute la courtoisie possible, par le frère de lady Montbarry, M. le baron Rivar.

» — Ma sœur seule a prodigué ses soins à son mari pendant tout le cours de sa maladie, nous dit-il. Elle est accablée de fatigue et de douleur... sans quoi elle eût été ici pour vous recevoir. Que désirez-vous, messieurs ? et que puis-je faire pour vous à la place de milady ?

'In accordance with our instructions, we answered that the death and burial of Lord Montbarry abroad made it desirable to obtain more complete information relating to his illness, and to the circumstances which had attended it, than could be conveyed in writing. We explained that the law provided for the lapse of a certain interval of time before the payment of the sum assured, and we expressed our wish to conduct the inquiry with the most respectful consideration for her ladyship's feelings, and for the convenience of any other members of the family inhabiting the house.

'To this the Baron replied, «I am the only member of the family living here, and I and the palace are entirely at your disposal.»

'From first to last we found this gentleman perfectly straightforward, and most amiably willing to assist us.

'With the one exception of her ladyship's room, we went over the whole of the palace the same day. It is an immense place only partially furnished. The first floor and part of the second floor were the portions of it that had been inhabited by Lord Montbarry and the members of the household. We saw the bedchamber, at one extremity of the palace, in which his lordship died,

» Suivant nos instructions, nous répondîmes que la mort et l'enterrement de lord Montbarry à l'étranger nous obligeait à prendre quelques informations sur sa maladie, et sur les circonstances qui s'y rattachaient, informations qui ne pouvaient être recueillies que de vive voix. Nous expliquâmes que la loi accordait aux compagnies d'assurances un certain temps avant le paiement de la prime et nous exprimâmes notre désir de conduire l'enquête avec la plus respectueuse considération pour les sentiments de douleur de lady Montbarry et de tous les autres membres de la famille habitant la maison.

» Le baron répondit :

» — Je suis le seul membre de la famille résidant ici, mais je suis à votre entière disposition et vous pouvez vous regarder dans le palais comme chez vous.

» Du commencement à la fin, nous avons trouvé ce monsieur d'une franchise parfaite, et il nous a offert très gracieusement de nous aider en tout.

» À l'exception de la chambre de milady, nous avons visité chacune des pièces du palais le jour même. C'est un édifice immense, non entièrement meublé. Le premier étage et une partie du second contiennent les pièces qui avaient été occupées par lord Montbarry et les gens de sa maison. Nous avons vu, à une extrémité du palais, la chambre à coucher dans laquelle « Sa Seigneurie » est morte,

and the small room communicating with it, which he used as a study. Next to this was a large apartment or hall, the doors of which he habitually kept locked, his object being (as we were informed) to pursue his studies uninterruptedly in perfect solitude. On the other side of the large hall were the bedchamber occupied by her ladyship, and the dressing-room in which the maid slept previous to her departure for England. Beyond these were the dining and reception rooms, opening into an antechamber, which gave access to the grand staircase of the palace.

'The only inhabited rooms on the second floor were the sitting-room and bedroom occupied by Baron Rivar, and another room at some distance from it, which had been the bedroom of the courier Ferrari.

'The rooms on the third floor and on the basement were completely unfurnished, and in a condition of great neglect. We inquired if there was anything to be seen below the basement—and we were at once informed that there were vaults beneath, which we were at perfect liberty to visit.

'We went down, so as to leave no part of the palace unexplored. The vaults were, it was believed, used as dungeons in the old times—say, some centuries since. Air and light were only partially admitted to these dismal places by two long shafts of winding construction, which communicated

et nous avons également examiné la petite chambre y attenant, dont le défunt s'est servi comme d'un cabinet de travail. À côté se trouve une grande salle dont il laissait habituellement les portes fermées à clef, et où il allait, comme on nous l'a dit, travailler quelquefois quand il voulait une parfaite tranquillité et une solitude absolue. De l'autre côté de cette grande salle se trouvent la chambre à coucher occupée par la veuve, et un boudoir-cabinet de toilette où dormait la femme de chambre avant son départ pour l'Angleterre. Outre ces pièces, il y a encore les salles à manger et les salles de réception, ouvrant sur une antichambre qui donne accès au grand escalier du palais.

» Au deuxième étage, les chambres sont : le cabinet d'études, la chambre à coucher du baron Rivar et un peu plus loin, une autre pièce, qui a servi de logement au courrier Ferraris.

» Les salles du troisième étage et du rez-de-chaussée étaient, lorsqu'on nous les a montrées, absolument vides et entièrement délabrées. Nous demandâmes s'il y avait quelque autre chose à visiter au-dessous. On nous répondit sur-le-champ qu'il restait les caves que nous étions libres de parcourir.

» Nous y descendîmes afin de ne laisser aucun endroit inexploré : les caveaux avaient servi, disait-on, de cachots autrefois, il y a plusieurs siècles. L'air et la lumière ne pénètrent qu'à peine dans ces sombres lieux, par deux espèces de puits étroits et profonds qui communiquent

with the back yard of the palace, and the openings of which, high above the ground, were protected by iron gratings. The stone stairs leading down into the vaults could be closed at will by a heavy trap-door in the back hall, which we found open. The Baron himself led the way down the stairs. We remarked that it might be awkward if that trap-door fell down and closed the opening behind us. The Baron smiled at the idea.

'«Don't be alarmed, gentlemen,» he said; «the door is safe. I had an interest in seeing to it myself, when we first inhabited the palace. My favourite study is the study of experimental chemistry—and my workshop, since we have been in Venice, is down here.»

'These last words explained a curious smell in the vaults, which we noticed the moment we entered them. We can only describe the smell by saying that it was of a twofold sort—faintly aromatic, as it were, in its first effect, but with some after-odour very sickening in our nostrils. The Baron's furnaces and retorts, and other things, were all there to speak for themselves, together with some packages of chemicals, having the name and address of the person who had supplied them plainly visible on their labels.

'«Not a pleasant place for study,» Baron Rivar observed, «but my sister is timid. She has a horror of chemical smells and explosions—and she has banished me to these lower regions, so that my experiments may neither be smelt nor heard.»

avec une cour située derrière le palais ; leurs orifices élevés fort au-dessus du sol sont obstrués par d'épaisses grilles de fer. L'escalier en pierre conduisant dans les caveaux se ferme au moyen d'une lourde trappe que nous trouvâmes ouverte. Le baron descendit devant nous. Nous fîmes la remarque qu'il serait désagréable que la trappe, en retombant, vint à nous couper la retraite. Le baron sourit à cette idée.

» — Soyez sans crainte, messieurs, dit-il, la porte tient bon. J'avais grand intérêt à y veiller moi-même, lorsque nous sommes venus nous installer ici. La chimie expérimentale est mon étude favorite et mon laboratoire, depuis que nous sommes à Venise, est ici.

» Cette dernière phrase nous expliqua une odeur bizarre répandue dans les caveaux, odeur qui nous frappa au moment où nous y entrâmes. Cette odeur était pour ainsi dire d'une double essence, elle semblait tout d'abord légèrement aromatique, mais ensuite on s'apercevait d'une senteur âcre qui saisissait à la gorge. Les fourneaux, les appareils du baron et tous les autres ustensiles bizarres que nous vîmes parlaient par eux-mêmes ainsi que les paquets de produits chimiques qui portaient très lisiblement sur l'étiquette le nom et l'adresse des fournisseurs.

» — Ce n'est pas un endroit agréable pour travailler, nous dit le baron, mais ma sœur est très peureuse, elle a horreur des odeurs de produits chimiques et des explosions ; aussi m'a-t-elle relégué dans ces régions souterraines, afin de ne s'apercevoir en aucune façon de mes expériences.

'He held out his hands, on which we had noticed that he wore gloves in the house.

'«Accidents will happen sometimes,» he said, «no matter how careful a man may be. I burnt my hands severely in trying a new combination the other day, and they are only recovering now.»

'We mention these otherwise unimportant incidents, in order to show that our exploration of the palace was not impeded by any attempt at concealment. We were even admitted to her ladyship's own room—on a subsequent occasion, when she went out to take the air. Our instructions recommended us to examine his lordship's residence, because the extreme privacy of his life at Venice, and the remarkable departure of the only two servants in the house, might have some suspicious connection with the nature of his death. We found nothing to justify suspicion.

'As to his lordship's retired way of life, we have conversed on the subject with the consul and the banker—the only two strangers who held any communication with him. He called once at the bank to obtain money on his letter of credit, and excused himself from accepting an invitation to visit the banker at his private residence, on the ground of delicate health. His lordship wrote to the same effect on sending his card to the consul, to excuse himself from personally returning

» Il étendit les mains sur lesquelles nous avions déjà remarqué des gants.

» — Il arrive quelquefois des accidents, quelque précaution qu'on puisse prendre, ajouta-t-il ; ainsi, l'autre jour je me suis brûlé les mains en essayant un nouveau mélange, mais elles commencent à se guérir maintenant.

» Si nous insistons sur tous ces détails, qui semblent n'avoir aucune importance, c'est pour montrer que notre visite du palais n'a été entravée en aucune façon. Nous avons même été admis dans la chambre particulière de lady Montbarry, pendant qu'elle était sortie quelques instants pour prendre l'air. Nous avons été spécialement chargés d'examiner avec soin la résidence du lord, parce que l'extrême isolement de sa vie à Venise, et l'étonnant départ des deux seuls domestiques de la maison pouvaient peut-être avoir un certain rapport avec son décès inattendu. Nous n'avons rien trouvé qui justifiât l'ombre d'un soupçon.

» Quant à la vie retirée que menait lord Montbarry, nous en avons parlé avec le consul d'Angleterre et le banquier de la famille, les deux seules personnes qui aient été en rapport avec lui. Il se présenta lui-même une fois à la maison de banque pour se faire remettre de l'argent sur une lettre de crédit, et refusa d'accepter l'invitation que lui fit le banquier de venir passer quelques heures à sa résidence particulière, invoquant son état de santé. Lord Montbarry écrivit la même chose au consul, en lui envoyant sa carte pour s'excuser de ne pas rendre personnellement

that gentleman's visit to the palace. We have seen the letter, and we beg to offer the following copy of it.

'«Many years passed in India have injured my constitution. I have ceased to go into society; the one occupation of my life now is the study of Oriental literature. The air of Italy is better for me than the air of England, or I should never have left home. Pray accept the apologies of a student and an invalid. The active part of my life is at an end.»

'The self-seclusion of his lordship seems to us to be explained in these brief lines. We have not, however, on that account spared our inquiries in other directions. Nothing to excite a suspicion of anything wrong has come to our knowledge.

'As to the departure of the lady's maid, we have seen the woman's receipt for her wages, in which it is expressly stated that she left Lady Montbarry's service because she disliked the Continent, and wished to get back to her own country. This is not an uncommon result of taking English servants to foreign parts.

'Lady Montbarry has informed us that she abstained from engaging another maid in consequence of

la visite qui lui avait été faite au palais. Nous avons eu la lettre entre les mains, et nous sommes heureux de pouvoir en donner la copie suivante :

« Les années que j'ai passées dans les Indes ont fortement ébranlé ma constitution ; j'ai cessé d'aller dans le monde, ma seule occupation maintenant est l'étude de la littérature orientale, le climat de l'Italie est meilleur pour ma santé que celui de l'Angleterre, sans cela je n'aurais jamais quitté mon pays, je vous prie donc de vouloir bien accepter les excuses d'un malade qui ne trouve de soulagement que dans l'étude. Ma vie d'homme du monde est terminée maintenant. »

» La réclusion volontaire de lord Montbarry nous parait expliquée par ces quelques lignes ; nous n'avons néanmoins épargné ni nos peines ni nos recherches sur d'autres pistes. Nous n'avons rien trouvé qui puisse faire naître le plus léger soupçon.

» Quant au départ de la femme de chambre, nous avons vu le reçu de ses gages, dans lequel elle déclare expressément qu'elle quitte le service de lady Montbarry, parce qu'elle n'aime pas le continent et qu'elle veut retourner dans son pays. Ce qui s'est passé là n'a rien d'étrange et arrive fort souvent quand on emmène des domestiques anglais à l'étranger.

» Lady Montbarry nous a appris qu'elle n'a pas cherché à remplacer sa femme de chambre, à cause de

the extreme dislike which his lordship expressed to having strangers in the house, in the state of his health at that time.

'The disappearance of the courier Ferrari is, in itself, unquestionably a suspicious circumstance. Neither her ladyship nor the Baron can explain it; and no investigation that we could make has thrown the smallest light on this event, or has justified us in associating it, directly or indirectly, with the object of our inquiry. We have even gone the length of examining the portmanteau which Ferrari left behind him. It contains nothing but clothes and linen—no money, and not even a scrap of paper in the pockets of the clothes. The portmanteau remains in charge of the police.

'We have also found opportunities of speaking privately to the old woman who attends to the rooms occupied by her ladyship and the Baron. She was recommended to fill this situation by the keeper of the restaurant who has supplied the meals to the family throughout the period of their residence at the palace. Her character is most favourably spoken of. Unfortunately, her limited intelligence makes her of no value as a witness. We were patient and careful in questioning her, and we found her perfectly willing to answer us; but we could elicit nothing which is worth including in the present report.

l'extrême antipathie qu'avait son mari pour les figures nouvelles, surtout depuis que son état de santé s'était aggravé.

» La disparition du courrier Ferraris est évidemment un fait extraordinaire. Ni lady Montbarry ni le baron ne peuvent l'expliquer ; aucune recherche de notre part n'a amené le moindre éclaircissement à ce mystère, mais nous n'avons rien trouvé non plus qui puisse faire rattacher ce fait de près ou de loin à la cause spéciale de notre enquête. Nous avons été jusqu'à examiner la malle que Ferraris a laissée. Elle ne contient que des effets et du linge. La malle est entre les mains de la police.

» Nous avons eu aussi occasion de parler en particulier à la vieille femme qui fait les chambres qu'occupent la veuve et le baron. Elle a été prise sur la recommandation du propriétaire du restaurant qui fournit le repas à la famille. Sa réputation est excellente, malheureusement son intelligence obtuse en fait un témoin de nulle valeur pour nous. Nous avons mis toute la patience et tout le soin possibles à la questionner : elle s'est montrée pleine de bonne volonté, mais nous n'en avons rien tiré qui vaille la peine d'être reproduit dans le présent rapport.

'On the second day of our inquiries, we had the honour of an interview with Lady Montbarry. Her ladyship looked miserably worn and ill, and seemed to be quite at a loss to understand what we wanted with her. Baron Rivar, who introduced us, explained the nature of our errand in Venice, and took pains to assure her that it was a purely formal duty on which we were engaged. Having satisfied her ladyship on this point, he discreetly left the room.

'The questions which we addressed to Lady Montbarry related mainly, of course, to his lordship's illness. The answers, given with great nervousness of manner, but without the slightest appearance of reserve, informed us of the facts that follow:

'Lord Montbarry had been out of order for some time past—nervous and irritable. He first complained of having taken cold on November 13 last; he passed a wakeful and feverish night, and remained in bed the next day. Her ladyship proposed sending for medical advice. He refused to allow her to do this, saying that he could quite easily be his own doctor in such a trifling matter as a cold. Some hot lemonade was made at his request, with a view to producing perspiration. Lady Montbarry's maid having left her at that time, the courier Ferrari (then the only servant in the house) went out to buy the lemons.

» Le second jour de notre arrivée, nous eûmes l'honneur d'une entrevue avec lady Montbarry. Elle avait l'air complètement abattue, très souffrante, et semblait ne pas comprendre ce que nous lui voulions. Le baron Rivar, qui nous introduisit auprès d'elle, expliqua la cause de notre séjour à Venise, et fit de son mieux pour la convaincre que nous ne faisions que remplir une formalité. Après cette explication, le baron se retira.

» Les questions que nous adressâmes à lady Montbarry avaient surtout rapport, bien entendu, à la maladie du lord. Elle nous répondit par saccades, d'une manière très nerveuse, mais, en apparence du moins, sans la moindre réserve. Voici le résultat de notre conversation avec elle :

» La santé de lord Montbarry n'était plus la même depuis quelque temps ; il se montrait nerveux et irritable. Le 13 novembre dernier, il se plaignit d'avoir attrapé froid, la nuit fut mauvaise, le jour suivant il garda le lit. Milady proposa d'aller chercher un médecin. Il s'y refusa, disant qu'il pouvait parfaitement se soigner lui-même pour un rhume. À sa demande, on lui fit de la limonade chaude, pour le faire transpirer. La femme de chambre de lady Montbarry était déjà partie à cette époque, le courrier Ferraris restait donc seul comme domestique : ce fut lui qui alla acheter des citrons.

'Her ladyship made the drink with her own hands. It was successful in producing perspiration—and Lord Montbarry had some hours of sleep afterwards. Later in the day, having need of Ferrari's services, Lady Montbarry rang for him. The bell was not answered. Baron Rivar searched for the man, in the palace and out of it, in vain. From that time forth not a trace of Ferrari could be discovered. This happened on November 14.

'On the night of the 14th, the feverish symptoms accompanying his lordship's cold returned. They were in part perhaps attributable to the annoyance and alarm caused by Ferrari's mysterious disappearance. It had been impossible to conceal the circumstance, as his lordship rang repeatedly for the courier; insisting that the man should relieve Lady Montbarry and the Baron by taking their places during the night at his bedside.

'On the 15th (the day on which the old woman first came to do the housework), his lordship complained of sore throat, and of a feeling of oppression on the chest. On this day, and again on the 16th, her ladyship and the Baron entreated him to see a doctor. He still refused.

'«I don't want strange faces about me; my cold will run its course, in spite of the doctor,»—that was his answer.

Lady Montbarry fit la boisson de ses propres mains. Elle eut le résultat qu'on en attendait : le lord eut quelques heures de sommeil. Dans la journée, lady Montbarry ayant besoin de Ferraris le sonna. Il ne répondit pas à cet appel. Le baron Rivar le chercha en vain dans le palais et dans la ville. À partir de ce moment on n'a pu découvrir aucune trace de Ferraris. Ceci se passa le 14 novembre.

» Dans la nuit du 14, les symptômes de fièvre qui s'étaient déjà manifestés reprirent avec plus de force : on attribua cette recrudescence de la maladie à l'ennui et à l'inquiétude causée par la disparition mystérieuse de Ferraris. Il avait été impossible de la cacher au lord, qui demandait fort souvent le courrier, insistant pour que l'homme remplaçât à son chevet lady Montbarry ou le baron.

» Le 15, le jour où la vieille femme vint pour la première fois faire le ménage, le lord se plaignit d'un violent mal de gorge et d'un sentiment d'oppression sur la poitrine. Ce jour-là et le lendemain 16, lady Montbarry et le baron tâchèrent de le décider à voir un docteur, mais il s'y refusa de nouveau.

» — Je ne veux pas voir de visages étrangers ; mon rhume suivra son cours, les médecins n'y peuvent rien.

» Telle fut sa réponse.

'On the 17th he was so much worse that it was decided to send for medical help whether he liked it or not. Baron Rivar, after inquiry at the consul's, secured the services of Doctor Bruno, well known as an eminent physician in Venice; with the additional recommendation of having resided in England, and having made himself acquainted with English forms of medical practice.

'Thus far our account of his lordship's illness has been derived from statements made by Lady Montbarry.

'The narrative will now be most fitly continued in the language of the doctor's own report, herewith subjoined.

> '»My medical diary informs me that I first saw the English Lord Montbarry, on November 17. He was suffering from a sharp attack of bronchitis. Some precious time had been lost, through his obstinate objection to the presence of a medical man at his bedside. Generally speaking, he appeared to be in a delicate state of health. His nervous system was out of order—he was at once timid and contradictory. When I spoke to him in English, he answered in Italian; and when I tried him in Italian, he went back to English. It mattered little—the malady had already made such progress that he could only speak a few words at a time, and those in a whisper.

» Le 17, il allait bien plus mal ; aussi envoya-t-on chercher un médecin sans le consulter. Le baron Rivar, sur la recommandation du consul, alla prévenir la docteur Bruno, bien connu à Venise pour un homme de talent ; il avait habité l'Angleterre, dont il connaît les mœurs et les habitudes.

» Jusqu'ici, nous n'avons fait que reproduire ce que lady Montbarry nous a révélé sur la maladie de son époux.

» Maintenant nous allons copier textuellement le rapport qu'a bien voulu nous communiquer le médecin :

> « Mon agenda m'apprend que je fus appelé pour la première fois auprès du lord anglais Montbarry le 17 novembre. Il souffrait d'une violente bronchite. On avait déjà perdu un temps précieux à cause de son refus de faire appeler un médecin. Il me fit l'effet d'être d'une constitution délicate. Il avait une désorganisation du système nerveux : il était à la fois timide et taquin. Quand je lui parlais en anglais, il répondait en italien ; quand je lui parlais en italien, il répondait en anglais. Ces détails n'ont aucune importance d'ailleurs, car la maladie avait déjà fait de tels progrès, qu'il pouvait à peine prononcer quelques mots à voix basse.

'»I at once applied the necessary remedies. Copies of my prescriptions (with translation into English) accompany the present statement, and are left to speak for themselves.

'»For the next three days I was in constant attendance on my patient. He answered to the remedies employed—improving slowly, but decidedly. I could conscientiously assure Lady Montbarry that no danger was to be apprehended thus far. She was indeed a most devoted wife. I vainly endeavoured to induce her to accept the services of a competent nurse; she would allow nobody to attend on her husband but herself. Night and day this estimable woman was at his bedside. In her brief intervals of repose, her brother watched the sick man in her place. This brother was, I must say, very good company, in the intervals when we had time for a little talk. He dabbled in chemistry, down in the horrid under-water vaults of the palace; and he wanted to show me some of his experiments. I have enough of chemistry in writing prescriptions—and I declined. He took it quite good-humouredly.

'»I am straying away from my subject. Let me return to the sick lord.

» Sur-le-champ, je prescrivis les remèdes nécessaires. Des copies de mes ordonnances avec la traduction en anglais accompagnent le présent rapport et parlent d'elles-mêmes.

» Pendant les trois jours suivants, je ne quittai pas mon malade. Il suivit de point en point mes remèdes qui produisirent un excellent effet. En toute assurance, je pus dire à lady Montbarry que tout danger était conjuré. Mais c'est en vain que j'essayai de lui faire accepter les services d'une garde-malade expérimentée. Milady ne voulut permettre à personne de soigner son mari. Nuit et jour elle était à son chevet. Pendant qu'elle prenait quelques courts moments de repos, son frère veillait le malade à sa place. Je dois dire que j'ai trouvé ce frère de très bonne compagnie dans les rares intervalles où nous avons pu causer ensemble. Il s'occupait de chimie, tripotait quelques expériences dans les sous-sols du palais bâti sur pilotis et voulait me faire assister à ses expériences ; mais j'ai assez de m'occuper de chimie en étudiant pour mon compte, et je refusai. Il prit la chose fort gaiement.

» Mais je m'éloigne de mon sujet. Revenons à notre malade.

'»Up to the 20th, then, things went well enough. I was quite unprepared for the disastrous change that showed itself, when I paid Lord Montbarry my morning visit on the 21st. He had relapsed, and seriously relapsed. Examining him to discover the cause, I found symptoms of pneumonia—that is to say, in unmedical language, inflammation of the substance of the lungs. He breathed with difficulty, and was only partially able to relieve himself by coughing. I made the strictest inquiries, and was assured that his medicine had been administered as carefully as usual, and that he had not been exposed to any changes of temperature. It was with great reluctance that I added to Lady Montbarry's distress; but I felt bound, when she suggested a consultation with another physician, to own that I too thought there was really need for it.

'»Her ladyship instructed me to spare no expense, and to get the best medical opinion in Italy. The best opinion was happily within our reach. The first and foremost of Italian physicians is Torello of Padua. I sent a special messenger for the great man. He arrived on the evening of the 21st, and confirmed my opinion that pneumonia had set in, and that our patient's life was in danger.

» Jusqu'au 20, les choses allèrent assez bien. Je n'étais nullement préparé au triste événement qui s'annonça le 21 au matin quand je fis ma visite à lord Montbarry. Son état s'était aggravé et sérieusement. En l'examinant, je découvris des symptômes de pneumonie, – ce qui veut dire en langue vulgaire, inflammation de la substance des poumons. Il respirait avec difficulté et les quintes de toux ne parvenaient à le soulager qu'en partie. Je m'inquiétai de ce qui avait pu se passer. Je fis à cet égard une véritable enquête qui n'eut d'autre résultat que de *me* convaincre que mes ordonnances avaient été suivies avec autant de soin que par le passé, et qu'il n'avait été exposé à aucun changement de température. Ce fut à mon grand regret qu'il me fallut augmenter le chagrin de lady Montbarry, mais je dus, lorsqu'elle me parla de faire appeler un second médecin en consultation, lui avouer que ce n'était réellement pas la peine.

» Milady me pria de ne rien épargner et de demander l'avis du plus célèbre médecin d'Italie. Heureusement nous n'avions pas à aller bien loin. Le premier des médecins italiens est Torello, de Padoue. J'envoyai un exprès pour le demander. Il arriva dans la soirée du 21, et confirma en tous points mon opinion sur la pneumonie ; Il ajouta que la vie de notre malade était en danger.

I told him what my treatment of the case had been, and he approved of it in every particular. He made some valuable suggestions, and (at Lady Montbarry's express request) he consented to defer his return to Padua until the following morning.

'»We both saw the patient at intervals in the course of the night. The disease, steadily advancing, set our utmost resistance at defiance. In the morning Doctor Torello took his leave. 'I can be of no further use,' he said to me. 'The man is past all help—and he ought to know it.'

'»Later in the day I warned my lord, as gently as I could, that his time had come. I am informed that there are serious reasons for my stating what passed between us on this occasion, in detail, and without any reserve. I comply with the request.

'»Lord Montbarry received the intelligence of his approaching death with becoming composure, but with a certain doubt. He signed to me to put my ear to his mouth. He whispered faintly, 'Are you sure?' It was no time to deceive him; I said, 'Positively sure.'

'»He waited a little, gasping for breath, and then he whispered again, 'Feel under my pillow.'

'I found under his pillow a letter, sealed and stamped, ready for the post. His next words were just audible and no more—'Post it yourself.'

Je lui dis quel avait été mon traitement, et il l'approuva sans réserve. Il fit de précieuses recommandations et, à la prière de lady Montbarry, consentit à différer son retour à Padoue jusqu'au lendemain matin.

» Nous vîmes tous deux le malade à plusieurs reprises dans la nuit. La maladie s'aggravait d'heure en heure malgré tous nos soins. Le matin, le docteur Torello prit congé de nous. « Cet homme est perdu, rien n'y fera ; on devrait le prévenir, » me dit-il.

» Dans la journée, je prévins le lord aussi doucement que je pus, que sa dernière heure était arrivée. On m'assure qu'il y a de sérieuses raisons pour que je dise tout ce qui se passa entre nous à ce sujet. Le voici donc :

» Lord Montbarry reçut la nouvelle de sa mort prochaine avec résignation, mais sans y croire absolument. Il me fit signe de m'approcher et murmura faiblement ces mots à mon oreille : « Puis-je avoir confiance en vous ? » Je lui répondis : « Vous pouvez avoir pleine et entière confiance en moi. »

» Il attendit un peu, respirant à peine, et reprit à voix basse : « Cherchez sous mon oreiller. »

» Je trouvai une lettre cachetée et affranchie, prête à être mise à la poste. C'est à peine si je l'entendis prononcer les paroles suivantes : « Mettez-la vous-même à la poste. »

'I answered, of course, that I would do so—and I did post the letter with my own hand. I looked at the address. It was directed to a lady in London. The street I cannot remember. The name I can perfectly recall: it was an Italian name—'Mrs. Ferrari.'

'»That night my lord nearly died of asphyxia. I got him through it for the time; and his eyes showed that he understood me when I told him, the next morning, that I had posted the letter. This was his last effort of consciousness. When I saw him again he was sunk in apathy. He lingered in a state of insensibility, supported by stimulants, until the 25th, and died (unconscious to the last) on the evening of that day.

'»As to the cause of his death, it seems (if I may be excused for saying so) simply absurd to ask the question. Bronchitis, terminating in pneumonia—there is no more doubt that this, and this only, was the malady of which he expired, than that two and two make four. Doctor Torello's own note of the case is added here to a duplicate of my certificate, in order (as I am informed) to satisfy some English offices in which his lordship's life was insured. The English offices must have been founded by that celebrated saint and doubter, mentioned in the New Testament, whose name was Thomas!»

» Je répondis que je le ferais, et je le fis. Je regardai l'adresse : elle était pour une dame de Londres. Je ne me souviens pas de la rue, mais je me rappelle parfaitement le nom ; c'était un nom italien : *Mme Ferraris.*

» Cette nuit-là « Sa Seigneurie » mourut ; la congestion pulmonaire commença. Je le fis aller encore quelques heures, et, le lendemain matin, je vis dans ses yeux qu'il me comprenait quand je lui dis que j'avais mis sa lettre à la poste. Ce fut le dernier signe de connaissance qu'il donna. Quand je le revis, il était pour ainsi dire tombé en léthargie. Il languit dans un état d'insensibilité complète, soutenu pour ainsi dire par des moyens artificiels, jusqu'au 23 et, mourut le soir sans connaissance.

» Quant à une cause de sa mort, étrangère à celles que je viens d'indiquer, il est, si je puis m'exprimer ainsi, absurde de vouloir la découvrir. Une bronchite se terminant par une pneumonie, c'est tout ; il n'y a pas autre chose ; telle fut la maladie dont il mourut, c'est aussi certain que deux et deux font quatre. Je joins ici une note du docteur Torello lui-même, qui vient à l'appui de mon opinion, afin, comme on me l'a demandé, de satisfaire pleinement les compagnies anglaises qui ont assuré la vie de lord Montbarry. Ces compagnies d'assurances ont été sans nul doute fondées par ce saint si célèbre par son incrédulité dont parle le Nouveau Testament, et qui a nom, si je ne me trompe, saint-Thomas ! »

'Doctor Bruno's evidence ends here.

'Reverting for a moment to our inquiries addressed to Lady Montbarry, we have to report that she can give us no information on the subject of the letter which the doctor posted at Lord Montbarry's request. When his lordship wrote it? what it contained? why he kept it a secret from Lady Montbarry (and from the Baron also); and why he should write at all to the wife of his courier? these are questions to which we find it simply impossible to obtain any replies. It seems even useless to say that the matter is open to suspicion. Suspicion implies conjecture of some kind—and the letter under my lord's pillow baffles all conjecture. Application to Mrs. Ferrari may perhaps clear up the mystery. Her residence in London will be easily discovered at the Italian Couriers' Office, Golden Square.

'Having arrived at the close of the present report, we have now to draw your attention to the conclusion which is justified by the results of our investigation.

'The plain question before our Directors and ourselves appears to be this: Has the inquiry revealed any extraordinary circumstances which render the death of Lord Montbarry open to suspicion?

'The inquiry has revealed extraordinary circumstances beyond all doubt—such as the disappearance of Ferrari, the remarkable absence of the customary establishment of servants in the house, and the mysterious letter which his lordship

» Ici se termine la déposition du docteur Bruno.

» Revenons pour un instant aux questions que nous avons faites à lady Montbarry : il nous reste à ajouter qu'elle n'a pu nous donner aucun renseignement au sujet de la lettre que le docteur a mise à la poste, à la demande de lord Montbarry. Quand le lord l'a-t-il écrite ? Que contenait-elle ? Pourquoi la cachait-il à sa femme et à son beau-frère ? Pourquoi pouvait-il écrire à la femme du courrier ? Telles furent les demandes auxquelles elle fut incapable de nous répondre. La chose mérite d'être éclaircie comme tout mystère encore inexpliqué. Quant à nous, cette lettre sous l'oreiller du lord nous semble en tous points inexplicable ; mais une question : Mme Ferraris peut tout apprendre. On aura facilement son adresse à Londres, au bureau des courriers italiens, dans Golden square.

» Arrivé à la fin du présent rapport, nous devons attirer votre attention sur sa conclusion, qui est justifiée par le résultat de nos recherches.

» La question que se posent les directeurs et nous-mêmes est celle-ci: L'enquête a-t-elle révélé quelque circonstance extraordinaire qui rende suspecte la mort de lord Montbarry ?

» L'enquête a sans nul doute révélé des circonstances extraordinaires, telles que la disparition de Ferraris, l'absence absolue de train de maison et de domestiques chez lord Montbarry, la lettre mystérieuse que le lord

asked the doctor to post. But where is the proof that any one of these circumstances is associated—suspiciously and directly associated—with the only event which concerns us, the event of Lord Montbarry's death?

'In the absence of any such proof, and in the face of the evidence of two eminent physicians, it is impossible to dispute the statement on the certificate that his lordship died a natural death. We are bound, therefore, to report, that there are no valid grounds for refusing the payment of the sum for which the late Lord Montbarry's life was assured.

'We shall send these lines to you by the post of to-morrow, December 10; leaving time to receive your further instructions (if any), in reply to our telegram of this evening announcing the conclusion of the inquiry.' ◆

a demandé au docteur de mettre à la poste. Mais, où y a-t-il dans tout cela la preuve qu'aucune de ces circonstances se rapporte directement ou indirectement à la seule chose qui nous intéresse, la mort de lord Montbarry ?

» En l'absence de toute preuve et devant le témoignage de deux éminents médecins, il est impossible de prétendre que la fin du lord ne soit pas naturelle ; nous sommes donc obligés de conclure qu'il n'y a aucune cause pouvant motiver le refus de payer la somme pour laquelle lord Montbarry était assuré.

» Le présent rapport partira par la poste de demain 10 décembre. On aura le temps de nous envoyer de nouvelles instructions, – si on le juge nécessaire, – en réponse à notre dépêche de ce soir annonçant la conclusion de l'enquête. » ■

9

'NOW, my good creature, whatever you have to say to me, out with it at once! I don't want to hurry you needlessly; but these are business hours, and I have other people's affairs to attend to besides yours.'

Addressing Ferrari's wife, with his usual blunt good-humour, in these terms, Mr. Troy registered the lapse of time by a glance at the watch on his desk, and then waited to hear what his client had to say to him.

'It's something more, sir, about the letter with the thousand-pound note,' Mrs. Ferrari began. 'I have found out who sent it to me.'

Mr. Troy started.

'This is news indeed!' he said. 'Who sent you the letter?'

'Lord Montbarry sent it, sir.'

9

« VOYONS, ma chère dame, quoi que vous ayez à me dire, hâtez-vous. Je ne veux pas, vous presser inutilement, mais c'est l'heure de mes affaires et je n'ai pas à m'occuper que des vôtres. »

C'est en ces termes que M. Troy s'adressait, avec sa bonhomie habituelle, à la femme de Ferraris, tout en jetant un coup d'œil sur sa montre, qu'il posa devant lui ; ensuite il s'accouda pour écouter ce que sa cliente pouvait avoir à lui dire.

« C'est encore quelque chose sur la lettre qui contenait le billet de banque de mille livres, commença Mme Ferraris, j'ai découvert qui me l'a envoyée. »

M. Troy fit un mouvement.

« Voici du nouveau ! Et qui vous a envoyé la lettre ?

— Lord Montbarry, monsieur. »

It was not easy to take Mr. Troy by surprise. But Mrs. Ferrari threw him completely off his balance. For a while he could only look at her in silent surprise.

'Nonsense!' he said, as soon as he had recovered himself. 'There is some mistake—it can't be!'

'There is no mistake,' Mrs. Ferrari rejoined, in her most positive manner. 'Two gentlemen from the insurance offices called on me this morning, to see the letter. They were completely puzzled—especially when they heard of the bank-note inside. But they know who sent the letter. His lordship's doctor in Venice posted it at his lordship's request. Go to the gentlemen yourself, sir, if you don't believe me. They were polite enough to ask if I could account for Lord Montbarry's writing to me and sending me the money. I gave them my opinion directly—I said it was like his lordship's kindness.'

'Like his lordship's kindness?' Mr. Troy repeated, in blank amazement.

'Yes, sir! Lord Montbarry knew me, like all the other members of his family, when I was at school on the estate in Ireland. If he could have done it, he would have protected my poor dear husband. But he was helpless himself in the hands of my lady and the Baron—and the only kind thing he could do was to provide for me in my widowhood, like the true nobleman he was!'

'A very pretty explanation!' said Mr. Troy. 'What did your visitors from the insurance offices think of it?'

Il n'était pas facile de causer de la surprise à M. Troy, mais les paroles de Mme Ferraris l'avaient absolument stupéfait. Pendant un instant il la regarda tout étonné sans dire un mot.

« Pas possible ! reprit-il dès qu'il fut revenu de son premier étonnement. Vous vous trompez, cela ne peut pas être !

— Il n'y a pas d'erreur possible, reprit Mme Ferraris avec son air affirmatif. Deux messieurs du bureau d'assurances sont venus me voir ce matin pour me demander la lettre. Ils ont été fort étonnés surtout quand ils ont vu le billet de banque. Mais ils savent qui l'a envoyé. À la demande de milord, son médecin l'a mise à la poste à Venise. Allez vous-même chez ces messieurs si vous ne voulez pas me croire, monsieur. Ils ont bien voulu me demander si je savais pourquoi lord Montbarry m'écrivait et m'envoyait de l'argent. Je leur ai donné mon opinion immédiatement. J'ai dit que c'était un effet de sa bonté habituelle.

— De sa bonté habituelle ! répéta M. Troy tout à fait étonné.

— Oui, monsieur ! Lord Montbarry m'a connue, ainsi que tous les autres membres de sa famille, quand j'étais à l'école, dans ses terres, en Irlande. S'il avait pu, il aurait protégé mon pauvre cher mari. Mais que pouvait-il entre milady et le baron ? La seule chose qu'il ait pu faire, en vrai gentilhomme qu'il était, a été d'assurer ma vie après le décès de mon mari.

— Jolie explication ! s'écria M. Troy. Qu'en ont pensé vos visiteurs du bureau d'assurances ?

'They asked if I had any proof of my husband's death.'

'And what did you say?'

'I said, «I give you better than proof, gentlemen; I give you my positive opinion.»'

'That satisfied them, of course?'

'They didn't say so in words, sir. They looked at each other—and wished me good-morning.'

'Well, Mrs. Ferrari, unless you have some more extraordinary news for me, I think I shall wish you good-morning too. I can take a note of your information (very startling information, I own); and, in the absence of proof, I can do no more.'

'I can provide you with proof, sir—if that is all you want,' said Mrs. Ferrari, with great dignity. 'I only wish to know, first, whether the law justifies me in doing it. You may have seen in the fashionable intelligence of the newspapers, that Lady Montbarry has arrived in London, at Newbury's Hotel. I propose to go and see her.'

'The deuce you do! May I ask for what purpose?'

Mrs. Ferrari answered in a mysterious whisper.

— Ils m'ont demandé si j'avais quelque preuve de la mort de mon mari.

— Et qu'avez-vous dit ?

— J'ai répondu : "Mais j'ai mieux qu'une preuve, messieurs, j'ai une opinion positive à vous donner."

— Et ils se sont déclarés satisfaits, bien entendu ?

— Ils ne l'ont pas dit précisément, monsieur. Mais ils se sont regardés et m'ont souhaité le bonjour.

— Eh bien, madame Ferraris, à moins que vous n'ayez encore quelque autre nouvelle extraordinaire à m'apprendre, j'espère bien que je vais vous souhaite, moi aussi, le bonjour. Je prends note du renseignement, fort curieux d'ailleurs, que vous me donnez ; mais en l'absence de toute preuve, je ne puis rien faire de plus.

— Si c'est une preuve que vous voulez, monsieur, et pas autre chose, reprit Mme Ferraris en se drapant dans sa dignité, je puis vous la procurer ; mais avant, je veux savoir si la loi me permet de faire ce que bon me semble. Vous avez pu voir, par les nouvelles du monde, dans les journaux, que lady Montbarry est descendue à Londres, à l'hôtel Newsbury. Je me propose d'aller la voir.

— Ne vous en avisez pas ! Mais, au fait, pourquoi voulez-vous la voir ? »

Mme Ferraris répondit avec un air de mystère :

'For the purpose of catching her in a trap! I shan't send in my name—I shall announce myself as a person on business, and the first words I say to her will be these: «I come, my lady, to acknowledge the receipt of the money sent to Ferrari's widow.» Ah! you may well start, Mr. Troy! It almost takes you off your guard, doesn't it? Make your mind easy, sir; I shall find the proof that everybody asks me for in her guilty face. Let her only change colour by the shadow of a shade—let her eyes only drop for half an instant—I shall discover her! The one thing I want to know is, does the law permit it?'

'The law permits it,' Mr. Troy answered gravely; 'but whether her ladyship will permit it, is quite another question. Have you really courage enough, Mrs. Ferrari, to carry out this notable scheme of yours? You have been described to me, by Miss Lockwood, as rather a nervous, timid sort of person—and, if I may trust my own observation, I should say you justify the description.'

'If you had lived in the country, sir, instead of living in London,' Mrs. Ferrari replied, 'you would sometimes have seen even a sheep turn on a dog. I am far from saying that I am a bold woman—quite the reverse. But when I stand in that wretch's presence, and think of my murdered husband, the one of us two who is likely to be frightened is not me. I am going there now, sir. You shall hear how it ends. I wish you good-morning.'

« Je veux la faire tomber dans un piège ! Je ne lui ferai pas annoncer mon nom. Je dirai que je viens pour affaires, et voici les premiers mots que je prononcerai : « Je viens, milady, vous accuser réception de l'argent envoyé à la veuve de Ferraris. » Ah ! Vous pouvez être étonné, monsieur Troy. Cela vous surprend, n'est-ce pas ? Calmez-vous ; la preuve que tout le monde réclame, je la découvrirai sur son visage coupable. Qu'elle change seulement de couleur, que ses yeux se baissent une demi-seconde, et je lui arracherai son masque ! La seule chose que je veuille savoir est celle-ci : la loi me le permet-elle ?

— La loi ne vous le défend pas, répondit gravement M. Troy ; mais que lady Montbarry vous laisse faire, c'est une tout autre question. Voyons, madame Ferraris, avez-vous réellement assez de courage pour mener à bonne fin une aussi difficile entreprise ? Miss Lockwood m'a dit que vous étiez très timide et assez nerveuse, et, si j'en crois ce que j'ai vu par moi-même, miss Lockwood ne s'est pas trompée.

— Si vous aviez vécu à la campagne, monsieur, au lieu de vivre à Londres, vous auriez vu quelquefois un mouton se jeter sur le chien du troupeau. Je suis loin de dire que je suis brave, au contraire. Mais quand je serai en présence de cette misérable, et que je penserai à mon pauvre mari assassiné, celle de nous deux qui aura peur ce ne sera pas moi. J'y vais de ce pas, monsieur, et vous verrez comment tout cela finira. Je vous souhaite le bonjour. »

With those brave words the courier's wife gathered her mantle about her, and walked out of the room.

Mr. Troy smiled—not satirically, but compassionately.

'The little simpleton!' he thought to himself. 'If half of what they say of Lady Montbarry is true, Mrs. Ferrari and her trap have but a poor prospect before them. I wonder how it will end?'

All Mr. Troy's experience failed to forewarn him of how it did end. ◆

Après cette déclaration de bravoure, la femme du courrier rajusta son manteau et sortit.

Un sourire se dessina sur les lèvres de M. Troy, non pas railleur, mais plein d'une sorte de compassion.

« Cette pauvre innocente ! se dit-il. Si la moitié de ce que l'on dit de lady Montbarry est vrai, Mme Ferraris et son piège vont avoir un triste sort. Je me demande comment tout cela va finir. »

Et malgré toute son expérience, M. Troy ne put découvrir comment cela finirait. ■

10

In the mean time, Mrs. Ferrari held to her resolution. She went straight from Mr. Troy's office to Newbury's Hotel.

Lady Montbarry was at home, and alone. But the authorities of the hotel hesitated to disturb her when they found that the visitor declined to mention her name. Her ladyship's new maid happened to cross the hall while the matter was still in debate. She was a Frenchwoman, and, on being appealed to, she settled the question in the swift, easy, rational French way.

'Madame's appearance was perfectly respectable. Madame might have reasons for not mentioning her name which Miladi might approve. In any case, there being no orders forbidding the introduction of a strange lady, the matter clearly rested between Madame and Miladi. Would Madame, therefore, be good enough to follow Miladi's maid up the stairs?'

In spite of her resolution, Mrs. Ferrari's heart beat as if it would burst out of her bosom, when her conductress

10

CEPENDANT Mme Ferraris mettait son idée à exécution. Elle allait tout droit à l'hôtel Newsbury.

Lady Montbarry était chez elle, et seule. Mais on hésita à la déranger quand la visiteuse eut refusé de donner son nom. La nouvelle femme de chambre de milady traversa justement le vestibule de l'hôtel pendant la discussion. C'était une Française, on l'appela : elle trancha aussitôt la question avec un air déluré qu'ont toutes ses compatriotes et avec intelligence, à son avis du moins :

« Madame semble très bien, dit-elle ; madame peut avoir des raisons pour ne pas donner son nom, des raisons que milady peut approuver. En tout cas, n'ayant pas d'ordres m'interdisant de recevoir, madame s'expliquera avec milady. Que madame soit assez bonne pour me suivre. »

Malgré la résolution qu'elle avait prise, le cœur de Mme Ferraris battait à tout rompre, quand la femme de chambre

led her into an ante-room, and knocked at a door opening into a room beyond. But it is remarkable that persons of sensitively-nervous organisation are the very persons who are capable of forcing themselves (apparently by the exercise of a spasmodic effort of will) into the performance of acts of the most audacious courage.

A low, grave voice from the inner room said, 'Come in.'

The maid, opening the door, announced, 'A person to see you, Miladi, on business,' and immediately retired. In the one instant while these events passed, timid little Mrs. Ferrari mastered her own throbbing heart; stepped over the threshold, conscious of her clammy hands, dry lips, and burning head; and stood in the presence of Lord Montbarry's widow, to all outward appearance as supremely self-possessed as her ladyship herself.

It was still early in the afternoon, but the light in the room was dim. The blinds were drawn down. Lady Montbarry sat with her back to the windows, as if even the subdued daylight were disagreeable to her. She had altered sadly for the worse in her personal appearance, since the memorable day when Doctor Wybrow had seen her in his consulting-room. Her beauty was gone—her face had fallen away to mere skin and bone;

qui la précédait la fit entrer dans l'antichambre et frappa à une des portes qui s'y ouvraient. Mais il est à remarquer que les personnes du tempérament le plus timide et le plus nerveux sont, en général, mieux que toutes autres, capables de cacher leur faiblesse et d'accomplir des actes de courage touchant presque à la témérité.

Une voix grave partant de la chambre cria :

« Entrez ! »

La domestique ouvrit la porte et annonça :

« Une dame qui demande à vous parler pour affaires, milady. »

Puis elle se retira immédiatement. Au même instant, la timide petite Mme Ferraris comprima les battements de son cœur, elle passa le pas de la porte, les mains crispées, les lèvres sèches, la tête brûlante, et se trouva en présence de la veuve de lord Montbarry ; toutes deux étaient parfaitement calmes en apparence.

Il était encore de bonne heure, mais le jour pénétrait à peine dans la chambre. Les stores étaient baissés, lady Montbarry était assise le dos tourné à la fenêtre, comme si la lumière, même tamisée, lui eût fait mal. Elle était bien changée depuis le jour mémorable où le docteur Wybrow l'avait reçue dans son cabinet de consultation. Sa beauté avait disparu, elle n'avait plus, comme le remarqua Mme Ferraris, que la peau sur les os ;

the contrast between her ghastly complexion and her steely glittering black eyes was more startling than ever.

Robed in dismal black, relieved only by the brilliant whiteness of her widow's cap—reclining in a panther-like suppleness of attitude on a little green sofa—she looked at the stranger who had intruded on her, with a moment's languid curiosity, then dropped her eyes again to the hand-screen which she held between her face and the fire.

'I don't know you,' she said. 'What do you want with me?'

Mrs. Ferrari tried to answer. Her first burst of courage had already worn itself out. The bold words that she had determined to speak were living words still in her mind, but they died on her lips.

There was a moment of silence. Lady Montbarry looked round again at the speechless stranger.

'Are you deaf?' she asked.

There was another pause. Lady Montbarry quietly looked back again at the screen, and put another question.

'Do you want money?'

'Money!'

That one word roused the sinking spirit of the courier's wife. She recovered her courage; she found her voice.

'Look at me, my lady, if you please,' she said, with a sudden outbreak of audacity.

cependant le contraste entre son teint sépulcral et ses yeux noirs d'un brillant métallique, encore relevé par l'éclatante blancheur de son bonnet de veuve, existait encore.

Accroupie comme une panthère sur un petit canapé, elle regarda tout d'abord l'étrangère qui entrait chez elle avec une certaine curiosité, puis elle laissa retomber ses yeux sur l'écran qu'elle tenait à la main pour garantir son visage du feu.

« Je ne vous connais pas, dit-elle ; que me voulez-vous ? »

Mme Ferraris essaya de répondre. Son éclair de courage n'existait déjà plus. Ces paroles pleines de bravoure qu'elle était résolue à dire étaient encore vivantes dans son esprit, mais elles moururent sur ses lèvres.

Il y eut un moment de silence. Lady Montbarry regarda encore une fois l'étrangère toujours muette.

« Êtes-vous sourde ? » demanda-t-elle.

Il y eut un nouveau silence. Lady Montbarry reporta tranquillement son regard sur son écran et fit une dernière question :

« Est-ce de l'argent que vous voulez ?

— De l'argent ! »

Ce seul mot redonna tout son courage à la femme du courrier. Elle retrouva sa voix.

« Regardez-moi bien, milady ! » s'écria-t-elle.

Lady Montbarry looked round for the third time. The fatal words passed Mrs. Ferrari's lips.

'I come, my lady, to acknowledge the receipt of the money sent to Ferrari's widow.'

Lady Montbarry's glittering black eyes rested with steady attention on the woman who had addressed her in those terms. Not the faintest expression of confusion or alarm, not even a momentary flutter of interest stirred the deadly stillness of her face. She reposed as quietly, she held the screen as composedly, as ever. The test had been tried, and had utterly failed.

There was another silence. Lady Montbarry considered with herself. The smile that came slowly and went away suddenly—the smile at once so sad and so cruel—showed itself on her thin lips. She lifted her screen, and pointed with it to a seat at the farther end of the room.

'Be so good as to take that chair,' she said.

Helpless under her first bewildering sense of failure—not knowing what to say or what to do next—Mrs. Ferrari mechanically obeyed. Lady Montbarry, rising on the sofa for the first time, watched her with undisguised scrutiny as she crossed the room—then sank back into a reclining position once more.

'No,' she said to herself, 'the woman walks steadily; she is not intoxicated—the only other possibility is that she may be mad.'

Lady Montbarry se retourna pour la troisième fois. Les paroles qu'elle s'était promis de dire sortirent des lèvres de Mme Ferraris.

« Je viens, milady, vous accuser réception de l'argent envoyé à la veuve de Ferraris. »

Les yeux noirs et toujours brillants de lady Montbarry se reposèrent avec étonnement sur la femme qui venait de lui parler ainsi. Rien ne vint troubler la placidité de son visage, pas la moindre expression de confusion ou de crainte, pas le moindre signe momentané d'étonnement. Elle se mit à fixer de nouveau l'écran, qu'elle tenait toujours aussi tranquillement que si on ne lui eût rien dit. L'épreuve avait donc été tentée et elle avait entièrement échoué.

Il y eut encore un silence. Lady Montbarry semblait réfléchir. Ce sourire, qui ne faisait que paraître et disparaître, ce sourire à la fois triste et cruel se dessina sur ses lèvres minces. De son écran, elle désigna un siège placé de l'autre côté de la chambre.

« Prenez la peine de vous asseoir, » dit-elle.

Impuissante maintenant qu'elle se sentait battue sur son propre terrain, ne sachant plus que dire et que faire, Mme Ferraris obéit machinalement. Lady Montbarry, pour la première fois, se souleva un peu du canapé et se mit à l'observer avec un regard scrutateur, pendant qu'elle traversait la chambre, puis elle reprit sa position primitive.

« Non, se dit-elle à elle-même, la femme marche droite, elle n'est pas ivre, elle est peut-être folle. »

She had spoken loud enough to be heard. Stung by the insult, Mrs. Ferrari instantly answered her: 'I am no more drunk or mad than you are!'

'No?' said Lady Montbarry. 'Then you are only insolent? The ignorant English mind (I have observed) is apt to be insolent in the exercise of unrestrained English liberty. This is very noticeable to us foreigners among you people in the streets. Of course I can't be insolent to you, in return. I hardly know what to say to you. My maid was imprudent in admitting you so easily to my room. I suppose your respectable appearance misled her. I wonder who you are? You mentioned the name of a courier who left us very strangely. Was he married by any chance? Are you his wife? And do you know where he is?'

Mrs. Ferrari's indignation burst its way through all restraints. She advanced to the sofa; she feared nothing, in the fervour and rage of her reply.

'I am his widow—and you know it, you wicked woman! Ah! it was an evil hour when Miss Lockwood recommended my husband to be his lordship's courier—!'

Before she could add another word, Lady Montbarry sprang from the sofa with the stealthy suddenness of a cat—seized her by both shoulders—and shook her with the strength and frenzy of a madwoman.

'You lie! you lie! you lie!'

Elle avait parlé assez haut pour être entendue. Piquée par cette insulte, Mme Ferraris répondit aussitôt : « Je ne suis ni plus ivre ni plus folle que vous !

— Vraiment ? reprit lady Montbarry. Alors vous êtes une insolente ? J'ai remarqué, en effet, que le peuple anglais est assez mal appris ; nous autres étrangers, nous nous en apercevons facilement dans les rues. Je ne peux pas vous suivre sur ce terrain. Je ne saurais que vous dire. Ma femme de chambre est une maladroite de vous avoir laissée entrer aussi facilement chez moi. Votre petit air innocent l'aura trompée sans doute. Je me demande qui vous êtes ? Vous me nommez un courrier qui nous a quittés d'une manière fort inconvenante. Était-il marié ? Êtes-vous sa femme ? Savez-vous où il est ? »

L'indignation de Mme Ferraris éclata aussitôt. Elle s'approcha du canapé ; dans sa rage elle n'avait plus peur de rien.

« Je suis sa veuve, et vous le savez bien, méchante femme que vous êtes ! Ah ! ce fut une heure maudite que celle où miss Lockwood recommanda mon mari comme courrier au lord !... »

Avant qu'elle eût pu ajouter une autre parole, lady Montbarry sauta du canapé avec l'agilité d'une chatte, la saisit par les épaules et la secoua avec la force et la frénésie d'une folle.

« Vous mentez ! Vous mentez ! Vous mentez ! »

She dropped her hold at the third repetition of the accusation, and threw up her hands wildly with a gesture of despair.

'Oh, Jesu Maria! is it possible?' she cried. 'Can the courier have come to me through that woman?'

She turned like lightning on Mrs. Ferrari, and stopped her as she was escaping from the room.

'Stay here, you fool—stay here, and answer me! If you cry out, as sure as the heavens are above you, I'll strangle you with my own hands. Sit down again—and fear nothing. Wretch! It is I who am frightened—frightened out of my senses. Confess that you lied, when you used Miss Lockwood's name just now! No! I don't believe you on your oath; I will believe nobody but Miss Lockwood herself. Where does she live? Tell me that, you noxious stinging little insect—and you may go.'

Terrified as she was, Mrs. Ferrari hesitated. Lady Montbarry lifted her hands threateningly, with the long, lean, yellow-white fingers outspread and crooked at the tips. Mrs. Ferrari shrank at the sight of them, and gave the address. Lady Montbarry pointed contemptuously to the door—then changed her mind.

'No! not yet! you will tell Miss Lockwood what has happened, and she may refuse to see me. I will go there at once, and you shall go with me. As far as the house—not inside of it. Sit down again. I am going to ring for my maid. Turn your back to the door—your cowardly face is not fit to be seen!'

Elle la lâcha enfin et leva ses mains au ciel avec un geste de désespoir sauvage.

« Mon Dieu ! Est-ce possible ? s'écria-t-elle, se peut-il que le courrier soit entré chez nous grâce à cette femme. »

Elle revint soudain sur Mme Ferraris, et l'arrêta au moment où elle allait sortir de la chambre.

« Restez ici, misérable ! Restez ici, et répondez-moi ! Si vous criez : aussi vrai que le ciel est au-dessus de nos têtes, je vous étrangle de mes propres mains. Asseyez-vous et n'ayez pas peur. Imbécile ! C'est moi qui ai peur, tellement peur que j'en perds l'esprit. Avouez que vous avez menti quand vous avez prononcé le nom de miss Lockwood ! Non ! Je ne croirais même pas vos serments ; je ne croirai personne, miss Lockwood exceptée. Où demeure-t-elle ? Dites-le-moi, misérable petit insecte, vous pourrez partir ensuite. »

Toute tremblante, Mme Ferraris hésitait. Lady Montbarry la menaça du geste, avec sa longue main maigre d'un blanc jaune, recourbée comme les serres d'un oiseau de proie. Mme Ferraris recula et finit par donner l'adresse. Lady Montbarry lui montra la porte avec mépris. Puis changeant d'idée :

« Non ! Pas encore ! Vous diriez à miss Lockwood ce qui est arrivé, elle pourrait refuser de me recevoir. Je vais y aller immédiatement ; vous viendrez avec moi jusqu'à la porte, pas plus loin. Asseyez-vous, je vais sonner ma femme de chambre. Tournez vous du côté de la porte, que votre vilaine figure ne me voie pas. »

She rang the bell. The maid appeared.

'My cloak and bonnet—instantly!'

The maid produced the cloak and bonnet from the bedroom.

'A cab at the door—before I can count ten!'

The maid vanished. Lady Montbarry surveyed herself in the glass, and wheeled round again, with her cat-like suddenness, to Mrs. Ferrari.

'I look more than half dead already, don't I?' she said with a grim outburst of irony. 'Give me your arm.'

She took Mrs. Ferrari's arm, and left the room.

'You have nothing to fear, so long as you obey,' she whispered, on the way downstairs. 'You leave me at Miss Lockwood's door, and never see me again.'

In the hall they were met by the landlady of the hotel. Lady Montbarry graciously presented her companion.

'My good friend Mrs. Ferrari; I am so glad to have seen her.'

The landlady accompanied them to the door. The cab was waiting.

'Get in first, good Mrs. Ferrari,' said her ladyship; 'and tell the man where to go.'

Elle sonna. La servante apparut.

« Mon manteau, mon chapeau, et vite ! »

Elle apporta le manteau et le chapeau qui étaient dans la chambre à coucher.

« Une voiture à la porte, et tâchez que je n'attende pas ! »

La femme de chambre sortit. Lady Montbarry se regardait dans la glace; elle se retourna encore une fois vers Mme Ferraris avec sa vivacité féline.

« J'ai déjà l'air à moitié morte, n'est-ce pas ? dit-elle avec un sourire ironique. Donnez-moi votre bras. »

Elle prit le bras de Mme Ferraris, et quitta la chambre.

« Vous n'avez rien à craindre tant que vous m'obéirez, lui dit-elle en descendant l'escalier. Vous me quitterez à la porte de miss Lockwood et vous ne me reverrez jamais. »

Dans l'antichambre, elles rencontrèrent la propriétaire de l'hôtel. Lady Montbarry lui présenta gracieusement sa compagne :

« Ma bonne amie, madame Ferraris ; je suis bien heureuse de la revoir ! »

La propriétaire les accompagna toutes deux jusqu'à la porte. La voiture attendait.

« Montez la première, ma chère madame Ferraris, dit milady ; et dites au cocher où il doit aller. »

They were driven away. Lady Montbarry's variable humour changed again. With a low groan of misery, she threw herself back in the cab. Lost in her own dark thoughts, as careless of the woman whom she had bent to her iron will as if no such person sat by her side, she preserved a sinister silence, until they reached the house where Miss Lockwood lodged. In an instant, she roused herself to action. She opened the door of the cab, and closed it again on Mrs. Ferrari, before the driver could get off his box.

'Take that lady a mile farther on her way home!' she said, as she paid the man his fare.

The next moment she had knocked at the house-door.

She stepped over the threshold—the door closed on her.

'Which way, ma'am?' asked the driver of the cab.

Mrs. Ferrari put her hand to her head, and tried to collect her thoughts. Could she leave her friend and benefactress helpless at Lady Montbarry's mercy? She was still vainly endeavouring to decide on the course that she ought to follow—when a gentleman, stopping at Miss Lockwood's door, happened to look towards the cab-window, and saw her.

'Are you going to call on Miss Agnes too?' he asked.

It was Henry Westwick. Mrs. Ferrari clasped her hands in gratitude as she recognised him.

La voiture se mit en marche. L'humeur changeante de lady Montbarry changea encore. Avec une sorte de râle de désespoir, elle se jeta dans le fond du cab. Perdue dans ses tristes réflexions, s'occupant aussi peu de la femme qu'elle avait pliée à sa volonté dé fer, que si elle n'eût pas été là, elle garda un silence glacial, jusqu'à la maison de miss Lockwood. En un instant, elle se réveilla de son apathie : elle ouvrit la portière de la voiture et la referma sur Mme Ferraris, avant que le cocher eût sauté à bas de son siège.

« Conduisez madame à un mille d'ici, chez elle, lui dit-elle en lui tendant le prix de sa course. »

Un instant après elle avait frappé à la porte de la maison.

Elle entra ; la porte se referma sur elle.

« Où faut-il aller, madame ? » demanda le cocher.

Mme Ferraris porta la main à son front, essayant de rassembler ses idées. Pouvait-elle laisser ainsi seule, sans défense, son amie, sa bienfaitrice, à la merci de lady Montbarry ? Elle se demandait encore ce qu'elle allait faire, quand un homme s'arrêta à son tour à la porte de miss Lockwood ; se retournant par hasard, il vit Mme Ferraris à la portière de la voiture :

« Venez-vous aussi chez miss Agnès ? » demanda-t-il.

C'était Henry Westwick. À sa vue, elle joignit les mains en signe de joie.

'Go in, sir!' she cried. 'Go in, directly. That dreadful woman is with Miss Agnes. Go and protect her!'

'What woman?' Henry asked.

The answer literally struck him speechless. With amazement and indignation in his face, he looked at Mrs. Ferrari as she pronounced the hated name of 'Lady Montbarry.'

'I'll see to it,' was all he said.

He knocked at the house-door; and he too, in his turn, was let in. ◆

« Entrez, monsieur ! cria-t-elle ; entrez tout de suite. Cette abominable femme est avec miss Agnès. Allez et protégez-la !

— Quelle femme ? » demanda Henry.

La réponse le frappa littéralement de stupeur. Quand il entendit prononcer le nom détesté de *lady Montbarry*, il fixa Mme Ferraris avec un regard plein d'étonnement et d'indignation.

« J'y vais ! » fut tout ce qu'il put dire.

Il frappa à la porte de la maison et entra à son tour. ■

11

'*Lady Montbarry, Miss.*'

Agnes was writing a letter, when the servant astonished her by announcing the visitor's name. Her first impulse was to refuse to see the woman who had intruded on her. But Lady Montbarry had taken care to follow close on the servant's heels. Before Agnes could speak, she had entered the room.

'I beg to apologise for my intrusion, Miss Lockwood. I have a question to ask you, in which I am very much interested. No one can answer me but yourself.'

In low hesitating tones, with her glittering black eyes bent modestly on the ground, Lady Montbarry opened the interview in those words.

Without answering, Agnes pointed to a chair. She could do this, and, for the time, she could do no more. All that she had read of the hidden and sinister life in the palace at Venice; all that she had heard of Montbarry's melancholy death and burial in a foreign land; all that she knew of the mystery of Ferrari's disappearance,

11

« *Lady Montbarry, mademoiselle.* »

Agnès était en train d'écrire une lettre, quand la servante la fit tressaillir en annonçant une pareille visiteuse. Sa première idée fut de refuser sa porte à la femme qui venait ainsi la trouver. Mais lady Montbarry était sur les talons de la bonne, avant qu'Agnès eût prononcé une parole, elle était dans la chambre.

« Je vous prie de m'excuser, mademoiselle Lockwood. J'ai une question à vous faire, fort intéressante pour moi. Personne que vous n'y peut répondre. »

C'est ainsi que tout bas, en hésitant, ses grands yeux noirs fixés à terre, lady Montbarry commença l'entretien.

Sans répondre, Agnès désigna un siège. C'est tout ce qu'elle pouvait faire en ce moment. Ce qu'on lui avait appris de la vie triste et retirée qu'on menait au palais de Venise, ce qu'elle savait de la lugubre mort et de l'enterrement de lord Montbarry à l'étranger,

rushed into her mind, when the black-robed figure confronted her, standing just inside the door. The strange conduct of Lady Montbarry added a new perplexity to the doubts and misgivings that troubled her. There stood the adventuress whose character had left its mark on society all over Europe—the Fury who had terrified Mrs. Ferrari at the hotel—inconceivably transformed into a timid, shrinking woman!

Lady Montbarry had not once ventured to look at Agnes, since she had made her way into the room. Advancing to take the chair that had been pointed out to her, she hesitated, put her hand on the rail to support herself, and still remained standing.

'Please give me a moment to compose myself,' she said faintly.

Her head sank on her bosom: she stood before Agnes like a conscious culprit before a merciless judge.

The silence that followed was, literally, the silence of fear on both sides. In the midst of it, the door was opened once more—and Henry Westwick appeared.

He looked at Lady Montbarry with a moment's steady attention—bowed to her with formal politeness—and passed on in silence.

At the sight of her husband's brother, the sinking spirit of the woman sprang to life again. Her drooping figure became erect. Her eyes met Westwick's look, brightly defiant. She returned his bow with an icy smile of contempt.

lui revint tout à coup à l'esprit, quand elle vit en face d'elle cette femme habillée de noir, encadrée dans la porte. L'étrange conduite de lady Montbarry en cette circonstance ajoutait encore à la perplexité, aux doutes et aux craintes qui la troublaient. C'était donc là l'aventurière dont la réputation s'était perpétuée partout où elle avait passé, dans l'Europe entière ! La furie qui avait terrifié Madame Ferraris à l'hôtel était maintenant toute timide et toute tremblante !

Depuis qu'elle était entrée dans la chambre, lady Montbarry ne s'était pas risquée une seule fois à regarder Agnès. Elle hésitait en avançant pour prendre la chaise qu'on lui avait désignée ; elle posa la main sur le dossier pour se soutenir, et resta debout.

« Je vous prie de m'accorder un moment pour me remettre », dit-elle faiblement.

Sa tête tomba sur sa poitrine : elle était devant Agnès comme un coupable devant un juge sans pitié.

Le silence qui suivit était bien un silence de peur. À ce moment la porte s'ouvrit et Henry Westwick apparut.

Il regarda fixement lady Montbarry, la salua avec une froide politesse, et passa en silence.

À la vue de son beau-frère, le courage défaillant de milady lui revint aussitôt. Sa taille, courbée un moment auparavant, se redressa. Ses yeux s'arrêtèrent sur ceux de Westwick, qui brillaient de défiance. Elle lui rendit son salut avec un sourire plein de mépris.

Henry crossed the room to Agnes.

'Is Lady Montbarry here by your invitation?' he asked quietly.

'No.'

'Do you wish to see her?'

'It is very painful to me to see her.'

He turned and looked at his sister-in-law.

'Do you hear that?' he asked coldly.

'I hear it,' she answered, more coldly still.

'Your visit is, to say the least of it, ill-timed.'

'Your interference is, to say the least of it, out of place.'

With that retort, Lady Montbarry approached Agnes. The presence of Henry Westwick seemed at once to relieve and embolden her.

'Permit me to ask my question, Miss Lockwood,' she said, with graceful courtesy. 'It is nothing to embarrass you. When the courier Ferrari applied to my late husband for employment, did you—'

Her resolution failed her, before she could say more. She sank trembling into the nearest chair, and, after a moment's struggle, composed herself again.

'Did you permit Ferrari,' she resumed, 'to make sure of being chosen for our courier by using your name?'

Henry traversa la chambre pour aller vers Agnès.

« Lady Montbarry est-elle ici sur votre demande ? demanda-t-il tranquillement.

— Non.

— Désirez-vous la voir ?

— Sa visite m'est très pénible. »

Il se tourna vers sa belle-sœur :

« Entendez vous ? demanda-t-il froidement.

— J'entends, répondit-elle plus froidement encore.

— Votre visite est, à tout le moins, hors de saison.

— Votre intervention est, à tout le moins, fort déplacée. »

Lady Montbarry s'approcha d'Agnès. La présence d'Henry Westwick semblait l'enhardir.

« Permettez moi, miss Lockwood, de vous adresser une question, dit-elle avec une courtoisie pleine de grâce. Elle n'a rien qui puisse vous embarrasser. Quand le courrier Ferraris demanda un emploi à feu mon mari, avez-vous... »

Le courage lui manqua pour continuer. Elle tomba toute tremblante sur la chaise la plus proche ; mais elle se remit presque aussitôt :

« Avez-vous permis à Ferraris, reprit-elle, de se recommander à nous en se servant de votre nom ? »

Agnes did not reply with her customary directness. Trifling as it was, the reference to Montbarry, proceeding from that woman of all others, confused and agitated her.

'I have known Ferrari's wife for many years,' she began. 'And I take an interest—'

Lady Montbarry abruptly lifted her hands with a gesture of entreaty.

'Ah, Miss Lockwood, don't waste time by talking of his wife! Answer my plain question, plainly!'

'Let me answer her,' Henry whispered. 'I will undertake to speak plainly enough.'

Agnes refused by a gesture. Lady Montbarry's interruption had roused her sense of what was due to herself. She resumed her reply in plainer terms.

'When Ferrari wrote to the late Lord Montbarry,' she said, 'he did certainly mention my name.'

Even now, she had innocently failed to see the object which her visitor had in view. Lady Montbarry's impatience became ungovernable. She started to her feet, and advanced to Agnes.

'Was it with your knowledge and permission that Ferrari used your name?' she asked. 'The whole soul of my question is in that. For God's sake answer me—Yes, or No!'

'Yes.'

Agnès ne répondit pas avec sa franchise habituelle ; le nom de Montbarry, prononcé par cette femme l'avait rendue pour ainsi dire toute confuse.

« Il y a longtemps que je connais la femme de Ferraris, dit-elle, et je prends intérêt... »

Lady Montbarry se leva aussitôt en joignant les mains avec un geste de suppliante :

« Ah ! Miss Lockwood, ne perdez pas votre temps à me parler de la femme ! Répondez à ma question simplement.

— Laissez-moi lui répondre, dit tout bas Henry. Vous verrez que ce ne sera pas long. »

Agnès refusa d'un geste. L'interruption de lady Montbarry l'avait rappelée à elle-même. Elle recommença une nouvelle réponse.

« Quand Ferraris a écrit à feu lord Montbarry, il a certainement dû prononcer mon nom. »

En ce moment elle ne comprenait pas encore l'objet de la visite de la comtesse. L'impatience de lady Montbarry en arriva à son comble. Elle se leva d'un bond et marcha sur Agnès.

« Est-ce avec votre permission, et saviez-vous que Ferraris se servirait de votre nom ? demanda-t-elle. C'est tout ce que je vous demande. Pour l'amour de Dieu répondez-moi : oui ou non !

— Oui. »

That one word struck Lady Montbarry as a blow might have struck her. The fierce life that had animated her face the instant before, faded out of it suddenly, and left her like a woman turned to stone. She stood, mechanically confronting Agnes, with a stillness so wrapt and perfect that not even the breath she drew was perceptible to the two persons who were looking at her.

Henry spoke to her roughly.

'Rouse yourself,' he said. 'You have received your answer.'

She looked round at him.

'I have received my Sentence,' she rejoined—and turned slowly to leave the room.

To Henry's astonishment, Agnes stopped her.

'Wait a moment, Lady Montbarry. I have something to ask on my side. You have spoken of Ferrari. I wish to speak of him too.'

Lady Montbarry bent her head in silence. Her hand trembled as she took out her handkerchief, and passed it over her forehead. Agnes detected the trembling, and shrank back a step.

'Is the subject painful to you?' she asked timidly.

Still silent, Lady Montbarry invited her by a wave of the hand to go on. Henry approached, attentively watching his sister-in-law.

Ce seul mot frappa lady Montbarry de stupeur. L'expression de vie qui avait animé son visage l'instant d'avant disparut soudain ; on aurait dit une femme changée en statue de pierre. Elle était debout, fixant machinalement Agnès, dans une immobilité si complète que les deux personnes qui la regardaient voyaient à peine sa poitrine se gonfler sous l'effort de la respiration.

Henry prit la parole un peu brutalement.

« Remettez-vous, lui dit-il. Vous avez votre réponse maintenant, n'est-ce pas ? »

Elle se retourna vers lui.

« C'est ma condamnation que j'ai reçue ; » et tournant lentement sur elle-même, elle allait quitter la chambre.

Mais, au grand étonnement d'Henry, Agnès l'arrêta.

« Attendez un peu, lady Montbarry. J'ai quelque chose à vous demander à mon tour. Vous avez parlé de Ferraris. Je désire en parler aussi. »

Lady Montbarry baissa la tête en silence. Elle prit son mouchoir et le posa sur son front d'une main tremblante. Agnès remarqua son émotion, et recula d'un pas.

« Le sujet vous serait-il pénible ? » demanda-t-elle timidement.

Toujours silencieuse, lady Montbarry l'invita d'un geste à continuer. Henri s'approcha, regardant attentivement sa belle-sœur.

Agnes went on.

'No trace of Ferrari has been discovered in England,' she said. 'Have you any news of him? And will you tell me (if you have heard anything), in mercy to his wife?'

Lady Montbarry's thin lips suddenly relaxed into their sad and cruel smile.

'Why do you ask me about the lost courier?' she said. 'You will know what has become of him, Miss Lockwood, when the time is ripe for it.'

Agnes started.

'I don't understand you,' she said. 'How shall I know? Will some one tell me?'

'Some one will tell you.'

Henry could keep silence no longer.

'Perhaps, your ladyship may be the person?' he interrupted with ironical politeness.

She answered him with contemptuous ease.

'You may be right, Mr. Westwick. One day or another, I may be the person who tells Miss Lockwood what has become of Ferrari, if—'

She stopped; with her eyes fixed on Agnes.

'If what?' Henry asked.

'If Miss Lockwood forces me to it.'

Agnès reprit :

« On n'a découvert aucune trace de Ferraris en Angleterre. Avez-vous eu quelques nouvelles de lui ? Et voulez-vous me dire si vous en savez quelque chose ? Je vous en prie, par pitié pour sa femme ! »

Les lèvres minces de lady Montbarry se pincèrent encore et reprirent leur sourire triste et cruel.

« Pourquoi me demandez-vous à *moi* des nouvelles d'un homme qui a disparu ? Vous saurez ce qu'il est devenu, miss Lockwood, quand le temps en sera venu, »

Agnès tressaillit.

« Je ne vous comprends pas, répondit-elle. Comment le saurai-je ? Est-ce que quelqu'un me le dira ?

— Quelqu'un vous le dira. »

Henry ne put garder le silence plus longtemps.

« Ce quelqu'un, c'est peut-être vous, madame» ! reprit-il avec une politesse ironique.

Elle lui répondit avec une désinvolture pleine de mépris :

« Peut-être bien, monsieur Westwick. Un jour ou l'autre je puis être la personne qui apprendra à miss Lockwood ce qu'est devenu Ferraris si... »

Elle s'arrêta ; ses yeux fixèrent Agnès.

« Si quoi ? demanda Henry.

— Si miss Lockwood m'y force. »

Agnes listened in astonishment.

'Force you to it?' she repeated. 'How can I do that? Do you mean to say my will is stronger than yours?'

'Do you mean to say that the candle doesn't burn the moth, when the moth flies into it?' Lady Montbarry rejoined. 'Have you ever heard of such a thing as the fascination of terror? I am drawn to you by a fascination of terror. I have no right to visit you, I have no wish to visit you: you are my enemy. For the first time in my life, against my own will, I submit to my enemy. See! I am waiting because you told me to wait—and the fear of you (I swear it!) creeps through me while I stand here. Oh, don't let me excite your curiosity or your pity! Follow the example of Mr. Westwick. Be hard and brutal and unforgiving, like him. Grant me my release. Tell me to go.'

The frank and simple nature of Agnes could discover but one intelligible meaning in this strange outbreak.

'You are mistaken in thinking me your enemy,' she said. 'The wrong you did me when you gave your hand to Lord Montbarry was not intentionally done. I forgave you my sufferings in his lifetime. I forgive you even more freely now that he has gone.'

Henry heard her with mingled emotions of admiration and distress.

'Say no more!' he exclaimed. 'You are too good to her; she is not worthy of it.'

Agnès écouta, tout étonnée.

« Si je vous y force ? répéta-t-elle. Comment le pourrais-je ? Prétendez-vous que ma volonté est supérieure à la vôtre ?

— Prétendez-vous que la flamme ne brûle pas le papillon qui vient y voltiger ? reprit lady Montbarry. N'avez-vous jamais entendu dire que la peur exerçât sur nous une sorte de fascination. J'ai peur de vous et vous m'attirez. Je n'ai aucune raison pour vous faire une visite, je n'ai nullement le désir de vous voir, car vous êtes une ennemie pour moi. C'est la première fois de ma vie, je le jure, que, contre ma propre volonté, je me soumets à quelqu'un. Vous voyez ! J'attends, parce que vous m'avez dit d'attendre, et la peur m'envahit, je le jure, depuis que je suis ici. Oh ! Ne laissez paraître ni pitié ni curiosité ! Soyez dure et brutale, et impitoyable comme lui. Dites-moi de partir. »

La nature si simple et si franche d'Agnès ne put découvrir à cette sortie si inattendue qu'une seule signification.

« Vous vous trompez, dit-elle, en me croyant votre ennemie. Le mal que vous m'avez fait en épousant lord Montbarry, vous n'en êtes pas responsable. Je vous ai pardonné ce que j'ai souffert alors qu'il vivait. Maintenant qu'il est mort, je vous pardonne plus complètement encore. »

Henri souffrait en l'écoutant ; il l'admirait aussi.

« Ne dites plus rien ! s'écria-t-il. Vous êtes trop bonne pour elle ; elle n'en vaut pas la peine. »

The interruption passed unheeded by Lady Montbarry. The simple words in which Agnes had replied seemed to have absorbed the whole attention of this strangely-changeable woman. As she listened, her face settled slowly into an expression of hard and tearless sorrow. There was a marked change in her voice when she spoke next. It expressed that last worst resignation which has done with hope.

'You good innocent creature,' she said, 'what does your amiable forgiveness matter? What are your poor little wrongs, in the reckoning for greater wrongs which is demanded of me? I am not trying to frighten you, I am only miserable about myself. Do you know what it is to have a firm presentiment of calamity that is coming to you—and yet to hope that your own positive conviction will not prove true? When I first met you, before my marriage, and first felt your influence over me, I had that hope. It was a starveling sort of hope that lived a lingering life in me until to-day. You struck it dead, when you answered my question about Ferrari.'

'How have I destroyed your hopes?' Agnes asked. 'What connection is there between my permitting Ferrari to use my name to Lord Montbarry, and the strange and dreadful things you are saying to me now?'

'The time is near, Miss Lockwood, when you will discover that for yourself. In the mean while, you shall know what my fear of you is, in the plainest words I can find. On the day when I took your hero from you

Lady Montbarry n'entendit pas la phrase d'Henry Westwick. Les paroles si simples qu'avait prononcées Agnès absorbaient toute l'attention de cette étrange femme. Pendant qu'elle écoutait, son visage avait pris une expression de tristesse véritable. Quand elle reprit la parole, sa voix était changée : elle indiquait la résignation, mais la résignation sans espoir.

« Innocente et bonne créature que vous êtes, dit-elle, qu'importe votre pardon ? Quelles sont les pauvres petites fautes que vous pouvez avoir commises, en comparaison de celles dont il me sera demandé compte ? Savez-vous ce que c'est que d'avoir le pressentiment d'un malheur qui vous menace et d'espérer cependant que ce pressentiment vous trompe ? Quand je vous vis pour la première fois, avant mon mariage ; quand je ressentis pour la première fois l'influence que vous avez sur moi, j'espérais. C'était une lueur qui me soutenait dans ma triste vie ; mais aujourd'hui cette lueur s'est évanouie, c'est *vous* qui l'avez éteinte en me répondant comme vous l'avez fait à mes questions sur Ferraris.

— Comment ai-je pu briser vos espérances? demanda Agnès. Qu'y a-t-il de commun entre Ferraris se servant de mon nom pour entrer au service de Montbarry, et les choses étranges que vous me racontez maintenant ?

— Le moment est proche, miss Lockwood, où vous le saurez. En attendant, je vais vous dire pourquoi j'ai peur de vous, aussi simplement que possible. Le jour où je vous ai pris votre idole,

and blighted your life—I am firmly persuaded of it!—you were made the instrument of the retribution that my sins of many years had deserved. Oh, such things have happened before to-day! One person has, before now, been the means of innocently ripening the growth of evil in another. You have done that already—and you have more to do yet. You have still to bring me to the day of discovery, and to the punishment that is my doom. We shall meet again—here in England, or there in Venice where my husband died—and meet for the last time.'

In spite of her better sense, in spite of her natural superiority to superstitions of all kinds, Agnes was impressed by the terrible earnestness with which those words were spoken. She turned pale as she looked at Henry.

'Do you understand her?' she asked.

'Nothing is easier than to understand her,' he replied contemptuously. 'She knows what has become of Ferrari; and she is confusing you in a cloud of nonsense, because she daren't own the truth. Let her go!'

If a dog had been under one of the chairs, and had barked, Lady Montbarry could not have proceeded more impenetrably with the last words she had to say to Agnes.

le jour où j'ai brisé votre vie, vous êtes devenue à dater de ce jour, j'en suis fermement persuadée, l'instrument de mon châtiment pour les fautes que j'ai commises depuis de longues années. Oh ! Cela est arrivé déjà. Avant aujourd'hui, il s'est trouvé une personne qui, sans s'en douter, a développé chez l'autre l'instinct du mal. C'est ce que vous avez fait pour moi ; mais votre tâche n'est pas terminée. Il vous reste encore à me conduire au jour où je serai découverte et où la punition qui m'attend viendra me frapper. Nous nous reverrons donc, ici en Angleterre ou là-bas à Venise, où mon mari est mort, et nous nous reverrons pour la dernière fois. »

Malgré son bon sens, malgré son mépris des superstitions de tout genre, Agnès fut vivement impressionnée par le terrible sang-froid avec lequel ces mots avaient été prononcés. Elle se tourna toute pâle vers Henri.

« La comprenez-vous ? demanda-t-elle.

— Rien n'est plus facile, répliqua-t-il avec dédain. Elle sait ce qu'est devenu Ferraris ; et elle est en train de vous débiter un tas de niaiseries, parce qu'elle n'ose pas avouer la vérité. Laissez-la partir ! »

Agnès n'entendit pas plus les dernières paroles de lady Montbarry que si les aboiements d'un chien eussent couvert la voix de celle-ci.

'Advise your interesting Mrs. Ferrari to wait a little longer,' she said. 'You will know what has become of her husband, and you will tell her. There will be nothing to alarm you. Some trifling event will bring us together the next time—as trifling, I dare say, as the engagement of Ferrari. Sad nonsense, Mr. Westwick, is it not? But you make allowances for women; we all talk nonsense. Good morning, Miss Lockwood.'

She opened the door—suddenly, as if she was afraid of being called back for the second time—and left them. ◆

« Conseillez à votre intéressante Mme Ferraris d'attendre un peu, dit-elle. *Vous* saurez ce qu'est devenu son mari, et vous le lui direz. Il n'y aura rien d'effrayant. Des causes insignifiantes, aussi insignifiantes que l'engagement d'un courrier par mon mari, nous remettront en présence. Folie que tout cela, n'est-ce pas M. Westwick ? Mais vous êtes indulgent pour les femmes ; nous disions toutes des folies. Bonjour, miss Lockwood. »

Elle ouvrit la porte et s'enfuit comme si elle eût en peur qu'on la retint encore. ■

12

'DO YOU THINK she is mad?' Agnes asked.

'I think she is simply wicked. False, superstitious, inveterately cruel—but not mad. I believe her main motive in coming here was to enjoy the luxury of frightening you.'

'She has frightened me. I am ashamed to own it—but so it is.'

Henry looked at her, hesitated for a moment, and seated himself on the sofa by her side.

'I am very anxious about you, Agnes,' he said. 'But for the fortunate chance which led me to call here to-day—who knows what that vile woman might not have said or done, if she had found you alone? My dear, you are leading a sadly unprotected solitary life. I don't like to think of it; I want to see it changed—especially after what has happened to-day. No! no! it is useless to tell me that you have your old nurse.

12

« Qu'en pensez-vous ? demanda Agnès. Elle est folle ?

— Je pense tout simplement que c'est une méchante femme : fausse, superstitieuse, et mauvaise jusqu'à la moelle, mais non pas folle. Je crois que son principal motif en venant ici était de se donner le plaisir de vous faire peur.

— Elle m'a fait peur, c'est vrai. J'ai honte d'en convenir, mais cela est»

Henry la regarda, hésita un moment, et s'assit sur le sofa à côté d'elle.

« Je suis très inquiet de vous, Agnès. Sans le hasard heureux qui m'a conduit ici aujourd'hui, qui sait ce que cette misérable femme aurait pu vous dire ou vous faire ? Vous menez une vie bien triste et bien solitaire, sans protection aucune, ma pauvre amie. Je n'aime pas à y penser, et je voudrais la voir changer, surtout après ce qui vient de se passer. Non ! Non ! Il est inutile de me dire que vous avez votre vieille nourrice ;

She is too old; she is not in your rank of life—there is no sufficient protection in the companionship of such a person for a lady in your position. Don't mistake me, Agnes! what I say, I say in the sincerity of my devotion to you.'

He paused, and took her hand. She made a feeble effort to withdraw it—and yielded.

'Will the day never come,' he pleaded, 'when the privilege of protecting you may be mine? when you will be the pride and joy of my life, as long as my life lasts?'

He pressed her hand gently. She made no reply. The colour came and went on her face; her eyes were turned away from him.

'Have I been so unhappy as to offend you?' he asked.

She answered that—she said, almost in a whisper, 'No. You have made me think of the sad days that are gone.'

She said no more; she only tried to withdraw her hand from his for the second time. He still held it; he lifted it to his lips.

'Can I never make you think of other days than those—of the happier days to come? Or, if you must think of the time that is passed, can you not look back to the time when I first loved you?'

She sighed as he put the question.

elle est trop vieille, ce n'est pas une compagne pour vous, et elle ne peut nullement vous protéger. Ne vous méprenez pas au sens de mes paroles, Agnès, ce que je dis là, je le dis en toute sincérité et dans votre intérêt. »

Il s'arrêta et lui prit la main. Elle fit un léger effort pour la retirer et finit par céder.

« Un jour ne viendra-t-il donc pas, continua-t-il, où j'aurai le droit de vous défendre ? Où vous serez la joie et le bonheur de ma vie ? »

Il pressa doucement sa main. Elle ne répondit pas, mais elle rougit et pâlit tour à tour, ses yeux erraient dans le vague.

« Ai-je été assez malheureux pour vous déplaire ? » demanda-t-il.

Elle répondit presque à voix basse :

« Non, mais vous m'avez fait songer aux tristes jours que j'ai passés », murmura-t-elle.

Elle ne dit pas autre chose, mais elle essaya pour la seconde fois de retirer sa main. Il continua à la tenir et la porta à ses lèvres.

« Ne pourrai-je donc jamais vous faire penser à d'autres jours plus heureux que ceux-là, aux jours à venir ? Ou s'il faut absolument que vous songiez au temps passé, ne pouvez-vous pas vous souvenir de l'époque où je vous aimai et où je vous le dis pour la première fois ? »

Elle soupira.

'Spare me, Henry,' she answered sadly. 'Say no more!'

The colour again rose in her cheeks; her hand trembled in his. She looked lovely, with her eyes cast down and her bosom heaving gently. At that moment he would have given everything he had in the world to take her in his arms and kiss her. Some mysterious sympathy, passing from his hand to hers, seemed to tell her what was in his mind. She snatched her hand away, and suddenly looked up at him. The tears were in her eyes. She said nothing; she let her eyes speak for her. They warned him—without anger, without unkindness—but still they warned him to press her no further that day.

'Only tell me that I am forgiven,' he said, as he rose from the sofa.

'Yes,' she answered quietly, 'you are forgiven.'

'I have not lowered myself in your estimation, Agnes?'

'Oh, no!'

'Do you wish me to leave you?'

She rose, in her turn, from the sofa, and walked to her writing-table before she replied. The unfinished letter which she had been writing when Lady Montbarry interrupted her, lay open on the blotting-book. As she looked at the letter, and then looked at Henry, the smile that charmed everybody showed itself in her face.

'You must not go just yet,' she said: 'I have something to tell you. I hardly know how to express it. The shortest way perhaps will be to let you find it out for yourself.

« Épargnez-moi, Henry, répondit-elle tristement ; ne me parlez pas davantage ! »

La couleur revint à ses joues, sa main trembla. Elle était belle ainsi, les yeux baissés et la poitrine se soulevant doucement. Il aurait donné tout au monde pour la prendre dans ses bras et l'embrasser. Une sympathie mystérieuse, une pression de main fit comprendre à Agnès cette pensée secrète. Elle lui ôta sa main, et fixa sur lui son regard. Elle avait des larmes aux yeux. Elle ne dit rien ; son regard parlait pour elle. Il disait, sans colère, sans haine, mais nettement, qu'il ne fallait pas la presser davantage en ce moment.

« Dites-moi seulement que vous me pardonnez, reprit-il en se levant.

— Oui, je vous pardonne.

— Je n'ai rien fait pour baisser dans votre estime, Agnès ?

— Oh, non !

— Voulez-vous que je vous quitte ? »

Elle se leva à son tour, se dirigeant sans répondre vers la table à écrire. La lettre interrompue par l'arrivée de lady Montbarry était grande ouverte sur son buvard. Elle la regarda, puis se tournant vers Henry avec un sourire plein de charme :

« Il ne faut pas vous en aller encore, dit-elle. J'ai quelque chose à vous apprendre et je ne sais comment faire. Ce qu'il y a de plus simple est peut-être de vous le laisser deviner tout seul.

You have been speaking of my lonely unprotected life here. It is not a very happy life, Henry—I own that.'

She paused, observing the growing anxiety of his expression as he looked at her, with a shy satisfaction that perplexed him.

'Do you know that I have anticipated your idea?' she went on. 'I am going to make a great change in my life—if your brother Stephen and his wife will only consent to it.'

She opened the desk of the writing-table while she spoke, took a letter out, and handed it to Henry.

He received it from her mechanically. Vague doubts, which he hardly understood himself, kept him silent. It was impossible that the 'change in her life' of which she had spoken could mean that she was about to be married—and yet he was conscious of a perfectly unreasonable reluctance to open the letter. Their eyes met; she smiled again.

'Look at the address,' she said. 'You ought to know the handwriting—but I dare say you don't.'

He looked at the address. It was in the large, irregular, uncertain writing of a child. He opened the letter instantly.

'Dear Aunt Agnes,—Our governess is going away. She has had money left to her, and a house of her own. We have had cake and wine to drink her health. You promised to be our governess if we wanted another. We want you. Mamma knows nothing about this. Please come before Mamma can get another governess.

Vous venez de parler de ma vie solitaire et sans protection. Ce n'est pas une vie bien heureuse, j'en conviens. »

Elle s'arrêta, observant l'anxiété croissante qui se peignait sur le visage d'Henry à mesure qu'elle parlait.

« Savez-vous que je me le suis déjà dit avant vous ? continua-t-elle. Il va y avoir un grand changement dans ma vie, si votre frère Stephen et sa femme y consentent. »

Tout en parlant elle ouvrit son pupitre et en sortit une lettre qu'elle tendit à Henry.

Il la prit machinalement. Il ne comprenait pas ce qu'il venait d'entendre. Il était impossible que le changement de vie dont elle venait de parler signifiât qu'elle allait se marier, et cependant il n'osait pas ouvrir la lettre. Leurs yeux se rencontrèrent, elle sourit.

« Regardez l'adresse, dit-elle ; vous devez connaître l'écriture, mais je crois que vous ne la reconnaissez pas. »

Il la regarda. C'était une grosse écriture, l'écriture irrégulière et incertaine d'un enfant. Il prit aussitôt la lettre :

« Chère tante Agnès,

Notre gouvernante va s'en aller. Elle a eu de l'argent qui lui a été légué et une maison. Nous avons eu du vin et du gâteau pour boire à sa santé. Vous avez promis d'être notre gouvernante si nous en avions besoin d'une. Nous vous voulons, mais maman n'en sait rien. Venez, s'il vous plaît, avant que maman puisse se procurer une autre gouvernante.

'Your loving Lucy, who writes this.

'Clara and Blanche have tried to write too. But they are too young to do it. They blot the paper.'

'Your eldest niece,' Agnes explained, as Henry looked at her in amazement. 'The children used to call me aunt when I was staying with their mother in Ireland, in the autumn. The three girls were my inseparable companions—they are the most charming children I know. It is quite true that I offered to be their governess, if they ever wanted one, on the day when I left them to return to London. I was writing to propose it to their mother, just before you came.'

'Not seriously!' Henry exclaimed.

Agnes placed her unfinished letter in his hand. Enough of it had been written to show that she did seriously propose to enter the household of Mr. and Mrs. Stephen Westwick as governess to their children! Henry's bewilderment was not to be expressed in words.

'They won't believe you are in earnest,' he said.

'Why not?' Agnes asked quietly.

'You are my brother Stephen's cousin; you are his wife's old friend.'

'All the more reason, Henry, for trusting me with the charge of their children.'

» Votre aimante Lucy qui écrit cela.

» Clara et Blanche ont essayé d'écrire aussi, mais elles sont trop petites. Ce sont elles qui tapent le buvard sur ma lettre pour la sécher. »

« C'est de votre nièce aînée, dit Agnès à Henry, qui la regardait avec étonnement. Les enfants m'appelaient ma tante quand j'étais avec leur mère en Irlande, cet automne ; elles ne me quittaient pas, ce sont les plus charmants bébés que je connaisse. C'est vrai, le jour où je les ai quittées pour revenir à Londres, j'ai offert d'être leur gouvernante, si jamais ils en avaient besoin, et au moment où vous êtes entré, j'écrivais à leur mère pour le lui proposer de nouveau.

— Sérieusement ! » s'écria Henry.

Agnès lui mit sa lettre inachevée dans la main. Elle en avait assez écrit pour prouver qu'elle offrait sérieusement d'entrer dans la maison de M. et Mme Stephen Westwick en qualité de gouvernante. L'étonnement d'Henry ne peut se décrire.

« Ils ne croiront pas que c'est sérieux, dit-il.

— Pourquoi pas ? demanda tranquillement Agnès.

— Vous êtes la cousine de mon frère Stephen, vous êtes une vieille amie de sa femme.

— Raison de plus, Henry, pour qu'ils me confient leurs enfants.

'But you are their equal; you are not obliged to get your living by teaching. There is something absurd in your entering their service as a governess!'

'What is there absurd in it? The children love me; the mother loves me; the father has shown me innumerable instances of his true friendship and regard. I am the very woman for the place—and, as to my education, I must have completely forgotten it indeed, if I am not fit to teach three children the eldest of whom is only eleven years old. You say I am their equal. Are there no other women who serve as governesses, and who are the equals of the persons whom they serve? Besides, I don't know that I am their equal. Have I not heard that your brother Stephen was the next heir to the title? Will he not be the new lord? Never mind answering me! We won't dispute whether I am right or wrong in turning governess—we will wait the event. I am weary of my lonely useless existence here, and eager to make my life more happy and more useful, in the household of all others in which I should like most to have a place. If you will look again, you will see that I have these personal considerations still to urge before I finish my letter. You don't know your brother and his wife as well as I do, if you doubt their answer. I believe they have courage enough and heart enough to say Yes.'

Henry submitted without being convinced.

— Mais vous êtes leur égale. Rien ne vous oblige à gagner votre vie en donnant des leçons, il est impossible que vous entriez à leur service comme gouvernante.

— Qu'y a-t-il d'impossible à cela ? Les enfants m'aiment ; leur père m'a donné de nombreuses preuves de véritable amitié et d'estime. Je suis bien la femme qu'il faut pour cette place ; et quant à mon éducation, il faudrait vraiment que je l'aie complètement oubliée pour n'être plus capable d'enseigner à trois petits enfants dont l'aînée n'a que onze ans. Vous dites que je suis leur égale. N'y a-t-il donc pas d'autres femmes, d'autres gouvernantes qui soient les égales des personnes qu'elles servent ? Ne savez-vous pas que votre frère est le plus proche héritier du titre ? Ne sera-t-il pas lord ? Ne me répondez pas ! Nous ne discuterons pas si j'ai tort ou raison de me faire gouvernante ; attendons que ce soit fait. Je suis fatiguée de mon existence inutile et solitaire, et je veux rendre ma vie plus heureuse et plus utile surtout, dans une maison que je préfère à toutes les autres. Si vous voulez jeter encore un coup d'œil sur ma lettre, vous verrez qu'il me reste à stipuler certaines considérations personnelles avant de la terminer. Vous ne connaissez pas aussi bien que moi votre frère et sa femme, si vous doutez de leur réponse. Je crois qu'ils ont assez de courage et de cœur pour me répondre oui. »

Henry se soumit sans être convaincu.

He was a man who disliked all eccentric departures from custom and routine; and he felt especially suspicious of the change proposed in the life of Agnes. With new interests to occupy her mind, she might be less favourably disposed to listen to him, on the next occasion when he urged his suit.

The influence of the 'lonely useless existence' of which she complained, was distinctly an influence in his favour. While her heart was empty, her heart was accessible. But with his nieces in full possession of it, the clouds of doubt overshadowed his prospects. He knew the sex well enough to keep these purely selfish perplexities to himself. The waiting policy was especially the policy to pursue with a woman as sensitive as Agnes. If he once offended her delicacy he was lost. For the moment he wisely controlled himself and changed the subject.

'My little niece's letter has had an effect,' he said, 'which the child never contemplated in writing it. She has just reminded me of one of the objects that I had in calling on you to-day.'

Agnes looked at the child's letter.

'How does Lucy do that?' she asked.

'Lucy's governess is not the only lucky person who has had money left her,' Henry answered. 'Is your old nurse in the house?'

'You don't mean to say that nurse has got a legacy?'

C'était un homme qui détestait toute excentricité en dehors des coutumes et même de la routine. Le changement subit qui allait se produire dans la vie d'Agnès lui donnait quelques craintes. Avec un but à atteindre devant les yeux, elle serait peut-être moins favorablement disposée à l'écouter la prochaine fois qu'il lui ferait sa cour.

Cette existence solitaire et inutile dont elle se plaignait ne pouvait que le servir dans ses desseins. Tant que son cœur était vide, on ne pouvait y trouver que place. Mais quand elle serait avec ses nièces, en serait-il de même ? Il connaissait assez les femmes pour garder ces craintes égoïstes pour lui seul. Une politique de temporisation était la seule à suivre avec une femme aussi sensitive qu'Agnès. S'il l'offensait, il était perdu. Pour le moment, il se tut sagement et changea de conversation :

« La lettre de ma petite nièce, dit-il, a produit un effet dont l'enfant ne pouvait se douter en écrivant. Elle vient justement de me rappeler une des raisons qui m'ont fait venir ici aujourd'hui. »

Agnès regarda la lettre de l'enfant.

« Comment Lucy a-t-elle pu faire cela ?

— La gouvernante de Lucy n'est pas la seule personne qui ait fait un héritage, répondit Henry. Votre vieille nourrice est-elle dans la maison ?

— Est-ce que ma nourrice a hérité ?

'She has got a hundred pounds. Send for her, Agnes, while I show you the letter.'

He took a handful of letters from his pocket, and looked through them, while Agnes rang the bell. Returning to him, she noticed a printed letter among the rest, which lay open on the table. It was a 'prospectus,' and the title of it was 'Palace Hotel Company of Venice (Limited).' The two words, 'Palace' and 'Venice,' instantly recalled her mind to the unwelcome visit of Lady Montbarry.

'What is that?' she asked, pointing to the title.

Henry suspended his search, and glanced at the prospectus.

'A really promising speculation,' he said. 'Large hotels always pay well, if they are well managed. I know the man who is appointed to be manager of this hotel when it is opened to the public; and I have such entire confidence in him that I have become one of the shareholders of the Company.'

The reply did not appear to satisfy Agnes.

'Why is the hotel called the «Palace Hotel»?' she inquired.

Henry looked at her, and at once penetrated her motive for asking the question.

'Yes,' he said, 'it is the palace that Montbarry hired at Venice; and it has been purchased by the Company to be changed into an hotel.'

— De cent livres sterling. Envoyez-la chercher, Agnès, pendant que je vais vous faire voir la lettre. »

Il tira un paquet de lettres de sa poche et le feuilleta tandis qu'Agnès sonnait. Elle revint ensuite près de lui. Un prospectus imprimé, qui se trouvait au milieu d'autres papiers sur sa table, lui frappa les yeux. Il portait en tête : *Palace Hotel company of Venice (limited.) Ces* deux mots, *Palace* et *Venice,* lui rappelèrent aussitôt la visite importune de lady Montbarry.

« Qu'est-ce que cela ? » demanda-t-elle en lui tendant le papier et lui montrant le titre.

Henry cessa ses recherches et regarda le prospectus.

« Une affaire sûrement excellente, dit-il. Les grands hôtels font toujours de l'argent quand ils sont bien administrés. Je connais l'homme qui a été choisi comme gérant, et j'ai en lui une telle confiance que j'ai pris des actions de la compagnie. »

La réponse ne parut pas contenter entièrement Agnès.

« Pourquoi l'hôtel s'appelle-t-il *Palace Hotel ?* » demanda-t-elle. »

Henry la regarda et devina sur-le-champ pourquoi elle lui faisait cette question.

« Oui, dit-il, c'est le palais que Montbarry a loué à Venise ; il a été acheté par une compagnie qui en fait un hôtel. »

Agnes turned away in silence, and took a chair at the farther end of the room. Henry had disappointed her. His income as a younger son stood in need, as she well knew, of all the additions that he could make to it by successful speculation. But she was unreasonable enough, nevertheless, to disapprove of his attempting to make money already out of the house in which his brother had died.

Incapable of understanding this purely sentimental view of a plain matter of business, Henry returned to his papers, in some perplexity at the sudden change in the manner of Agnes towards him. Just as he found the letter of which he was in search, the nurse made her appearance. He glanced at Agnes, expecting that she would speak first. She never even looked up when the nurse came in. It was left to Henry to tell the old woman why the bell had summoned her to the drawing-room.

'Well, nurse,' he said, 'you have had a windfall of luck. You have had a legacy left you of a hundred pounds.'

The nurse showed no outward signs of exultation. She waited a little to get the announcement of the legacy well settled in her mind—and then she said quietly, 'Master Henry, who gives me that money, if you please?'

'My late brother, Lord Montbarry, gives it to you.'

(Agnes instantly looked up, interested in the matter for the first time. Henry went on.)

Agnès s'éloigna en silence et prit une chaise à l'autre extrémité de la chambre. Henry venait de blesser ses sentiments les plus délicats. Il était le plus jeune fils de la famille, et son revenu avait besoin de toutes les augmentations qu'il pouvait y faire par d'heureuses spéculations. Mais elle, elle était assez déraisonnable pour blâmer la tentation dont il venait de lui parler. Gagner de l'argent avec la maison où son frère était mort.

Incapable de comprendre une semblable pensée, quand il était question d'affaires surtout, Henry recommença à feuilleter ses papiers, attristé par le changement soudain dont il venait de s'apercevoir dans les manières d'Agnès. Juste au moment où il trouvait la lettre qu'il cherchait, la nourrice entra. Il jeta un regard sur Agnès, s'attendant à ce qu'elle parlât la première. Mais elle ne leva même pas les yeux quand la nourrice parut. C'était laisser à Henry le soin de dire à la vieille femme pourquoi la sonnette l'avait appelée au salon.

« Eh bien, nourrice, dit-il, vous avez une jolie chance. On vous a fait un legs de cent livres sterling.

La nourrice ne montra aucun signe de joie. Elle attendit un peu pour bien fixer dans son esprit l'importance de ce don, puis elle dit tranquillement :

« Monsieur Henry, qui me laisse cet argent, s'il vous plaît ?

— Feu mon frère, lord Montbarry. »

Agnès leva aussitôt la tête, semblant pour la première fois s'intéresser à ce qu'on disait. Henry continua :

'His will leaves legacies to the surviving old servants of the family. There is a letter from his lawyers, authorising you to apply to them for the money.'

In every class of society, gratitude is the rarest of all human virtues. In the nurse's class it is extremely rare. Her opinion of the man who had deceived and deserted her mistress remained the same opinion still, perfectly undisturbed by the passing circumstance of the legacy.

'I wonder who reminded my lord of the old servants?' she said. 'He would never have heart enough to remember them himself!'

Agnes suddenly interposed. Nature, always abhorring monotony, institutes reserves of temper as elements in the composition of the gentlest women living. Even Agnes could, on rare occasions, be angry. The nurse's view of Montbarry's character seemed to have provoked her beyond endurance.

'If you have any sense of shame in you,' she broke out, 'you ought to be ashamed of what you have just said! Your ingratitude disgusts me. I leave you to speak with her, Henry—you won't mind it!'

With this significant intimation that he too had dropped out of his customary place in her good opinion, she left the room.

The nurse received the smart reproof administered to her with every appearance of feeling rather amused by it than not. When the door had closed, this female philosopher winked at Henry.

« Son testament contient des legs pour tous les vieux serviteurs de la famille. Voici une lettre de son notaire vous autorisant à aller toucher l'argent chez lui. »

Dans toutes les classes de la société, la reconnaissance est la plus rare des vertus. Dans la classe à laquelle appartenait la nourrice, elle est extraordinairement rare. Le legs qu'on venait de lui annoncer ne changeait nullement ce qu'elle pensait de l'homme qui avait trompé et abandonné sa maîtresse.

« Je me demande qui est-ce qui a pu faire souvenir milord de ses vieux domestiques ? dit-elle. Il n'a jamais eu assez de cœur pour s'en souvenir lui-même ! »

Agnès intervint aussitôt. La nature, qui abhorre en toutes choses la monotonie, a fait les contrastes les plus violents, même chez les femmes les plus douces ; Agnès, elle aussi, se mettait quelquefois en colère. Elle ne put supporter la façon dont la nourrice venait de s'expliquer sur Montbarry.

« Si vous avez encore quelque honte, s'écria-t-elle, vous devriez rougir de ce que vous venez de dire ! Votre ingratitude m'écœure. Je vous laisse avec elle, Henry, cela ne vous fait rien à vous ! »

Après cette réflexion significative, qui lui prouvait qu'il avait, lui aussi, perdu dans l'estime d'Agnès, elle quitta la chambre.

La nourrice reçut la verte semonce qui venait de lui être faite plutôt en riant. Quand la porte fut fermée, ce philosophe en jupon fit signe à Henry :

'There's a power of obstinacy in young women,' she remarked. 'Miss Agnes wouldn't give my lord up as a bad one, even when he jilted her. And now she's sweet on him after he's dead. Say a word against him, and she fires up as you see. All obstinacy! It will wear out with time. Stick to her, Master Henry—stick to her!'

'She doesn't seem to have offended you,' said Henry.

'She?' the nurse repeated in amazement—'she offend me? I like her in her tantrums; it reminds me of her when she was a baby. Lord bless you! when I go to bid her good-night, she'll give me a big kiss, poor dear—and say, Nurse, I didn't mean it! About this money, Master Henry? If I was younger I should spend it in dress and jewellery. But I'm too old for that. What shall I do with my legacy when I have got it?'

'Put it out at interest,' Henry suggested. 'Get so much a year for it, you know.'

'How much shall I get?' the nurse asked.

'If you put your hundred pounds into the Funds, you will get between three and four pounds a year.'

The nurse shook her head.

'Three or four pounds a year? That won't do! I want more than that. Look here, Master Henry. I don't care

« Il y a un entêtement incroyable chez les jeunes femmes, dit-elle. Mademoiselle ne veut pas convenir que lord Montbarry était un méchant homme, quoiqu'il l'ait trompée. Et maintenant qu'il est mort, elle l'aime encore. Dites un mot contre lui, et elle part comme une fusée, vous venez de le voir. C'est de l'entêtement ! Cela passera avec le temps. Tenez bon, monsieur Henry, tenez bon !

— Elle ne parait pas vous avoir fâchée, dit Henry.

— Elle ? répéta la nourrice avec étonnement ; elle, me fâcher ! Je l'aime avec sa mauvaise humeur ; cela me la rappelle quand elle était bébé. Que le Seigneur la bénisse ! Quand je vais aller lui dire bonsoir, elle me donnera un gros baiser, la pauvre chérie, et me dira : "Nourrice, ne m'en veux pas, je n'étais pas sérieuse tantôt !" À propos de cet argent, monsieur Henry, si j'étais plus jeune, je le dépenserais en toilette ou en bijoux. Mais je suis trop vieille maintenant. Que ferai-je de mon legs quand je l'aurai ?

— Placez-la et touchez-en les intérêts, lui dit Henry ; tant par an, vous savez ?

— Combien aurai-je ? demanda la nourrice.

— Si vous mettez vos cent livres sur les fonds publics, vous aurez entre trois et quatre livres par an. »

La nourrice secoua la tête.

« Trois ou quatre livres par an ? Cela ne fait pas mon affaire ! Je veux davantage. Tenez, monsieur Henry, je ne me soucie

about this bit of money—I never did like the man who has left it to me, though he was your brother. If I lost it all to-morrow, I shouldn't break my heart; I'm well enough off, as it is, for the rest of my days. They say you're a speculator. Put me in for a good thing, there's a dear! Neck-or-nothing—and that for the Funds!' She snapped her fingers to express her contempt for security of investment at three per cent.

Henry produced the prospectus of the Venetian Hotel Company.

'You're a funny old woman,' he said. 'There, you dashing speculator—there is neck-or-nothing for you! You must keep it a secret from Miss Agnes, mind. I'm not at all sure that she would approve of my helping you to this investment.'

The nurse took out her spectacles. 'Six per cent., guaranteed,' she read; 'and the Directors have every reason to believe that ten per cent., or more, will be ultimately realised to the shareholders by the hotel.' 'Put me into that, Master Henry! And, wherever you go, for Heaven's sake recommend the hotel to your friends!'

So the nurse, following Henry's mercenary example, had her pecuniary interest, too, in the house in which Lord Montbarry had died.

pas de ce petit peu d'argent. Je n'ai jamais aimé l'homme qui me l'a laissé, bien qu'il soit votre frère. Si je perdais tout demain, cela ne me ferait rien ; j'en ai assez comme cela pour le reste de mes jours. On dit que vous êtes un spéculateur. Dites-moi une bonne affaire, vous seriez bien aimable ! Tout ou rien ! Et voilà pour les fonds publics ! » ajouta-t-elle en faisant claquer ses doigts, exprimant ainsi son profond mépris pour un placement garanti à trois pour cent.

Henry montra le prospectus de la *Venitian Hotel Company.*

« Vous êtes une drôle de vieille femme, dit-il. Tenez, joueuse effrénée, voilà quelque chose pour vous ! C'est tout ou rien ; mais faites bien attention, il faut garder la chose secrète pour miss Agnès, car je ne suis pas du tout certain qu'elle approuverait le conseil que je vous donne. »

La nourrice prit ses lunettes.

Six pour cent, garantis, lut-elle ; et les directeurs ont des raisons de croire qu'ils pourront donner prochainement dix pour cent et plus à leurs actionnaires.

« Intéressez-moi dans cette affaire, monsieur Henry ! Et pour l'amour de Dieu, partout où vous irez, recommandez l'hôtel à vos amis et tâchez qu'il réussisse. »

La nourrice suivit le conseil que venait de lui donner Henry et eut, elle aussi, son intérêt dans la maison ou était mort lord Montbarry.

Three days passed before Henry was able to visit Agnes again. In that time, the little cloud between them had entirely passed away. Agnes received him with even more than her customary kindness. She was in better spirits than usual. Her letter to Mrs. Stephen Westwick had been answered by return of post; and her proposal had been joyfully accepted, with one modification. She was to visit the Westwicks for a month—and, if she really liked teaching the children, she was then to be governess, aunt, and cousin, all in one—and was only to go away in an event which her friends in Ireland persisted in contemplating, the event of her marriage.

'You see I was right,' she said to Henry.

He was still incredulous. 'Are you really going?' he asked.

'I am going next week.'

'When shall I see you again?'

'You know you are always welcome at your brother's house. You can see me when you like.'

She held out her hand.

'Pardon me for leaving you—I am beginning to pack up already.'

Henry tried to kiss her at parting. She drew back directly.

'Why not? I am your cousin,' he said.

Trois jours s'écoulèrent avant qu'Henry pût revoir Agnès. Mais après cet intervalle, le léger nuage qu'il y avait entre eux était entièrement dissipé. Agnès le reçut avec plus d'amabilité que de coutume. Elle semblait de meilleure humeur. Elle avait reçu courrier par courrier une réponse à la lettre qu'elle avait adressée à Mme Stephen Westwick : son offre avait été acceptée avec joie, mais à une condition, c'est qu'elle resterait d'abord un mois chez les Westwick sans s'occuper de rien ; après cela, si réellement elle voulait enseigner aux enfants, elle devrait être gouvernante, tante, cousine, tout en un mot, et elle ne quitterait la famille qu'au cas où elle se marierait, ce dont ses amis d'Irlande ne désespéraient pas.

« Vous voyez que j'avais raison », dit-elle à Henry.

Mais lui n'y croyait pas encore. « Partez-vous réellement ? demanda-t-il.

— Je pars la semaine prochaine.

— Quand vous reverrai-je ?

— Vous savez bien que vous êtes toujours le bienvenu chez votre frère. Vous me verrez quand vous voudrez.

Elle lui tendit la main.

— Pardonnez-moi si je vous quitte. Je fais déjà mes malles. »

Henry essaya de l'embrasser en la quittant. Elle se recula vivement.

« Pourquoi pas ? Je suis votre cousin, dit-il.

'I don't like it,' she answered.

Henry looked at her, and submitted. Her refusal to grant him his privilege as a cousin was a good sign—it was indirectly an act of encouragement to him in the character of her lover.

On the first day in the new week, Agnes left London on her way to Ireland. As the event proved, this was not destined to be the end of her journey.

The way to Ireland was only the first stage on a roundabout road—the road that led to the palace at Venice. ◆

— Je n'aime pas qu'on m'embrasse » répondit-elle.

Henry la regarda sans insister : son refus de lui accorder ce qu'il regardait comme un privilège de cousin lui semblait de bonne augure. C'était indirectement l'encourager comme amoureux.

Le premier jour de la semaine suivante, Agnès quitta Londres pour l'Irlande. Comme on le verra plus tard, ce n'était que le commencement d'un voyage plus long.

L'Irlande devait seulement être sa première étape sur un chemin détourné, chemin qui la conduisit au Palais, à Venise. ■

13

IN THE SPRING OF THE YEAR 1861, Agnes was established at the country-seat of her two friends—now promoted (on the death of the first lord, without offspring) to be the new Lord and Lady Montbarry. The old nurse was not separated from her mistress. A place, suited to her time of life, had been found for her in the pleasant Irish household. She was perfectly happy in her new sphere; and she spent her first half-year's dividend from the Venice Hotel Company, with characteristic prodigality, in presents for the children.

Early in the year, also, the Directors of the life insurance offices submitted to circumstances, and paid the ten thousand pounds. Immediately afterwards, the widow of the first Lord Montbarry (otherwise, the dowager Lady Montbarry) left England, with Baron Rivar, for the United States. The Baron's object was announced, in the scientific columns of the newspapers, to be investigation into the present state of experimental chemistry in the great American republic.

13

Au printemps de l'année 1861, Agnès était installée dans la maison de campagne de ses deux amis, devenus, par suite de la mort du premier lord, décédé sans enfants, *lord et lady Montbarry*. La vieille nourrice n'avait pas quitté sa maîtresse. On lui avait trouvé une place convenable à son âge. Elle était parfaitement heureuse dans ses nouvelles fonctions, la preuve, c'est qu'elle avait prodigué le premier semestre de ses revenus de la *Venice Hotel Company*, en cadeaux extravagants pour les enfants.

Dans les premiers mois de l'année, les directeurs des bureaux d'assurances sur la vie se soumirent aux circonstances, et payèrent les dix mille livres sterling. Immédiatement après, la veuve du premier lord Montbarry, autrement dit la douairière Montbarry, quitta l'Angleterre, avec le baron Rivar, pour se rendre aux États-Unis. Les journaux scientifiques avaient annoncé que le baron partait pour se rendre compte des progrès que la chimie avait faits dans la grande République américaine.

His sister informed inquiring friends that she accompanied him, in the hope of finding consolation in change of scene after the bereavement that had fallen on her. Hearing this news from Henry Westwick (then paying a visit at his brother's house), Agnes was conscious of a certain sense of relief.

'With the Atlantic between us,' she said, 'surely I have done with that terrible woman now!'

Barely a week passed after those words had been spoken, before an event happened which reminded Agnes of 'the terrible woman' once more.

On that day, Henry's engagements had obliged him to return to London. He had ventured, on the morning of his departure, to press his suit once more on Agnes; and the children, as he had anticipated, proved to be innocent obstacles in the way of his success. On the other hand, he had privately secured a firm ally in his sister-in-law.

'Have a little patience,' the new Lady Montbarry had said, 'and leave me to turn the influence of the children in the right direction. If they can persuade her to listen to you—they shall!'

The two ladies had accompanied Henry, and some other guests who went away at the same time, to the railway station, and had just driven back to the house, when the servant announced that 'a person of the name of Rolland was waiting to see her ladyship.'

'Is it a woman?'

Sa sœur répondit à ceux de ses amis qui lui demandaient si elle l'accompagnait, qu'elle le suivait dans l'espoir de trouver dans ce voyage une distraction au malheur qui l'avait frappée. Agnès apprit cette nouvelle par Henry Westwick, qui était venu faire une visite à son frère, elle en éprouva pour ainsi dire une sorte de soulagement.

« Avec l'Atlantique entre nous, se dit-elle, j'en ai sûrement fini avec cette terrible femme ! »

Une semaine s'était à peine écoulée, qu'un événement inattendu vint rappeler une fois de plus cette terrible femme au souvenir d'Agnès.

Ce jour-là, Henry était parti pour Londres. Le matin de son départ, il avait tenté de presser encore Agnès : et les enfants, comme il l'avait craint, avaient été d'innocents obstacles à l'exécution de son projet, mais il s'était fait secrètement une fidèle alliée de sa belle-sœur.

« Ayez un peu de patience, lui avait-elle dit, et laissez-moi me servir de l'influence des enfants. S'ils peuvent la persuader de vous écouter, ils le feront. »

Les deux dames avaient accompagné, à la gare du chemin de fer, Henry et d'autres invités qui s'en allaient en même temps, elles venaient de rentrer à la maison en voiture, quand le domestique annonça qu'une personne du nom de Rolland attendait pour voir milady.

« Est-ce une femme ?

'Yes, my lady.'

Young Lady Montbarry turned to Agnes.

'This is the very person,' she said, 'whom your lawyer thought likely to help him, when he was trying to trace the lost courier.'

'You don't mean the English maid who was with Lady Montbarry at Venice?'

'My dear! don't speak of Montbarry's horrid widow by the name which is my name now. Stephen and I have arranged to call her by her foreign title, before she was married. I am «Lady Montbarry,» and she is «the Countess.» In that way there will be no confusion.—Yes, Mrs. Rolland was in my service before she became the Countess's maid. She was a perfectly trustworthy person, with one defect that obliged me to send her away—a sullen temper which led to perpetual complaints of her in the servants' hall. Would you like to see her?'

Agnes accepted the proposal, in the faint hope of getting some information for the courier's wife. The complete defeat of every attempt to trace the lost man had been accepted as final by Mrs. Ferrari. She had deliberately arrayed herself in widow's mourning; and was earning her livelihood in an employment which the unwearied kindness of Agnes had procured for her in London. The last chance of penetrating the mystery of Ferrari's disappearance seemed to rest now on what Ferrari's former fellow-servant might be able to tell.

— Oui, madame. »

La jeune lady Montbarry se tourna vers Agnès :

« C'est la personne que votre notaire aurait voulu voir, quand il a cherché à découvrir les traces du courrier.

— Vous voulez dire la femme de chambre anglaise qui était avec lady Montbarry à Venise ?

— Je vous en supplie, ma chère amie ! Ne me parlez jamais de l'horrible veuve de Montbarry en la désignant par le nom que *je* porte maintenant. Stephen et moi nous avons résolu de lui donner désormais le titre qu'elle portait avant d'être mariée. Je suis lady Montbarry : elle, elle est *la comtesse.* De cette façon, il n'y aura pas de confusion possible. Mme Rolland était à mon service avant d'entrer chez la comtesse : c'était une véritable femme de confiance, mais elle avait un défaut qui me força à la renvoyer, un caractère insupportable dont on se plaignait continuellement à l'office. Voulez-vous la voir ? »

Agnès accepta, espérant en tirer quelque renseignement pour la femme du courrier. L'inutilité de tous les efforts faits pour découvrir les traces de l'homme disparu avait complètement découragé Mme Ferraris, qui s'était résignée peu à peu. Elle avait pris des vêtements de deuil et gagnait sa vie dans une place, que l'inépuisable bonté d'Agnès lui avait procurée à Londres. La dernière chance qu'on eût de pénétrer le mystère de la disparition de Ferraris reposait maintenant tout entière sur ce que la femme qui avait servi en même temps que le courrier allait dire.

With highly-wrought expectations, Agnes followed her friend into the room in which Mrs. Rolland was waiting.

A tall bony woman, in the autumn of life, with sunken eyes and iron-grey hair, rose stiffly from her chair, and saluted the ladies with stern submission as they opened the door. A person of unblemished character, evidently—but not without visible drawbacks. Big bushy eyebrows, an awfully deep and solemn voice, a harsh unbending manner, a complete absence in her figure of the undulating lines characteristic of the sex, presented Virtue in this excellent person under its least alluring aspect. Strangers, on a first introduction to her, were accustomed to wonder why she was not a man.

'Are you pretty well, Mrs. Rolland?'

'I am as well as I can expect to be, my lady, at my time of life.'

'Is there anything I can do for you?'

'Your ladyship can do me a great favour, if you will please speak to my character while I was in your service. I am offered a place, to wait on an invalid lady who has lately come to live in this neighbourhood.'

'Ah, yes—I have heard of her. A Mrs. Carbury, with a very pretty niece I am told. But, Mrs. Rolland, you left my service some time ago. Mrs. Carbury will surely expect you to refer to the last mistress by whom you were employed.'

Pleine d'espérance, Agnès suivit lady Montbarry dans la pièce où attendait Mme Rolland.

C'était une grande femme osseuse, arrivée à l'automne de la vie, avec des yeux enfoncés, des yeux gris-fer. Elle se leva de sa chaise avec une raideur d'automate, et salua les deux dames avec un air de soumission absolue dès qu'elles parurent. On voyait du premier coup d'œil que Mme Rolland devait avoir sa réputation intacte ; elle avait d'épais et larges sourcils, une voix profonde et pleine de solennité, des gestes raides et secs et, dans sa figure, pas la moindre ligne courbe caractéristique de son sexe : tout était anguleux ; en un mot la vertu, dans cette excellente personne, se montrait sous son aspect le moins engageant. Et quand on la voyait pour la première fois, on se demandait pourquoi elle n'était pas un homme.

« Cela va-t-il bien, madame Rolland ?

— Pour mon âge, aussi bien que possible.

— Puis-je quelque chose pour vous ?

— Madame peut me faire une grande faveur, en disant comment je l'ai servie tant que j'ai été chez elle. On m'offre une place auprès d'une dame malade qui depuis ces derniers jours est venue demeurer dans le voisinage.

— Ah, oui, j'en ai entendu parler. Une Mme Carbury, avec sa nièce, une jolie jeune fille, à ce que l'on m'a dit. Mais, madame Rolland, vous m'avez quittée il y a quelque temps déjà, et Mme Carbury voudra sans doute avoir ses renseignements de la dernière maîtresse que vous avez servie. »

A flash of virtuous indignation irradiated Mrs. Rolland's sunken eyes. She coughed before she answered, as if her 'last mistress' stuck in her throat.

'I have explained to Mrs. Carbury, my lady, that the person I last served—I really cannot give her her title in your ladyship's presence!—has left England for America. Mrs. Carbury knows that I quitted the person of my own free will, and knows why, and approves of my conduct so far. A word from your ladyship will be amply sufficient to get me the situation.'

'Very well, Mrs. Rolland, I have no objection to be your reference, under the circumstances. Mrs. Carbury will find me at home to-morrow until two o'clock.'

'Mrs. Carbury is not well enough to leave the house, my lady. Her niece, Miss Haldane, will call and make the inquiries, if your ladyship has no objection.'

'I have not the least objection. The pretty niece carries her own welcome with her. Wait a minute, Mrs. Rolland. This lady is Miss Lockwood—my husband's cousin, and my friend. She is anxious to speak to you about the courier who was in the late Lord Montbarry's service at Venice.'

Mrs. Rolland's bushy eyebrows frowned in stern disapproval of the new topic of conversation.

'I regret to hear it, my lady,' was all she said.

Un éclair de vertueuse indignation illumina soudain les yeux enfoncés de Mme Rolland. Elle toussa avant de répondre, comme si le souvenir de sa dernière maîtresse l'étreignait à la gorge.

« J'ai dit à Mme Carbury que la personne que j'ai servie en dernier – réellement je ne puis pas lui donner son titre, en votre présence, madame, – a quitté l'Angleterre pour l'Amérique. Mme Carbury sait que je suis partie de chez cette personne de mon plein gré, elle sait aussi pour quelle raison et elle approuve ma conduite. Un mot de vous, madame, sera largement suffisant pour me procurer cette place.

— Très bien ! Madame Rolland, je n'ai aucune raison pour ne pas vous recommander en cette circonstance. Mme Carbury me trouvera demain chez moi jusqu'à deux heures.

— Mme Carbury n'est pas assez bien portante pour sortir, madame. Sa nièce, miss Haldane, viendra à sa place si vous le permettez.

— Mais parfaitement. Cette jeune fille est sûre d'être la bienvenue. Attendez un peu, madame Rolland. Cette dame est miss Lockwood, la cousine de mon mari et mon amie. Elle désire vous parler du courrier qui était au service de feu lord Montbarry à Venise. »

Les sourcils épais de Mme Rolland se froncèrent en signe de mécontentement.

« Je le regrette, madame, fut tout ce qu'elle répondit.

'Perhaps you have not been informed of what happened after you left Venice?' Agnes ventured to add. 'Ferrari left the palace secretly; and he has never been heard of since.'

Mrs. Rolland mysteriously closed her eyes—as if to exclude some vision of the lost courier which was of a nature to disturb a respectable woman.

'Nothing that Mr. Ferrari could do would surprise me,' she replied in her deepest bass tones.

'You speak rather harshly of him,' said Agnes.

Mrs. Rolland suddenly opened her eyes again.

'I speak harshly of nobody without reason,' she said. 'Mr. Ferrari behaved to me, Miss Lockwood, as no man living has ever behaved—before or since.'

'What did he do?'

Mrs. Rolland answered, with a stony stare of horror:—'He took liberties with me.'

Young Lady Montbarry suddenly turned aside, and put her handkerchief over her mouth in convulsions of suppressed laughter.

Mrs. Rolland went on, with a grim enjoyment of the bewilderment which her reply had produced in Agnes:

'And when I insisted on an apology, Miss, he had the audacity to say that the life at the palace was dull, and he didn't know how else to amuse himself!'

— Vous ne savez peut-être pas ce qui s'est passé après votre départ de Venise ? reprit Agnès. Ferraris a quitté le palais secrètement, et l'on n'a plus jamais entendu parler de lui. »

Mme Rolland ferma mystérieusement les yeux comme pour chasser une vision terrible pour une femme respectable, celle du courrier perdu.

« Rien de ce que M. Ferraris a pu faire ne me surprendra, répondit-elle avec un ton de basse profonde.

— Vous êtes sévère pour lui, » dit Agnès.

Mme Rolland ouvrit soudain les yeux.

« Je ne parle sévèrement de personne sans raison. M. Ferraris s'est conduit envers moi, miss Lockwood, comme aucun homme ne l'a jamais fait, ni avant, ni depuis.

— Qu'a-t-il donc fait ?

— Ce qu'il a fait ? reprit Mme Rolland avec un geste d'horreur ; il s'est permis des libertés avec moi ! »

La jeune lady Montbarry se détourna et mit son mouchoir sur sa bouche pour étouffer un éclat de rire.

Mme Rolland continua, paraissant fort étrangement surprise de l'effet que sa réponse avait produit sur Agnès.

« Et quand j'ai insisté pour des excuses, il a eu l'audace, mademoiselle, de me répondre que la vie qu'il menait au palais était horriblement triste et qu'il n'avait pas trouvé d'autre moyen de s'amuser !

'I am afraid I have hardly made myself understood,' said Agnes. 'I am not speaking to you out of any interest in Ferrari. Are you aware that he is married?'

'I pity his wife,' said Mrs. Rolland.

'She is naturally in great grief about him,' Agnes proceeded.

'She ought to thank God she is rid of him,' Mrs. Rolland interposed.

Agnes still persisted.

'I have known Mrs. Ferrari from her childhood, and I am sincerely anxious to help her in this matter. Did you notice anything, while you were at Venice, that would account for her husband's extraordinary disappearance? On what sort of terms, for instance, did he live with his master and mistress?'

'On terms of familiarity with his mistress,' said Mrs. Rolland, 'which were simply sickening to a respectable English servant. She used to encourage him to talk to her about all his affairs—how he got on with his wife, and how pressed he was for money, and such like—just as if they were equals. Contemptible—that's what I call it.'

'And his master?' Agnes continued. 'How did Ferrari get on with Lord Montbarry?'

'My lord used to live shut up with his studies and his sorrows,' Mrs. Rolland answered, with a hard solemnity expressive of respect for his lordship's memory.

— Vous ne m'avez probablement pas bien comprise, dit Agnès. Ferraris ne m'intéresse pas du tout, mais savez-vous qu'il est marié ?

— Je plains sa femme, reprit Mme Rolland.

— Naturellement elle est inquiète de lui, continua Agnès.

— Elle devrait remercier Dieu d'en être débarrassée, » interrompit Mme Rolland.

Agnès continua.

« Je connais Mme Ferraris depuis son enfance et je désire sincèrement lui être utile en cette circonstance. Avez-vous remarqué quelque chose pendant que vous étiez à Venise, qui explique la disparition si extraordinaire de son mari ? Dans quels termes, par exemple vivait-il avec son maître et sa maîtresse ?

— En termes excellents avec sa maîtresse, répondit Mme Rolland, si excellents, qu'ils en étaient tout bonnement répugnants pour une respectable servante anglaise. Elle le poussait à lui raconter toutes ses affaires : comment il vivait avec sa femme, s'il avait besoin d'argent, et autres choses semblables, tout comme s'ils étaient égaux. C'était répugnant ! Cela n'a pas d'autre nom !

— Et son maître ? reprit Agnès. En quels termes était Ferraris avec lord Montbarry ?

— Milord vivait constamment enfermé avec ses études et ses peines, répondit Mme Rolland, avec une expression de respect solennel pour la mémoire du lord.

'Mr. Ferrari got his money when it was due; and he cared for nothing else. «If I could afford it, I would leave the place too; but I can't afford it.» Those were the last words he said to me, on the morning when I left the palace. I made no reply. After what had happened (on that other occasion) I was naturally not on speaking terms with Mr. Ferrari.'

'Can you really tell me nothing which will throw any light on this matter?'

'Nothing,' said Mrs. Rolland, with an undisguised relish of the disappointment that she was inflicting.

'There was another member of the family at Venice,' Agnes resumed, determined to sift the question to the bottom while she had the chance. 'There was Baron Rivar.'

Mrs. Rolland lifted her large hands, covered with rusty black gloves, in mute protest against the introduction of Baron Rivar as a subject of inquiry.

'Are you aware, Miss,' she began, 'that I left my place in consequence of what I observed—?'

Agnes stopped her there.

'I only wanted to ask,' she explained, 'if anything was said or done by Baron Rivar which might account for Ferrari's strange conduct.'

'Nothing that I know of,' said Mrs. Rolland. 'The Baron and Mr. Ferrari (if I may use such an expression) were «birds of a feather,» so far as I could see—I mean, one was as unprincipled as the other.

M. Ferraris recevait son argent quand il en avait à toucher, et ne se souciait pas d'autre chose. “Si mes moyens me le permettaient, je m'en irais aussi ; mais mes moyens ne me le permettent pas.” Ce furent les dernières paroles qu'il me dit le matin de mon départ. Je ne lui répondis même pas. Après ce qui s'était passé entre nous, je n'étais naturellement pas en fort bons termes avec lui.

— Vous ne pouvez donc rien me dire d'intéressant sur cette affaire ?

— Rien, répondit Mme Rolland, semblant heureuse de voir Agnès désappointée.

— Mais il y avait encore une autre personne dans le palais, reprit miss Lockwood, résolue de tirer l'énigme au clair, tandis qu'elle en avait l'occasion. Il y avait le baron Rivar. »

Mme Rolland leva au ciel ses grandes mains, recouvertes de gants noirs fanés, en signe d'horreur.

« Savez-vous bien, mademoiselle, reprit-elle, que j'ai quitté ma place à cause de ce que j'ai vu... ? »

Agnès l'arrêta.

« Je veux seulement savoir si le baron Rivar a fait quelque chose qui puisse expliquer l'étrange conduite de Ferraris ?

— Il n'a rien fait que je sache, reprit Mme Rolland. Le baron et M. Ferraris se valaient, s'il m'est permis de le dire ; en un mot, ils étaient sans scrupules l'un et l'autre.

I am a just woman; and I will give you an example. Only the day before I left, I heard the Baron say (through the open door of his room while I was passing along the corridor), «Ferrari, I want a thousand pounds. What would you do for a thousand pounds?» And I heard Mr. Ferrari answer, «Anything, sir, as long as I was not found out.» And then they both burst out laughing. I heard no more than that. Judge for yourself, Miss.'

Agnes reflected for a moment. A thousand pounds was the sum that had been sent to Mrs. Ferrari in the anonymous letter. Was that enclosure in any way connected, as a result, with the conversation between the Baron and Ferrari? It was useless to press any more inquiries on Mrs. Rolland. She could give no further information which was of the slightest importance to the object in view. There was no alternative but to grant her dismissal. One more effort had been made to find a trace of the lost man, and once again the effort had failed.

They were a family party at the dinner-table that day. The only guest left in the house was a nephew of the new Lord Montbarry—the eldest son of his sister, Lady Barville. Lady Montbarry could not resist telling the story of the first (and last) attack made on the virtue of Mrs. Rolland, with a comically-exact imitation of Mrs. Rolland's deep and dismal voice.

Je suis une femme éminemment juste et je vais vous en donner la preuve. Le jour même où j'ai quitté le palais, j'ai entendu, en traversant un corridor, le baron dire de sa chambre, dont la porte était entrouverte, à Ferraris : "J'ai besoin de mille livres sterling. Que feriez-vous pour mille livres, vous ?" Et Ferraris répondit : "N'importe quoi, monsieur, du moment où on ne le saurait pas." Ce fut tout ; le baron et le domestique partirent ensuite d'un éclat de rire. Jugez par vous-même, mademoiselle. »

Agnès réfléchit un instant. Mille livres, c'était justement la somme qu'on avait envoyée à Mme Ferraris dans la lettre anonyme. Ces mille livres avaient-elles un rapport quelconque avec la conversation du baron et de Ferraris ? Il était inutile de presser davantage Mme Rolland. Elle ne pouvait donner aucun autre renseignement de la moindre importance. On n'avait donc plus qu'à la laisser se retirer. C'était une tentative de plus, faite inutilement pour retrouver le courrier disparu.

Il y avait un dîner de famille le soir de ce jour-là dans la maison, mais un seul invité, un neveu du nouveau lord Montbarry, fils aîné de sa sœur lady Barville. Lady Montbarry ne put résister au désir de raconter l'histoire du premier et dernier assaut tenté sur la vertu de Mme Rolland, en imitant d'une façon fort comique et fort exacte la voix profonde et criarde tout à la fois de Mme Rolland.

Being asked by her husband what was the object which had brought that formidable person to the house, she naturally mentioned the expected visit of Miss Haldane. Arthur Barville, unusually silent and pre-occupied so far, suddenly struck into the conversation with a burst of enthusiasm.

'Miss Haldane is the most charming girl in all Ireland!' he said. 'I caught sight of her yesterday, over the wall of her garden, as I was riding by. What time is she coming to-morrow? Before two? I'll look into the drawing-room by accident—I am dying to be introduced to her!'

Agnes was amused by his enthusiasm.

'Are you in love with Miss Haldane already?' she asked.

Arthur answered gravely, 'It's no joking matter. I have been all day at the garden wall, waiting to see her again! It depends on Miss Haldane to make me the happiest or the wretchedest man living.'

'You foolish boy! How can you talk such nonsense?'

He was talking nonsense undoubtedly. But, if Agnes had only known it, he was doing something more than that. He was innocently leading her another stage nearer on the way to Venice. ◆

Son mari lui demanda pourquoi cette créature phénoménale était venue à la maison. Elle le lui dit, et annonça, bien entendu, la prochaine visite de miss Haldane. Arthur Barville qui, depuis le commencement du dîner était, contre son habitude, silencieux et préoccupé, prit aussitôt part à la conversation avec des éclats d'enthousiasme.

« Miss Haldane est la plus charmante fille de toute l'Irlande ! Je l'ai aperçue hier par-dessus le mur de son jardin, en passant à cheval. À quelle heure vient-elle demain ? Avant deux heures ? Je viendrai dans le salon par hasard. Je meurs d'envie de lui être présenté ! »

Agnès se mit à rire.

« Êtes-vous donc déjà amoureux de miss Haldane ? »

Arthur répondit gravement :

« Il n'y a rien de drôle à cela. J'ai passé toute ma journée le long du mur de son jardin à l'attendre. Miss Haldane me rendra le plus heureux ou le plus malheureux des hommes.

— Comment pouvez-vous dire une folie pareille ? »

C'était une folie, sans doute. Mais qu'aurait pensé Agnès si elle avait pu se douter que cette réponse la poussait sur le chemin de Venise ? ■

14

As the summer months advanced, the transformation of the Venetian palace into the modern hotel proceeded rapidly towards completion.

The outside of the building, with its fine Palladian front looking on the canal, was wisely left unaltered. Inside, as a matter of necessity, the rooms were almost rebuilt—so far at least as the size and the arrangement of them were concerned. The vast saloons were partitioned off into 'apartments' containing three or four rooms each. The broad corridors in the upper regions afforded spare space enough for rows of little bedchambers, devoted to servants and to travellers with limited means. Nothing was spared but the solid floors and the finely-carved ceilings. These last, in excellent preservation as to workmanship, merely required cleaning, and regilding here and there, to add greatly to the beauty and importance of the best rooms in the hotel. The only exception to the complete re-organization of the interior was at one extremity of the edifice, on the first and second floors.

14

L'ÉTÉ S'AVANÇAIT et la transformation du palais vénitien en hôtel moderne touchait à sa fin.

Tout l'extérieur de l'édifice, avec sa belle façade donnant sur le canal, avait été intelligemment conservé. À l'extérieur toutes les pièces avaient été refaites, ou plutôt on en avait diminué les dimensions. Les larges corridors de l'étage supérieur servirent à faire des chambres pour les domestiques ou les voyageurs désireux de dépenser peu d'argent. Il ne resta de l'ancien aménagement que les parquets en losanges et les plafonds délicatement sculptés, en parfait état de conservation ; ils n'avaient besoin que d'un nettoyage. On les redora en outre un peu par-ci par-là pour augmenter l'attrait des meilleures chambres de l'hôtel. À l'extrémité du palais, on laissa les pièces qui s'y trouvaient telles quelles.

Here there happened, in each case, to be rooms of such comparatively moderate size, and so attractively decorated, that the architect suggested leaving them as they were. It was afterwards discovered that these were no other than the apartments formerly occupied by Lord Montbarry (on the first floor), and by Baron Rivar (on the second). The room in which Montbarry had died was still fitted up as a bedroom, and was now distinguished as Number Fourteen. The room above it, in which the Baron had slept, took its place on the hotel-register as Number Thirty-Eight. With the ornaments on the walls and ceilings cleaned and brightened up, and with the heavy old-fashioned beds, chairs, and tables replaced by bright, pretty, and luxurious modern furniture, these two promised to be at once the most attractive and the most comfortable bedchambers in the hotel. As for the once-desolate and disused ground floor of the building, it was now transformed, by means of splendid dining-rooms, reception-rooms, billiard-rooms, and smoking-rooms, into a palace by itself. Even the dungeon-like vaults beneath, now lighted and ventilated on the most approved modern plan, had been turned as if by magic into kitchens, servants' offices, ice-rooms, and wine cellars, worthy of the splendour of the grandest hotel in Italy, in the now bygone period of seventeen years since.

Passing from the lapse of the summer months at Venice, to the lapse of the summer months in Ireland, it is next to be recorded that Mrs. Rolland obtained the situation of attendant on the invalid Mrs. Carbury; and that the fair Miss Haldane, like a female Caesar, came, saw, and conquered, on her first day's visit to the new Lord Montbarry's house.

C'étaient relativement de petites chambres, mais si élégamment décorées qu'on n'y changea rien. On ne sut que plus tard que ces pièces formaient les appartements occupés par lord et lady Montbarry et le baron Rivar. La chambre où Montbarry mourut était encore meublée comme une chambre à coucher ; elle portait le n° 14. La chambre située au-dessus, dans laquelle le baron s'était installé, avait sur le registre de l'hôtel le n° 38. Avec leurs peintures toutes fraîches, leurs plafonds nettoyés à neuf, une fois les vieux lits, les chaises et les tables remplacés par de jolis meubles, neufs et brillants, ces deux chambres promettaient d'être les plus charmantes et les plus confortables de l'hôtel. Quant au rez-de-chaussée, autrefois triste et désert, on en avait fait de splendides salles à manger, des salons de lecture des salles de billard, des fumoirs, véritablement royaux. Les caveaux, semblables à des prisons, étaient maintenant aérés et éclairés comme les constructions les plus récentes ; ils étalent changés, comme par le coup de baguette d'une fée, en cuisines, en offices, en glacières et en caves, dignes des hôtels les plus grandioses qu'on rencontrait autrefois en Italie, il y a près de vingt ans.

Un mois avant la fin de ces travaux entrepris à Venise, dans l'hôtel du Palais, Mme Rolland avait déjà sa place chez Mme Carbury, en Irlande ; la jolie miss Haldane, un véritable César féminin, était venue, avait vu et avait vaincu dès sa première visite chez le nouveau lord Montbarry.

The ladies were as loud in her praises as Arthur Barville himself. Lord Montbarry declared that she was the only perfectly pretty woman he had ever seen, who was really unconscious of her own attractions. The old nurse said she looked as if she had just stepped out of a picture, and wanted nothing but a gilt frame round her to make her complete. Miss Haldane, on her side, returned from her first visit to the Montbarrys charmed with her new acquaintances. Later on the same day, Arthur called with an offering of fruit and flowers for Mrs. Carbury, and with instructions to ask if she was well enough to receive Lord and Lady Montbarry and Miss Lockwood on the morrow.

In a week's time, the two households were on the friendliest terms.

Mrs. Carbury, confined to the sofa by a spinal malady, had been hitherto dependent on her niece for one of the few pleasures she could enjoy, the pleasure of having the best new novels read to her as they came out. Discovering this, Arthur volunteered to relieve Miss Haldane, at intervals, in the office of reader. He was clever at mechanical contrivances of all sorts, and he introduced improvements in Mrs. Carbury's couch, and in the means of conveying her from the bedchamber to the drawing-room, which alleviated the poor lady's sufferings and brightened her gloomy life. With these claims on the gratitude of the aunt, aided by the personal advantages which he unquestionably possessed, Arthur advanced rapidly in the favour of the charming niece.

Milady et miss Agnès firent autant de compliments d'elle qu'Arthur Barville. Lord Montbarry déclara que c'était la seule jolie femme qu'il ait jamais vue. La vieille dit qu'elle avait l'air d'avoir été peinte par un grand artiste, et qu'elle n'avait besoin que d'un beau cadre autour d'elle pour la rendre parfaite. Miss Haldane, de son côté, était sortie enchantée de sa première entrevue avec les Montbarry, adorant ses nouvelles connaissances. Le même jour, un peu plus tard, Arthur passa chez elle avec des fruits et des fleurs pour Mme Carbury, sous prétexte de savoir si la vieille dame serait assez bien portante pour recevoir le lendemain lord et lady Montbarry ainsi que miss Lockwood.

En moins d'une semaine, les deux maisons en étaient aux termes les plus amicaux.

Mme Carbury, clouée sur son canapé par une maladie de l'épine dorsale, devait à sa nièce un de ses rares plaisirs, la lecture des romans nouveaux dès leur apparition. Arthur s'aperçut bientôt de ce détail ; aussi s'offrit-il volontairement à suppléer miss Haldane. Il avait quelques notions de mécanique, et il perfectionna la chaise articulée sur laquelle reposait Mme Carbury ; il inventa différents moyens de la transporter du salon à sa chambre sans la faire souffrir, ce qui rendit la pauvre dame toute gaie. Avec les droits qu'il se créait à la reconnaissance de la tante, bien de sa personne comme il était, Arthur avança rapidement dans les bonnes grâces de la charmante nièce.

She was, it is needless to say, perfectly well aware that he was in love with her, while he was himself modestly reticent on the subject—so far as words went. But she was not equally quick in penetrating the nature of her own feelings towards Arthur. Watching the two young people with keen powers of observation, necessarily concentrated on them by the complete seclusion of her life, the invalid lady discovered signs of roused sensibility in Miss Haldane, when Arthur was present, which had never yet shown themselves in her social relations with other admirers eager to pay their addresses to her. Having drawn her own conclusions in private, Mrs. Carbury took the first favourable opportunity (in Arthur's interests) of putting them to the test.

'I don't know what I shall do,' she said one day, 'when Arthur goes away.'

Miss Haldane looked up quickly from her work.

'Surely he is not going to leave us!' she exclaimed.

'My dear! he has already stayed at his uncle's house a month longer than he intended. His father and mother naturally expect to see him at home again.'

Miss Haldane met this difficulty with a suggestion, which could only have proceeded from a judgment already disturbed by the ravages of the tender passion.

'Why can't his father and mother go and see him at Lord Montbarry's?' she asked. 'Sir Theodore's place is only thirty miles away, and Lady Barville is Lord Montbarry's sister. They needn't stand on ceremony.'

Quoiqu'il eût soigneusement gardé son secret, elle savait parfaitement — est-il nécessaire de le dire ? — qu'il était amoureux d'elle ; mais elle, n'avait pas aussi vite découvert ses propres sentiments à son égard. Observant les deux jeunes gens comme elle pouvait le faire, puisqu'elle n'avait aucune autre préoccupation, la pauvre malade découvrit en miss Haldane des signes non équivoques de sympathie pour Arthur, sympathie qu'elle n'avait encore montrée à aucun de ses nombreux admirateurs. Une fois fixée, Mme Carbury saisit la première occasion favorable pour parler d'Arthur.

« Je ne sais vraiment pas ce que je ferai, dit-elle, quand Arthur s'en ira. »

Miss Haldane leva tranquillement la tête de son ouvrage.

« Il ne va pas nous quitter ! s'écria-t-elle.

— Mais, ma chérie, il est déjà resté chez son oncle un mois de plus qu'il ne devait. Son père et sa mère ont naturellement envie de le revoir. »

Miss Haldane répondit aussitôt par une idée qui ne pouvait évidemment germer que dans un esprit troublé par la passion.

« Pourquoi son père et sa mère ne viendraient-ils pas chez lord Montbarry ? La résidence de sir Théodore Barville n'est pas à plus de trente milles d'ici, et lady Barville est la sœur de lord Montbarry. Ils n'ont pas besoin de faire de cérémonie entre eux.

'They may have other engagements,' Mrs. Carbury remarked.

'My dear aunt, we don't know that! Suppose you ask Arthur?'

'Suppose you ask him?'

Miss Haldane bent her head again over her work. Suddenly as it was done, her aunt had seen her face—and her face betrayed her.

When Arthur came the next day, Mrs. Carbury said a word to him in private, while her niece was in the garden. The last new novel lay neglected on the table. Arthur followed Miss Haldane into the garden.

The next day he wrote home, enclosing in his letter a photograph of Miss Haldane. Before the end of the week, Sir Theodore and Lady Barville arrived at Lord Montbarry's, and formed their own judgment of the fidelity of the portrait. They had themselves married early in life—and, strange to say, they did not object on principle to the early marriages of other people. The question of age being thus disposed of, the course of true love had no other obstacles to encounter. Miss Haldane was an only child, and was possessed of an ample fortune. Arthur's career at the university had been creditable, but certainly not brilliant enough to present his withdrawal in the light of a disaster. As Sir Theodore's eldest son, his position was already made for him. He was two-and-twenty years of age; and the young lady was eighteen.

— Ils peuvent être retenus chez eux, reprit Mme Carbury.

— Mais, ma chère tante, qu'est-ce qui vous le prouve ? Supposons que vous en parliez à Arthur !

— Supposons que *tu* lui en parles, *toi ?* »

Miss Haldane baissa aussitôt la tête sur son ouvrage. Mais sa tante avait eu le temps de voir son visage, et son visage l'avait trahie.

Lorsque Arthur vint le lendemain, Mme Carbury le prit à part et causa avec lui, pendant que sa nièce était au jardin. Le roman nouveau attendait sur la table. Arthur n'en fit pas la lecture à la vieille dame et alla trouver miss Haldane dans le jardin.

Le jour suivant, il écrivit chez lui, et mit dans sa lettre une photographie de miss Haldane. À la fin de la semaine, sir Théodore et lady Barville arrivèrent chez lord Montbarry et purent s'assurer que le portrait qu'on leur envoyé n'avait pas flatté l'original. Ils s'étaient mariés jeunes et, chose étrange, ils n'étaient pas opposés à ce qu'on suivît leur exemple. La question d'âge étant ainsi écartée, les amoureux ne devaient plus rencontrer aucun obstacle. Miss Haldane était fille unique et possédait une belle fortune. Arthur avait fait de bonnes études et s'était conquis un certain renom à l'Université ; mais cela ne suffisait pas pour gagner sa vie. Comme fils aîné de sir Théodore, sa position était déjà du reste assurée. Il était âgé de vingt-deux ans, la jeune fille en avait dix-huit.

There was really no producible reason for keeping the lovers waiting, and no excuse for deferring the wedding-day beyond the first week in September. In the interval, while the bride and bridegroom would be necessarily absent on the inevitable tour abroad, a sister of Mrs. Carbury volunteered to stay with her during the temporary separation from her niece. On the conclusion of the honeymoon, the young couple were to return to Ireland, and were to establish themselves in Mrs. Carbury's spacious and comfortable house.

These arrangements were decided upon early in the month of August. About the same date, the last alterations in the old palace at Venice were completed. The rooms were dried by steam; the cellars were stocked; the manager collected round him his army of skilled servants; and the new hotel was advertised all over Europe to open in October. ◆

Il n'y avait aucune raison pour faire attendre ces enfants et rien ne devait apporter d'obstacle à la célébration du mariage, qui pouvait avoir lieu vers la première semaine de septembre. Pendant que les jeunes époux feraient à l'étranger l'inévitable voyage de noce, une sœur de Mme Carbury avait offert de rester avec elle. Le jeune couple aussitôt la lune de miel finie, devait revenir en Irlande et s'installer dans la grande et confortable maison de Mme Carbury.

Tout cela fut décidé au commencement du mois d'août. Vers la même date, les derniers travaux étaient terminés dans le vieux palais à Venise. On sécha les chambres à la vapeur, les caves furent remplies de bon vin, le gérant réunit une armée de domestiques, et on annonça pour le mois d'octobre, dans l'Europe entière, l'ouverture du nouvel hôtel. ■

15

MISS AGNES LOCKWOOD TO MRS. FERRARI

'I promised to give you some account, dear Emily, of the marriage of Mr. Arthur Barville and Miss Haldane. It took place ten days since. But I have had so many things to look after in the absence of the master and mistress of this house, that I am only able to write to you to-day.

'The invitations to the wedding were limited to members of the families on either side, in consideration of the ill health of Miss Haldane's aunt. On the side of the Montbarry family, there were present, besides Lord and Lady Montbarry, Sir Theodore and Lady Barville; Mrs. Norbury (whom you may remember as his lordship's second sister); and Mr. Francis Westwick, and Mr. Henry Westwick. The three children and I attended the ceremony as bridesmaids. We were joined by two young ladies, cousins of the bride and very agreeable girls. Our dresses were white, trimmed with green in honour of Ireland; and we each had a handsome gold bracelet given to us as a present from the bridegroom.

15

Miss Agnès Lockwood à Madame Ferraris.

« J'ai promis, ma bonne Émilie, de vous donner quelques détails sur le mariage de M. Arthur Barville et de miss Haldane. Il a eu lieu il y a dix jours. Mais j'ai eu tant à faire en l'absence du maître et de la maîtresse de la maison, que je n'ai pu vous écrire qu'aujourd'hui.

» Les invitations n'ont été faites qu'aux membres de la famille du mari et de la femme, en raison de la mauvaise santé de la tante de miss Haldane. Du côté de la famille Montbarry, il y avait, outre lord et lady Montbarry, sir Théodore et lady Barville, Mme Narbury, la deuxième sœur de milord comme vous savez, Francis et Henry Westwick. Les trois enfants et moi nous assistâmes à la cérémonie en qualité de demoiselles d'honneur. Deux autres jeunes filles fort gentilles, cousines de la mariée, se joignirent à nous. Nos robes étaient blanches, avec des garnitures vertes en honneur de l'Irlande. Le marié nous fit à toutes cadeau d'un joli bracelet d'or.

If you add to the persons whom I have already mentioned, the elder members of Mrs. Carbury's family, and the old servants in both houses—privileged to drink the healths of the married pair at the lower end of the room—you will have the list of the company at the wedding-breakfast complete.

'The weather was perfect, and the ceremony (with music) was beautifully performed. As for the bride, no words can describe how lovely she looked, or how well she went through it all. We were very merry at the breakfast, and the speeches went off on the whole quite well enough. The last speech, before the party broke up, was made by Mr. Henry Westwick, and was the best of all. He offered a happy suggestion, at the end, which has produced a very unexpected change in my life here.

'As well as I remember, he concluded in these words:— «On one point, we are all agreed—we are sorry that the parting hour is near, and we should be glad to meet again. Why should we not meet again? This is the autumn time of the year; we are most of us leaving home for the holidays. What do you say (if you have no engagements that will prevent it) to joining our young married friends before the close of their tour, and renewing the social success of this delightful breakfast by another festival in honour of the honeymoon? The bride and bridegroom are going to Germany and the Tyrol, on their way to Italy. I propose that we allow them a month to themselves, and that we arrange to meet them afterwards in the North of Italy—say at Venice.»

Si vous ajoutez aux personnes que je viens de nommer les membres de la famille de Mme Carbury et les vieux domestiques des deux maisons, à qui l'on avait permis de boire à la santé des nouveaux mariés, à l'autre bout de la salle à manger, vous aurez la liste complète des convives du déjeuner de noce.

» Le temps était magnifique et l'office en musique fut superbe. Quant à la mariée, on ne saurait dire combien elle était belle et combien elle fut charmante et candide pendant toute la cérémonie. Nous fûmes très gais au déjeuner, et les discours ont été fort bien tournés. C'est M. Henry Westwick qui parla le dernier et le mieux de tous. Il termina en faisant une proposition qui va avant peu changer complètement notre genre de vie.

» Si j'ai bonne mémoire, voici comment il s'exprima : « Nous sommes tous d'accord, n'est-ce pas, pour regretter l'heure de la séparation qui est proche maintenant, et nous serions tous fort heureux de nous revoir. Pourquoi ne prendrions-nous pas un rendez-vous ? Voici l'automne, nous allons aller en vacances. Que diriez-vous, si vous n'avez pas déjà d'autres engagements, bien entendu, de nous retrouver avec les jeunes mariés avant la fin de leur voyage de noce, et de recommencer le charmant déjeuner que nous venons de faire par un festin en l'honneur de la lune de miel ? Nos jeunes amis passent par l'Allemagne et le Tyrol avant de se rendre en Italie. Je propose que nous leur laissions un mois à rester seuls, et que nous nous arrangions ensuite pour les retrouver dans le nord de l'Italie, à Venise, par exemple. »

'This proposal was received with great applause, which was changed into shouts of laughter by no less a person than my dear old nurse. The moment Mr. Westwick pronounced the word «Venice,» she started up among the servants at the lower end of the room, and called out at the top of her voice, «Go to our hotel, ladies and gentlemen! We get six per cent. on our money already; and if you will only crowd the place and call for the best of everything, it will be ten per cent. in our pockets in no time. Ask Master Henry!»

'Appealed to in this irresistible manner, Mr. Westwick had no choice but to explain that he was concerned as a shareholder in a new Hotel Company at Venice, and that he had invested a small sum of money for the nurse (not very considerately, as I think) in the speculation.

'Hearing this, the company, by way of humouring the joke, drank a new toast:—Success to the nurse's hotel, and a speedy rise in the dividend!

'When the conversation returned in due time to the more serious question of the proposed meeting at Venice, difficulties began to present themselves, caused of course by invitations for the autumn which many of the guests had already accepted.

'Only two members of Mrs. Carbury's family were at liberty to keep the proposed appointment. On our side we were more at leisure to do as we pleased. Mr. Henry Westwick decided to go to Venice in advance of the rest, to test the accommodation of the new hotel on the opening day.

» On applaudit à cette idée, et les applaudissements se changèrent en éclats de rire, grâce... à qui ?... à ma chère vieille nourrice. Au moment où M. Westwick prononça le nom de Venise, elle se leva soudain à la table des domestiques, à l'autre bout de la pièce, et cria de toutes ses forces : « Descendez à notre hôtel, mesdames et messieurs ! Nous touchons déjà six pour cent de notre argent ; et si vous voulez louer toutes les chambres libres et demander tout ce qu'il y a de meilleur, ce sera dix pour cent dans nos poches en moins de temps que rien. Demandez plutôt à M. Henry ! »

» Ainsi mis en cause, M. Westwick ne put faire autrement que de nous avouer qu'il était actionnaire d'une compagnie qui venait de se former pour exploiter un hôtel à Venise, et qu'il y avait aussi intéressé la nourrice, pour une petite somme, je pense.

» Aussitôt chacun voulut porter le même toast et l'on but : Au succès de l'hôtel de la nourrice, et à une hausse rapide du dividende !

» Peu à peu on en revint à la question plus importante du rendez-vous projeté à Venise; les difficultés commencèrent alors : bien entendu, plusieurs personnes avaient déjà accepté des invitations pour l'automne.

» De la famille de Mme Carbury, deux parents seuls purent s'engager à venir. De notre côté, nous étions plus libres. M, Henry Westwick devait aller à Venise avant nous tous pour assister à l'inauguration du nouvel hôtel.

Mrs. Norbury and Mr. Francis Westwick volunteered to follow him; and, after some persuasion, Lord and Lady Montbarry consented to a species of compromise. His lordship could not conveniently spare time enough for the journey to Venice, but he and Lady Montbarry arranged to accompany Mrs. Norbury and Mr. Francis Westwick as far on their way to Italy as Paris. Five days since, they took their departure to meet their travelling companions in London; leaving me here in charge of the three dear children. They begged hard, of course, to be taken with papa and mamma. But it was thought better not to interrupt the progress of their education, and not to expose them (especially the two younger girls) to the fatigues of travelling.

'I have had a charming letter from the bride, this morning, dated Cologne. You cannot think how artlessly and prettily she assures me of her happiness. Some people, as they say in Ireland, are born to good luck—and I think Arthur Barville is one of them.

'When you next write, I hope to hear that you are in better health and spirits, and that you continue to like your employment. Believe me, sincerely your friend,—A. L.'

Agnes had just closed and directed her letter, when the eldest of her three pupils entered the room with the startling announcement that Lord Montbarry's travelling-servant had arrived from Paris! Alarmed by the idea that some misfortune had happened, she ran out to meet the man in the hall. Her face told him how seriously he had frightened her, before she could speak.

Mme Narbury et M. Francis Westwick s'offrirent à l'accompagner ; et après quelque hésitation, lord et lady Montbarry s'arrêtèrent à un autre arrangement. Lord Montbarry ne pouvait pas facilement prendre le temps d'aller jusqu'à Venise, mais lui et sa femme consentirent à suivre Mme Narbury et M. Francis jusqu'à Paris. Il y a cinq jours déjà qu'ils sont partis avec leurs compagnons de voyage, laissant ici à ma garde leurs trois petits enfants. Ils ont supplié bien fort, les pauvres chérubins, pour partir avec papa et maman. Mais on a pensé qu'il valait mieux ne pas interrompre les progrès de leurs études et ne pas les exposer, surtout les deux plus jeunes, aux fatigues du voyage.

» J'ai reçu ce matin de Cologne une lettre charmante de la mariée. Vous ne pouvez vous figurer comme elle avoue gentiment et sans détour qu'elle est heureuse. Il y a des personnes, comme on dit en Irlande, nées sous une bonne étoile, et je crois qu'Arthur Barville est de celles-là.

» La prochaine fois que vous m'écrirez, j'espère que vous serez en meilleure santé et plus calme, et que votre emploi continuera à vous plaire. Croyez-moi votre sincère amie.

» A. L. »

Agnès venait de terminer et de cacheter sa lettre quand l'aînée de ses petites élèves entra dans la chambre annonçant que le domestique de lord Montbarry venait d'arriver de Paris ! Craignant quelque malheur, elle sortit à la hâte.

Le domestique comprit qu'il l'avait effrayée.

'There's nothing wrong, Miss,' he hastened to say. 'My lord and my lady are enjoying themselves at Paris. They only want you and the young ladies to be with them.'

Saying these amazing words, he handed to Agnes a letter from Lady Montbarry.

'Dearest Agnes,' (she read), *'I am so charmed with the delightful change in my life—it is six years, remember, since I last travelled on the Continent—that I have exerted all my fascinations to persuade Lord Montbarry to go on to Venice. And, what is more to the purpose, I have actually succeeded! He has just gone to his room to write the necessary letters of excuse in time for the post to England. May you have as good a husband, my dear, when your time comes! In the mean while, the one thing wanting now to make my happiness complete, is to have you and the darling children with us. Montbarry is just as miserable without them as I am—though he doesn't confess it so freely. You will have no difficulties to trouble you. Louis will deliver these hurried lines, and will take care of you on the journey to Paris. Kiss the children for me a thousand times—and never mind their education for the present! Pack up instantly, my dear, and I will be fonder of you than ever. Your affectionate friend, ADELA MONTBARRY.'*

« Il n'y a aucune mauvaise nouvelle, mademoiselle, sa hâta-t-il de dire. Milord et milady sont fort bien à Paris. Ils désirent seulement que vous et les jeunes demoiselles vous veniez les retrouver. »

En même temps il tendait à Agnès une lettre de lady Montbarry.

« Ma chère Agnès,

» Je suis si heureuse de la vie que je mène ici, – il y a six ans, ne l'oubliez pas, que je n'ai voyagé – que j'ai fait tous mes efforts pour persuader à lord Montbarry d'aller à Venise. Et, ce qui est bien plus important, j'en suis arrivée à mes fins ! Il est maintenant dans sa chambre en train d'écrire les lettres d'excuses aux personnes dont il avait accepté des invitations. Je vous souhaite, ma chère, d'avoir un aussi bon mari, quand le moment viendra ! En attendant, la seule chose qui me manque pour être tout à fait heureuse, c'est de vous avoir ici avec mes bébés. Bien qu'il ne le dise pas aussi franchement, Montbarry est tout aussi malheureux que moi sans eux. Vous n'aurez aucun ennui. Louis vous remettra ces quelques lignes écrites à la hâte, et prendra soin de vous pendant le voyage jusqu'à Paris. Embrassez les enfants pour moi mille et mille fois et ne vous occupez pas de leur éducation pour le moment ! Faites vos malles immédiatement, ma chérie, et je ne vous en aimerai que mieux.

» Votre amie affectionnée,

» Adela Montbarry »

Agnes folded up the letter; and, feeling the need of composing herself, took refuge for a few minutes in her own room.

Her first natural sensations of surprise and excitement at the prospect of going to Venice were succeeded by impressions of a less agreeable kind. With the recovery of her customary composure came the unwelcome remembrance of the parting words spoken to her by Montbarry's widow:—*'We shall meet again—here in England, or there in Venice where my husband died—and meet for the last time.'*

It was an odd coincidence, to say the least of it, that the march of events should be unexpectedly taking Agnes to Venice, after those words had been spoken!

Was the woman of the mysterious warnings and the wild black eyes still thousands of miles away in America? Or was the march of events taking her unexpectedly, too, on the journey to Venice? Agnes started out of her chair, ashamed of even the momentary concession to superstition which was implied by the mere presence of such questions as these in her mind.

She rang the bell, and sent for her little pupils, and announced their approaching departure to the household. The noisy delight of the children, the inspiriting effort of packing up in a hurry, roused all her energies. She dismissed her own absurd misgivings from consideration, with the contempt that they deserved. She worked as only women can work, when their hearts are in what they do.

Toute troublée, Agnès replia la lettre, et pour se remettre, se réfugia quelques minutes seule dans sa chambre.

Le premier moment de surprise passé, en rentrant en possession d'elle-même, à l'idée d'aller à Venise, elle se souvint des derniers mots prononcés chez elle par la veuve de Montbarry :

> « *Nom nous reverrons, ici en Angleterre, ou là-bas à Venise, où mon mari est mort, et nous nous reverrons pour la dernière fois.* »

C'était une coïncidence extraordinaire pour le moins, que la marche des événements dût conduire ainsi, fatalement, Agnès à Venise, surtout après ces paroles !

Cette femme aux grands yeux noirs, cette Cassandre, était-elle toujours en Amérique ? Ou bien la marche des événements l'avait elle ramenée, elle aussi, fatalement, à Venise ? Agnès se leva honteuse d'avoir songé à tout cela, honteuse de s'être posé de pareilles questions.

Elle sonna et envoya chercher les petites filles pour leur annoncer qu'on allait rejoindre papa et maman. La joie bruyante des enfants, la préoccupation des préparatifs d'un voyage décidé à la hâte chassa de son esprit, comme elles le méritaient, toutes ces absurdes pensées qu'elles avait eues, Agnès se mit à la besogne avec cette ardeur fébrile dont les femmes seules sont capables quand elles font quelque chose qui leur plaît.

The travellers reached Dublin that day, in time for the boat to England. Two days later, they were with Lord and Lady Montbarry at Paris. ◆

Le même jour, les voyageurs arrivèrent à Dublin à temps pour prendre le bateau d'Angleterre. Deux jours plus tard, ils avaient rejoint lord et lady Montbarry à Paris. ■

16

It was only the twentieth of September, when Agnes and the children reached Paris. Mrs. Norbury and her brother Francis had then already started on their journey to Italy—at least three weeks before the date at which the new hotel was to open for the reception of travellers.

The person answerable for this premature departure was Francis Westwick.

Like his younger brother Henry, he had increased his pecuniary resources by his own enterprise and ingenuity; with this difference, that his speculations were connected with the Arts. He had made money, in the first instance, by a weekly newspaper; and he had then invested his profits in a London theatre. This latter enterprise, admirably conducted, had been rewarded by the public with steady and liberal encouragement.

Pondering over a new form of theatrical attraction for the coming winter season, Francis had determined to revive the languid public taste for the ballet by means of an entertainment of his own invention, combining dramatic interest with dancing.

16

On était seulement au 20 septembre, quand Agnès et les enfants arrivèrent à Paris. Mme Narbury et son frère Francis étaient déjà en route pour l'Italie. Mais le nouvel hôtel ne devait pas être ouvert aux voyageurs avant trois semaines.

C'était Francis Westwick qui était cause de ce départ prématuré.

Comme Henry, son frère cadet, il avait augmenté ses ressources pécuniaires en entreprenant différentes affaires qui toutes, du reste, touchaient à ce qu'on appelle les arts libéraux. Il avait gagné de l'argent d'abord avec un journal hebdomadaire ; puis il avait placé ses bénéfices dans un théâtre de Londres. Cette dernière spéculation, dirigée intelligemment, avait prospéré à souhait, grâce à un public enthousiaste.

Cherchant un nouveau succès pour la saison d'hiver, Francis s'était décidé à tâcher de conserver un public déjà blasé en donnant un nouveau genre de ballet de son invention, où l'action d'une pièce à grand spectacle n'aurait rien à souffrir d'un intermède de danse.

He was now, accordingly, in search of the best dancer (possessed of the indispensable personal attractions) who was to be found in the theatres of the Continent. Hearing from his foreign correspondents of two women who had made successful first appearances, one at Milan and one at Florence, he had arranged to visit those cities, and to judge of the merits of the dancers for himself, before he joined the bride and bridegroom. His widowed sister, having friends at Florence whom she was anxious to see, readily accompanied him. The Montbarrys remained at Paris, until it was time to present themselves at the family meeting in Venice. Henry found them still in the French capital, when he arrived from London on his way to the opening of the new hotel.

Against Lady Montbarry's advice, he took the opportunity of renewing his addresses to Agnes. He could hardly have chosen a more unpropitious time for pleading his cause with her. The gaieties of Paris (quite incomprehensibly to herself as well as to everyone about her) had a depressing effect on her spirits. She had no illness to complain of; she shared willingly in the ever-varying succession of amusements offered to strangers by the ingenuity of the liveliest people in the world—but nothing roused her: she remained persistently dull and weary through it all. In this frame of mind and body, she was in no humour to receive Henry's ill-timed addresses with favour, or even with patience: she plainly and positively refused to listen to him.

Il était maintenant à la recherche de la meilleure danseuse du monde entier. Il voulait une étoile, un phénomène. Ayant entendu parler, par ses correspondants étrangers, de deux femmes qui avaient débuté avec succès, l'une à Milan, l'autre à Florence, il était parti pour ces deux villes, afin de juger par ses propres yeux. De là il devait rejoindre, à Venise, les nouveaux mariés. Une de ses sœurs, qui était veuve, et qui avait à Florence des amis qu'elle désirait revoir, l'accompagna avec plaisir. Les Montbarry restèrent à Paris jusqu'à ce qu'il fût temps de partir pour être exacts au rendez-vous à Venise. Henry les trouva encore en France, quand il arriva de Londres se rendant en Italie pour assister à l'ouverture du nouvel hôtel.

Quoi qu'ait pu lui dire lady Montbarry, il saisit encore cette occasion pour presser Agnès ; il ne pouvait choisir un plus mauvais moment. Les plaisirs de Paris, qu'elle ne comprenait pas plus que ceux qui l'entouraient d'ailleurs, la fatiguèrent excessivement. Elle n'était pas malade et elle prenait volontiers sa part des distractions toujours nouvelles qu'offre sans cesse aux étrangers le peuple le plus gai du monde entier, mais rien ne pouvait la tirer de sa torpeur, elle restait toujours sombre et triste malgré tout. Dans cette situation d'esprit, elle n'était pas d'humeur à écouter avec plaisir, ou même avec patience, les amabilités d'Henry ; elle refusa donc positivement de l'entendre.

'Why do you remind me of what I have suffered?' she asked petulantly. 'Don't you see that it has left its mark on me for life?'

'I thought I knew something of women by this time,' Henry said, appealing privately to Lady Montbarry for consolation. 'But Agnes completely puzzles me. It is a year since Montbarry's death; and she remains as devoted to his memory as if he had died faithful to her—she still feels the loss of him, as none of us feel it!'

'She is the truest woman that ever breathed the breath of life,' Lady Montbarry answered. 'Remember that, and you will understand her. Can such a woman as Agnes give her love or refuse it, according to circumstances? Because the man was unworthy of her, was he less the man of her choice? The truest and best friend to him (little as he deserved it) in his lifetime, she naturally remains the truest and best friend to his memory now. If you really love her, wait; and trust to your two best friends—to time and to me. There is my advice; let your own experience decide whether it is not the best advice that I can offer. Resume your journey to Venice to-morrow; and when you take leave of Agnes, speak to her as cordially as if nothing had happened.'

Henry wisely followed this advice.

« Pourquoi me rappeler ce que j'ai souffert ? lui demanda-t-elle. Ne voyez-vous pas que j'en garderai toute ma vie le souvenir ?

— Je croyais connaître un peu les femmes, dit Henry à lady Montbarry, en lui racontant sa déconvenue, mais Agnès est une énigme pour moi, Il y a un an que Montbarry est mort, et elle reste toujours aussi pleine de sa mémoire que s'il était mort en lui restant fidèle. Elle souffre encore plus qu'aucun de nous !

— C'est la meilleure femme de la terre, ne l'oubliez pas, répondit lady Montbarry, et vous lui pardonnerez. Une femme comme Agnès peut-elle donner son amour ou le refuser suivant les circonstances ? Parce que l'homme qu'elle avait choisi était indigne d'elle, n'en est-il pas moins resté l'époux de son cœur ? Si peu qu'il l'ait mérité, elle a été pendant qu'il vivait sa plus sincère et sa meilleure amie ; maintenant qu'il n'est plus, elle reste toujours, et c'est son devoir, sa plus sincère et sa meilleure amie. Si vous l'aimez réellement, attendez, et reposez-vous en sur vos deux plus fidèles alliés : le temps et moi. Voici mon avis, voyez-vous-même si ce n'est pas le meilleur que je puisse vous donner. Continuez demain votre voyage pour Venise, et quand vous quitterez Agnès, parlez-lui comme s'il ne s'était rien passé entre vous. »

Henry suivit sagement ce conseil.

Thoroughly understanding him, Agnes made the leave-taking friendly and pleasant on her side. When he stopped at the door for a last look at her, she hurriedly turned her head so that her face was hidden from him. Was that a good sign?

Lady Montbarry, accompanying Henry down the stairs, said, 'Yes, decidedly! Write when you get to Venice. We shall wait here to receive letters from Arthur and his wife, and we shall time our departure for Italy accordingly.'

A week passed, and no letter came from Henry. Some days later, a telegram was received from him. It was despatched from Milan, instead of from Venice; and it brought this strange message:—*'I have left the hotel. Will return on the arrival of Arthur and his wife. Address, meanwhile, Albergo Reale, Milan.'*

Preferring Venice before all other cities of Europe, and having arranged to remain there until the family meeting took place, what unexpected event had led Henry to alter his plans? and why did he state the bare fact, without adding a word of explanation?

Let the narrative follow him—and find the answer to those questions at Venice. ◆

Comprenant sa réserve, Agnès se montra fort amicale et presque gaie. Quand il s'arrêta à la porte pour la voir une dernière fois, elle détourna vivement la tête pour lui cacher son visage. Était-ce bon signe ?

« Mais certainement, affirma lady Montbarry en accompagnant Henry jusqu'au bas de l'escalier. Écrivez-nous quand vous serez à Venise. Nous attendrons ici des lettres d'Arthur et de sa femme, et nous fixerons notre départ pour l'Italie d'après ce qu'ils nous diront. »

Une semaine se passa sans lettre d'Henry. Quelques jours après, on reçut une dépêche de lui. Elle était datée de Milan et non de Venise ; elle ne contenait que cette phrase vraiment étrange :

> « *J'ai quitté l'hôtel. Serai de retour à l'arrivée d'Arthur et de sa femme. Adressez, en attendant, Albergo Reale, Milan.* »

Henry préférait Venise à toute autre ville de l'Europe, aussi avait-il pris ses dispositions pour y rester jusqu'à ce que toute la famille fût réunie. Quel événement inattendu avait donc pu le forcer à changer ainsi ses plans, et pourquoi ne donnait-il aucune explication ? Pourquoi ne disait-il pas la raison de son changement subit d'itinéraire ?

La suite l'apprendra. ■

17

THE PALACE HOTEL, appealing for encouragement mainly to English and American travellers, celebrated the opening of its doors, as a matter of course, by the giving of a grand banquet, and the delivery of a long succession of speeches.

Delayed on his journey, Henry Westwick only reached Venice in time to join the guests over their coffee and cigars.

Observing the splendour of the reception rooms, and taking note especially of the artful mixture of comfort and luxury in the bedchambers, he began to share the old nurse's view of the future, and to contemplate seriously the coming dividend of ten per cent. The hotel was beginning well, at all events. So much interest in the enterprise had been aroused, at home and abroad, by profuse advertising, that the whole accommodation of the building had been secured by travellers of all nations for the opening night. Henry only obtained one of the small rooms on the upper floor,

17

L'HÔTEL DU PALAIS, qui voulait faire sa clientèle surtout parmi les voyageurs anglais et américains, célébra bien entendu l'ouverture de ses portes par un grand banquet où l'on prononça force discours.

Henry Westwick arriva à Venise juste pour prendre le café avec les invités et fumer quelques cigares.

À la vue des splendeurs des salles de réception, frappé surtout par l'habile mélange de confort et de luxe qui régnait dans les chambres à coucher, il commença à trouver fort sérieuse la plaisanterie de la vieille nourrice sur le dividende futur de dix pour cent. L'hôtel débutait bien. On avait fait tant de réclames en Angleterre et à l'étranger que tout le monde connaissait la maison avant d'y être descendu. Henry ne put obtenir qu'une des petites chambres de l'étage supérieur,

by a lucky accident—the absence of the gentleman who had written to engage it. He was quite satisfied, and was on his way to bed, when another accident altered his prospects for the night, and moved him into another and a better room.

Ascending on his way to the higher regions as far as the first floor of the hotel, Henry's attention was attracted by an angry voice protesting, in a strong New England accent, against one of the greatest hardships that can be inflicted on a citizen of the United States—the hardship of sending him to bed without gas in his room.

The Americans are not only the most hospitable people to be found on the face of the earth—they are (under certain conditions) the most patient and good-tempered people as well. But they are human; and the limit of American endurance is found in the obsolete institution of a bedroom candle. The American traveller, in the present case, declined to believe that his bedroom was in a complete finished state without a gas-burner.

The manager pointed to the fine antique decorations (renewed and regilt) on the walls and the ceiling, and explained that the emanations of burning gas-light would certainly spoil them in the course of a few months. To this the traveller replied that it was possible, but that he did not understand decorations.

encore ne la lui donna-t-on que grâce à un heureux hasard, la personne qui l'avait retenue par lettre ne pouvant venir. Il montait chez lui fort heureux d'aller s'étendre dans un lit, quand un nouvel incident vint changer les projets qu'il faisait pour la nuit, en le conduisant dans une autre chambre bien meilleure que la première.

Se dirigeant tranquillement vers les régions élevées où on l'avait relégué, l'attention d'Henry fut appelée par une voix en colère qui, avec le fort accent de la Nouvelle-Angleterre, s'élevait contre une des plus grandes privations dont puisse être affligé un libre citoyen de la libre Amérique : la privation du gaz dans sa chambre à coucher.

Les Américains sont sûrement le peuple le plus hospitalier de la terre. Ils sont aussi, dans certains cas, d'un caractère fort agréable et des plus patients. Mais enfin, ils sont hommes comme les autres humains, et la patience d'un Américain a des limites, surtout quand il s'agit d'une bougie dans une chambre à coucher. Le naturel des États-Unis, dont nous parlons maintenant, se refusa à croire que sa chambre à coucher fût complètement terminée parce qu'elle ne possédait pas un bec de gaz.

Le gérant eut beau lui montrer les fines sculptures artistiques remises à neuf et redorées partout, sur les murs et le plafond ; il fit son possible pour expliquer que la combustion du gaz les salirait sûrement en quelques mois. Tout cela fut peine perdue ; le voyageur répondit que c'était fort bien, mais qu'il ne comprenait pas, lui, toutes ces œuvres d'art.

A bedroom with gas in it was what he was used to, was what he wanted, and was what he was determined to have. The compliant manager volunteered to ask some other gentleman, housed on the inferior upper storey (which was lit throughout with gas), to change rooms. Hearing this, and being quite willing to exchange a small bedchamber for a large one, Henry volunteered to be the other gentleman. The excellent American shook hands with him on the spot.

'You are a cultured person, sir,' he said; 'and you will no doubt understand the decorations.'

Henry looked at the number of the room on the door as he opened it. The number was Fourteen.

Tired and sleepy, he naturally anticipated a good night's rest. In the thoroughly healthy state of his nervous system, he slept as well in a bed abroad as in a bed at home. Without the slightest assignable reason, however, his just expectations were disappointed. The luxurious bed, the well-ventilated room, the delicious tranquillity of Venice by night, all were in favour of his sleeping well. He never slept at all. An indescribable sense of depression and discomfort kept him waking through darkness and daylight alike. He went down to the coffee-room as soon as the hotel was astir, and ordered some breakfast.

Another unaccountable change in himself appeared with the appearance of the meal. He was absolutely without appetite. An excellent omelette, and cutlets cooked to perfection, he sent away untasted—he, whose appetite never failed him, whose digestion was still equal to any demands on it!

Il était habitué à une chambre à coucher au gaz, c'est ce qu'il voulait et ce qu'il tenait à avoir. Le gérant lui offrit obligeamment de demander à une autre personne, qui occupait à l'étage au-dessous une chambre éclairée tout entière au gaz, de la lui abandonner. En entendant cela, Henry, qui était tout prêt à changer une petite chambre à coucher contre une grande, s'offrit à faire l'échange. L'excellent naturel des États-Unis lui donna sur-le-champ une poignée de main.

« Vous aimez probablement les arts, monsieur, dit-il, et vous comprendrez sans doute les beautés de ces décorations. »

Henry regarda le numéro de sa nouvelle chambre. C'était le numéro 14.

Tombant de fatigue et de sommeil, il espérait naturellement passer une bonne nuit. D'une excellente santé, Henry dormait tout aussi bien dans un lit qu'il ne connaissait pas que dans sa propre chambre ; néanmoins, sans la moindre raison, son attente fut déçue. Le lit luxueux, la chambre bien aérée, le charme délicieux de Venise pendant la nuit, tout semblait lui promettre un doux sommeil, mais il ne put fermer les yeux. Un indescriptible sentiment de malaise le tint éveillé jusqu'au jour. Il descendit dans le café aussitôt que les gens de l'hôtel furent sur pied, il commanda un déjeuner.

Un autre changement se fit encore en lui dès que le repas fut servi ; cela lui sembla fort extraordinaire, mais il était sans appétit. Une excellente omelette, des côtelettes cuites à point, il renvoya tout sans y goûter, lui dont l'appétit était toujours égal, lui qui s'accommodait de tout.

The day was bright and fine.

He sent for a gondola, and was rowed to the Lido.

Out on the airy Lagoon, he felt like a new man. He had not left the hotel ten minutes before he was fast asleep in the gondola. Waking, on reaching the landing-place, he crossed the Lido, and enjoyed a morning's swim in the Adriatic. There was only a poor restaurant on the island, in those days; but his appetite was now ready for anything; he ate whatever was offered to him, like a famished man. He could hardly believe, when he reflected on it, that he had sent away untasted his excellent breakfast at the hotel.

Returning to Venice, he spent the rest of the day in the picture-galleries and the churches. Towards six o'clock his gondola took him back, with another fine appetite, to meet some travelling acquaintances with whom he had engaged to dine at the table d'hote.

The dinner was deservedly rewarded with the highest approval by every guest in the hotel but one. To Henry's astonishment, the appetite with which he had entered the house mysteriously and completely left him when he sat down to table. He could drink some wine, but he could literally eat nothing.

'What in the world is the matter with you?' his travelling acquaintances asked.

He could honestly answer, 'I know no more than you do.'

La journée s'annonçait belle et brillante.

Il envoya chercher une gondole et se fit conduire au Lido.

Dehors, à l'air frais des lagunes, il se sentit revivre. Il n'avait pas quitté l'hôtel depuis dix minutes qu'il s'endormait profondément dans la gondole. Il se réveilla au moment de débarquer, se jeta à l'eau et goûta le plaisir d'un bain en pleine Adriatique. Il y avait seulement à cette époque-là un pauvre petit restaurant dans l'île ; mais l'appétit lui était revenu, et Henry était prêt à manger n'importe quoi ; il avala ce qu'on lui servit comme un homme affamé. En y réfléchissant, il ne pouvait comprendre qu'il eût renvoyé l'excellent déjeuner de l'hôtel.

Il rentra à Venise et passa la journée dans les galeries de tableaux et dans les églises. Vers six heures sa gondole le ramena, toujours avec un fort bon appétit, à l'hôtel, où il devait dîner à table d'hôte avec un compagnon de voyage qu'il avait invité.

Tous ceux qui prirent part au dîner y firent honneur, à l'exception d'une seule personne. Au grand étonnement d'Henry, l'appétit avec lequel il était entré à l'hôtel le quitta soudain, sans aucune cause, dès qu'il fut à table. Il but quelques gorgées de vin, mais ne put absolument rien manger.

« Que pouvez-vous bien avoir ? lui demanda son compagnon de voyage.

— Je n'en sais pas plus que vous», répondit-il en toute sincérité.

When night came, he gave his comfortable and beautiful bedroom another trial. The result of the second experiment was a repetition of the result of the first. Again he felt the all-pervading sense of depression and discomfort. Again he passed a sleepless night. And once more, when he tried to eat his breakfast, his appetite completely failed him!

This personal experience of the new hotel was too extraordinary to be passed over in silence. Henry mentioned it to his friends in the public room, in the hearing of the manager. The manager, naturally zealous in defence of the hotel, was a little hurt at the implied reflection cast on Number Fourteen. He invited the travellers present to judge for themselves whether Mr. Westwick's bedroom was to blame for Mr. Westwick's sleepless nights; and he especially appealed to a grey-headed gentleman, a guest at the breakfast-table of an English traveller, to take the lead in the investigation.

'This is Doctor Bruno, our first physician in Venice,' he explained. 'I appeal to him to say if there are any unhealthy influences in Mr. Westwick's room.'

Introduced to Number Fourteen, the doctor looked round him with a certain appearance of interest which was noticed by everyone present.

'The last time I was in this room,' he said, 'was on a melancholy occasion. It was before the palace was changed into an hotel. I was in professional attendance on an English nobleman who died here.'

Quand la nuit vint, il entra encore une fois dans sa belle et confortable chambre à coucher. Le résultat de cette deuxième expérience fut semblable au premier : il ressentit encore la même sensation de malaise. Il passa encore une nuit sans dormir. Encore une fois il essaya de déjeuner, mais l'appétit lui fit toujours défaut !

Cette dernière expérience était trop extraordinaire pour que Henry n'en parlât pas. Il raconta le fait à ses amis dans la salle publique, devant le gérant. Plein de zèle pour défendre son hôtel, le gérant, blessé de voir la mauvaise réputation qu'on faisait à son numéro 14, invita les personnes présentes à visiter la chambre à coucher de M. Westwick et à décider si c'était bien à elle que M. Westwick devait ses deux nuits d'insomnie. Il en appela surtout à un monsieur à cheveux gris invité à déjeuner par un voyageur anglais.

« C'est le docteur Bruno, le premier médecin de Venise, dit-il. Je le supplie de dire s'il y a quelque chose de malsain dans la chambre de M. Westwick. »

En entrant au numéro 14, le médecin regarda autour de lui avec un certain étonnement, que remarquèrent tous ceux qui l'accompagnaient.

« La dernière fois que je suis entré dans cette chambre, dit-il, ce fut pour une triste chose. C'était avant que le palais ne fût transformé en hôtel. Je soignais un gentilhomme anglais qui mourut ici. »

One of the persons present inquired the name of the nobleman. Doctor Bruno answered (without the slightest suspicion that he was speaking before a brother of the dead man), 'Lord Montbarry.'

Henry quietly left the room, without saying a word to anybody.

He was not, in any sense of the term, a superstitious man. But he felt, nevertheless, an insurmountable reluctance to remaining in the hotel. He decided on leaving Venice. To ask for another room would be, as he could plainly see, an offence in the eyes of the manager. To remove to another hotel, would be to openly abandon an establishment in the success of which he had a pecuniary interest.

Leaving a note for Arthur Barville, on his arrival in Venice, in which he merely mentioned that he had gone to look at the Italian lakes, and that a line addressed to his hotel at Milan would bring him back again, he took the afternoon train to Padua—and dined with his usual appetite, and slept as well as ever that night.

The next day, a gentleman and his wife (perfect strangers to the Montbarry family), returning to England by way of Venice, arrived at the hotel and occupied Number Fourteen.

Still mindful of the slur that had been cast on one of his best bedchambers, the manager took occasion to ask the travellers the next morning how they liked their room. They left him to judge for himself how well they were satisfied, by remaining a day longer in Venice

Une des personnes présentes demanda le nom du gentilhomme. Le docteur Bruno répondit, sans se douter qu'il était devant le frère de la personne morte : – *Lord Montbarry.*

Henry quitta tranquillement la chambre sans dire un mot à personne.

Ce n'était pas, dans le sens exact du mot, un homme superstitieux. Mais il sentit néanmoins une répugnance invincible à rester dans cet hôtel. Il résolut de quitter Venise. Demander une autre chambre, c'était, il le voyait bien, froisser le gérant : quitter l'hôtel et aller dans un autre, ce serait décrier ouvertement un établissement au succès duquel il était intéressé.

Il laissa donc pour Arthur Barville un mot dans lequel il disait qu'il était parti jeter un coup d'œil sur les lacs italiens, et qu'une ligne adressée à son hôtel à Milan suffirait pour le faire revenir. Dans l'après-midi, il prit le train de Padoue, dîna avec son appétit accoutumé et dormit aussi bien que d'habitude.

Le lendemain, deux personnes complètement étrangères à la famille Montbarry, un monsieur et sa femme, qui retournaient en Angleterre par la route de Venise, arrivèrent à l'hôtel du Palais et occupèrent le numéro 14.

Fort inquiet des ennuis que lui avait déjà valus une de ses meilleures chambres à coucher, le gérant saisit l'occasion qui se présenta de demander aux nouveaux voyageurs comment ils avaient trouvé leur chambre. Il put juger combien ils étaient satisfaits en les voyant rester à Venise un jour de plus

than they had originally planned to do, solely for the purpose of enjoying the excellent accommodation offered to them by the new hotel.

'We have met with nothing like it in Italy,' they said; 'you may rely on our recommending you to all our friends.'

On the day when Number Fourteen was again vacant, an English lady travelling alone with her maid arrived at the hotel, saw the room, and at once engaged it.

The lady was Mrs. Norbury. She had left Francis Westwick at Milan, occupied in negotiating for the appearance at his theatre of the new dancer at the Scala.

Not having heard to the contrary, Mrs. Norbury supposed that Arthur Barville and his wife had already arrived at Venice.

Mrs. Norbury's experience of Number Fourteen differed entirely from her brother Henry's experience of the room.

Falling asleep as readily as usual, her repose was disturbed by a succession of frightful dreams; the central figure in every one of them being the figure of her dead brother, the first Lord Montbarry.

She saw him starving in a loathsome prison; she saw him pursued by assassins, and dying under their knives; she saw him drowning in immeasurable depths of dark water; she saw him in a bed on fire, burning to death in the flames; she saw him tempted by a shadowy creature to drink, and dying of the poisonous draught.

qu'ils n'avaient d'abord projeté, rien que pour jouir plus longtemps de l'excellente installation du nouvel hôtel.

« Nous n'avons rien trouvé de semblable en Italie, dirent-ils, vous pouvez donc être certain que nous vous recommanderons à tous nos amis. »

Quand le numéro 14 fut de nouveau vacant, une dame anglaise, voyageant avec sa femme de chambre, arriva et, après avoir visité la chambre, la retint sur-le-champ.

Cette dame était Mme Narbury. Elle avait laissé Francis Westwick à Milan, en train de négocier l'engagement à son théâtre, d'une nouvelle danseuse de la Scala.

N'ayant pas de nouvelles contraires, Mme Narbury supposait qu'Arthur Barville et sa femme étaient déjà à Venise.

L'expérience que fit Mme Narbury du numéro 14 différa complètement de celle qu'avait fait son frère Henry de cette même chambre.

Elle s'endormit aussi vite que d'habitude, mais son sommeil fut troublé par une succession de rêves affreux ; la figure qui jouait le rôle principal dans chacun d'eux était celle de son frère mort, le premier lord de Montbarry.

Elle le vit mourant dans une affreuse prison ; elle le vit poursuivi par des assassins et expirant sous leurs coups ; elle le vit se noyer dans les profondeurs insondables d'une eau sombre ; elle le vit dans un lit en flammes, comme sur un bûcher ; elle le vit fasciné par une misérable créature, boire le breuvage qu'elle lui présentait et mourir empoisonné.

The reiterated horror of these dreams had such an effect on her that she rose with the dawn of day, afraid to trust herself again in bed. In the old times, she had been noted in the family as the one member of it who lived on affectionate terms with Montbarry. His other sister and his brothers were constantly quarrelling with him. Even his mother owned that her eldest son was of all her children the child whom she least liked.

Sensible and resolute woman as she was, Mrs. Norbury shuddered with terror as she sat at the window of her room, watching the sunrise, and thinking of her dreams.

She made the first excuse that occurred to her, when her maid came in at the usual hour, and noticed how ill she looked. The woman was of so superstitious a temperament that it would have been in the last degree indiscreet to trust her with the truth. Mrs. Norbury merely remarked that she had not found the bed quite to her liking, on account of the large size of it. She was accustomed at home, as her maid knew, to sleep in a small bed. Informed of this objection later in the day, the manager regretted that he could only offer to the lady the choice of one other bedchamber, numbered Thirty-eight, and situated immediately over the bedchamber which she desired to leave.

Mrs. Norbury accepted the proposed change of quarters.

She was now about to pass her second night in the room occupied in the old days of the palace by Baron Rivar.

L'horreur de ces rêves fit un tel effet sur elle qu'elle se leva avec le jour, n'osant plus rester dans son lit. Autrefois, de toute la famille, c'était elle seule qui avait vécu en bons termes avec lord Montbarry. Son autre frère et ses sœurs étaient toujours en discussion avec lui, et sa mère avoua que de tous ses enfants, son fils aîné était celui qu'elle aimait le moins.

Assise près de la fenêtre de sa chambre et regardant le lever du soleil, Mme Narbury, une femme pleine de sens et d'énergie cependant, frémissait de terreur en récapitulant chacun de ses rêves.

Lorsque sa femme de chambre entra à son heure habituelle et remarqua qu'elle avait mauvaise mine, elle lui donna la première raison qui lui vint à l'esprit. Cette domestique était si superstitieuse qu'il aurait été fort maladroit de lui dire la vérité. Mme Narbury répondit simplement qu'elle n'avait pas trouvé le lit à son goût, à cause de sa grande dimension. Elle était accoutumée chez elle, comme sa femme de chambre le savait, à coucher dans un petit lit.

Informé de ce fait dans le courant de la journée, le gérant vint lui dire qu'il regrettait de ne pouvoir offrir qu'un moyen d'éviter cet inconvénient. C'était de changer de chambre et d'en prendre une autre portant le n° 38, située immédiatement au-dessus de celle qu'elle désirait quitter.

Mme Narbury accepta.

Elle était maintenant sur le point de passer la seconde nuit dans la chambre occupée autrefois par le baron Rivar.

Once more, she fell asleep as usual. And, once more, the frightful dreams of the first night terrified her, following each other in the same succession. This time her nerves, already shaken, were not equal to the renewed torture of terror inflicted on them. She threw on her dressing-gown, and rushed out of her room in the middle of the night. The porter, alarmed by the banging of the door, met her hurrying headlong down the stairs, in search of the first human being she could find to keep her company.

Considerably surprised at this last new manifestation of the famous 'English eccentricity,' the man looked at the hotel register, and led the lady upstairs again to the room occupied by her maid.

The maid was not asleep, and, more wonderful still, was not even undressed. She received her mistress quietly.

When they were alone, and when Mrs. Norbury had, as a matter of necessity, taken her attendant into her confidence, the woman made a very strange reply.

'I have been asking about the hotel, at the servants' supper to-night,' she said. 'The valet of one of the gentlemen staying here has heard that the late Lord Montbarry was the last person who lived in the palace, before it was made into an hotel. The room he died in, ma'am, was the room you slept in last night. Your room tonight is the room just above it. I said nothing for fear of frightening you. For my own part,

Une fois de plus, elle s'endormit comme d'habitude. Et une fois de plus, les affreux rêves de la première nuit vinrent épouvanter son esprit, reparaissant l'un après l'autre dans le même ordre. Cette fois-ci, ses nerfs déjà fort surexcités ne purent supporter cette nouvelle secousse. Elle jeta sur ses épaules sa robe de chambre, et sortit à la hâte au milieu de la nuit. Le garçon de service, réveillé par le bruit qu'elle fit en ouvrant et en refermant la porte, la vit se précipiter tête baissée en bas de l'escalier, à la recherche du premier être qu'elle rencontrerait pour lui tenir compagnie.

Fort surpris par cette nouvelle manifestation de la fameuse excentricité anglaise, l'homme consulta le registre de l'hôtel et conduisit la dame en haut, à la chambre occupée par sa domestique.

Elle ne dormait pas, et, chose plus étonnante, elle n'était même pas déshabillée. Elle reçut sa maîtresse sans le moindre signe d'étonnement.

Quand elles furent seules et quand Mme Narbury l'eut, comme il le fallait bien, mise dans sa confidence, la femme de chambre fit une fort étrange réponse :

« J'ai parlé de l'hôtel ce soir, au souper des domestiques, dit-elle ; celui qui sert un des messieurs qui restent ici a entendu dire que feu lord Montbarry est la dernière personne qui ait habité le palais avant sa transformation en hôtel. La chambre dans laquelle il est mort est celle où vous avez dormi la nuit dernière. Votre chambre de ce soir est juste au-dessus. Je n'ai rien dit de peur de vous effrayer. Pour ma part,

I have passed the night as you see, keeping my light on, and reading my Bible. In my opinion, no member of your family can hope to be happy or comfortable in this house.'

'What do you mean?'

'Please to let me explain myself, ma'am. When Mr. Henry Westwick was here (I have this from the valet, too) he occupied the room his brother died in (without knowing it), like you. For two nights he never closed his eyes. Without any reason for it (the valet heard him tell the gentlemen in the coffee-room) he could not sleep; he felt so low and so wretched in himself. And what is more, when daytime came, he couldn't even eat while he was under this roof. You may laugh at me, ma'am—but even a servant may draw her own conclusions. It's my conclusion that something happened to my lord, which we none of us know about, when he died in this house. His ghost walks in torment until he can tell it—and the living persons related to him are the persons who feel he is near them. Those persons may yet see him in the time to come. Don't, pray don't stay any longer in this dreadful place! I wouldn't stay another night here myself—no, not for anything that could be offered me!'

Mrs. Norbury at once set her servant's mind at ease on this last point.

'I don't think about it as you do,' she said gravely. 'But I should like to speak to my brother of what has happened. We will go back to Milan.'

j'ai passé la nuit comme vous voyez, la lumière allumée et lisant ma Bible. À mon avis, aucun membre de votre famille ne peut espérer être heureux ou même tranquille dans cette maison.

— Que voulez-vous dire ?

— Laissez-moi, s'il vous plaît, m'expliquer, madame. Quand M. Henry Westwick est venu ici, je tiens encore cela du même domestique, il a occupé comme vous, sans le savoir, la chambre où est mort son frère. Pendant deux nuits, il n'a pu fermer les yeux. Il n'y avait cependant aucune raison à cela ; le domestique l'a entendu dire à des messieurs, au café, qu'il n'avait pu dormir et qu'il s'était trouvé tout mal à son aise. Mais, bien plus encore, quand le jour vint, il ne put même pas manger sous ce toit maudit. Vous pouvez rire de moi, madame, mais une servante peut aussi avoir son opinion, c'est qu'il est arrivé ici quelque chose à milord, qu'aucun de nous ne sait. Son fantôme erre tristement jusqu'à ce qu'il puisse le dire, et les membres de sa famille sont les seuls auxquels sa présence se révèle. Vous le reverrez tous encore peut-être. Ne restez pas davantage, je vous en prie, dans cette affreuse maison ! Pour moi, je ne voudrais pas y passer une autre nuit, non, pas pour tout l'or du monde ! »

Mme Narbury calma l'esprit de sa servante et la rassura sur ce dernier point.

« Je n'ai pas la même opinion que vous, répondit-elle gravement. Mais je voudrais parler à mon frère de tout ce qui est arrivé. Nous allons retourner à Milan. »

Some hours necessarily elapsed before they could leave the hotel, by the first train in the forenoon.

In that interval, Mrs. Norbury's maid found an opportunity of confidentially informing the valet of what had passed between her mistress and herself. The valet had other friends to whom he related the circumstances in his turn. In due course of time, the narrative, passing from mouth to mouth, reached the ears of the manager. He instantly saw that the credit of the hotel was in danger, unless something was done to retrieve the character of the room numbered Fourteen.

English travellers, well acquainted with the peerage of their native country, informed him that Henry Westwick and Mrs. Norbury were by no means the only members of the Montbarry family. Curiosity might bring more of them to the hotel, after hearing what had happened. The manager's ingenuity easily hit on the obvious means of misleading them, in this case. The numbers of all the rooms were enamelled in blue, on white china plates, screwed to the doors. He ordered a new plate to be prepared, bearing the number, '13 A'; and he kept the room empty, after its tenant for the time being had gone away, until the plate was ready. He then re-numbered the room; placing the removed Number Fourteen on the door of his own room (on the second floor), which, not being to let, had not previously been numbered at all. By this device, Number Fourteen disappeared at once and for ever from the books of the hotel, as the number of a bedroom to let.

Quelques heures s'écoulèrent nécessairement avant qu'elles pussent quitter l'hôtel par le premier train du matin.

Dans l'intervalle, la femme de chambre de Mme Narbury trouva moyen de raconter *confidentiellement* au domestique ce qui s'était passé entre elle et sa maîtresse. Ce dernier avait aussi des amis auxquels il redit à son tour et *confidentiellement* toute l'histoire. En peu de temps l'affaire, passant de bouche en bouche, arriva aux oreilles du gérant. Il comprit que l'avenir de l'hôtel était en péril, à moins qu'on ne fît quelque chose pour effacer la réputation de la chambre numéro 14.

Des voyageurs anglais, connaissant par cœur l'almanach de la noblesse de leur pays, lui apprirent qu'Henry Westwick et Mme Narbury n'étaient pas les seuls membres de la famille Montbarry. La curiosité pouvait en amener d'autres à l'hôtel, surtout après ce qui venait de se passer. L'imagination du gérant trouva aisément un moyen habile de les dérouter dans ce cas-là. Les numéros de toutes les chambres étaient émaillés en bleu, sur des plaques blanches, vissées aux portes. Il ordonna qu'on fit faire une nouvelle plaque portant le numéro 13 *bis,* et il conserva la chambre vide jusqu'au moment où la plaque fut prête. Puis on mit le nouveau numéro à la chambre ; le numéro 14 enlevé fut placé sur la porte de la propre chambre du gérant, au deuxième étage, chambre qui, n'étant pas à louer, n'avait pas été numérotée auparavant. Le numéro 14 disparut donc ainsi à tout jamais des livres de l'hôtel, comme numéro d'une chambre à louer.

Having warned the servants to beware of gossiping with travellers, on the subject of the changed numbers, under penalty of being dismissed, the manager composed his mind with the reflection that he had done his duty to his employers.

'Now,' he thought to himself, with an excusable sense of triumph, 'let the whole family come here if they like! The hotel is a match for them.' ◆

Après avoir prévenu les domestiques de ne pas jaser avec les voyageurs, au sujet du numéro changé, sous peine d'être immédiatement renvoyés, le gérant se frotta les mains, heureux d'avoir fait son devoir envers ses patrons.

« Maintenant, pensa-t-il en lui même, avec un sentiment de triomphe excusable après tout, que la famille entière vienne ici, nous sommes de force à lutter avec elle. » ■

18

Before the end of the week, the manager found himself in relations with 'the family' once more. A telegram from Milan announced that Mr. Francis Westwick would arrive in Venice on the next day; and would be obliged if Number Fourteen, on the first floor, could be reserved for him, in the event of its being vacant at the time.

The manager paused to consider, before he issued his directions.

The re-numbered room had been last let to a French gentleman. It would be occupied on the day of Mr. Francis Westwick's arrival, but it would be empty again on the day after.

Would it be well to reserve the room for the special occupation of Mr. Francis? and when he had passed the night unsuspiciously and comfortably in 'No. 13 A,' to ask him in the presence of witnesses how he liked his bedchamber? In this case, if the reputation of the room happened to be called in question again, the answer would vindicate it, on the evidence of a member of

18

Avant la fin de la semaine, le gérant de l'hôtel se trouva une fois de plus en relation avec un membre de la famille. Une dépêche arriva de Milan, annonçant que Francis Westwick serait à Venise le lendemain, et qu'il désirait qu'on lui réservât, si cela était possible, le n° 14 du premier étage.

Le gérant réfléchit quelques instants avant de donner ses ordres.

La chambre numérotée à nouveau avait été occupée en dernier lieu par un Français, Elle devait être encore louée le jour de l'arrivée de M. Francis Westwick, mais elle serait vide le jour suivant.

Fallait-il conserver la chambre pour M. Francis ? Et quand il aurait passé une bonne et excellente nuit dans la chambre 13 *bis,* lui demander devant témoins comment il s'était trouvé dans sa chambre à coucher ? Dans ce cas, si la réputation de la chambre était encore discutée, elle serait vengée par la réponse même d'une personne de

the very family which had first given Number Fourteen a bad name. After a little reflection, the manager decided on trying the experiment, and directed that '13 A' should be reserved accordingly.

On the next day, Francis Westwick arrived in excellent spirits.

He had signed agreements with the most popular dancer in Italy; he had transferred the charge of Mrs. Norbury to his brother Henry, who had joined him in Milan; and he was now at full liberty to amuse himself by testing in every possible way the extraordinary influence exercised over his relatives by the new hotel.

When his brother and sister first told him what their experience had been, he instantly declared that he would go to Venice in the interest of his theatre. The circumstances related to him contained invaluable hints for a ghost-drama. The title occurred to him in the railway: 'The Haunted Hotel.' Post that in red letters six feet high, on a black ground, all over London—and trust the excitable public to crowd into the theatre!

Received with the politest attention by the manager, Francis met with a disappointment on entering the hotel.

'Some mistake, sir. No such room on the first floor as Number Fourteen. The room bearing that number is on the second floor, and has been occupied by me, from the day when the hotel opened.

la famille qui, la première, avait fait le mauvais renom du n° 14. Après avoir pensé à tout cela, le gérant se décida à tenter l'expérience et donna des ordres pour que le 13 *bis* soit réservé.

Le lendemain, Francis Westwick arriva en excellente disposition d'esprit.

Il avait fait signer un engagement à la danseuse la plus connue d'Italie ; il avait confié Mme Narbury aux soins de son frère Henry, qui l'avait rejoint à Milan, et il était entièrement libre d'essayer tant qu'il le voudrait l'influence extraordinaire que le nouvel hôtel exerçait sur ses parents.

Quand son frère et sa sœur lui racontèrent ce qui leur était arrivé, il déclara aussitôt qu'il irait à Venise dans l'intérêt de son théâtre. Il voyait dans ce qu'on lui disait les éléments mêmes d'un drame où paraîtraient des fantômes. Il trouva en chemin de fer le titre :

L'Hôtel hanté

« Affichez cela en lettres rouges de six pieds de haut, sur un fond noir, dans tout Londres, et soyez sûr que le public viendra en foule ! » disait-il.

Reçu avec une attention pleine de politesse par le gérant, Francis, en entrant dans l'hôtel, éprouva un désappointement.

« Il y a erreur, monsieur ; nous n'avons pas de chambre portant le numéro 14 au premier étage. La chambre qui a ce numéro est au deuxième étage ; elle a toujours été occupée par moi, depuis le jour de l'ouverture de l'hôtel.

Perhaps you meant number 13 A, on the first floor? It will be at your service to-morrow—a charming room. In the mean time, we will do the best we can for you, to-night.'

A man who is the successful manager of a theatre is probably the last man in the civilized universe who is capable of being impressed with favourable opinions of his fellow-creatures. Francis privately set the manager down as a humbug, and the story about the numbering of the rooms as a lie.

On the day of his arrival, he dined by himself in the restaurant, before the hour of the table d'hote, for the express purpose of questioning the waiter, without being overheard by anybody. The answer led him to the conclusion that '13 A' occupied the situation in the hotel which had been described by his brother and sister as the situation of '14.'

He asked next for the Visitors' List; and found that the French gentleman who then occupied '13 A,' was the proprietor of a theatre in Paris, personally well known to him.

Was the gentleman then in the hotel? He had gone out, but would certainly return for the table d'hote.

When the public dinner was over, Francis entered the room, and was welcomed by his Parisian colleague, literally, with open arms. 'Come and have a cigar in my room,' said the friendly Frenchman. 'I want to hear whether you have really engaged that woman at Milan or not.'

Peut-être voulez-vous parler du numéro 13 *bis,* au premier étage ? Elle sera à votre disposition demain, – une chambre charmante. En attendant, ce soir, nous ferons de notre mieux pour vous contenter. »

Le directeur d'un théâtre à succès est probablement le dernier homme du monde qui soit capable d'avoir une bonne opinion de ses semblables. Aussi Francis prit-il le gérant pour un farceur et l'histoire du numéro des chambres pour un mensonge.

Le jour de son arrivée, il dîna seul avant l'heure de la table d'hôte, afin de pouvoir questionner le garçon à son aise, sans être entendu de personne. La réponse qu'on lui fit lui prouva que le numéro 13 *bis* occupait bien exactement dans l'hôtel la place que lui avaient désignée son frère et sa sœur comme celle du numéro 14.

Il demanda ensuite la liste des visiteurs, et trouva que le monsieur français qui occupait alors le numéro 13 *bis* était le propriétaire d'un théâtre de Paris qu'il connaissait personnellement.

Était-il en ce moment à l'hôtel ? Il était sorti et serait certainement de retour pour la table d'hôte.

Quand le dîner fut terminé, Francis entra dans la salle et fut reçu à bras ouverts par son collègue parisien. « Venez fumer un cigare dans ma chambre, lui dit-il amicalement. Je veux savoir si vous avez réellement engagé cette femme à Milan. »

In this easy way, Francis found his opportunity of comparing the interior of the room with the description which he had heard of it at Milan.

Arriving at the door, the Frenchman bethought himself of his travelling companion.

'My scene-painter is here with me,' he said, 'on the look-out for materials. An excellent fellow, who will take it as a kindness if we ask him to join us. I'll tell the porter to send him up when he comes in.'

He handed the key of his room to Francis. 'I will be back in a minute. It's at the end of the corridor—13 A.'

Francis entered the room alone. There were the decorations on the walls and the ceiling, exactly as they had been described to him! He had just time to perceive this at a glance, before his attention was diverted to himself and his own sensations, by a grotesquely disagreeable occurrence which took him completely by surprise.

He became conscious of a mysteriously offensive odour in the room, entirely new in his experience of revolting smells.

It was composed (if such a thing could be) of two mingling exhalations, which were separately-discoverable exhalations nevertheless. This strange blending of odours consisted of something faintly and unpleasantly aromatic, mixed with another underlying smell, so unutterably sickening that he threw open the window, and put his head out into the fresh air, unable to endure the horribly infected atmosphere for a moment longer.

Francis put ainsi comparer l'intérieur de la chambre avec ce qu'on lui en avait dit à Milan.

Arrivant à la porte, le Français se souvint qu'il avait un compagnon de voyage.

« Mon peintre de décors est ici avec moi, dit-il, à la recherche Je sujets. C'est un excellent garçon qui regardera comme une faveur que nous lui proposions de venir avec nous. Je vais charger un domestique de le lui dire quand il rentrera. »

Il tendit sa clef à Francis : « Je vous rejoins dans un instant. C'est au bout du corridor, 13 *bis.* »

Francis entra seul dans la chambre. Il y avait aux murs et au plafond des ornements pareils à ceux dont on lui avait parlé. Il venait à peine de faire cette remarque, lorsqu'une sensation fort désagréable le frappa soudain.

Une odeur révoltante, une odeur toute nouvelle pour lui, une odeur qu'il n'avait jamais sentie jusque-là, le saisit à la gorge.

C'était un amalgame de deux odeurs d'une essence particulière et qui, quoique mélangées, étaient perceptibles chacune séparément. Cette étrange exhalaison consistait en une senteur légèrement aromatique et cependant fort désagréable avec une odeur moins pénétrante, mais si nauséabonde que Francis dut ouvrir la fenêtre pour respirer l'air frais, incapable de supporter un instant de plus cette horrible atmosphère.

The French proprietor joined his English friend, with his cigar already lit. He started back in dismay at a sight terrible to his countrymen in general—the sight of an open window.

'You English people are perfectly mad on the subject of fresh air!' he exclaimed. 'We shall catch our deaths of cold.'

Francis turned, and looked at him in astonishment.

'Are you really not aware of the smell there is in the room?' he asked.

'Smell!' repeated his brother-manager. 'I smell my own good cigar. Try one yourself. And for Heaven's sake shut the window!'

Francis declined the cigar by a sign.

'Forgive me,' he said. 'I will leave you to close the window. I feel faint and giddy—I had better go out.'

He put his handkerchief over his nose and mouth, and crossed the room to the door.

The Frenchman followed the movements of Francis, in such a state of bewilderment that he actually forgot to seize the opportunity of shutting out the fresh air.

'Is it so nasty as that?' he asked, with a broad stare of amazement.

'Horrible!' Francis muttered behind his handkerchief. 'I never smelt anything like it in my life!'

Le directeur français rejoignit son collègue anglais avec un cigare déjà allumé. Il recula d'étonnement à la vue, terrible en général pour ses compatriotes, d'une fenêtre ouverte.

« Vous autres Anglais vous êtes vraiment fous avec vos idées sur l'air pur ! s'écria-t-il. Nous allons mourir de froid. »

Francis se retourna et le regarda avec des yeux étonnés.

« Sérieusement, ne sentez-vous pas l'odeur qu'il y a dans la chambre ? demanda-t-il.

— Quelle odeur ? reprit son confrère. Je ne sens que mon cigare qui est excellent. En voulez-vous un ? Mais pour Dieu ! Fermez la fenêtre ! »

D'un geste Francis refusa le cigare.

« Je vous demande pardon, dit-il, je me sens mal à mon aise et tout étourdi ; il vaut mieux que je m'en aille. »

Il mit son mouchoir sur sa bouche et se dirigea vers la porte.

Le Français suivit chacun des mouvements de Francis avec un tel étonnement qu'il oublia tout à fait d'empêcher l'air du soir de continuer à entrer.

« Est-ce vraiment si horrible que cela ? demanda-t-il.

— C'est horrible ! murmura Francis derrière son mouchoir. Je n'ai jamais rien senti de pareil. »

There was a knock at the door. The scene-painter appeared. His employer instantly asked him if he smelt anything.

'I smell your cigar. Delicious! Give me one directly!'

'Wait a minute. Besides my cigar, do you smell anything else—vile, abominable, overpowering, indescribable, never-never-never-smelt before?'

The scene-painter appeared to be puzzled by the vehement energy of the language addressed to him.

'The room is as fresh and sweet as a room can be,' he answered. As he spoke, he looked back with astonishment at Francis Westwick, standing outside in the corridor, and eyeing the interior of the bedchamber with an expression of undisguised disgust.

The Parisian director approached his English colleague, and looked at him with grave and anxious scrutiny.

'You see, my friend, here are two of us, with as good noses as yours, who smell nothing. If you want evidence from more noses, look there!' He pointed to two little English girls, at play in the corridor. 'The door of my room is wide open—and you know how fast a smell can travel. Now listen, while I appeal to these innocent noses, in the language of their own dismal island. My little loves, do you sniff a nasty smell here—ha?'

On frappa à la porte : c'était le peintre en décors. Son directeur lui demanda aussitôt s'il y avait une odeur quelconque dans la chambre.

« Je sens votre cigare qui doit être délicieux ; offrez m'en un tout de suite !

— Attendez un peu. Outre mon cigare, sentez-vous autre chose, quelque chose d'horrible, d'abominable, d'indescriptible, quelque chose que vous n'avez jamais, mais jamais senti auparavant ? »

Le peintre parut confondu par l'énergique véhémence des paroles qu'il venait d'entendre.

« Votre chambre est aussi fraîche et aussi saine que possible » ; et en disant cela il se retourna avec étonnement du côté de Francis Westwick qui, debout dans le corridor, regardait l'intérieur de la chambre à coucher avec un sentiment de dégoût non déguisé.

Le directeur parisien s'approcha de son collègue anglais et le regarda d'un air inquiet.

« Vous voyez, mon ami, nous voici deux ici avec d'aussi bons nez que le vôtre et nous ne sentons rien. Si vous voulez inviter d'autres témoignages, regardez ; voici d'autres nez encore, et il montrait deux petites filles anglaises jouant dans le corridor. La porte de ma chambre est grande ouverte et vous savez avec quelle rapidité une odeur se propage. Maintenant écoutez ; je vais faire appel à ces nez innocents dans la langue de leur île brumeuse : — Mes petits amours, est-ce que cela sent mauvais ici, hein ? »

The children burst out laughing, and answered emphatically, 'No.'

'My good Westwick,' the Frenchman resumed, in his own language, 'the conclusion is surely plain? There is something wrong, very wrong, with your own nose. I recommend you to see a medical man.'

Having given that advice, he returned to his room, and shut out the horrid fresh air with a loud exclamation of relief. Francis left the hotel, by the lanes that led to the Square of St. Mark. The night-breeze soon revived him. He was able to light a cigar, and to think quietly over what had happened. ◆

Les enfants éclatèrent de rire et s'empressèrent de répondre :

« Non.

— Vous le voyez, mon bon Westwick, c'est clair, reprit le Français dans sa langue à lui cette fois. Je vous plains de tout mon cœur, croyez-moi, allez voir un médecin, car il y a sûrement quelque chose de dérangé dans votre pauvre nez. »

Après lui avoir donné cet avis charitable, il rentra dans sa chambre et ferma toute entrée à la brise fraîche avec un soupir de contentement. Francis quitta l'hôtel et suivit la route qui conduisait à la place Saint-Marc. L'air de la nuit le remit bientôt. Il put allumer alors un cigare et se mit à songer, à ce qui venait d'arriver. ■

19

AVOIDING THE CROWD under the colonnades, Francis walked slowly up and down the noble open space of the square, bathed in the light of the rising moon.

Without being aware of it himself, he was a thorough materialist. The strange effect produced on him by the room—following on the other strange effects produced on the other relatives of his dead brother—exercised no perplexing influence over the mind of this sensible man.

'Perhaps,' he reflected, 'my temperament is more imaginative than I supposed it to be—and this is a trick played on me by my own fancy? Or, perhaps, my friend is right; something is physically amiss with me? I don't feel ill, certainly. But that is no safe criterion sometimes. I am not going to sleep in that abominable room to-night—I can well wait till to-morrow to decide whether I shall speak to a doctor or not. In the mean time, the hotel doesn't seem likely to supply me with the subject of a piece. A terrible smell from an invisible ghost is a perfectly new idea. But it has one drawback. If I realise it on the stage, I shall drive the audience out of the theatre.'

19

Évitant la foule sous les colonnades, Francis longea lentement la place enveloppée par un clair de lune naissant.

Sans s'en douter, il était un véritable matérialiste. L'étrange impression qu'il avait ressentie dans cette chambre, l'effet qu'elle avait produit sur les autres parents de son frère défunt n'eut aucune influence sur l'esprit de cet homme, qui se croyait plein de bon sens.

« Peut-être bien mon imagination a-t-elle plus d'empire sur moi que je ne le pensais, se dit-il ; tout cela peut bien n'être qu'un tour de sa façon, mais mon ami peut ne pas se tromper aussi ; est-ce qu'il faudrait vraiment que je voie un médecin ? Suis-je malade ? Je ne le crois pas, mais enfin ce n'est pas une raison. Je ne vais pas coucher dans cette affreuse chambre ce soir. Je puis bien attendre jusqu'à demain pour décider si je dois voir un médecin. En tous cas, l'hôtel ne me semble pas devoir me fournir un sujet de pièce. L'odeur effrayante d'un fantôme invisible peut être une idée parfaitement nouvelle. Mais si je la mets à exécution, si je l'applique au théâtre, je ferai fuir le public entier. »

As his strong common sense arrived at this facetious conclusion, he became aware of a lady, dressed entirely in black, who was observing him with marked attention.

'Am I right in supposing you to be Mr. Francis Westwick?' the lady asked, at the moment when he looked at her.

'That is my name, madam. May I inquire to whom I have the honour of speaking?'

'We have only met once,' she answered a little evasively, 'when your late brother introduced me to the members of his family. I wonder if you have quite forgotten my big black eyes and my hideous complexion?'

She lifted her veil as she spoke, and turned so that the moonlight rested on her face.

Francis recognised at a glance the woman of all others whom he most cordially disliked—the widow of his dead brother, the first Lord Montbarry. He frowned as he looked at her. His experience on the stage, gathered at innumerable rehearsals with actresses who had sorely tried his temper, had accustomed him to speak roughly to women who were distasteful to him.

'I remember you,' he said. 'I thought you were in America!'

She took no notice of his ungracious tone and manner; she simply stopped him when he lifted his hat, and turned to leave her.

Comme il en arrivait à terminer ses réflexions par cette plaisanterie, il aperçut une dame entièrement vêtue de noir, qui semblait l'observer.

« Monsieur Francis Westwick, monsieur ? Est-ce que je me trompe ? lui demanda cette dame en le regardant.

— Oui, madame, en effet, c'est mon nom. Puis-je demander à qui j'ai l'honneur de parler ?

— Nous ne sommes rencontrés qu'une fois, quand feu votre frère me présenta aux membres de sa famille. Avez-vous donc tout à fait oublié mes grands yeux noirs et ce teint pâle que vous avez déclaré hideux, m'a-t-on dit ? »

Tout en parlant, elle souleva son voile et se tourna de manière à ce que les rayons de la lune éclairassent en plein son visage.

Francis reconnut du premier coup d'œil la femme qu'il haïssait le plus cordialement de toutes, la veuve de son frère défunt, le premier lord Montbarry. Il fronça les sourcils en la regardant ; son habitude des coulisses, les innombrables répétitions auxquelles il avait assisté et où les actrices avaient mis sa patience à une rude épreuve, l'avaient accoutumé à parler rudement aux femmes qu'il n'aimait pas.

« Je me souviens parfaitement de vous, dit-il. Je vous croyais en Amérique ! »

Elle ne fit aucune attention au ton désagréable qu'il avait pris, mais lorsqu'il leva son chapeau pour la quitter, elle l'arrêta.

'Let me walk with you for a few minutes,' she quietly replied. 'I have something to say to you.'

He showed her his cigar. 'I am smoking,' he said.

'I don't mind smoking.'

After that, there was nothing to be done (short of downright brutality) but to yield. He did it with the worst possible grace.

'Well?' he resumed. 'What do you want of me?'

'You shall hear directly, Mr. Westwick. Let me first tell you what my position is. I am alone in the world. To the loss of my husband has now been added another bereavement, the loss of my companion in America, my brother—Baron Rivar.'

The reputation of the Baron, and the doubt which scandal had thrown on his assumed relationship to the Countess, were well known to Francis.

'Shot in a gambling-saloon?' he asked brutally.

'The question is a perfectly natural one on your part,' she said, with the impenetrably ironical manner which she could assume on certain occasions. 'As a native of horse-racing England, you belong to a nation of gamblers. My brother died no extraordinary death, Mr. Westwick. He sank, with many other unfortunate people, under a fever prevalent in a Western city which we happened to visit. The calamity of his loss made the United States unendurable to me.

« Laissez-moi vous accompagner un instant, répondit-elle tranquillement. J'ai quelque chose à vous dire.

— Je fume, reprit-il, en lui montrant son cigare.

— La fumée ne me gêne pas. ».

Après cela, il n'y avait qu'à s'incliner à moins d'être un véritable brutal. Il se résigna avec autant de bonne grâce que possible.

« Eh bien, voyons, que voulez-vous ?

— Vous allez le savoir tout de suite, monsieur Westwick, laissez-moi vous faire connaître avant ma position. Je suis seule au monde. À la mort de mon mari est venue s'ajouter maintenant une autre douleur, la perte de mon compagnon de voyage en Amérique, de mon frère, le baron Rivar. »

La réputation du baron et les doutes que la médisance avait jetés sur ses relations avec la comtesse étaient bien connus de Francis.

« Il a été tué à une table de jeu ? demanda-t-il brutalement.

— La question ne m'étonne pas de votre part, dit-elle avec ce ton ironique qu'elle prenait en certaines circonstances. En qualité d'enfant de l'Angleterre, pays des courses de chevaux, vous vous y connaissez en fait de jeu. Mon frère n'est pas mort de mort violente, monsieur Westwick. Il a succombé comme bien d'autres malheureux à une épidémie de fièvre qui régnait dans une ville de l'Est qu'il visitait. Le chagrin que m'a causé sa mort m'a rendu les États-Unis insupportables.

I left by the first steamer that sailed from New York—a French vessel which brought me to Havre. I continued my lonely journey to the South of France. And then I went on to Venice.'

'What does all this matter to me?' Francis thought to himself.

She paused, evidently expecting him to say something.

'So you have come to Venice?' he said carelessly. 'Why?'

'Because I couldn't help it,' she answered.

Francis looked at her with cynical curiosity.

'That sounds odd,' he remarked. 'Why couldn't you help it?'

'Women are accustomed to act on impulse,' she explained. 'Suppose we say that an impulse has directed my journey? And yet, this is the last place in the world that I wish to find myself in. Associations that I detest are connected with it in my mind. If I had a will of my own, I would never see it again. I hate Venice. As you see, however, I am here. When did you meet with such an unreasonable woman before? Never, I am sure!'

She stopped, eyed him for a moment, and suddenly altered her tone.

'When is Miss Agnes Lockwood expected to be in Venice?' she asked.

J'ai pris le premier steamer faisant voile de New-York, un vaisseau français qui m'a amenée au Havre. J'ai continué mon voyage solitaire vers le sud de la France et je suis venue à Venise. »

« Qu'est-ce que tout cela me fait, » se dit en lui-même Francis.

Elle s'arrêta, attendant qu'il parlât.

« Ah ! Alors vous êtes venue à Venise, dit-il négligemment, et pourquoi ?

— Parce que je n'ai pas pu faire autrement, répondit-elle. »

Francis la regarda avec une curiosité railleuse.

« C'est drôle, fit-il, pourquoi ne pouviez-vous pas faire autrement ?

— Les femmes, vous le savez, suivent toujours leur premier mouvement, répondit-elle. Supposons que ce soit un coup de tête ? Et cependant c'est ici le dernier endroit du monde où je voudrais me trouver. Des souvenirs que j'exècre s'y rattachent dans mon esprit. Si j'avais une volonté bien à moi, je n'y serais jamais revenue. Je déteste Venise. Néanmoins, vous le voyez, je suis ici. Avez-vous jamais rencontré une femme aussi peu raisonnable. Jamais, j'en suis sûre ! »

Elle s'arrêta et le regarda un moment, puis soudain changeant de ton :

« Quand attend-on miss Agnès Lockwood ? »

It was not easy to throw Francis off his balance, but that extraordinary question did it.

'How the devil did you know that Miss Lockwood was coming to Venice?' he exclaimed.

She laughed—a bitter mocking laugh.

'Say, I guessed it!'

Something in her tone, or perhaps something in the audacious defiance of her eyes as they rested on him, roused the quick temper that was in Francis Westwick.

'Lady Montbarry—!' he began.

'Stop there!' she interposed. 'Your brother Stephen's wife calls herself Lady Montbarry now. I share my title with no woman. Call me by my name before I committed the fatal mistake of marrying your brother. Address me, if you please, as Countess Narona.'

'Countess Narona,' Francis resumed, 'if your object in claiming my acquaintance is to mystify me, you have come to the wrong man. Speak plainly, or permit me to wish you good evening.'

'If your object is to keep Miss Lockwood's arrival in Venice a secret,' she retorted, 'speak plainly, Mr. Westwick, on your side, and say so.'

Her intention was evidently to irritate him; and she succeeded.

'Nonsense!' he broke out petulantly. 'My brother's travelling arrangements are secrets to nobody.

Il n'était pas facile de prendre Francis à l'improviste, mais cette question extraordinaire le surprit.

« Comment diable savez-vous que miss Lockwood doit venir à Venise ?

Elle se mit à rire d'un rire amer et moqueur.

« Mettons que je l'ai deviné ! »

Le ton de son interlocutrice, ou peut-être le défi audacieux qui brillait dans ses yeux fit monter la colère au front de Francis Westwick.

« Lady Montbarry !... commença-t-il.

— Arrêtez ! interrompit-elle, la femme de votre frère Stephen s'appelle maintenant lady Montbarry. Je ne partage mon titre avec aucune femme. Appelez-moi par mon nom, le nom que je portais avant d'avoir commis la faute d'épouser votre frère. Appelez-moi, s'il vous plaît, la comtesse Narona.

— Comtesse Narona, reprit Francis, si vous avez l'intention de vous moquer du monde, vous vous êtes trompée d'adresse. Parlez-moi clairement ou laissez-moi vous souhaiter le bonsoir.

— Si vous désirez garder secrète l'arrivée de miss Lockwood à Venise, soyez clair, vous aussi, monsieur Westwick, et dites-le. »

Elle voulait évidemment l'irriter, et elle y réussit.

« Mais c'est de la folie, s'écria-t-il avec colère. Le voyage de mon frère n'est un secret pour personne.

He brings Miss Lockwood here, with Lady Montbarry and the children. As you seem so well informed, perhaps you know why she is coming to Venice?'

The Countess had suddenly become grave and thoughtful. She made no reply.

The two strangely associated companions, having reached one extremity of the square, were now standing before the church of St. Mark. The moonlight was bright enough to show the architecture of the grand cathedral in its wonderful variety of detail. Even the pigeons of St. Mark were visible, in dark closely packed rows, roosting in the archways of the great entrance doors.

'I never saw the old church look so beautiful by moonlight,' the Countess said quietly; speaking, not to Francis, but to herself. 'Good-bye, St. Mark's by moonlight! I shall not see you again.'

She turned away from the church, and saw Francis listening to her with wondering looks.

'No,' she resumed, placidly picking up the lost thread of the conversation, 'I don't know why Miss Lockwood is coming here, I only know that we are to meet in Venice.'

'By previous appointment?'

'By Destiny,' she answered, with her head on her breast, and her eyes on the ground.

Francis burst out laughing.

Il amène miss Lockwood avec lady Montbarry et ses enfants. Puisque vous paraissez si bien informée, vous savez peut-être pourquoi elle vient à Venise ? »

La comtesse était redevenue soudain toute pensive. Elle ne répondit pas.

Ils avaient atteint dans leur étrange promenade une des extrémités de la place; ils étaient maintenant debout devant l'église Saint-Marc. Le clair de lune qui frappait en plein était assez lumineux pour montrer toutes les beautés de l'édifice dans les moindres détails de son architecture si variée. On voyait même les pigeons de Saint-Marc, dormant en ligne serrée sur la corniche du porche.

« Je n'ai jamais vu la vieille église si belle par le clair de lune, dit tranquillement la comtesse se parlant à elle-même plutôt qu'à Francis. Adieu, Saint-Marc, je ne te reverrai plus. »

Elle s'éloigna de l'église et vit Francis qui l'écoutait avec un regard étonné.

« Non, continua-t-elle, reprenant tout à coup le fil de la conversation, je ne sais pas pourquoi miss Lockwood vient ici ; je sais seulement que nous devons nous rencontrer à Venise.

— Vous vous êtes donné rendez-vous ?

— C'est la destinée qui le veut, répondit-elle la tête penchée sur sa poitrine et les yeux à terre. »

Francis éclata de rire.

'Or, if you like it better,' she instantly resumed, 'by what fools call Chance.'

Francis answered easily, out of the depths of his strong common sense.

'Chance seems to be taking a queer way of bringing the meeting about,' he said. 'We have all arranged to meet at the Palace Hotel. How is it that your name is not on the Visitors' List? Destiny ought to have brought you to the Palace Hotel too.'

She abruptly pulled down her veil.

'Destiny may do that yet!' she said. 'The Palace Hotel?' she repeated, speaking once more to herself. 'The old hell, transformed into the new purgatory. The place itself! Jesu Maria! the place itself!'

She paused and laid her hand on her companion's arm.

'Perhaps Miss Lockwood is not going there with the rest of you?' she burst out with sudden eagerness. 'Are you positively sure she will be at the hotel?'

'Positively! Haven't I told you that Miss Lockwood travels with Lord and Lady Montbarry? and don't you know that she is a member of the family? You will have to move, Countess, to our hotel.'

'Yes,' she said faintly, 'I shall have to move to your hotel.'

« Ou si vous aimez mieux, reprit-elle aussitôt, c'est le hasard qui le veut, comme disent les imbéciles. »

Avec sa logique ordinaire, Francis répondit :

« Le hasard prend un drôle de chemin pour vous conduire au rendez-vous. Nous avons tout arrangé pour nous rencontrer à l'hôtel du Palais. Comment se fait-il que votre nom ne soit pas sur la liste des voyageurs. La destinée aurait dû vous amener aussi à l'hôtel du Palais. »

Elle baissa vivement son voile.

« La destinée le peut encore maintenant : hôtel du Palais ? répéta-t-elle se parlant toujours à elle-même. L'enfer d'autrefois devenu le purgatoire d'aujourd'hui ; c'est l'endroit même !... mon Dieu ! L'endroit même... »

Elle s'arrêta et posa la main sur le bras de son compagnon :

« Peut-être miss Lockwood ne viendra-t-elle pas avec le reste de la famille ? s'écria-t-elle vivement. Êtes-vous positivement sûr qu'elle descendra à l'hôtel ?

— Positivement certain. Ne vous ai-je pas dit que miss Lockwood voyageait avec lord et lady Montbarry ? Et ne savez-vous pas qu'elle est de la famille ? Il va vous falloir emménager à notre hôtel, comtesse ?

— Oui, dit-elle faiblement, je vais emménager à votre hôtel. »

She was perfectly impenetrable to the bantering tone in which he spoke. Her hand was still on his arm—he could feel her shivering from head to foot while she spoke. Heartily as he disliked and distrusted her, the common instinct of humanity obliged him to ask if she felt cold.

'Yes,' she said. 'Cold and faint.'

'Cold and faint, Countess, on such a night as this?'

'The night has nothing to do with it, Mr. Westwick. How do you suppose the criminal feels on the scaffold, while the hangman is putting the rope around his neck? Cold and faint, too, I should think. Excuse my grim fancy. You see, Destiny has got the rope round my neck—and I feel it.'

She looked about her.

They were at that moment close to the famous cafe known as 'Florian's.'

'Take me in there,' she said; 'I must have something to revive me. You had better not hesitate. You are interested in reviving me. I have not said what I wanted to say to you yet. It's business, and it's connected with your theatre.'

Wondering inwardly what she could possibly want with his theatre, Francis reluctantly yielded to the necessities of the situation, and took her into the cafe. He found a quiet corner in which they could take their places without attracting notice.

Il était impossible de voir si elle se moquait ou non ; elle avait encore la main sur son bras, et il la sentait grelotter des pieds à la tête. Il était loin de l'aimer, il se défiait d'elle, il la détestait ; mais enfin, par un dernier sentiment d'humanité, il se sentit obligé de lui demander si elle avait froid.

« Oui, dit-elle, j'ai froid et je me sens faible.

— Par une nuit pareille, comtesse ?

— La nuit n'y est pour rien, monsieur Westwick. Que croyez-vous que le criminel ressente sous la potence quand le bourreau lui met la corde au cou ? Il a froid, n'est-ce pas ? Il se sent faible, lui, aussi. Excusez mon imagination, un peu originale peut-être ; mais, voyez-vous, la destinée m'a passé la corde au cou : je la sens qui me serre déjà. »

Elle jeta un regard autour d'elle.

Ils étaient alors arrivés près du fameux café connu sous le nom de *Florian*.

« Faites-moi entrer là, dit-elle, il faut que je boive quelque chose pour me remettre. Allons, n'hésitez pas : vous avez tout intérêt à ce que je me sente mieux. Je ne vous ai pas encore dit ce que j'avais de plus important à vous dire. J'ai à vous parler d'une affaire qui a rapport à votre théâtre. »

Se demandant en lui-même ce qu'elle pouvait bien vouloir à son théâtre, Francis céda à regret à la nécessité et l'accompagna au café. Il la fit asseoir dans une encoignure où ils pouvaient causer tranquillement sans attirer l'attention.

'What will you have?' he inquired resignedly.

She gave her own orders to the waiter, without troubling him to speak for her.

'Maraschino. And a pot of tea.'

The waiter stared; Francis stared. The tea was a novelty (in connection with maraschino) to both of them. Careless whether she surprised them or not, she instructed the waiter, when her directions had been complied with, to pour a large wine-glass-full of the liqueur into a tumbler, and to fill it up from the teapot.

'I can't do it for myself,' she remarked, 'my hand trembles so.'

She drank the strange mixture eagerly, hot as it was.

'Maraschino punch—will you taste some of it?' she said. 'I inherit the discovery of this drink. When your English Queen Caroline was on the Continent, my mother was attached to her Court. That much injured Royal Person invented, in her happier hours, maraschino punch. Fondly attached to her gracious mistress, my mother shared her tastes. And I, in my turn, learnt from my mother. Now, Mr. Westwick, suppose I tell you what my business is. You are manager of a theatre. Do you want a new play?'

'I always want a new play—provided it's a good one.'

'And you pay, if it's a good one?'

« Que prenez-vous ? » demanda-t-il avec résignation.

Elle s'adressa directement au garçon et lui donna ses ordres.

« Du marasquin et une tasse de thé. »

Le garçon la regarda avec étonnement ; Francis en fit autant. Pour tous deux c'était une nouveauté que du thé avec du marasquin. Sans s'inquiéter de leur stupéfaction, lorsque le garçon eut exécuté ses ordres, elle lui donna de nouvelles instructions pour qu'il versât un plein verre de la liqueur dans un verre plus grand, qu'on emplit ensuite de thé.

« Je ne peux pas faire cela moi-même, dit-elle ; mes mains tremblent trop. »

Elle avala tout chaud ce mélange bizarre.

« Du punch au marasquin ! Voulez-vous en goûter ? fit-elle. Voici comment j'en ai appris la recette : Quand la feue reine d'Angleterre, Caroline, vint sur le continent, ma mère était attachée à sa personne. Cette malheureuse reine adorait ce mélange : le punch au marasquin. Étroitement attachée à sa gracieuse et souveraine maîtresse, ma mère partagea ses goûts. Et moi je tiens cette recette de ma mère. Maintenant, monsieur Westwick, je vais vous dire ce que je demande de vous. Vous êtes directeur de théâtre ; voulez-vous une nouvelle pièce ?

— Je veux toujours une nouvelle pièce, pourvu qu'elle soit bonne.

— Et vous paierez bien si elle est bonne ?

'I pay liberally—in my own interests.'

'If I write the play, will you read it?'

Francis hesitated.

'What has put writing a play into your head?' he asked.

'Mere accident,' she answered. 'I had once occasion to tell my late brother of a visit which I paid to Miss Lockwood, when I was last in England. He took no interest at what happened at the interview, but something struck him in my way of relating it. He said, «You describe what passed between you and the lady with the point and contrast of good stage dialogue. You have the dramatic instinct—try if you can write a play. You might make money.» That put it into my head.'

Those last words seemed to startle Francis. 'Surely you don't want money!' he exclaimed.

'I always want money. My tastes are expensive. I have nothing but my poor little four hundred a year—and the wreck that is left of the other money: about two hundred pounds in circular notes—no more.'

Francis knew that she was referring to the ten thousand pounds paid by the insurance offices.

'All those thousands gone already!' he exclaimed.

She blew a little puff of air over her fingers.

'Gone like that!' she answered coolly.

— Je paye toujours bien dans mon intérêt même.

— Si je fais la pièce, voudrez-vous la lire ? »

Francis hésita.

« Qu'est-ce qui a pu vous mettre dans la tête d'écrire une pièce ?

— Oh ! Rien, reprit-elle. J'ai raconté un jour à feu mon frère une visite que j'avais faite à miss Lockwood, la dernière fois que je suis venue en Angleterre. Le sujet de l'entrevue en question ne l'intéressa nullement, mais il fut frappé de ma manière de la lui raconter. “Tu peins, me dit-il, ce qui s'est passé entre vous avec la précision d'un dialogue de théâtre. Tu as décidément l'instinct dramatique ; essaie donc d'écrire une pièce. Tu gagneras peut-être de l'argent.” Voilà ce qui me l'a mis dans la tête.

— Vous n'avez cependant pas besoin d'argent !

— J'ai toujours besoin d'argent. J'ai des goûts coûteux. Je n'ai rien que mes pauvres quatre cents livres par an et le peu qui me reste encore de l'autre argent, deux cents livres environ, pas davantage. »

Francis comprit qu'elle faisait allusion aux dix mille livres payées par les compagnies d'assurances.

« Tout est déjà parti ? »

Elle souffla sur sa main.

« Parti comme cela ! répondit-elle froidement.

'Baron Rivar?'

She looked at him with a flash of anger in her hard black eyes.

'My affairs are my own secret, Mr. Westwick. I have made you a proposal—and you have not answered me yet. Don't say No, without thinking first. Remember what a life mine has been. I have seen more of the world than most people, playwrights included. I have had strange adventures; I have heard remarkable stories; I have observed; I have remembered. Are there no materials, here in my head, for writing a play—if the opportunity is granted to me?'

She waited a moment, and suddenly repeated her strange question about Agnes.

'When is Miss Lockwood expected to be in Venice?'

'What has that to do with your new play, Countess?'

The Countess appeared to feel some difficulty in giving that question its fit reply. She mixed another tumbler full of maraschino punch, and drank one good half of it before she spoke again.

'It has everything to do with my new play,' was all she said. 'Answer me.' Francis answered her.

'Miss Lockwood may be here in a week. Or, for all I know to the contrary, sooner than that.'

— Baron Rivar ? »

Elle le regarda avec un éclair de colère brillant dans ses yeux noirs et durs.

« Mes affaires ne regardent que moi, monsieur Westwick, et vous oubliez que vous n'avez pas encore répondu à la proposition que je vous ai faite. Ne dites pas non sans y réfléchir. Souvenez-vous quelle vie a été la mienne. J'ai vu plus de pays que qui que ce soit, y compris les auteurs en vogue. J'ai eu d'étranges aventures, j'ai beaucoup vu, beaucoup entendu, beaucoup observé : je me souviens de tout. N'y a-t-il pas dans ma tête les éléments d'une pièce, si l'occasion de la faire se présente à moi ? »

Elle attendit un moment, puis répéta soudain son étrange question sur Agnès.

« Quand attend-on miss Lockwood à Venise ?

— Qu'est-ce que cela peut bien avoir a faire avec votre pièce, comtesse ? »

La comtesse parut avoir quelque difficulté à répondre catégoriquement à cette question. Elle fit de nouveau un plein verre de son mélange et en but la moitié.

« Cela a tout à faire avec ma pièce. Répondez-moi donc. » Francis répondit :

« Miss Lockwood sera ici dans une semaine et peut-être bien avant.

'Very well. If I am a living woman and a free woman in a week's time—or if I am in possession of my senses in a week's time (don't interrupt me; I know what I am talking about)—I shall have a sketch or outline of my play ready, as a specimen of what I can do. Once again, will you read it?'

She held up her hand for silence, and finished the second tumbler of maraschino punch.

'I am a living enigma—and you want to know the right reading of me,' she said. 'Here is the reading, as your English phrase goes, in a nutshell. There is a foolish idea in the minds of many persons that the natives of the warm climates are imaginative people. There never was a greater mistake. You will find no such unimaginative people anywhere as you find in Italy, Spain, Greece, and the other Southern countries. To anything fanciful, to anything spiritual, their minds are deaf and blind by nature. Now and then, in the course of centuries, a great genius springs up among them; and he is the exception which proves the rule. Now see! I, though I am no genius—I am, in my little way (as I suppose), an exception too. To my sorrow, I have some of that imagination which is so common among the English and the Germans—so rare among the Italians, the Spaniards, and the rest of them! And what is the result? I think it has become a disease in me. I am filled with presentiments which make this wicked life of mine one long terror to me.

— C'est parfait : si je suis encore en vie, si cela m'est possible, si j'ai encore ma raison dans une semaine ; ne m'interrompez pas, je sais ce que je dis ; j'aurai terminé le plan de ma pièce pour vous montrer ce que je puis faire. Une fois encore, voudrez-vous la lire ? »

Elle lui fit signe de se taire et finit d'un trait ce qui restait de punch au marasquin.

« Je suis une énigme pour vous, et vous voulez me comprendre, n'est-ce pas ? En voici le moyen : une foule de gens se figurent que les personnes nées sous un climat chaud ont beaucoup d'imagination. Il n'y a pas de plus grande erreur. Vous ne trouvez nulle part de personnes aussi mathématiquement logiques qu'en Italie, en Espagne, en Grèce et dans les autres pays méridionaux. Là, l'esprit est absolument fermé à toute chose d'imagination, il est sourd et aveugle de naissance à tout ce qui touche au spiritualisme. De temps à autre, dans le cours des siècles, un grand génie apparaît chez eux ; mais c'est une expression qui confirme la règle. Maintenant, écoutez ! Moi, je ne suis pas un génie, mais, dans mon humble sphère, je crois être une exception aussi. À mon grand regret, j'ai beaucoup de cette imagination si commune parmi les Anglais et les Allemands, si rare chez les Italiens, les Espagnols et les autres peuples. Et quel en est le résultat pour moi ? Je suis devenue malade, j'ai à chaque minute des pressentiments qui font de ma vie une longue torture.

It doesn't matter, just now, what they are. Enough that they absolutely govern me—they drive me over land and sea at their own horrible will; they are in me, and torturing me, at this moment! Why don't I resist them? Ha! but I do resist them. I am trying (with the help of the good punch) to resist them now. At intervals I cultivate the difficult virtue of common sense. Sometimes, sound sense makes a hopeful woman of me. At one time, I had the hope that what seemed reality to me was only mad delusion, after all—I even asked the question of an English doctor! At other times, other sensible doubts of myself beset me. Never mind dwelling on them now—it always ends in the old terrors and superstitions taking possession of me again. In a week's time, I shall know whether Destiny does indeed decide my future for me, or whether I decide it for myself. In the last case, my resolution is to absorb this self-tormenting fancy of mine in the occupation that I have told you of already. Do you understand me a little better now? And, our business being settled, dear Mr. Westwick, shall we get out of this hot room into the nice cool air again?'

They rose to leave the cafe. Francis privately concluded that the maraschino punch offered the only discoverable explanation of what the Countess had said to him. ◆

Quels sont ces pressentiments ? Peu importe : ce sont mes maîtres absolus ; ils me poussent à leur gré sur terre et sur mer, ils ne me quittent jamais, ils me poursuivent, ils s'acharnent sur moi-même en ce moment. Pourquoi je ne leur résiste pas ? Ah ! mais je leur résiste. Maintenant, tenez, j'essaye de leur résister à l'aide de cet excellent punch. À de rares intervalles, j'ai la douce religion du bon sens. Quelquefois cela me rend l'espoir. Dans un temps, j'ai espéré que ce qui me semblait la réalité pouvait bien être après tout l'illusion. J'ai même consulté à ce sujet un médecin anglais. Il est inutile de parler de tout cela maintenant. Chaque fois je suis obligée de céder : la terreur et les craintes superstitieuses reprennent toujours possession de moi. Dans une semaine je saurai si la destinée est inflexible, ou si, au contraire, je puis la vaincre. Si cette dernière espérance se réalise, je veux maîtriser cette imagination qui prend à tâche de me torturer, en l'obligeant à s'absorber dans l'occupation dont je vous ai déjà parlé. Me comprenez-vous un peu mieux maintenant ? Et puisque nos affaires sont arrangées, cher monsieur Westwick, voulez-vous que nous sortions de cette salle où l'on étouffe et que nous retournions respirer l'air frais du soir. »

Ils se levèrent tous deux en même temps pour quitter le café. Francis pensait en lui-même que la quantité de punch au marasquin qu'avait bue la comtesse pouvait seule expliquer tout ce qu'elle venait de lui raconter. ■

20

'SHALL I SEE YOU AGAIN?' she asked, as she held out her hand to take leave. 'It is quite understood between us, I suppose, about the play?'

Francis recalled his extraordinary experience of that evening in the re-numbered room.

'My stay in Venice is uncertain,' he replied. 'If you have anything more to say about this dramatic venture of yours, it may be as well to say it now. Have you decided on a subject already? I know the public taste in England better than you do—I might save you some waste of time and trouble, if you have not chosen your subject wisely.'

'I don't care what subject I write about, so long as I write,' she answered carelessly. 'If you have got a subject in your head, give it to me. I answer for the characters and the dialogue.'

'You answer for the characters and the dialogue,' Francis repeated. 'That's a bold way of speaking for a beginner! I wonder if I should shake your sublime confidence in yourself, if I suggested the most ticklish subject to handle

20

« VOUS REVERRAI-JE ? lui demanda-t-elle en lui tendant la main. C'est bien entendu, n'est-ce pas, pour la pièce. »

Francis, se rappelant la sensation extraordinaire qu'il venait d'avoir quelques heures auparavant dans la chambre dont on avait nouvellement changé le numéro, répondit :

« Mon séjour à Venise est incertain. Si vous avez quelque chose de plus à me dire sur votre essai dramatique, il vaudrait mieux me le dire maintenant. Avez-vous déjà fait choix d'un sujet ? Je connais le goût du public anglais mieux que vous, je peux donc vous épargner une perte de temps inutile.

— Le sujet m'importe peu, dit-elle, pourvu que j'en aie un à traiter. Si vous avez une idée, donnez-la-moi ; je réponds des personnages et du dialogue.

— Vous répondez des personnages et du dialogue, répéta Francis. C'est hardi pour un commençant ! Je me demande si j'arriverai à ébranler votre sublime confiance en vous-même, en vous proposant le sujet le plus difficile à manier

which is known to the stage? What do you say, Countess, to entering the lists with Shakespeare, and trying a drama with a ghost in it? A true story, mind! founded on events in this very city in which you and I are interested.'

She caught him by the arm, and drew him away from the crowded colonnade into the solitary middle space of the square.

'Now tell me!' she said eagerly. 'Here, where nobody is near us. How am I interested in it? How? how?'

Still holding his arm, she shook him in her impatience to hear the coming disclosure. For a moment he hesitated. Thus far, amused by her ignorant belief in herself, he had merely spoken in jest. Now, for the first time, impressed by her irresistible earnestness, he began to consider what he was about from a more serious point of view. With her knowledge of all that had passed in the old palace, before its transformation into an hotel, it was surely possible that she might suggest some explanation of what had happened to his brother, and sister, and himself. Or, failing to do this, she might accidentally reveal some event in her own experience which, acting as a hint to a competent dramatist, might prove to be the making of a play. The prosperity of his theatre was his one serious object in life.

'I may be on the trace of another «Corsican Brothers,»' he thought. 'A new piece of that sort would be ten thousand pounds in my pocket, at least.'

qui soit au théâtre ? Que diriez-vous, comtesse, d'entrer en lutte avec Shakespeare et d'essayer un drame où il y aurait des apparitions, des spectres. Notez bien que ce serait une histoire vraie, basée sur des faits qui se sont passés dans cette ville même, une histoire à laquelle nous sommes mêlés vous et moi. »

Elle le saisit aussitôt par le bras et l'entraîna au milieu de la place déserte, loin des groupes qui fourmillaient sous la colonnade.

« Maintenant ! dit-elle vivement, ici où personne ne peut nous écouter, je veux savoir comment je puis être mêlée à ce drame ? Comment ? comment ? »

Lui tenant toujours le bras, elle le secoua dans son impatience d'avoir l'explication qu'elle demandait. Jusqu'alors il s'était amusé de son outrecuidante confiance en elle-même, et il n'avait fait qu'en plaisanter. Mais en voyant son ardeur, il commença à considérer la chose à un autre point de vue. Sachant tout ce qui s'est passé dans le vieux palais avant sa transformation en hôtel, il était possible que la comtesse pût lui donner quelque explication sur ce qui était arrivé à son frère, à sa sœur et à lui-même ; à tout le moins, elle pouvait peut-être lui faire quelque révélation curieuse, capable de servir de donnée à un auteur de talent pour un bon gros drame. La prospérité de son théâtre était la seule chose qui l'occupait.

« Je suis peut-être sur la trace d'un nouvel Hamlet, se dit-il. Une pièce pareille, ce serait au moins 10 000 livres dans ma poche. »

With these motives (worthy of the single-hearted devotion to dramatic business which made Francis a successful manager) he related, without further hesitation, what his own experience had been, and what the experience of his relatives had been, in the haunted hotel. He even described the outbreak of superstitious terror which had escaped Mrs. Norbury's ignorant maid.

'Sad stuff, if you look at it reasonably,' he remarked. 'But there is something dramatic in the notion of the ghostly influence making itself felt by the relations in succession, as they one after another enter the fatal room—until the one chosen relative comes who will see the Unearthly Creature, and know the terrible truth. Material for a play, Countess—first-rate material for a play!'

There he paused. She neither moved nor spoke. He stooped and looked closer at her.

What impression had he produced? It was an impression which his utmost ingenuity had failed to anticipate. She stood by his side—just as she had stood before Agnes when her question about Ferrari was plainly answered at last—like a woman turned to stone. Her eyes were vacant and rigid; all the life in her face had faded out of it. Francis took her by the hand. Her hand was as cold as the pavement that they were standing on. He asked her if she was ill.

Not a muscle in her moved. He might as well have spoken to the dead.

C'est à cause de ces motifs, dignes de l'entier dévouement à l'art dramatique qui avait fait de Francis un entrepreneur de pièces à succès, qu'il raconta ce qui lui était arrivé à lui et à ses parents dans l'hôtel hanté. Il ne passa même pas sous silence la terreur superstitieuse qui avait envahi la naïve femme de chambre de Mme Narburry.

« Tristes matériaux, si vous les considérez avec les yeux de la raison, fit-il. Mais il y a vraiment quelque chose de dramatique dans cette influence surnaturelle pesant sur chacun des membres de la famille à leur entrée dans la chambre fatale, jusqu'à ce qu'enfin vienne le parent à qui le fantôme invisible qui hante la chambre se montrera, pour lui apprendre tout entière la terrible vérité. Voilà de quoi faire une pièce, j'espère, comtesse, et une pièce de premier choix ! »

Il s'arrêta. Elle ne fit pas un mouvement, elle ne desserra même pas les lèvres. Il se pencha pour la regarder de plus près.

Quelle impression avait-il produite sur elle ? Malgré tout son esprit et toute son habileté, il ne pouvait le deviner. Elle était debout devant lui, exactement comme devant Agnès, quand celle-ci s'était décidée à répondre nettement à la question qu'elle avait faite sur Ferraris. On aurait dit une statue de pierre. Ses yeux étaient grands ouverts et fixes, la vie semblait avoir disparu de son visage. Francis la prit par la main. Elle était aussi froide que les pavés sur lesquels ils marchaient. Il lui demanda si elle était malade.

Pas un muscle ne bougea. Il aurait pu tout aussi bien parler à un mort.

'Surely,' he said, 'you are not foolish enough to take what I have been telling you seriously?'

Her lips moved slowly. As it seemed, she was making an effort to speak to him.

'Louder,' he said. 'I can't hear you.'

She struggled to recover possession of herself. A faint light began to soften the dull cold stare of her eyes. In a moment more she spoke so that he could hear her.

'I never thought of the other world,' she murmured, in low dull tones, like a woman talking in her sleep.

Her mind had gone back to the day of her last memorable interview with Agnes; she was slowly recalling the confession that had escaped her, the warning words which she had spoken at that past time.

Necessarily incapable of understanding this, Francis looked at her in perplexity. She went on in the same dull vacant tone, steadily following out her own train of thought, with her heedless eyes on his face, and her wandering mind far away from him.

'I said some trifling event would bring us together the next time. I was wrong. No trifling event will bring us together. I said I might be the person who told her what had become of Ferrari, if she forced me to it. Shall I feel some other influence than hers? Will he force me to it? When she sees him, shall I see him too?'

« Vous n'êtes sûrement pas, reprit-il, assez ridicule pour prendre au sérieux ce que je viens de vous dire ? »

Ses lèvres se mirent à remuer. Elle semblait faire un effort pour parler.

« Plus haut, dit-il. Je ne vous entends pas. »

Elle finit par reprendre possession d'elle-même.

Une faible étincelle vint animer la fixité sombre et froide de ses yeux. Un moment après, elle parla d'une façon intelligible.

« Je n'avais jamais songé à l'autre monde, murmura-t-elle, comme une femme parlant en rêve. »

Elle se rappelait maintenant sa dernière entrevue avec Agnès ; elle se souvenait de la confession qui lui était échappée, de la prédiction qu'elle avait faite à cette époque.

Incapable de la comprendre, Francis la regardait fort inquiet, elle continua à suivre tranquillement sa pensée, les yeux hagards, sans songer un instant à lui.

« J'ai prédit que quelque événement sans importance nous rassemblerait encore une fois. Je me suis trompée : ce ne sera pas un événement sans importance qui nous rapprochera. J'ai prédit que je serais peut-être la personne qui lui dirait ce qu'est devenu Ferraris, si elle m'y forçait. Puis-je subir une autre influence que la sienne ? Lui aussi pourrait-il donc m'y forcer. Quand *elle* le verra, LE verrai-je aussi, moi ? »

Her head sank a little; her heavy eyelids dropped slowly; she heaved a long low weary sigh. Francis put her arm in his, and made an attempt to rouse her.

'Come, Countess, you are weary and over-wrought. We have had enough talking to-night. Let me see you safe back to your hotel. Is it far from here?'

She started when he moved, and obliged her to move with him, as if he had suddenly awakened her out of a deep sleep.

'Not far,' she said faintly. 'The old hotel on the quay. My mind's in a strange state; I have forgotten the name.'

'Danieli's?'

'Yes!'

He led her on slowly. She accompanied him in silence as far as the end of the Piazzetta. There, when the full view of the moonlit Lagoon revealed itself, she stopped him as he turned towards the Riva degli Schiavoni.

'I have something to ask you. I want to wait and think.'

She recovered her lost idea, after a long pause.

'Are you going to sleep in the room to-night?' she asked.

He told her that another traveller was in possession of the room that night.

Sa tête s'affaissa ; ses paupières se fermèrent lourdement ; elle poussa un long soupir de fatigue. Francis passa son bras sous le sien pour la soutenir et essaya de la ranimer.

« Allons, comtesse, vous êtes fatiguée et excitée. Vous avez assez parlé ce soir. Laissez-moi vous conduire à votre hôtel. Est-ce loin d'ici ? »

Il fit un mouvement qui la fit remuer; elle tressaillit comme s'il l'avait soudainement réveillée d'un profond sommeil.

« Ce n'est pas loin, dit-elle faiblement. C'est le vieil hôtel sur le quai. Mon esprit est dans un état étrange ; j'ai oublié le nom.

— L'hôtel Danieli ?

— Oui ! »

Il la conduisit doucement. Elle le suivit en silence au bout de la Piazzetta. Là, quand ils furent devant la lagune éclairée par la pleine lune, elle l'arrêta au moment où il se dirigeait vers la Riva degli Schiavoni.

« J'ai quelque chose à vous demander. Laissez-moi un peu réfléchir. »

Après un assez long temps, elle finit par reprendre le fil de ses idées.

« Allez-vous coucher ce soir dans la chambre ? » dit-elle.

Il lui répondit qu'un autre voyageur l'occupait :

'But the manager has reserved it for me to-morrow,' he added, 'if I wish to have it.'

'No,' she said. 'You must give it up.'

'To whom?'

'To me!'

He started.

'After what I have told you, do you really wish to sleep in that room to-morrow night?'

'I must sleep in it.'

'Are you not afraid?'

'I am horribly afraid.'

'So I should have thought, after what I have observed in you to-night. Why should you take the room? You are not obliged to occupy it, unless you like.'

'I was not obliged to go to Venice, when I left America,' she answered. 'And yet I came here. I must take the room, and keep the room, until—' She broke off at those words. 'Never mind the rest,' she said. 'It doesn't interest you.'

It was useless to dispute with her. Francis changed the subject.

'We can do nothing to-night,' he said. 'I will call on you to-morrow morning, and hear what you think of it then.'

They moved on again to the hotel. As they approached the door, Francis asked if she was staying in Venice under her own name.

« Mais le gérant me l'a réservée pour demain, si je la désire, ajouta-t-il.

— Non, dit-elle, il ne faut pas la prendre. Il faut la laisser.

— À qui ?

— À moi ! »

Il tressaillit à son tour.

« Après ce que je vous ai dit, vous voulez réellement coucher dans cette chambre, demain soir ?

— Il faut que j'y couche.

— N'avez-vous pas peur ?

— J'ai horriblement peur.

— Je le pensais bien, après ce que j'ai vu ce soir. Pourquoi donc prendriez-vous la chambre ? Vous n'y êtes pas obligée.

— Je n'étais pas obligée de venir à Venise lorsque j'ai quitté l'Amérique, répondit-elle, et cependant m'y voici. Il faut que je prenne et que je garde cette chambre jusqu'à... » Elle s'arrêta. « Peu importe le reste, dit-elle, cela ne vous intéresse pas. »

Il était inutile de discuter, Francis changea le sujet de la conversation.

« Nous ne pouvons rien décider ce soir, dit-il ; j'irai vous voir demain matin, et vous me direz la décision que vous aurez prise. »

Ils continuèrent à se diriger vers l'hôtel. En arrivant, Francis lui demanda si elle était à Venise sous son propre nom.

She shook her head.

'As your brother's widow, I am known here. As Countess Narona, I am known here. I want to be unknown, this time, to strangers in Venice; I am travelling under a common English name.'

She hesitated, and stood still.

'What has come to me?' she muttered to herself. 'Some things I remember; and some I forget. I forgot Danieli's—and now I forget my English name.'

She drew him hurriedly into the hall of the hotel, on the wall of which hung a list of visitors' names. Running her finger slowly down the list, she pointed to the English name that she had assumed:—'Mrs. James.'

'Remember that when you call to-morrow,' she said. 'My head is heavy. Good night.'

Francis went back to his own hotel, wondering what the events of the next day would bring forth. A new turn in his affairs had taken place in his absence. As he crossed the hall, he was requested by one of the servants to walk into the private office. The manager was waiting there with a gravely pre-occupied manner, as if he had something serious to say.

He regretted to hear that Mr. Francis Westwick had, like other members of the family, discovered serious sources of discomfort in the new hotel.

Elle secoua la tête.

« Je suis connue ici comme veuve de votre frère, on m'y connaît aussi sous le nom de la comtesse Narona. Je veux être *incognito,* cette fois à Venise ; je voyage sous un nom anglais fort vulgaire. »

Elle hésita et resta sans parler.

« Que m'est-il donc arrivé ? murmura-t-elle. Je me souviens de certaines choses et j'en oublie d'autres. J'ai déjà oublié le nom de l'hôtel Danieli, et voici maintenant que j'oublie le nom que j'ai pris. »

Elle l'entraîna précipitamment dans la salle d'attente où se trouvait une pancarte avec les noms de tous les voyageurs. Lentement elle la parcourut avec son doigt, et finit par s'arrêter sur le nom anglais qu'elle avait pris : Mme James.

« Souvenez-vous-en quand vous viendrez demain, dit-elle. Je me sens la tête lourde. Bonne nuit. »

Francis rentra chez lui tout en se demandant ce qu'amèneraient les événements du lendemain. En son absence, ses affaires avaient pris un nouveau tour. Comme il traversait le vestibule, un des domestiques le pria de passer au bureau de l'hôtel. Il y trouva le gérant, qui le reçut gravement, comme s'il avait quelque chose de fort sérieux à lui annoncer.

Il était au regret de savoir que M. Francis Westwick avait, comme les autres membres de la famille, éprouvé un mystérieux malaise dans le nouvel hôtel.

He had been informed in strict confidence of Mr. Westwick's extraordinary objection to the atmosphere of the bedroom upstairs. Without presuming to discuss the matter, he must beg to be excused from reserving the room for Mr. Westwick after what had happened.

Francis answered sharply, a little ruffled by the tone in which the manager had spoken to him.

'I might, very possibly, have declined to sleep in the room, if you had reserved it,' he said. 'Do you wish me to leave the hotel?'

The manager saw the error that he had committed, and hastened to repair it.

'Certainly not, sir! We will do our best to make you comfortable while you stay with us. I beg your pardon, if I have said anything to offend you. The reputation of an establishment like this is a matter of very serious importance. May I hope that you will do us the great favour to say nothing about what has happened upstairs? The two French gentlemen have kindly promised to keep it a secret.'

This apology left Francis no polite alternative but to grant the manager's request.

'There is an end to the Countess's wild scheme,' he thought to himself, as he retired for the night. 'So much the better for the Countess!'

Il avait été informé confidentiellement de l'odeur extraordinaire qu'il avait cru sentir dans la chambre à coucher. Sans avoir la prétention de discuter la chose, il était obligé de prier M. Westwick de vouloir bien l'excuser s'il ne lui réservait pas la chambre en question, après ce qui s'était passé.

Francis répondit sèchement, un peu froissé du ton qu'avait pris le gérant :

« J'aurais peut-être renoncé à coucher dans la chambre, si vous l'aviez conservée pour moi. Désirez-vous que je quitte l'hôtel ? »

Le gérant vit la maladresse qu'il avait commise et se hâta de la réparer.

« Certainement non, monsieur ! Nous ferons de notre mieux pour vous satisfaire tant que vous resterez avec nous. Je vous demande pardon si j'ai dit quelque chose qui vous ait déplu. La réputation d'un établissement comme celui-ci est fort importante et mérite qu'on s'en occupe. Puis-je espérer que vous nous ferez la faveur de ne rien dire de ce qui s'est passé en haut ? Les deux Français nous ont fort obligeamment promis de garder le silence. »

Ces excuses ne laissèrent à Francis d'autre alternative polie que de céder à la requête du gérant.

« Cela met fin au projet insensé de la comtesse, pensa-t-il en lui-même, en remontant chez lui. Tant mieux pour la comtesse ! »

He rose late the next morning. Inquiring for his Parisian friends, he was informed that both the French gentlemen had left for Milan. As he crossed the hall, on his way to the restaurant, he noticed the head porter chalking the numbers of the rooms on some articles of luggage which were waiting to go upstairs. One trunk attracted his attention by the extraordinary number of old travelling labels left on it. The porter was marking it at the moment—and the number was, '13 A.'

Francis instantly looked at the card fastened on the lid. It bore the common English name, 'Mrs. James'!

He at once inquired about the lady. She had arrived early that morning, and she was then in the Reading Room. Looking into the room, he discovered a lady in it alone. Advancing a little nearer, he found himself face to face with the Countess.

She was seated in a dark corner, with her head down and her arms crossed over her bosom.

'Yes,' she said, in a tone of weary impatience, before Francis could speak to her. 'I thought it best not to wait for you—I determined to get here before anybody else could take the room.'

'Have you taken it for long?' Francis asked.

'You told me Miss Lockwood would be here in a week's time. I have taken it for a week.'

'What has Miss Lockwood to do with it?'

Il se leva tard le lendemain matin. Il demanda ses amis de Paris ; on lui répondit que tous deux étaient en route pour Milan. Comme il traversait une salle pour se rendre au restaurant, il remarqua le chef des garçons qui marquait sur les bagages les numéros des chambres où on devait les monter. Une malle surtout attira son attention par la quantité extraordinaire de vieux bulletins qui y étaient collés. Le garçon la marquait justement alors ; le numéro était 13 *bis*.

Francis regarda aussitôt la carte attachée sur le couvercle. Elle portait un nom anglais : Mme James !

Sur-le-champ, il fit quelques questions sur cette dame. Elle était arrivée de bonne heure le matin, et se trouvait en ce moment au salon de lecture. Il alla regarder dans la pièce qu'on lui désignait et y vit une dame seule. Il s'avança un peu et se trouva face à face avec la comtesse.

Elle était assise dans un endroit sombre, la tête baissée et les bras croisés sur sa poitrine.

« Oui, dit-elle avec un ton d'impatience fébrile, avant que Francis ait eu le temps de parler, j'ai pensé qu'il valait mieux ne pas vous attendre. Je me suis décidée à venir ici avant que personne n'ait pu prendre la chambre.

— L'avez-vous retenue pour longtemps ? demanda Francis.

— Vous m'avez dit que miss Lockwood serait ici dans une semaine. Je l'ai prise pour une semaine.

— Qu'est-ce que miss Lockwood a donc à faire dans tout cela ?

'She has everything to do with it—she must sleep in the room. I shall give the room up to her when she comes here.'

Francis began to understand the superstitious purpose that she had in view.

'Are you (an educated woman) really of the same opinion as my sister's maid!' he exclaimed. 'Assuming your absurd superstition to be a serious thing, you are taking the wrong means to prove it true. If I and my brother and sister have seen nothing, how should Agnes Lockwood discover what was not revealed to us? She is only distantly related to the Montbarrys—she is only our cousin.'

'She was nearer to the heart of the Montbarry who is dead than any of you,' the Countess answered sternly. 'To the last day of his life, my miserable husband repented his desertion of her. She will see what none of you have seen—she shall have the room.'

Francis listened, utterly at a loss to account for the motives that animated her.

'I don't see what interest you have in trying this extraordinary experiment,' he said.

'It is my interest not to try it! It is my interest to fly from Venice, and never set eyes on Agnes Lockwood or any of your family again!'

'What prevents you from doing that?'

— Elle a tout à y faire ; il faut qu'elle couche dans la chambre. Je la lui donnerai quand elle viendra. »

Francis commença à comprendre l'idée superstitieuse qui la poursuivait.

« Comment vous, une femme instruite, seriez-vous réellement comme la femme de chambre de ma sœur ! s'écria-t-il. En supposant que le pressentiment absurde que vous avez soit une chose sérieuse, vous prenez un mauvais moyen de le prouver. Si mon frère, ma sœur et moi n'avons rien vu, comment miss Agnès Lockwood découvrira-t-elle ce qui ne nous a pas été révélé ? C'est une parente éloignée de Lord Montbarry, c'est seulement une cousine.

— Elle était plus près du cœur de Montbarry qu'aucun de vous, répondit la comtesse d'une voix sourde. Jusqu'à son dernier jour, mon misérable mari s'est repenti de l'avoir abandonnée. Elle verra ce qu'aucun de vous n'a vu : elle aura la chambre. »

Francis écouta, cherchant en vain à trouver la raison qui avait pu faire prendre à la comtesse une pareille résolution.

« Je ne vois pas quel intérêt vous avez à tenter cette expérience, dit-il.

— Mon intérêt est de ne pas l'essayer ! Mon intérêt est de fuir Venise, et de ne jamais revoir Agnès Lockwood, ni aucune personne de votre famille !

— Qu'est-ce qui vous empêche de le faire ? »

She started to her feet and looked at him wildly. 'I know no more what prevents me than you do!' she burst out. 'Some will that is stronger than mine drives me on to my destruction, in spite of my own self!'

She suddenly sat down again, and waved her hand for him to go.

'Leave me,' she said. 'Leave me to my thoughts.'

Francis left her, firmly persuaded by this time that she was out of her senses. For the rest of the day, he saw nothing of her. The night, so far as he knew, passed quietly. The next morning he breakfasted early, determining to wait in the restaurant for the appearance of the Countess. She came in and ordered her breakfast quietly, looking dull and worn and self-absorbed, as she had looked when he last saw her. He hastened to her table, and asked if anything had happened in the night.

'Nothing,' she answered.

'You have rested as well as usual?'

'Quite as well as usual. Have you had any letters this morning? Have you heard when she is coming?'

'I have had no letters. Are you really going to stay here? Has your experience of last night not altered the opinion which you expressed to me yesterday?'

'Not in the least.'

The momentary gleam of animation which had crossed her face when she questioned him about Agnes, died out

Elle sauta debout et le fixa avec un regard sauvage : « Je ne sais pas plus que vous ce qui m'en empêche, s'écria-t-elle. Une volonté plus forte que la mienne me pousse à ma perte, en dépit de moi-même ! »

Elle s'assit soudain et lui fit signe de la main de s'en aller.

« Laissez-moi, dit-elle ; laissez-moi à mes réflexions. »

Francis la quitta, fermement persuadé qu'elle avait perdu la raison. Pendant le reste de la journée, il n'entendit plus parler d'elle. La nuit se passa tranquillement. Le lendemain matin, il déjeuna de bonne heure, décidé à attendre au restaurant l'arrivée de la comtesse. Elle entra et commanda tranquillement son déjeuner, elle avait l'air sombre et abattu, comme la veille. Il s'approcha d'elle à la hâte et lui demanda s'il lui était arrivé quelque chose pendant la nuit.

« Rien, répondit-elle.

— Avez-vous reposé aussi bien que d'habitude ?

— Tout aussi bien. Avez-vous reçu des lettres ce matin ? Savez-vous quand *elle* viendra ?

— Je n'ai pas reçu de lettres. Allez-vous réellement rester ici ? La nuit n'a-t-elle pas changé la résolution que vous avez prise hier ?

— Pas le moins du monde. »

L'animation qui avait éclairé son visage quand elle le questionnait sur Agnès disparut aussitôt

of it again when he answered her. She looked, she spoke, she ate her breakfast, with a vacant resignation, like a woman who had done with hopes, done with interests, done with everything but the mechanical movements and instincts of life.

Francis went out, on the customary travellers' pilgrimage to the shrines of Titian and Tintoret. After some hours of absence, he found a letter waiting for him when he got back to the hotel. It was written by his brother Henry, and it recommended him to return to Milan immediately. The proprietor of a French theatre, recently arrived from Venice, was trying to induce the famous dancer whom Francis had engaged to break faith with him and accept a higher salary.

Having made this startling announcement, Henry proceeded to inform his brother that Lord and Lady Montbarry, with Agnes and the children, would arrive in Venice in three days more. 'They know nothing of our adventures at the hotel,' Henry wrote; 'and they have telegraphed to the manager for the accommodation that they want. There would be something absurdly superstitious in our giving them a warning which would frighten the ladies and children out of the best hotel in Venice. We shall be a strong party this time—too strong a party for ghosts! I shall meet the travellers on their arrival, of course, and try my luck again at what you call the Haunted Hotel. Arthur Barville and his wife have already got as far on their way as Trent; and two of the lady's relations have arranged to accompany them on the journey to Venice.'

qu'il eut répondu. Maintenant elle regardait, elle parlait, elle mangeait avec une complète indifférence, comme une femme qui n'avait plus aucun espoir, aucun intérêt, qui en avait fini avec tout et qui ne vivait plus que mécaniquement et comme un automate.

Francis sortit pour se rendre où vont tous les voyageurs, admirer les tombeaux du Titien et du Tintoret. Après quelques heures d'absence, il trouva une lettre qui l'attendait à l'hôtel. Elle était de son frère Henry et lui recommandait de revenir immédiatement à Milan. Le propriétaire d'un théâtre français, récemment arrivé de Venise, essayait, lui disait-il, d'enlever la fameuse danseuse que Francis avait engagée, et de la décider à rompre avec lui et à accepter des appointements plus élevés.

Outre cette nouvelle extraordinaire, Henry informait son frère que lord et lady Montbarry, avec Agnès et les enfants, arriveraient à Venise dans trois jours. Ils ne savent rien de nos aventures à l'hôtel, ajoutait Henry, et ils ont télégraphié au gérant pour retenir les pièces dont ils ont besoin. Il serait, je crois, absurde de notre part de les prévenir, cela n'aurait d'autre résultat que d'effrayer les femmes et les enfants et de les chasser du meilleur hôtel de Venise. Nous serons cette fois en nombreuse compagnie, trop nombreuse pour des fantômes ! J'irai, bien entendu, à leur rencontre et je tenterai encore une fois la chance dans ce que tu appelles si bien l'*Hôtel hanté.* Arthur Barville et sa femme sont déjà à Trente ; deux parentes de sa femme les accompagnent dans leur voyage à Venise.

Naturally indignant at the conduct of his Parisian colleague, Francis made his preparations for returning to Milan by the train of that day.

On his way out, he asked the manager if his brother's telegram had been received. The telegram had arrived, and, to the surprise of Francis, the rooms were already reserved.

'I thought you would refuse to let any more of the family into the house,' he said satirically.

The manager answered (with the due dash of respect) in the same tone.

'Number 13 A is safe, sir, in the occupation of a stranger. I am the servant of the Company; and I dare not turn money out of the hotel.'

Hearing this, Francis said good-bye—and said nothing more. He was ashamed to acknowledge it to himself, but he felt an irresistible curiosity to know what would happen when Agnes arrived at the hotel. Besides, 'Mrs. James' had reposed a confidence in him. He got into his gondola, respecting the confidence of 'Mrs. James.'

Towards evening on the third day, Lord Montbarry and his travelling companions arrived, punctual to their appointment.

'Mrs. James,' sitting at the window of her room watching for them, saw the new Lord land from the gondola first. He handed his wife to the steps. The three children were next committed to his care. Last of all, Agnes appeared

Indigné de la conduite de son collègue parisien, Francis fit ses préparatifs pour quitter Venise le jour même.

En sortant, il demanda au gérant si l'on avait reçu la dépêche de son frère. Elle était arrivée et, à la grande surprise de Francis, les chambres étaient déjà retenues.

« Je croyais que vous deviez refuser de laisser entrer ici d'autres membres de la famille, dit-il ironiquement. »

Le gérant répondit avec tout le respect possible sur le même ton :

« Le numéro 13 *bis* est réservé, monsieur ; il est occupé par une étrangère. Je suis le serviteur de la Compagnie, et je n'ai pas le droit d'empêcher l'argent d'entrer dans l'hôtel. »

En entendant cela, Francis lui dit au revoir, et partit sans rien ajouter. Il était honteux de se l'avouer à lui-même, mais il avait une curiosité irrésistible de savoir ce qui se passerait quand Agnès arriverait à l'hôtel. Il monta dans sa gondole, sans avoir répété à personne ce que lui avait dit Mme James.

Vers le soir du troisième jour, lord Montbarry et ses compagnons de voyage arrivèrent exacts au rendez-vous.

Mme James, accoudée à la fenêtre de sa chambre, les guettait ; elle vit le nouveau lord sortir le premier de la gondole. Il soutint sa femme jusqu'aux marches et lui passa ensuite les trois enfants ; Agnès, la dernière de tous, apparut

in the little black doorway of the gondola cabin, and, taking Lord Montbarry's hand, passed in her turn to the steps. She wore no veil. As she ascended to the door of the hotel, the Countess (eyeing her through an opera-glass) noticed that she paused to look at the outside of the building, and that her face was very pale. ◆

ensuite sous la petite portière noire qui fermait la cabine et, s'appuyant sur le bras de lord Montbarry, sauta à son tour sur les marches. Elle n'avait pas de voile. Comme elle se dirigeait vers la porte de l'hôtel, la comtesse, qui l'épiait avec sa lorgnette, la vit s'arrêter un instant pour regarder la façade de l'édifice. Agnès était très pâle. ■

21

THE ROOMS reserved for the travellers on the first floor were three in number; consisting of two bedrooms opening into each other, and communicating on the left with a drawing-room. Complete so far, the arrangements proved to be less satisfactory in reference to the third bedroom required for Agnes and for the eldest daughter of Lord Montbarry, who usually slept with her on their travels. The bed-chamber on the right of the drawing-room was already occupied by an English widow lady. Other bedchambers at the other end of the corridor were also let in every case. There was accordingly no alternative but to place at the disposal of Agnes a comfortable room on the second floor. Lady Montbarry vainly complained of this separation of one of the members of her travelling party from the rest. The housekeeper politely hinted that it was impossible for her to ask other travellers to give up their rooms. She could only express her regret, and assure Miss Lockwood that her bed-chamber on the second floor was one of the best rooms in that part of the hotel.

21

Les chambres réservées au premier pour les voyageurs étaient au nombre de trois : deux chambres à coucher donnaient l'une dans l'autre et communiquaient à gauche à un salon. Jusque-là, tout était fort bien ; mais il n'en était pas de même pour la troisième chambre à coucher qu'Agnès devait habiter avec la fille aînée de lord Montbarry, qui ne la quittait jamais en voyage. La chambre située à droite du salon était occupée par une dame anglaise, veuve ; toutes les autres pièces du premier étage étaient également louées. Il n'y avait d'autre moyen que de loger Agnès au second. Lady Montbarry se plaignit en vain de cette séparation ; la femme de confiance répondit qu'il lui était impossible de demander à un des voyageurs déjà installés de céder sa place ; elle ne pouvait qu'exprimer son regret qu'il en fût ainsi et assurer à miss Lockwood que sa chambre du deuxième était une des meilleures de l'hôtel.

On the retirement of the housekeeper, Lady Montbarry noticed that Agnes had seated herself apart, feeling apparently no interest in the question of the bedrooms.

Was she ill?

No; she felt a little unnerved by the railway journey, and that was all.

Hearing this, Lord Montbarry proposed that she should go out with him, and try the experiment of half an hour's walk in the cool evening air.

Agnes gladly accepted the suggestion.

They directed their steps towards the square of St. Mark, so as to enjoy the breeze blowing over the lagoon.

It was the first visit of Agnes to Venice. The fascination of the wonderful city of the waters exerted its full influence over her sensitive nature. The proposed half-hour of the walk had passed away, and was fast expanding to half an hour more, before Lord Montbarry could persuade his companion to remember that dinner was waiting for them.

As they returned, passing under the colonnade, neither of them noticed a lady in deep mourning, loitering in the open space of the square.

She started as she recognised Agnes walking with the new Lord Montbarry—hesitated for a moment—and then followed them, at a discreet distance, back to the hotel.

Quand la femme se fut retirée, Lady Montbarry remarqua Agnès assise à l'écart et semblant ne prendre aucun intérêt à la question, qui la touchait cependant directement.

Était-elle malade ?

Non. Elle se sentait seulement un peu fatiguée et énervée par ce long voyage, en chemin de fer.

Lord Montbarry lui proposa de sortir un peu avec lui pour voir si une demi-heure de promenade à l'air frais du soir ne la remettrait pas.

Agnès accepta avec plaisir.

Ils se dirigèrent vers la place Saint-Marc, afin de jouir de la brise venant des lagunes.

C'était la première fois qu'Agnès venait à Venise. La fascination qu'exerce sur tout le monde la « Ville des Eaux » fit une grande impression sur cette nature sensitive. Il y avait longtemps qu'une demi-heure s'était écoulée, il y avait près d'une heure, quand lord Montbarry put convaincre sa compagne qu'il fallait enfin rentrer pour le dîner, qui depuis longtemps les attendait.

En revenant, près de la colonnade, aucun d'eux ne remarqua une dame en grand deuil qui semblait flâner sur la place.

Cette dame tressaillit en reconnaissant Agnès accompagnée du nouveau lord Montbarry et, après un moment d'hésitation, elle se décida à les suivre à une certaine distance jusqu'à l'hôtel.

Lady Montbarry received Agnes in high spirits—with news of an event which had happened in her absence.

She had not left the hotel more than ten minutes, before a little note in pencil was brought to Lady Montbarry by the housekeeper. The writer proved to be no less a person than the widow lady who occupied the room on the other side of the drawing-room, which her ladyship had vainly hoped to secure for Agnes. Writing under the name of Mrs. James, the polite widow explained that she had heard from the housekeeper of the disappointment experienced by Lady Montbarry in the matter of the rooms. Mrs. James was quite alone; and as long as her bed-chamber was airy and comfortable, it mattered nothing to her whether she slept on the first or the second floor of the house. She had accordingly much pleasure in proposing to change rooms with Miss Lockwood. Her luggage had already been removed, and Miss Lockwood had only to take possession of the room (Number 13 A), which was now entirely at her disposal.

'I immediately proposed to see Mrs. James,' Lady Montbarry continued, 'and to thank her personally for her extreme kindness. But I was informed that she had gone out, without leaving word at what hour she might be expected to return. I have written a little note of thanks, saying that we hope to have the pleasure of personally expressing our sense of Mrs. James's courtesy to-morrow. In the mean time, Agnes, I have ordered your boxes to be removed downstairs. Go!—and judge for yourself, my dear, if that good lady has not given up to you the prettiest room in the house!'

Lady Montbarry reçut Agnès fort gaiement, à cause de ce qui s'était passé en son absence.

Il n'y avait pas dix minutes qu'elle était sortie, que la femme de confiance apportait à Lady Montbarry un petit billet écrit au crayon. C'était de la dame veuve qui occupait la chambre située de l'autre côté du salon, chambre qu'on avait espéré faire avoir à Agnès. Mme James, c'était le nom de la dame, disait qu'elle avait appris le désir de Lady Montbarry, et que vivant seule, pourvu que sa chambre soit confortable et aérée, il lui importait peu d'être au premier ou au second étage ; elle offrait donc, avec le plus grand plaisir, de changer avec miss Lockwood. On avait déjà enlevé ses bagages, miss Lockwood pouvait emménager immédiatement dans la chambre n° 13 *bis,* qui était à son entière disposition.

« Je voulais voir aussitôt Mme James, continua lady Montbarry, pour la remercier personnellement de son extrême obligeance, mais on m'a affirmé qu'elle était sortie sans faire connaître l'heure à laquelle elle rentrerait ; je lui ai écrit un mot de remerciement, pour lui dire que nous espérions bien demain pouvoir remercier de vive voix Mme James de sa gracieuseté. En outre, j'ai fait descendre vos malles : tout est prêt ; allez voir, ma chère, et jugez par vous-même si cette charmante dame ne vous a pas cédé la plus jolie chambre de la maison ! »

With those words, Lady Montbarry left Miss Lockwood to make a hasty toilet for dinner.

The new room at once produced a favourable impression on Agnes. The large window, opening into a balcony, commanded an admirable view of the canal. The decorations on the walls and ceiling were skilfully copied from the exquisitely graceful designs of Raphael in the Vatican. The massive wardrobe possessed compartments of unusual size, in which double the number of dresses that Agnes possessed might have been conveniently hung at full length. In the inner corner of the room, near the head of the bedstead, there was a recess which had been turned into a little dressing-room, and which opened by a second door on the interior staircase of the hotel, commonly used by the servants.

Noticing these aspects of the room at a glance, Agnes made the necessary change in her dress, as quickly as possible. On her way back to the drawing-room she was addressed by a chambermaid in the corridor who asked for her key.

'I will put your room tidy for the night, Miss,' the woman said, 'and I will then bring the key back to you in the drawing-room.'

While the chambermaid was at her work, a solitary lady, loitering about the corridor of the second storey, was watching her over the bannisters.

Lady Montbarry quitta aussitôt Agnès pour lui laisser faire un peu de toilette pour le dîner.

La nouvelle chambre plut beaucoup à Agnès. Deux grandes fenêtres donnant sur un balcon avaient une vue merveilleuse sur le canal. Les murs et le plafond étaient décorés de fort bonnes copies de Raphaël. Une grande armoire massive très belle aurait pu abriter de la poussière deux fois plus de robes que n'en avait Agnès ; dans une encoignure de la chambre, à la tête du lit se trouvait un cabinet de toilette qui donnait par une seconde porte sur l'escalier de service de l'hôtel.

Après avoir examiné tout cela d'un coup d'œil, Agnès s'habilla aussi vite que possible. Au moment où elle allait entrer au salon, une femme de chambre lui demanda sa clef.

« Je vais arranger votre chambre pour cette nuit, madame, lui dit la fille, je vous rapporterai la clef au salon. »

Pendant que la femme de chambre faisait son ouvrage, une dame seule se promenait dans le couloir du second étage ; tout à coup elle se pencha par-dessus la rampe.

After a while, the maid appeared, with her pail in her hand, leaving the room by way of the dressing-room and the back stairs. As she passed out of sight, the lady on the second floor (no other, it is needless to add, than the Countess herself) ran swiftly down the stairs, entered the bed-chamber by the principal door, and hid herself in the empty side compartment of the wardrobe. The chambermaid returned, completed her work, locked the door of the dressing-room on the inner side, locked the principal entrance-door on leaving the room, and returned the key to Agnes in the drawing-room.

The travellers were just sitting down to their late dinner, when one of the children noticed that Agnes was not wearing her watch. Had she left it in her bed-chamber in the hurry of changing her dress? She rose from the table at once in search of her watch; Lady Montbarry advising her, as she went out, to see to the security of her bed-chamber, in the event of there being thieves in the house. Agnes found her watch, forgotten on the toilet table, as she had anticipated. Before leaving the room again she acted on Lady Montbarry's advice, and tried the key in the lock of the dressing-room door. It was properly secured. She left the bed-chamber, locking the main door behind her.

Immediately on her departure, the Countess, oppressed by the confined air in the wardrobe, ventured on stepping out of her hiding place into the empty room.

Au bout d'un moment, la servante apparut : elle sortait du cabinet de toilette par l'escalier de service un seau à la main. Dès qu'elle fut descendue, la dame qui était au deuxième, – est-il nécessaire de dire que c'était la comtesse ? – se précipita en bas de l'escalier, entra dans la chambre par la porte principale et se cacha derrière les rideaux du lit. La femme de chambre revint, se dépêcha de terminer son ouvrage, ferma à double tour la porte du cabinet de toilette, ainsi que la porte d'entrée et alla au salon rendre la clef à Agnès.

La famille était en train de dîner ; tout à coup un des enfants fit remarquer qu'Agnès n'avait pas sa montre. Dans sa hâte de changer de toilette, l'avait-elle laissée dans la chambre à coucher. Agnès quitta aussitôt la table pour aller chercher sa montre. Au moment où elle se leva, lady Montbarry lui dit de bien fermer sa porte au cas où il y aurait des voleurs dans la maison. Comme elle le supposait, Agnès trouva, sa montre sur sa table de toilette. Avant de s'en aller, suivant le conseil de lady Montbarry, elle fit jouer la clef qui se trouvait dans la serrure de la porte du cabinet de toilette, et s'assura que tout était bien fermé. Elle sortit et donna un double tour à la porte d'entrée derrière elle.

Dès qu'elle eut disparu, la comtesse, qui étouffait dans sa cachette, alla écouter à la porte, jusqu'à ce que le silence fût complètement rétabli.

Entering the dressing-room, she listened at the door, until the silence outside informed her that the corridor was empty. Upon this, she unlocked the door, and, passing out, closed it again softly; leaving it to all appearance (when viewed on the inner side) as carefully secured as Agnes had seen it when she tried the key in the lock with her own hand.

While the Montbarrys were still at dinner, Henry Westwick joined them, arriving from Milan.

When he entered the room, and again when he advanced to shake hands with her, Agnes was conscious of a latent feeling which secretly reciprocated Henry's unconcealed pleasure on meeting her again.

For a moment only, she returned his look; and in that moment her own observation told her that she had silently encouraged him to hope.

She saw it in the sudden glow of happiness which overspread his face; and she confusedly took refuge in the usual conventional inquiries relating to the relatives whom he had left at Milan.

Taking his place at the table, Henry gave a most amusing account of the position of his brother Francis between the mercenary opera-dancer on one side, and the unscrupulous manager of the French theatre on the other. Matters had proceeded to such extremities, that the law had been called on to interfere, and had decided the dispute in favour of Francis.

Ensuite, elle passa par le cabinet de toilette, dont elle tira la porte sur elle-même. De l'intérieur, on l'aurait crue fermée aussi bien que quand Agnès avait fait jouer le pêne dans la serrure.

Pendant que la famille Montbarry dînait, Henry Westwick arriva de Milan.

Quand il entra dans la salle à manger et qu'il s'avança pour lui tendre la main, Agnès sentit une bouffée de plaisir lui monter au visage. Henry était aussi heureux qu'elle de la revoir.

Pendant un instant seulement, elle lui rendit son regard ; ce fut un éclair, mais un éclair d'espérance.

Elle vit son visage s'épanouir et eut presque regret de l'encouragement involontaire qu'elle venait de lui donner. Aussitôt elle se réfugia dans une phrase de bienvenue banale et lui demanda comment se portaient les parents qu'il avait laissés à Milan.

Henry prit place à table et fit une peinture amusante des difficultés que son frère avait avec la danseuse et le directeur peu délicat d'un théâtre de Paris. Les choses en étaient, parait-il, arrivées à un tel point qu'on avait été obligé de faire appel à la justice, qui avait tranché le différend en faveur de Francis.

On winning the victory the English manager had at once left Milan, recalled to London by the affairs of his theatre. He was accompanied on the journey back, as he had been accompanied on the journey out, by his sister. Resolved, after passing two nights of terror in the Venetian hotel, never to enter it again, Mrs. Norbury asked to be excused from appearing at the family festival, on the ground of ill-health. At her age, travelling fatigued her, and she was glad to take advantage of her brother's escort to return to England.

While the talk at the dinner-table flowed easily onward, the evening-time advanced to night—and it became necessary to think of sending the children to bed.

As Agnes rose to leave the room, accompanied by the eldest girl, she observed with surprise that Henry's manner suddenly changed. He looked serious and preoccupied; and when his niece wished him good night, he abruptly said to her, 'Marian, I want to know what part of the hotel you sleep in?'

Marian, puzzled by the question, answered that she was going to sleep, as usual, with 'Aunt Agnes.'

Not satisfied with that reply, Henry next inquired whether the bedroom was near the rooms occupied by the other members of the travelling party.

Answering for the child, and wondering what Henry's object could possibly be, Agnes mentioned the polite sacrifice made to her convenience by Mrs. James.

Aussitôt son procès gagné, le directeur anglais avait quitté Milan pour se rendre, toujours accompagné par sa sœur, à Londres où les affaires de son théâtre l'appelaient. Décidée à ne plus jamais passer le seuil de l'hôtel vénitien où elle avait passé deux mauvaises nuits, Madame Narbury se faisait excuser de ne point assister au festin de famille, sous prétexte de maladie. À son âge, les voyages la fatiguaient, et elle était fort heureuse de rentrer en Angleterre avec son frère.

Tout en causant, la soirée s'avançait et il fallut songer à coucher les enfants.

Au moment où Agnès se levait pour quitter la table avec l'aînée des filles, elle vit avec surprise l'attitude d'Henry changer soudain. Il avait l'air sérieux et préoccupé, et quand sa nièce s'approcha pour lui souhaiter le bonsoir, il lui dit tout à coup :

« Marianne, dites-moi où vous allez coucher. »

Marianne, tout étonnée, répondit qu'elle allait comme d'habitude coucher avec tante Agnès.

Peu satisfait de cette réponse, Henry demanda si la chambre qu'elles avaient était près de celles de leurs compagnons de voyage.

À la place de l'enfant, et tout en se demandant pourquoi Henry faisait toutes ces questions, Agnès raconta le service que lui avait rendu Mme James.

'Thanks to that lady's kindness,' she said, 'Marian and I are only on the other side of the drawing-room.'

Henry made no remark; he looked incomprehensibly discontented as he opened the door for Agnes and her companion to pass out. After wishing them good night, he waited in the corridor until he saw them enter the fatal corner-room—and then he called abruptly to his brother, 'Come out, Stephen, and let us smoke!'

As soon as the two brothers were at liberty to speak together privately, Henry explained the motive which had led to his strange inquiries about the bedrooms. Francis had informed him of the meeting with the Countess at Venice, and of all that had followed it; and Henry now carefully repeated the narrative to his brother in all its details.

'I am not satisfied,' he added, 'about that woman's purpose in giving up her room. Without alarming the ladies by telling them what I have just told you, can you not warn Agnes to be careful in securing her door?'

Lord Montbarry replied, that the warning had been already given by his wife, and that Agnes might be trusted to take good care of herself and her little bed-fellow. For the rest, he looked upon the story of the Countess and her superstitions as a piece of theatrical exaggeration, amusing enough in itself, but unworthy of a moment's serious attention.

« Grâce au sacrifice que m'a fait cette dame, dit-elle Marianne et moi nous sommes de l'autre côté du salon. »

Henry ne répondit rien ; mais en ouvrant la porte pour laisser passer Agnès, il avait l'air de mauvaise humeur ; il attendit dans le corridor jusqu'à ce qu'il les ait vues entrer dans la chambre fatale, puis aussitôt il appela son frère :

« Venez, Stephen, allons fumer un peu. »

Dès que les deux frères furent seuls, Henry expliqua le motif qui l'avait poussé à se renseigner sur la position des chambres à coucher. Francis lui avait dit qu'il avait rencontré la comtesse à Venise, et lui avait répété tout ce qui s'était passé entre eux : Henry raconta textuellement ce qu'il savait.

« L'idée qu'a eue cette femme de céder sa chambre ne me semble pas claire. Sans inquiéter ces dames en leur disant ce que je viens de vous apprendre, ne pouvez-vous pas prévenir Agnès de fermer soigneusement sa porte. »

Lord Montbarry répondit que sa femme avait déjà fait cette recommandation à miss Lockwood et qu'on pouvait être certain qu'elle prendrait toutes les précautions possibles pour elle et pour sa petite compagne de lit. Quant au reste, il regarda l'histoire de la comtesse et ses superstitions comme un sujet de pièce assez gaie, mais ne valant pas une minute d'attention sérieuse.

While the gentlemen were absent from the hotel, the room which had been already associated with so many startling circumstances, became the scene of another strange event in which Lady Montbarry's eldest child was concerned.

Little Marian had been got ready for bed as usual, and had (so far) taken hardly any notice of the new room. As she knelt down to say her prayers, she happened to look up at that part of the ceiling above her which was just over the head of the bed. The next instant she alarmed Agnes, by starting to her feet with a cry of terror, and pointing to a small brown spot on one of the white panelled spaces of the carved ceiling.

'It's a spot of blood!' the child exclaimed. 'Take me away! I won't sleep here!'

Seeing plainly that it would be useless to reason with her while she was in the room, Agnes hurriedly wrapped Marian in a dressing-gown, and carried her back to her mother in the drawing-room. Here, the ladies did their best to soothe and reassure the trembling girl. The effort proved to be useless; the impression that had been produced on the young and sensitive mind was not to be removed by persuasion. Marian could give no explanation of the panic of terror that had seized her. She was quite unable to say why the spot on the ceiling looked like the colour of a spot of blood. She only knew that she should die of terror if she saw it again.

Pendant que les deux hommes avaient quitté l'hôtel pour faire leur petite promenade, il se passait dans la chambre qui avait été le théâtre de tant d'événements bizarres, une scène étrange où l'aînée des enfants de lady Montbarry jouait le rôle principal.

On avait fait, comme d'habitude, la toilette de nuit de la petite Marianne, et, jusque-là, l'enfant s'était à peine aperçue qu'elle était dans une nouvelle chambre. En s'agenouillant pour faire sa prière, elle leva les yeux au plafond juste au-dessus de la tête du lit. Un instant après, Agnès la vit sauter debout en poussant un cri de terreur : elle montrait une petite tache brune au milieu d'un des espaces blancs du plafond à panneaux sculptés :

« C'est une tache de sang, disait l'enfant, emmenez-moi, je ne veux pas coucher ici »

Voyant qu'il était inutile de la raisonner en ce moment, Agnès l'enveloppa dans une robe de chambre et la porta au salon, chez sa mère. Là, on essaya de calmer la fillette toute tremblante. Les efforts qu'on fit furent inutiles : l'impression produite sur son jeune esprit ne pouvait disparaître par la persuasion. Marianne ne put expliquer la frayeur qui l'avait saisie : il fut impossible de lui faire dire pourquoi la tache du plafond lui avait semblé être une tache de sang. Elle savait seulement qu'elle mourrait de peur si on la lui faisait revoir.

Under these circumstances, but one alternative was left. It was arranged that the child should pass the night in the room occupied by her two younger sisters and the nurse.

In half an hour more, Marian was peacefully asleep with her arm around her sister's neck. Lady Montbarry went back with Agnes to her room to see the spot on the ceiling which had so strangely frightened the child. It was so small as to be only just perceptible, and it had in all probability been caused by the carelessness of a workman, or by a dripping from water accidentally spilt on the floor of the room above.

'I really cannot understand why Marian should place such a shocking interpretation on such a trifling thing,' Lady Montbarry remarked.

'I suspect the nurse is in some way answerable for what has happened,' Agnes suggested. 'She may quite possibly have been telling Marian some tragic nursery story which has left its mischievous impression behind it. Persons in her position are sadly ignorant of the danger of exciting a child's imagination. You had better caution the nurse to-morrow.'

Lady Montbarry looked round the room with admiration.

'Is it not prettily decorated?' she said. 'I suppose, Agnes, you don't mind sleeping here by yourself.?'

Agnes laughed.

On décida donc qu'elle passerait la nuit dans la chambre qu'occupaient ses deux jeunes sœurs et la nourrice. Il n'y avait pas d'autre moyen d'en finir.

Une demi-heure après, Marianne dormait les bras enlacés autour du cou de sa sœur. Lady Montbarry et Agnès retournèrent dans l'autre chambre pour examiner la tache du plafond qui avait si étrangement effrayé l'enfant ; elle était à peine visible et provenait sans doute de la négligence d'un ouvrier, peut-être bien encore d'une infiltration d'eau répandue dans la chambre au-dessus.

« Je ne comprends vraiment pas l'idée qui a germé dans la tête de Marianne, dit lady Montbarry.

— Je soupçonne la nourrice d'être un peu cause de ce qui s'est passé, reprit Agnès ; elle a probablement raconté à l'enfant quelque histoire qui lui a fait une grande impression. Ces gens-là ne se doutent pas du danger qu'il y a à frapper l'imagination d'un enfant. Vous devriez en parler demain à la nourrice. »

Lady Montbarry regarda la chambre de tous les côtés, avec une véritable admiration.

« C'est délicieusement arrangé, dit-elle. Cela ne vous fait rien, n'est-ce pas, Agnès, de coucher ici seule ? »

Agnès se mit à rire.

'I feel so tired,' she replied, 'that I was thinking of bidding you good-night, instead of going back to the drawing-room.'

Lady Montbarry turned towards the door.

'I see your jewel-case on the table,' she resumed. 'Don't forget to lock the other door there, in the dressing-room.'

'I have already seen to it, and tried the key myself,' said Agnes. 'Can I be of any use to you before I go to bed?'

'No, my dear, thank you; I feel sleepy enough to follow your example. Good night, Agnes—and pleasant dreams on your first night in Venice.' ◆

« Je suis si fatiguée, répondit-elle, que je vais vous souhaiter le bonsoir sans retourner au salon. »

Lady Montbarry se dirigea vers la porte.

« Je vois votre boîte à bijoux là, sur la table, n'oubliez pas de fermer à clef la porte qui donne dans le cabinet de toilette.

— Merci, c'est déjà fait, j'ai essayé la clef moi-même, dit Agnès. Puis-je vous être bonne à quelque chose avant de me mettre au lit ?

— Non, ma chère, merci, j'ai assez sommeil pour suivre aussi votre exemple. Bonne nuit, Agnès, je vous souhaite d'excellents rêves pour votre première nuit à Venise. » ■

22

Having closed and secured the door on Lady Montbarry's departure, Agnes put on her dressing-gown, and, turning to her open boxes, began the business of unpacking. In the hurry of making her toilet for dinner, she had taken the first dress that lay uppermost in the trunk, and had thrown her travelling costume on the bed. She now opened the doors of the wardrobe for the first time, and began to hang her dresses on the hooks in the large compartment on one side.

After a few minutes only of this occupation, she grew weary of it, and decided on leaving the trunks as they were, until the next morning. The oppressive south wind, which had blown throughout the day, still prevailed at night. The atmosphere of the room felt close; Agnes threw a shawl over her head and shoulders, and, opening the window, stepped into the balcony to look at the view. The night was heavy and overcast: nothing could be distinctly seen. The canal beneath the window looked like a black gulf; the opposite houses were barely visible as a row of shadows, dimly relieved against the starless and moonless sky.

22

Après le départ de lady Montbarry, Agnès ferma sa porte avec soin et commença à déballer ses malles. Dans sa hâte de s'habiller pour le dîner, elle avait pris la première robe venue et avait jeté son costume de voyage sur le lit. Elle ouvrit la porte de l'armoire à robes et commença à accrocher ses vêtements.

Au bout de quelques minutes, elle se sentit fatiguée et laissa les malles telles qu'elles étaient. Le vent du sud qui avait soufflé si vif toute la journée ne s'était pas encore apaisé. L'atmosphère de la chambre était un peu lourde. Agnès se jeta un châle sur la tête et, ouvrant la fenêtre, s'accouda au balcon pour respirer l'air. Le ciel était couvert, il était impossible de distinguer un objet devant soi ; le canal avait l'air d'un gouffre noir : les maisons situées en face semblaient une ligne d'ombre se confondant avec le ciel sans étoile et sans lune.

At long intervals, the warning cry of a belated gondolier was just audible, as he turned the corner of a distant canal, and called to invisible boats which might be approaching him in the darkness. Now and then, the nearer dip of an oar in the water told of the viewless passage of other gondolas bringing guests back to the hotel. Excepting these rare sounds, the mysterious night-silence of Venice was literally the silence of the grave.

Leaning on the parapet of the balcony, Agnes looked vacantly into the black void beneath. Her thoughts reverted to the miserable man who had broken his pledged faith to her, and who had died in that house. Some change seemed to have come over her since her arrival in Venice; some new influence appeared to be at work. For the first time in her experience of herself, compassion and regret were not the only emotions aroused in her by the remembrance of the dead Montbarry. A keen sense of the wrong that she had suffered, never yet felt by that gentle and forgiving nature, was felt by it now. She found herself thinking of the bygone days of her humiliation almost as harshly as Henry Westwick had thought of them—she who had rebuked him the last time he had spoken slightingly of his brother in her presence! A sudden fear and doubt of herself, startled her physically as well as morally. She turned from the shadowy abyss of the dark water as if the mystery and the gloom of it had been answerable for the emotions which had taken her by surprise. Abruptly closing the window, she threw aside her shawl, and lit the candles on the mantelpiece, impelled by a sudden craving for light in the solitude of her room.

À de rares intervalles, le cri guttural, précurseur d'un gondolier attardé, se faisait entendre et prévenait les autres bateliers. De temps en temps le bruit rapproché de rames frappant l'eau indiquait le passage invisible d'une barque ramenant des voyageurs à l'hôtel. Ces bruits exceptés, le silence qui enveloppait Venise était un silence de tombeau.

Appuyée sur la balustrade du balcon, Agnès regardait distraitement dans le vide ; elle pensait au malheureux qui avait rompu la foi jurée et qui était mort dans cette maison où elle se trouvait. Un changement s'était fait en elle ; elle semblait subir une nouvelle influence ; pour la première fois, le souvenir de lord Montbarry éveillait un autre sentiment que la compassion ; pour la première fois cette bonne et douce créature songeait au mal qu'il lui avait fait. Elle pensait à l'humiliation qu'elle avait subie, elle qui avait défendu le lord contre son frère quelque temps auparavant, elle qualifiait maintenant sa conduite aussi durement qu'Henry Westwick l'avait fait. Elle eut peur d'elle-même et de la nuit qui l'entourait et se retira de l'abîme sombre qu'elle contemplait, comme si le mystère et la tristesse des eaux avaient été cause de l'émotion qui l'avait envahie. Tout à coup elle ferma la fenêtre, jeta de côté son châle et alluma toutes les bougies des candélabres de la cheminée, croyant que les lumières allaient égayer la solitude de la chambre.

The cheering brightness round her, contrasting with the black gloom outside, restored her spirits. She felt herself enjoying the light like a child!

Would it be well (she asked herself) to get ready for bed? No!

The sense of drowsy fatigue that she had felt half an hour since was gone. She returned to the dull employment of unpacking her boxes. After a few minutes only, the occupation became irksome to her once more. She sat down by the table, and took up a guide-book. 'Suppose I inform myself,' she thought, 'on the subject of Venice?'

Her attention wandered from the book, before she had turned the first page of it.

The image of Henry Westwick was the presiding image in her memory now. Recalling the minutest incidents and details of the evening, she could think of nothing which presented him under other than a favourable and interesting aspect. She smiled to herself softly, her colour rose by fine gradations, as she felt the full luxury of dwelling on the perfect truth and modesty of his devotion to her. Was the depression of spirits from which she had suffered so persistently on her travels attributable, by any chance, to their long separation from each other—embittered perhaps by her own vain regret when she remembered her harsh reception of him in Paris? Suddenly conscious of this bold question, and of the self-abandonment which it implied, she returned mechanically to her book, distrusting the unrestrained liberty of her own thoughts.

L'éclairage éblouissant qui contrastait avec la noire tristesse du dehors rendit le calme à son esprit ; elle regardait la flamme des bougies avec une joie d'enfant :

Faut-il me coucher ? se demanda-t-elle. Non.

La somnolente fatigue qui l'avait accablée avait disparu. Elle recommença à déballer ses malles. Au bout de quelques minutes, cette occupation la fatigua pour la seconde fois. Elle s'assit devant la table et prit un *Indicateur-Guide.* « Que dit-on de Venise ? » pensa-t-elle.

Avant qu'elle eût tourné la première page, son imagination était déjà loin du livre.

Elle songeait à Henry Westwick : elle se souvenait des plus petits détails de la soirée, de ses moindres paroles, et tout était en faveur d'Henry. Elle souriait doucement en elle-même, les couleurs lui montaient peu à peu aux joues, en pensant à la constance et à la fidélité qu'il lui avait toujours montrées. La tristesse qui l'avait accablée pendant tout le voyage venait-elle donc de ce qu'elle ne l'avait pas vu depuis longtemps, et du regret qu'elle avait de l'avoir mal reçu à Paris quand il lui avait parlé. Soudain, toute honteuse de se laisser aller ainsi à des pensées qu'elle voulait refouler au plus profond de son cœur, elle retourna à son livre, se méfiant de ses propres pensées.

What lurking temptations to forbidden tenderness find their hiding-places in a woman's dressing-gown, when she is alone in her room at night!

With her heart in the tomb of the dead Montbarry, could Agnes even think of another man, and think of love? How shameful! how unworthy of her!

For the second time, she tried to interest herself in the guide-book—and once more she tried in vain.

Throwing the book aside, she turned desperately to the one resource that was left, to her luggage—resolved to fatigue herself without mercy, until she was weary enough and sleepy enough to find a safe refuge in bed.

For some little time, she persisted in the monotonous occupation of transferring her clothes from her trunk to the wardrobe. The large clock in the hall, striking mid-night, reminded her that it was getting late. She sat down for a moment in an arm-chair by the bedside, to rest.

The silence in the house now caught her attention, and held it—held it disagreeably. Was everybody in bed and asleep but herself? Surely it was time for her to follow the general example? With a certain irritable nervous haste, she rose again and undressed herself.

'I have lost two hours of rest,' she thought, frowning at the reflection of herself in the glass, as she arranged her hair for the night. 'I shall be good for nothing to-morrow!'

Quelle cause peut ainsi pousser une femme, le soir, près de son lit, enveloppée dans une robe de chambre, à chasser loin de son esprit toute idée de tendresse et d'amitié ?

Son cœur était enfermé dans le tombeau avec Montbarry. Agnès pouvait-elle donc penser à un autre homme et à un homme qui l'aimait ? C'était honteux, c'était indigne d'elle.

Elle essaya encore de lire avec intérêt les descriptions du *Guide,* ce fut en vain.

Rejetant le livre, elle en revint à la seule ressource qui lui restait, ses bagages. Elle recommença à travailler, résolue à ne se coucher que quand elle tomberait de fatigue.

Pendant quelques instants, Agnès continua sa besogne monotone et transporta ses vêtements de la malle à la garde-robe ; mais tout à coup l'horloge de l'hôtel sonna minuit et vint lui rappeler qu'il se faisait tard. Elle s'assit un instant sur un fauteuil à côté du lit pour se reposer.

Le silence absolu qui régnait maintenant dans la maison frappa son esprit. Tout le monde dormait-il donc, elle exceptée ? Sûrement il était temps de suivre l'exemple général. Nerveuse et irritée, elle se leva et commença à se déshabiller.

« J'ai perdu deux heures de repos, pensa-t-elle en fronçant le sourcil, pendant qu'elle s'arrangeait les cheveux devant la glace : je ne serai bonne à rien demain. »

She lit the night-light, and extinguished the candles—with one exception, which she removed to a little table, placed on the side of the bed opposite to the side occupied by the arm-chair. Having put her travelling-box of matches and the guide-book near the candle, in case she might be sleepless and might want to read, she blew out the light, and laid her head on the pillow.

The curtains of the bed were looped back to let the air pass freely over her. Lying on her left side, with her face turned away from the table, she could see the arm-chair by the dim night-light. It had a chintz covering—representing large bunches of roses scattered over a pale green ground. She tried to weary herself into drowsiness by counting over and over again the bunches of roses that were visible from her point of view. Twice her attention was distracted from the counting, by sounds outside—by the clock chiming the half-hour past twelve; and then again, by the fall of a pair of boots on the upper floor, thrown out to be cleaned, with that barbarous disregard of the comfort of others which is observable in humanity when it inhabits an hotel. In the silence that followed these passing disturbances, Agnes went on counting the roses on the arm-chair, more and more slowly. Before long, she confused herself in the figures—tried to begin counting again—thought she would wait a little first—felt her eyelids drooping, and her head reclining lower and lower on the pillow—sighed faintly—and sank into sleep.

Elle alluma la veilleuse, souffla les bougies, mit un flambeau sur une petite table près du lit et recula un peu le fauteuil qui était de l'autre côté du chevet ; elle plaça ensuite sur la table une boite d'allumettes et le *Guide,* afin de le lire, au cas où elle ne dormirait pas : puis elle souffla la bougie et mit la tête sur l'oreiller.

Les rideaux de lit étaient disposés de manière à ne pas intercepter l'air. Elle était couchée sur le côté gauche, tournant le dos à la table, le visage du côté du fauteuil, qu'elle pouvait voir de son lit. Il était recouvert d'une housse d'indienne à grands bouquets de roses éparpillés sur un fond vert-pâle. Elle essaya, pour arriver à dormir, de se fatiguer en comptant et en recomptant les bouquets qu'elle pouvait apercevoir sans se déranger. Deux fois son attention fut distraite par des bruits venant du dehors, par l'horloge sonnant la demie après minuit, puis enfin par le bruit d'une paire de bottes tombant sur le parquet, jetées là pour être cirées, avec ce manque d'attention barbare pour les autres qu'on peut observer dans tous les hôtels. Le silence qui suivit ces différents bruits permit à Agnès de reprendre le calcul qu'elle faisait des bouquets de roses; elle recommença ses comptes, elle faisait son addition de plus en plus doucement, puis elle s'embrouilla dans les nombres, essaya de recommencer, s'arrêta, puis voulut recompter et sentit sa tête s'appesantir doucement sur l'oreiller : elle poussa un léger soupir et tomba endormie.

How long that first sleep lasted, she never knew. She could only remember, in the after-time, that she woke instantly.

Every faculty and perception in her passed the boundary line between insensibility and consciousness, so to speak, at a leap.

Without knowing why, she sat up suddenly in the bed, listening for she knew not what. Her head was in a whirl; her heart beat furiously, without any assignable cause. But one trivial event had happened during the interval while she had been asleep. The night-light had gone out; and the room, as a matter of course, was in total darkness.

She felt for the match-box, and paused after finding it. A vague sense of confusion was still in her mind. She was in no hurry to light the match. The pause in the darkness was, for the moment, agreeable to her. In the quieter flow of her thoughts during this interval, she could ask herself the natural question:—What cause had awakened her so suddenly, and had so strangely shaken her nerves? Had it been the influence of a dream? She had not dreamed at all—or, to speak more correctly, she had no waking remembrance of having dreamed. The mystery was beyond her fathoming: the darkness began to oppress her. She struck the match on the box, and lit her candle.

As the welcome light diffused itself over the room, she turned from the table and looked towards the other side of the bed.

Combien de temps ce sommeil dura-t-il ? Elle ne le sut jamais. Plus tard elle se souvint seulement qu'elle s'éveilla en sursaut.

Chacune de ses facultés passa subitement de l'atonie absolue à la complète connaissance, sans transition, d'un coup.

Sans savoir pourquoi, elle se mit soudain sur le séant ; sans savoir pourquoi, elle se mit à écouter : son cœur palpitait à se rompre, ses tempes battaient. Pendant son sommeil, il ne s'était passé cependant qu'un fait de peu d'importance, la veilleuse s'était éteinte et la chambre était plongée dans les ténèbres.

Elle tâta pour trouver sa boîte d'allumettes et s'arrêta quand elle l'eut entre les mains. Son esprit était encore noyé dans le vague ; elle ne se hâtait pas d'allumer ; cette minute dans l'obscurité ne lui était pas désagréable ; elle se demanda quelle cause pouvait bien l'avoir réveillée si subitement. Avait-elle rêvé ? Non, ou plutôt elle ne s'en souvenait nullement. Elle ne put éclaircir le mystère, l'obscurité commençait à peser sur elle : elle frotta vivement l'allumette sur la boite et alluma la bougie.

Au moment où la lumière répandit sa clarté bienfaisante dans la chambre, Agnès tourna ses regards de l'autre côté du lit.

In the moment when she turned, the chill of a sudden terror gripped her round the heart, as with the clasp of an icy hand.

She was not alone in her room!

There—in the chair at the bedside—there, suddenly revealed under the flow of light from the candle, was the figure of a woman, reclining. Her head lay back over the chair. Her face, turned up to the ceiling, had the eyes closed, as if she was wrapped in a deep sleep.

The shock of the discovery held Agnes speechless and helpless. Her first conscious action, when she was in some degree mistress of herself again, was to lean over the bed, and to look closer at the woman who had so incomprehensibly stolen into her room in the dead of night. One glance was enough: she started back with a cry of amazement. The person in the chair was no other than the widow of the dead Montbarry—the woman who had warned her that they were to meet again, and that the place might be Venice!

Her courage returned to her, stung into action by the natural sense of indignation which the presence of the Countess provoked.

'Wake up!' she called out. 'How dare you come here? How did you get in? Leave the room—or I will call for help!'

She raised her voice at the last words. It produced no effect. Leaning farther over the bed, she boldly took

Aussitôt un frisson la parcourut, la peur lui serra le cœur dans une étreinte de glace.

Elle n'était pas seule !

Là, dans le fauteuil, au chevet du lit ; là, éclairée par la flamme vacillante de la bougie, se dessinait la forme d'une femme, la tête renversée en arrière. Son visage était levé au plafond, ses yeux fermés comme si elle dormait d'un profond sommeil.

L'effet produit sur Agnès par la découverte qu'elle venait de faire la rendit muette de terreur. Son premier acte, quand elle fut rentrée en possession d'elle-même, fut de se pencher hors du lit et de regarder de plus près la femme qui s'était incompréhensiblement introduite dans sa chambre au milieu de la nuit. Un coup d'œil lui suffit ; elle se rejeta en arrière en poussant un cri d'étonnement. La personne assise dans le fauteuil était la veuve de feu lord Montbarry, la femme qui lui avait prédit qu'elles se rencontreraient encore une fois et probablement à Venise.

Le courage lui revint, l'indignation que provoquait en elle la présence de la comtesse lui, donna la force d'agir.

« Réveillez-vous ! cria-t-elle. Comment avez-vous osé venir ici? Comment êtes-vous entrée? Sortez, ou j'appelle au secours. »

Elle éleva la voix en prononçant ce dernier mot, mais il ne fit aucun effet. Se penchant hors du lit, elle saisit

the Countess by the shoulder and shook her. Not even this effort succeeded in rousing the sleeping woman. She still lay back in the chair, possessed by a torpor like the torpor of death—insensible to sound, insensible to touch. Was she really sleeping? Or had she fainted?

Agnes looked closer at her. She had not fainted. Her breathing was audible, rising and falling in deep heavy gasps. At intervals she ground her teeth savagely. Beads of perspiration stood thickly on her forehead. Her clenched hands rose and fell slowly from time to time on her lap. Was she in the agony of a dream? or was she spiritually conscious of something hidden in the room?

The doubt involved in that last question was unendurable. Agnes determined to rouse the servants who kept watch in the hotel at night.

The bell-handle was fixed to the wall, on the side of the bed by which the table stood.

She raised herself from the crouching position which she had assumed in looking close at the Countess; and, turning towards the other side of the bed, stretched out her hand to the bell. At the same instant, she stopped and looked upward. Her hand fell helplessly at her side. She shuddered, and sank back on the pillow.

What had she seen? She had seen another intruder in her room.

Midway between her face and the ceiling, there hovered a human head—severed at the neck, like a head struck from the body by the guillotine.

bravement la comtesse par l'épaule et la secoua ; cet effort ne suffit pas encore à ranimer la personne endormie : elle était toujours couchée sur le fauteuil, dans une torpeur qui ressemblait à l'engourdissement de la mort, elle restait insensible à tout. Dormait-elle réellement ? Était-elle évanouie ?

Agnès la regarda de plus près : elle n'était pas évanouie. Sa poitrine se soulevait sous l'effort d'une pénible respiration, elle grinçait des dents. De grosses gouttes de sueur perlaient sur son front ; ses mains crispées se levaient et retombaient sur ses genoux. Était-elle oppressée par un rêve, ou voyait-elle dans la chambre une vision invisible pour Agnès ?

Le doute était intolérable ; miss Lockwood se décida à éveiller les domestiques de garde pour la nuit.

La poignée de la sonnette était fixée au mur ; non loin de la table.

Elle se retourna encore une fois dans son lit et étendit la main. Au même instant, elle regarda au-dessus de sa tête, sa main retomba inerte : elle frémit et cacha sa figure dans l'oreiller.

Qu'avait-elle vu ? Une autre personne dans sa chambre !

Au-dessus d'elle, près du plafond, était suspendue une tête humaine, le cou coupé comme par le rasoir de la guillotine.

Nothing visible, nothing audible, had given her any intelligible warning of its appearance. Silently and suddenly, the head had taken its place above her. No supernatural change had passed over the room, or was perceptible in it now. The dumbly-tortured figure in the chair; the broad window opposite the foot of the bed, with the black night beyond it; the candle burning on the table—these, and all other objects in the room, remained unaltered. One object more, unutterably horrid, had been added to the rest. That was the only change—no more, no less.

By the yellow candlelight she saw the head distinctly, hovering in mid-air above her. She looked at it steadfastly, spell-bound by the terror that held her.

The flesh of the face was gone. The shrivelled skin was darkened in hue, like the skin of an Egyptian mummy—except at the neck. There it was of a lighter colour; there it showed spots and splashes of the hue of that brown spot on the ceiling, which the child's fanciful terror had distorted into the likeness of a spot of blood. Thin remains of a discoloured moustache and whiskers, hanging over the upper lip, and over the hollows where the cheeks had once been, made the head just recognisable as the head of a man. Over all the features death and time had done their obliterating work. The eyelids were closed.

The hair on the skull, discoloured like the hair on the face, had been burnt away in places. The bluish lips, parted in a fixed grin, showed the double row of teeth.

Aucun bruit, aucun son ne l'avait avertie de cette apparition, la tête avait paru soudain : la chambre avait conservé son aspect ordinaire, rien n'y était changé. La forme accroupie sur le fauteuil, la grande fenêtre qui faisait face au lit, la nuit sombre au dehors, la bougie brûlant sur la table, tout était visible, rien n'était changé : elle n'avait qu'une vision de plus, horrible, effrayante à voir !

À la lueur vacillante de la bougie, elle aperçut distinctement la tête se balançant au-dessus d'elle. Elle la regarda fixement, paralysée de terreur.

Les chairs du visage avaient disparu ; la peau, toute ridée, s'était bronzée comme celle d'une momie égyptienne, excepté au cou où elle était restée plus claire, marbrée de taches et d'éclaboussures de cette teinte brune que l'imagination de l'enfant avait prise au plafond pour du sang. Quelques touffes de favoris, les restes d'une moustache décolorée pendaient à la lèvre supérieure, aux creux des joues autrefois pleines, et montraient que c'était une tête d'homme. Le temps et la mort avaient ravagé les autres traits. Les paupières étaient closes.

Les cheveux décolorés comme la barbe avaient été brûlés par places. Les lèvres bleuâtres, entr'ouvertes par un éternel sourire, montraient une double rangée de dents.

By slow degrees, the hovering head (perfectly still when she first saw it) began to descend towards Agnes as she lay beneath. By slow degrees, that strange doubly-blended odour, which the Commissioners had discovered in the vaults of the old palace—which had sickened Francis Westwick in the bed-chamber of the new hotel—spread its fetid exhalations over the room.

Downward and downward the hideous apparition made its slow progress, until it stopped close over Agnes—stopped, and turned slowly, so that the face of it confronted the upturned face of the woman in the chair.

There was a pause. Then, a supernatural movement disturbed the rigid repose of the dead face.

The closed eyelids opened slowly. The eyes revealed themselves, bright with the glassy film of death—and fixed their dreadful look on the woman in the chair.

Agnes saw that look; saw the eyelids of the living woman open slowly like the eyelids of the dead; saw her rise, as if in obedience to some silent command—and saw no more.

Her next conscious impression was of the sunlight pouring in at the window; of the friendly presence of Lady Montbarry at the bedside; and of the children's wondering faces peeping in at the door. ◆

Peu à peu cette tête suspendue dans l'espace, immobile tout d'abord, commença à s'approcher d'Agnès, couchée au-dessous ; peu à peu cette odeur étrange, remarquée par les commissaires enquêteurs dans les caveaux du vieux palais, cette odeur qui avait saisi Francis Westwick à la gorge dans sa chambre à coucher, remplit la pièce.

La tête descendait toujours par degrés, jusqu'à ce qu'elle s'arrêta enfin à quelques pouces du visage d'Agnès ; puis elle tourna lentement sur elle-même et fixa le visage de la femme endormie sur le fauteuil.

Il y eut un instant d'arrêt, puis un mouvement surnaturel vint troubler le repos rigide de cette face cadavéreuse.

Les paupières fermées s'ouvrirent lentement. Les yeux parurent, brillants de l'éclat vitreux de la mort et fixèrent leur horrible regard sur la femme qui gisait dans le fauteuil.

Agnès suivit ce regard : elle vit les paupières de la femme vivante se soulever peu à peu comme les paupières du mort ; elle la vit se lever comme pour obéir à un ordre muet, puis elle ne vit plus rien.

L'impression qu'elle ressentit ensuite fut celle du soleil dont les rayons entraient dans sa chambre ; lady Montbarry était penchée sur son chevet et les enfants avec leurs petites mines éveillées et curieuses regardaient à la porte. ■

23

'...You have some influence over Agnes. Try what you can do, Henry, to make her take a sensible view of the matter. There is really nothing to make a fuss about. My wife's maid knocked at her door early in the morning, with the customary cup of tea. Getting no answer, she went round to the dressing-room—found the door on that side unlocked—and discovered Agnes on the bed in a fainting fit. With my wife's help, they brought her to herself again; and she told the extraordinary story which I have just repeated to you. You must have seen for yourself that she has been over-fatigued, poor thing, by our long railway journeys: her nerves are out of order—and she is just the person to be easily terrified by a dream. She obstinately refuses, however, to accept this rational view. Don't suppose that I have been severe with her! All that a man can do to humour her I have done. I have written to the Countess (in her assumed name) offering to restore the room to her. She writes back, positively declining to return to it.

23

« ... Vous qui avez quelque influence sur Agnès, Henry, essayez donc de la raisonner : il n'y a vraiment aucune raison pour faire du scandale. La femme de chambre de ma femme a ce matin, comme d'habitude, frappé à sa porte pour lui donner une tasse de thé, ne recevant pas de réponse, elle a fait le tour par le cabinet de toilette dont la porte était ouverte, et elle a vu Agnès dans son lit, sans connaissance. Avec l'aide de ma femme, elle l'a fait revenir à elle, et Agnès nous a raconté l'histoire extraordinaire que je viens de vous répéter. Vous avez vu par vous-même qu'elle tombait de fatigue, la pauvre petite : notre long voyage en chemin de fer l'avait épuisée, ses nerfs étaient excités, et vous savez que, plus que toute autre, elle est femme à se laisser impressionner par un rêve ; mais elle se refuse obstinément à accepter cette explication. Ne croyez pas que j'aie été dur avec elle ! Tout ce qu'on pouvait faire pour la calmer, je l'ai tenté. J'ai écrit à la comtesse, sous son nom d'emprunt, pour lui offrir de lui rendre la chambre. Elle a répondu par un refus formel.

I have accordingly arranged (so as not to have the thing known in the hotel) to occupy the room for one or two nights, and to leave Agnes to recover her spirits under my wife's care. Is there anything more that I can do? Whatever questions Agnes has asked of me I have answered to the best of my ability; she knows all that you told me about Francis and the Countess last night. But try as I may I can't quiet her mind. I have given up the attempt in despair, and left her in the drawing-room. Go, like a good fellow, and try what you can do to compose her.'

In those words, Lord Montbarry stated the case to his brother from the rational point of view. Henry made no remark, he went straight to the drawing-room.

He found Agnes walking rapidly backwards and forwards, flushed and excited.

'If you come here to say what your brother has been saying to me,' she broke out, before he could speak, 'spare yourself the trouble. I don't want common sense—I want a true friend who will believe in me.'

'I am that friend, Agnes,' Henry answered quietly, 'and you know it.'

'You really believe that I am not deluded by a dream?'

I know that you are not deluded—in one particular, at least.'

'In what particular?'

Afin de ne pas ébruiter l'affaire dans l'hôtel, j'ai donc pris mes dispositions pour occuper moi-même cette pièce pendant un ou deux jours, le temps de laisser Agnès se remettre par les soins de ma femme. Puis-je faire davantage ? À toutes les questions d'Agnès, j'ai répondu de mon mieux ; elle sait ce que vous m'avez dit hier de Francis et de la comtesse, mais malgré tout, je ne puis la tranquilliser. En désespoir de cause, je l'ai laissée dans le salon, allez-y vous-même, en ami, et voyez ce que vous pouvez faire. »

C'est ainsi que lord Montbarry expliqua à son frère ce qui s'était passé pendant la nuit. Sans réfléchir, Henry alla droit au salon.

Il y trouva Agnès toute rouge et marchant à grands pas.

« Si vous venez ici me répéter ce que votre frère m'a déjà dit, s'écria-t-elle, avant qu'il eût ouvert la bouche, vous pouvez vous en épargner la peine. Je n'ai pas besoin qu'on me raisonne ou qu'on me parle de sens commun, je veux un véritable ami qui ait confiance en moi.

— Je suis cet ami, Agnès, répondit exaucement Henry, vous le savez bien.

— Sincèrement, vous croyez que je n'ai pas été abusée par un rêve ?

— Je crois que, pour certains détails au moins, vous ne vous êtes pas laissé abuser.

— Par quel détail ?

'In what you have said of the Countess. It is perfectly true—'

Agnes stopped him there.

'Why do I only hear this morning that the Countess and Mrs. James are one and the same person?' she asked distrustfully. 'Why was I not told of it last night?'

'You forget that you had accepted the exchange of rooms before I reached Venice,' Henry replied. 'I felt strongly tempted to tell you, even then—but your sleeping arrangements for the night were all made; I should only have inconvenienced and alarmed you. I waited till the morning, after hearing from my brother that you had yourself seen to your security from any intrusion. How that intrusion was accomplished it is impossible to say. I can only declare that the Countess's presence by your bedside last night was no dream of yours. On her own authority I can testify that it was a reality.'

'On her own authority?' Agnes repeated eagerly. 'Have you seen her this morning?'

'I have seen her not ten minutes since.'

'What was she doing?'

She was busily engaged in writing. I could not even get her to look at me until I thought of mentioning your name.'

'She remembered me, of course?'

— Par ce que vous dites de la présence de la comtesse. C'est parfaitement exact. »

Agnès l'arrêta aussitôt.

« Pourquoi m'a-t-on dit ce matin seulement que la comtesse et mistress James ne faisaient qu'un ? demanda-t-elle avec un air de méfiance ; pourquoi ne m'avoir pas prévenue hier ?

— Vous oubliez que vous aviez accepté l'échange de la chambre avant mon arrivée ici, répondit Henry. J'ai eu bien envie de vous le dire, cependant ; mais tous vos préparatifs pour passer la nuit étaient déjà faits ; mes avis n'auraient eu d'autres résultats que de vous inquiéter. Après que mon frère m'a eu assuré que vous prendriez toutes les précautions nécessaires pour assurer votre repos, j'ai néanmoins veillé toute la nuit. Ce que je puis vous assurer, c'est que vous n'avez pas rêvé en voyant la comtesse assise à votre chevet. D'après sa propre déclaration, je puis vous affirmer que vous ne vous êtes pas trompée.

— D'après sa propre déclaration, répondit Agnès en scandant les mots. Vous l'avez donc vue ce matin ?

— Je l'ai vue il n'y a pas dix minutes.

— Que faisait-elle ?

— Elle était fort occupée à écrire ; je n'ai même pu attirer son attention qu'en prononçant votre nom.

— Elle se souvient de moi, n'est-ce pas ?

'She remembered you with some difficulty. Finding that she wouldn't answer me on any other terms, I questioned her as if I had come direct from you. Then she spoke. She not only admitted that she had the same superstitious motive for placing you in that room which she had acknowledged to Francis—she even owned that she had been by your bedside, watching through the night, «to see what you saw,» as she expressed it. Hearing this, I tried to persuade her to tell me how she got into the room. Unluckily, her manuscript on the table caught her eye; she returned to her writing. «The Baron wants money,» she said; «I must get on with my play.» What she saw or dreamed while she was in your room last night, it is at present impossible to discover. But judging by my brother's account of her, as well as by what I remember of her myself, some recent influence has been at work which has produced a marked change in this wretched woman for the worse. Her mind (since last night, perhaps) is partially deranged. One proof of it is that she spoke to me of the Baron as if he were still a living man. When Francis saw her, she declared that the Baron was dead, which is the truth. The United States Consul at Milan showed us the announcement of the death in an American newspaper. So far as I can see, such sense as she still possesses seems to be entirely absorbed in one absurd idea—the idea of writing a play for Francis to bring out at his theatre. He admits that he encouraged her to hope she might get money in this way. I think he did wrong. Don't you agree with me?'

— Elle ne s'est souvenue du nom d'Agnès Lockwood qu'avec peine. Ne pouvant arriver à obtenir une réponse, j'ai fait comme si j'étais envoyé directement par vous. Elle s'est alors décidée à parler. Non seulement elle m'a avoué qu'elle vous avait donné cette chambre par le motif qu'elle avait dit à Francis, mais elle a encore ajouté qu'elle s'était glissée à votre chevet pour vous épier toute la nuit et pour « voir ce que vous verriez ». J'ai alors tenté de lui faire dire comment elle s'était introduite chez vous. Malheureusement le manuscrit qu'elle avait sur sa table devant elle attira de nouveau son regard à ce moment et elle se remit à écrire. « Le baron veut de l'argent, dit-elle, il faut que j'avance ma pièce. » Ce qu'elle a vu ou rêvé dans votre chambre est impossible à savoir, pour le moment du moins, mais si j'en juge par ce que mon frère m'a dit, et par mes propres souvenirs, il est évident qu'un événement récent a produit sur elle un bien triste effet. Sa raison, depuis hier soir seulement peut-être, me semble un peu dérangée. La preuve, c'est qu'elle m'a parlé du baron comme s'il vivait encore, tandis qu'elle a déclaré à Francis que le baron était mort, ce qui est vrai. Le consul des États-Unis à Milan nous a fait lire la nouvelle de sa mort dans un journal américain. Autant que j'en puis juger, ce qui lui reste d'intelligence paraît concentré tout entier sur une seule idée, absurde d'ailleurs, écrire une pièce pour que Francis la fasse jouer sur son théâtre. Il m'a avoué qu'il lui avait laissé croire qu'elle pourrait ainsi gagner de l'argent. À mon avis, il a eu tort. Qu'en pensez-vous ? »

Without heeding the question, Agnes rose abruptly from her chair.

'Do me one more kindness, Henry,' she said. 'Take me to the Countess at once.'

Henry hesitated. 'Are you composed enough to see her, after the shock that you have suffered?' he asked.

She trembled, the flush on her face died away, and left it deadly pale. But she held to her resolution.

'You have heard of what I saw last night?' she said faintly.

'Don't speak of it!' Henry interposed. 'Don't uselessly agitate yourself.'

'I must speak! My mind is full of horrid questions about it. I know I can't identify it—and yet I ask myself over and over again, in whose likeness did it appear? Was it in the likeness of Ferrari? or was it—?' she stopped, shuddering. 'The Countess knows, I must see the Countess!' she resumed vehemently. 'Whether my courage fails me or not, I must make the attempt. Take me to her before I have time to feel afraid of it!'

Henry looked at her anxiously.

'If you are really sure of your own resolution,' he said, 'I agree with you—the sooner you see her the better. You remember how strangely she talked of your influence over her, when she forced her way into your room in London?'

Sans s'occuper de cette dernière question, Agnès se leva de sa chaise.

« Rendez-moi encore un service, dit-elle, menez-moi chez la comtesse.

— Êtes-vous assez maîtresse de vous pour la voir, après les événements de cette nuit ? »

Elle tremblait de tous ses membres, ses joues n'avaient plus de couleur, elle était d'une pâleur mortelle, mais elle s'entêta.

« Vous savez ce que j'ai vu hier soir ? dit-elle faiblement.

— N'en parlez pas, interrompit Henry, ne vous tourmentez pas inutilement.

— Il faut que j'en parle ! Mon esprit est plein de questions que je veux vous faire à ce sujet. Je ne *l'ai* pas reconnue. Mais je me demande sans cesse à qui *elle* ressemblait. Était-ce à Ferraris ? Était-ce à... ? »

Elle s'arrêta toute frémissante.

« La comtesse le sait, il faut que je voie la comtesse. Que le courage me manque ou non, je veux en faire l'essai. Menez-moi chez elle avant que la peur me prenne. »

Henry la regarda avec anxiété.

« Si vous êtes sûre de vous, je vous approuve ; plus tôt vous la verrez, mieux ce sera. Vous souvenez-vous comme elle parlait d'une façon bizarre de votre influence sur elle quand elle est entrée presque de force chez vous à Londres ?

'I remember it perfectly. Why do you ask?'

'For this reason. In the present state of her mind, I doubt if she will be much longer capable of realizing her wild idea of you as the avenging angel who is to bring her to a reckoning for her evil deeds. It may be well to try what your influence can do while she is still capable of feeling it.'

He waited to hear what Agnes would say. She took his arm and led him in silence to the door.

They ascended to the second floor, and, after knocking, entered the Countess's room.

She was still busily engaged in writing. When she looked up from the paper, and saw Agnes, a vacant expression of doubt was the only expression in her wild black eyes. After a few moments, the lost remembrances and associations appeared to return slowly to her mind. The pen dropped from her hand. Haggard and trembling, she looked closer at Agnes, and recognised her at last.

'Has the time come already?' she said in low awe-struck tones. 'Give me a little longer respite, I haven't done my writing yet!'

She dropped on her knees, and held out her clasped hands entreatingly. Agnes was far from having recovered, after the shock that she had suffered in the night: her nerves were far from being equal to the strain that was now laid on them. She was so startled by the change in the Countess, that she was at a loss what to say or to do next. Henry was obliged to speak to her.

— Je m'en souviens parfaitement. Pourquoi me demander cela ?

— Pourquoi ? Dans l'état actuel de son esprit, je doute qu'elle soit capable d'avoir longtemps encore la crainte de l'ange vengeur qui doit l'obliger à rendre compte de ses méfaits. Il serait utile de voir, pendant qu'il en est temps encore, quelle influence vous avez sur elle. »

Comme il attendait la réponse d'Agnès, elle lui prit le bras et le conduisit en silence vers la porte.

Ils montèrent au deuxième étage, et après avoir frappé, entrèrent dans la chambre de la comtesse.

Elle écrivait encore. Quand elle les regarda et qu'elle vit Agnès, ses yeux noirs prirent une vague expression d'étonnement. Au bout de quelques instants, des souvenirs effacés semblèrent revivre dans sa mémoire. La plume lui tomba des mains : toute tremblante, elle regarda Agnès et finit par la reconnaître.

« Le moment est-il déjà venu ? murmura-t-elle comme glacée de crainte. Donnez-moi encore un peu de répit, je n'ai pas fini d'écrire. »

Elle tomba à genoux et étendit ses mains suppliantes. Agnès n'était pas encore remise du choc qu'elle avait subi pendant la nuit, elle n'était pas dans son état ordinaire. Le changement d'attitude de la comtesse la surprit tellement qu'elle ne sut que dire ou que faire. Henry fut obligé de l'encourager.

'Put your questions while you have the chance,' he said, lowering his voice. 'See! the vacant look is coming over her face again.'

Agnes tried to rally her courage.

'You were in my room last night—' she began.

Before she could add a word more, the Countess lifted her hands, and wrung them above her head with a low moan of horror.

Agnes shrank back, and turned as if to leave the room. Henry stopped her, and whispered to her to try again. She obeyed him after an effort.

'I slept last night in the room that you gave up to me,' she resumed. 'I saw—'

The Countess suddenly rose to her feet.

'No more of that,' she cried. 'Oh, Jesu Maria! do you think I want to be told what you saw? Do you think I don't know what it means for you and for me? Decide for yourself, Miss. Examine your own mind. Are you well assured that the day of reckoning has come at last? Are you ready to follow me back, through the crimes of the past, to the secrets of the dead?'

She returned again to the writing-table, without waiting to be answered. Her eyes flashed; she looked like her old self once more as she spoke. It was only for a moment. The old ardour and impetuosity were nearly worn out.

« Posez-lui les questions que vous voulez, saisissez l'occasion qui se présente, lui dit-il, en baissant la voix. Tenez, voici ses yeux qui redeviennent hagards ! »

Agnès essaya de rassembler son courage :

« Vous étiez dans ma chambre, hier soir, » commença-telle ?

Avant qu'elle eût ajouté un mot, la comtesse leva les bras, les tordit au-dessus de sa tête avec un gémissement d'horreur.

Agnès se recula comme pour sortir de la chambre. Henry l'arrêta et lui dit tout bas d'essayer de nouveau. Après un moment d'effort, elle lui obéit.

« J'ai couché hier dans la chambre que vous m'avez cédée, et j'ai vu... »

La comtesse se leva soudain :

« Assez ! cria-t-elle. Ah ! Grand Dieu, pensez-vous que j'aie besoin que vous me disiez ce que vous avez vu ? Pensez-vous que je ne sache pas ce que cela veut dire pour vous et pour moi ? Décidez, en ce qui vous concerne, miss Lockwood. Songez bien à ce que vous allez faire. Êtes-vous certaine que le jour du châtiment soit venu ? Êtes-vous décidée à remonter avec moi dans le passé, à écouter ma confession, à savoir le secret des morts ? »

Sans attendre la réponse d'Agnès, elle s'approcha de sa table à écrire. Ses yeux brillaient en ce moment : c'était bien la femme d'autrefois, mais seulement pour un instant. Elle n'avait plus son ardeur et son impétuosité.

Her head sank; she sighed heavily as she unlocked a desk which stood on the table. Opening a drawer in the desk, she took out a leaf of vellum, covered with faded writing. Some ragged ends of silken thread were still attached to the leaf, as if it had been torn out of a book.

'Can you read Italian?' she asked, handing the leaf to Agnes.

Agnes answered silently by an inclination of her head.

'The leaf,' the Countess proceeded, 'once belonged to a book in the old library of the palace, while this building was still a palace. By whom it was torn out you have no need to know. For what purpose it was torn out you may discover for yourself, if you will. Read it first—at the fifth line from the top of the page.'

Agnes felt the serious necessity of composing herself.

'Give me a chair,' she said to Henry; 'and I will do my best.'

He placed himself behind her chair so that he could look over her shoulder and help her to understand the writing on the leaf. Rendered into English, it ran as follows:—

I have now completed my literary survey of the first floor of the palace. At the desire of my noble and gracious patron, the lord of this glorious edifice, I next ascend to the second floor, and continue my catalogue or description of the pictures, decorations, and other treasures of art therein contained. Let me begin with the corner room at the western extremity of the palace,

Sa tête se pencha, elle soupira tristement en ouvrant un pupitre qui était sur la table : elle en tira une feuille de parchemin couvert d'une écriture à demi effacée. Des bouts de fils de soie arrachés tenaient encore au feuillet comme s'il avait été déchiré d'un livre.

« Lisez-vous l'italien ? demanda-t-elle à Agnès en lui tendant la page. »

Agnès répondit par un signe de tête.

« Cette feuille, reprit la comtesse, appartenait autrefois à un livre de la vieille bibliothèque du palais, quand ce bâtiment était encore un palais. Qui l'arracha ? Peu vous importe. Pourquoi l'a-t-on prise ? Vous le découvrirez bien vous-même, si vous le voulez. Lisez d'abord, à partir de la cinquième ligne en haut de la page. »

Agnès comprit qu'il fallait à tout prix reprendre son calme.

« Donnez-moi une chaise, dit-elle à Henry, je vais faire de mon mieux. »

Il se plaça derrière elle, de façon à suivre pardessus son épaule et à l'aider au besoin. Voici la traduction :

« J'ai maintenant achevé la description du premier étage du palais. Suivant le désir de mon noble et gracieux seigneur, maître de ce glorieux édifice, je monte au second et je continue l'inventaire des peintures, décorations et autres chefs-d'œuvre d'art qui y sont contenus. Je commence par la chambre du coin, à l'extrémité ouest du palais,

called the Room of the Caryatides, from the statues which support the mantel-piece. This work is of comparatively recent execution: it dates from the eighteenth century only, and reveals the corrupt taste of the period in every part of it. Still, there is a certain interest which attaches to the mantel-piece: it conceals a cleverly constructed hiding-place, between the floor of the room and the ceiling of the room beneath, which was made during the last evil days of the Inquisition in Venice, and which is reported to have saved an ancestor of my gracious lord pursued by that terrible tribunal. The machinery of this curious place of concealment has been kept in good order by the present lord, as a species of curiosity. He condescended to show me the method of working it. Approaching the two Caryatides, rest your hand on the forehead (midway between the eyebrows) of the figure which is on your left as you stand opposite to the fireplace, then press the head inwards as if you were pushing it against the wall behind. By doing this, you set in motion the hidden machinery in the wall which turns the hearthstone on a pivot, and discloses the hollow place below. There is room enough in it for a man to lie easily at full length. The method of closing the cavity again is equally simple. Place both your hands on the temples of the figures; pull as if you were pulling it towards you—and the hearthstone will revolve into its proper position again.

'You need read no farther,' said the Countess. 'Be careful to remember what you have read.'

appelée *Chambre des Cariatides,* à cause des statues qui soutiennent la cheminée. Ce travail est comparativement d'exécution récente : il ne date que du dix-huitième siècle, et dans chacun de ses détails montre le goût corrompu de l'époque ; cependant la cheminée a sa valeur, elle dissimule une cachette habilement ménagée entre le parquet de cette chambre et le plafond de la chambre du dessous ; cette cachette a été construite dans les derniers jours de l'Inquisition et a servi, dit-on, de refuge à un ancêtre de mon gracieux maître, poursuivi par ce terrible tribunal. Le mécanisme de cette curieuse cachette a été conservé en bon état par le seigneur actuel, comme un spécimen de curiosité. Il a bien voulu me montrer la façon de le mettre en œuvre : "Une fois près des deux Cariatides, placez la main sur le front de la figure de gauche, puis pressez la tête comme si vous vouliez la repousser en arrière ; vous mettez ainsi en mouvement le ressort caché dans le mur qui fait tourner la pierre de l'âtre et qui découvre un vide au-dessous. Il y a assez de place pour qu'un homme puisse s'y coucher tout de son long." La manière de refermer est aussi simple : "Placez les deux mains sur les tempes de la figure, tirez comme si vous vouliez l'amener à vous, et la pierre reprendra la position qu'elle doit avoir."

— Vous n'avez pas besoin d'aller plus loin, dit la comtesse. Ayez soin de vous rappeler ce que vous venez de lire. »

She put back the page of vellum in her writing-desk, locked it, and led the way to the door.

'Come!' she said; 'and see what the mocking Frenchman called «The beginning of the end.»'

Agnes was barely able to rise from her chair; she trembled from head to foot. Henry gave her his arm to support her.

'Fear nothing,' he whispered; 'I shall be with you.'

The Countess proceeded along the westward corridor, and stopped at the door numbered Thirty-eight. This was the room which had been inhabited by Baron Rivar in the old days of the palace: it was situated immediately over the bedchamber in which Agnes had passed the night.

For the last two days the room had been empty. The absence of luggage in it, when they opened the door, showed that it had not yet been let.

'You see?' said the Countess, pointing to the carved figure at the fire-place; 'and you know what to do. Have I deserved that you should temper justice with mercy?' she went on in lower tones. 'Give me a few hours more to myself. The Baron wants money—I must get on with my lay.'

She smiled vacantly, and imitated the action of writing with her right hand as she pronounced the last words. The effort of concentrating her weakened mind on other and less familiar topics than the constant want of money in the Baron's lifetime, and the vague prospect of gain from the still unfinished play, had evidently exhausted her poor reserves of strength.

Elle remit la page dans le pupitre et le ferma à clef.

« Venez maintenant, continua-t-elle ; venez, vous allez voir ce que les Français appellent le *commencement de la fin.* »

Agnès put à peine se lever de sa chaise, elle tremblait. Henry lui offrit son bras pour la soutenir.

« Ne craignez rien, dit-il tout bas ; je ne vous quitte pas. »

La comtesse les précéda dans le corridor ouest ; elle s'arrêta au n° 38. C'était la pièce anciennement habitée par le baron Rivar ; elle était juste au-dessus de la chambre où Agnès avait passé la nuit.

Depuis deux jours elle était vide. Quand ils ouvrirent la porte, il n'y avait pas de bagages ; elle n'avait donc pas été louée.

« Vous voyez, dit la comtesse en montrant les sculptures de la cheminée ; vous savez ce que vous avez à faire. Ai-je mérité que vous mêliez la pitié à la justice, continua-t-elle plus bas ; donnez-moi quelques heures encore. Le baron veut de l'argent, et il faut que j'avance ma pièce. »

Elle sourit d'un regard égaré et fit semblant d'écrire en prononçant ces dernières paroles. Les efforts constants qu'elle avait faits pour fournir aux moindres besoins du baron pendant sa vie, ses demandes continuelles d'argent, et enfin le bénéfice qu'elle espérait tirer de sa pièce à peine ébauchée avaient dépassé ses forces.

When her request had been granted, she addressed no expressions of gratitude to Agnes; she only said, 'Feel no fear, miss, of my attempting to escape you. Where you are, there I must be till the end comes.'

Her eyes wandered round the room with a last weary and stupefied look. She returned to her writing with slow and feeble steps, like the steps of an old woman. ◆

Quand on lui eut accordé ce qu'elle réclamait si instamment, elle ne remercia pas Agnès ; elle se contenta de dire :

« Ne craignez rien, miss ; je ne chercherai pas à m'échapper. Où vous êtes, il faut que je sois, et cela jusqu'à la fin. »

Son regard fatigué se promena autour de la chambre d'un air stupide ; puis à pas lents, trébuchant comme une femme usée par l'âge, elle rentra chez elle et se remit au travail. ■

24

Henry and Agnes were left alone in the Room of the Caryatides.

The person who had written the description of the palace—probably a poor author or artist—had correctly pointed out the defects of the mantel-piece. Bad taste, exhibiting itself on the most costly and splendid scale, was visible in every part of the work. It was nevertheless greatly admired by ignorant travellers of all classes; partly on account of its imposing size, and partly on account of the number of variously-coloured marbles which the sculptor had contrived to introduce into his design. Photographs of the mantel-piece were exhibited in the public rooms, and found a ready sale among English and American visitors to the hotel.

Henry led Agnes to the figure on the left, as they stood facing the empty fire-place.

'Shall I try the experiment,' he asked, 'or will you?'

She abruptly drew her arm away from him, and turned back to the door.

24

Agnès et Henry restèrent seuls dans la chambre des Cariatides.

La personne qui avait fait la description du palais, un auteur malheureux ou un pauvre artiste probablement, avait très justement fait ressortir les défauts de la cheminée. Les moindres détails portaient la marque du plus coûteux et du plus éclatant mauvais goût ; néanmoins, les voyageurs de toutes les classes admiraient fort cette œuvre, soit à cause de ses dimensions véritablement imposantes, soit à cause de l'assemblage de marbres de différentes couleurs qu'on y avait réunis. On avait exposé dans les salles du bas de l'hôtel des photographies de la cheminée, et tous les voyageurs anglais et américains en achetaient des épreuves.

Henry fit approcher Agnès de la figure de gauche.

« Faut-il essayer, lui demanda-t-il, ou voulez-vous ?... »

Elle retira vivement son bras qui était passé sous celui de son cousin et se dirigea vers la porte.

'I can't even look at it,' she said. 'That merciless marble face frightens me!'

Henry put his hand on the forehead of the figure.

'What is there to alarm you, my dear, in this conventionally classical face?' he asked jestingly.

Before he could press the head inwards, Agnes hurriedly opened the door.

'Wait till I am out of the room!' she cried. 'The bare idea of what you may find there horrifies me!'

She looked back into the room as she crossed the threshold.

'I won't leave you altogether,' she said, 'I will wait outside.'

She closed the door. Left by himself, Henry lifted his hand once more to the marble forehead of the figure.

For the second time, he was checked on the point of setting the machinery of the hiding-place in motion. On this occasion, the interruption came from an outbreak of friendly voices in the corridor. A woman's voice exclaimed, 'Dearest Agnes, how glad I am to see you again!'

A man's voice followed, offering to introduce some friend to 'Miss Lockwood.' A third voice (which Henry recognised as the voice of the manager of the hotel) became audible next, directing the housekeeper to show the ladies and gentlemen the vacant apartments at the other end of the corridor.

« Je ne veux rien voir, dit-elle, cette impassible figure de marbre m'effraye. »

Henri mit la main sur le front de la statuette.

« Qu'y a-t-il, ma chère amie, qui puisse vous faire peur dans cette statue ? » reprit-il en plaisantant.

Avant qu'il eut appuyé sur la tête, Agnès avait ouvert la porte à la hâte :

« Attendez que je sois partie, cria-t-elle. Je tremble à la seule idée de ce que vous pouvez trouver là dedans... »

Elle regarda encore une fois l'intérieur de la chambre en franchissant le seuil de la porte.

« Je ne m'en vais pas tout à fait, je vous attends dehors. »

Elle ferma la porte. Une fois seul, Henry replaça la main sur le front de la statue.

Pour la seconde fois il fut arrêté au moment de mettre le mécanisme en mouvement. Un bruit de voix se faisait entendre dans le couloir. Une femme s'écriait :

« Ma chère Agnès, comme je suis heureuse de vous revoir ! »

Puis un homme présentait des amis à « miss Lockwood ». Une troisième voix qu'Henry reconnut pour celle du gérant, donna ensuite l'ordre à la femme de confiance de montrer à ces dames et à ces messieurs les appartements libres au bout du corridor.

'If more accommodation is wanted,' the manager went on, 'I have a charming room to let here.'

He opened the door as he spoke, and found himself face to face with Henry Westwick.

'This is indeed an agreeable surprise, sir!' said the manager cheerfully. 'You are admiring our famous chimney-piece, I see. May I ask, Mr. Westwick, how you find yourself in the hotel, this time? Have the supernatural influences affected your appetite again?'

'The supernatural influences have spared me, this time,' Henry answered. 'Perhaps you may yet find that they have affected some other member of the family.'

He spoke gravely, resenting the familiar tone in which the manager had referred to his previous visit to the hotel.

'Have you just returned?' he asked, by way of changing the topic.

'Just this minute, sir. I had the honour of travelling in the same train with friends of yours who have arrived at the hotel—Mr. and Mrs. Arthur Barville, and their travelling companions. Miss Lockwood is with them, looking at the rooms. They will be here before long, if they find it convenient to have an extra room at their disposal.'

« J'ai du reste ici une charmante chambre à louer qui vous conviendrait peut-être aussi. »

En même temps il ouvrit la porte et se trouva face à face avec Henry Westwick.

« Voilà une agréable surprise, monsieur, dit en riant le gérant ; vous admirez notre fameuse cheminée, à ce qu'il parait. Puis-je vous demander, monsieur Westwick, comment vous vous trouvez à l'hôtel de cette fois-ci ? Des influences surnaturelles vous ont-elles encore coupé l'appétit ?

— Elles m'ont épargné, reprit Henry ; mais peut-être apprendrez-vous bientôt qu'elles ont pesé sur une autre personne de la famille. »

Il parlait d'un ton grave, un peu choqué du ton de plaisanterie avec lequel le gérant avait parlé de son premier séjour à l'hôtel.

« Vous ne faites que d'arriver ! lui demanda-t-il ensuite pour changer de sujet.

— J'arrive à l'instant même, monsieur ; j'ai eu l'honneur de voyager dans le même train que vos amis M. et Mme Arthur Barville, avec d'autres personnes qui les accompagnent. Miss Lockwood est avec eux à visiter des chambres. Ils seront bientôt ici s'ils ont besoin d'une chambre de plus. »

This announcement decided Henry on exploring the hiding-place, before the interruption occurred. It had crossed his mind, when Agnes left him, that he ought perhaps to have a witness, in the not very probable event of some alarming discovery taking place. The too-familiar manager, suspecting nothing, was there at his disposal. He turned again to the Caryan figure, maliciously resolving to make the manager his witness.

'I am delighted to hear that our friends have arrived at last,' he said. 'Before I shake hands with them, let me ask you a question about this queer work of art here. I see photographs of it downstairs. Are they for sale?'

'Certainly, Mr. Westwick!'

'Do you think the chimney-piece is as solid as it looks?' Henry proceeded. 'When you came in, I was just wondering whether this figure here had not accidentally got loosened from the wall behind it.'

He laid his hand on the marble forehead, for the third time.

'To my eye, it looks a little out of the perpendicular. I almost fancied I could jog the head just now, when I touched it.'

He pressed the head inwards as he said those words.

A sound of jarring iron was instantly audible behind the wall. The solid hearthstone in front of the fire-place turned slowly at the feet of the two men, and disclosed a dark cavity below. At the same moment,

En entendant ces paroles, Henry se décida à explorer la cachette avant l'arrivée de ses amis. Quand Agnès l'avait quitté, il lui était venu à l'esprit qu'il ferait peut-être bien d'avoir un témoin, au cas fort improbable d'ailleurs, où il ferait une découverte importante. Le gérant, qui ne se doutait de rien, était là à sa disposition ; il revint auprès de la figure enchantée, voulant forcer le gérant à lui servir de témoin.

« Je suis charmé d'apprendre que mes amis sont enfin arrivés, dit-il. Avant que j'aille leur serrer la main, laissez-moi donc vous faire une question sur cette curieuse œuvre d'art que voici. Vous en avez des photographies en bas. Sont-elles à vendre ?

— Certainement, monsieur Westwick.

— Pensez-vous que la cheminée soit aussi solide qu'elle en a l'air ? continua Henry. Quand vous êtes entré, j'étais justement en train de me demander si cette figure-ci ne s'était pas par accident un peu détachée du mur. »

Il posa sa main sur la tête de marbre pour la troisième fois.

« Il me semble qu'elle est de travers ; en la touchant on dirait qu'elle remue. »

À ces mots, il pressa sur la tête.

Une sorte de grincement se fit entendre. La lourde pierre du foyer tourna sur elle-même et découvrit aux pieds des deux hommes une sombre cavité béante. Au même instant,

the strange and sickening combination of odours, hitherto associated with the vaults of the old palace and with the bed-chamber beneath, now floated up from the open recess, and filled the room.

The manager started back.

'Good God, Mr. Westwick!' he exclaimed, 'what does this mean?'

Remembering, not only what his brother Francis had felt in the room beneath, but what the experience of Agnes had been on the previous night, Henry was determined to be on his guard.

'I am as much surprised as you are,' was his only reply.

'Wait for me one moment, sir,' said the manager. 'I must stop the ladies and gentlemen outside from coming in.'

He hurried away—not forgetting to close the door after him. Henry opened the window, and waited there breathing the purer air. Vague apprehensions of the next discovery to come, filled his mind for the first time. He was doubly resolved, now, not to stir a step in the investigation without a witness.

The manager returned with a wax taper in his hand, which he lighted as soon as he entered the room.

'We need fear no interruption now,' he said. 'Be so kind, Mr. Westwick, as to hold the light. It is my business to find out what this extraordinary discovery means.'

l'étrange et nauséabonde odeur qu'on avait sentie dans les caveaux et dans la chambre du dessous sortit en bouffée de la cachette et se répandit dans toute la pièce.

Le gérant bondit en arrière.

« Mon Dieu, monsieur Westwick, s'écria-t-il, qu'est-ce que cela veut dire ? »

Se rappelant ce que son frère Francis lui avait dit et ce qui était arrivé à Agnès la nuit précédente, Henry était sur ses gardes.

« Je suis aussi surpris que vous, » telle fut sa réponse.

« Attendez un moment, monsieur, reprit le gérant, il faut que j'empêche ces dames et ces messieurs d'entrer ici. »

Il alla aussitôt fermer avec soin la porte derrière lui, Henry ouvrit la fenêtre, attendit en respirant l'air pur. Un vague sentiment de crainte envahit son esprit pour la première fois ; il était fermement résolu maintenant à ne pas continuer les recherches sans avoir un témoin.

Le gérant revint bientôt avec un rat-de-cave, qu'il alluma en entrant dans la chambre.

« Nous n'avons plus à craindre d'être dérangés, dit-il. Soyez assez bon, monsieur Westwick, pour m'éclairer. C'est mon affaire de voir ce qu'il y a dans cette étrange cachette. »

Henry held the taper. Looking into the cavity, by the dim and flickering light, they both detected a dark object at the bottom of it.

'I think I can reach the thing,' the manager remarked, 'if I lie down, and put my hand into the hole.'

He knelt on the floor—and hesitated.

'Might I ask you, sir, to give me my gloves?' he said. 'They are in my hat, on the chair behind you.'

Henry gave him the gloves.

'I don't know what I may be going to take hold of,' the manager explained, smiling rather uneasily as he put on his right glove.

He stretched himself at full length on the floor, and passed his right arm into the cavity.

'I can't say exactly what I have got hold of,' he said. 'But I have got it.'

Half raising himself, he drew his hand out.

The next instant, he started to his feet with a shriek of terror. A human head dropped from his nerveless grasp on the floor, and rolled to Henry's feet. It was the hideous head that Agnes had seen hovering above her, in the vision of the night!

The two men looked at each other, both struck speechless by the same emotion of horror. The manager was the first to control himself.

Henry prit le rat-de-cave. Regardant dans le trou béant avec cette faible et vacillante lumière, ils aperçurent tous deux au fond un objet de couleur sombre.

« Je crois que je peux l'atteindre en me mettant à plat ventre et en allongeant le bras. »

Il s'agenouilla, puis il eut un moment d'hésitation.

« Puis-je vous demander mes gants, monsieur, ils sont dans mon chapeau, sur la chaise, derrière vous. »

Henry lui passa les gants.

« Je ne sais ce que je vais prendre, » reprit en souriant d'un air gêné le gérant, qui mettait le gant droit.

Il s'étendit à terre de tout son long et enfonça le bras dans la cachette.

« Je ne sais pas ce que je tiens, dit-il, mais je l'ai. »

Puis, se levant à demi, il sortit la main.

Au même instant il sauta sur ses pieds en poussant un cri d'effroi. Une tête humaine venait d'échapper à ses mains tremblantes et roulait aux pieds d'Henry. C'était la tête hideuse qu'Agnès avait aperçue suspendue au-dessus d'elle, la nuit, dans sa vision.

Les deux hommes se regardèrent frappés du même sentiment d'horreur. Le gérant se remit le premier.

'See to the door, for God's sake!' he said. 'Some of the people outside may have heard me.'

Henry moved mechanically to the door.

Even when he had his hand on the key, ready to turn it in the lock in case of necessity, he still looked back at the appalling object on the floor. There was no possibility of identifying those decayed and distorted features with any living creature whom he had seen—and, yet, he was conscious of feeling a vague and awful doubt which shook him to the soul. The questions which had tortured the mind of Agnes, were now his questions too. He asked himself, 'In whose likeness might I have recognised it before the decay set in? The likeness of Ferrari? or the likeness of—?'

He paused trembling, as Agnes had paused trembling before him.

Agnes! The name, of all women's names the dearest to him, was a terror to him now! What was he to say to her? What might be the consequence if he trusted her with the terrible truth?

No footsteps approached the door; no voices were audible outside. The travellers were still occupied in the rooms at the eastern end of the corridor.

In the brief interval that had passed, the manager had sufficiently recovered himself to be able to think once more of the first and foremost interests of his life—the interests of the hotel. He approached Henry anxiously.

« Veillez à la porte pour l'amour de Dieu ! On m'a peut-être entendu du dehors. »

Henry se dirigea machinalement vers la porte.

Tenant déjà la clef dans la main, prêt à la tourner dans la serrure, s'il le fallait, il regardait encore l'objet épouvantable qui gisait à terre. Il lui était impossible de mettre le nom d'une créature qu'il eût connue sur ces traits décomposés et devenus méconnaissables, et cependant un doute affreux lui étreignait l'âme. Les questions que s'était posées Agnès et qui lui avaient torturé l'esprit, il se les posait à son tour. Il se demandait qui il aurait reconnu avant que la décomposition n'eût fait son œuvre. Ferraris ? Ou ?...

Il s'arrêta tout tremblant, comme Agnès.

Agnès, ce nom qu'il chérissait de toute son âme, était maintenant pour lui un sujet d'effroi. Que lui dirait-il ? S'il lui révélait la vérité, quelle serait la terrible conséquence de cette révélation ?

Aucun bruit de pas dans le couloir ; aucun bruit de voix. Les voyageurs étaient encore dans les chambres au fond du corridor.

Le court espace qui venait de s'écouler avait suffi au gérant pour se remettre ; il pensait maintenant au plus grand, au plus cher intérêt de sa vie, à la réputation de l'hôtel. Il s'approcha tout anxieux d'Henry.

'If this frightful discovery becomes known,' he said, 'the closing of the hotel and the ruin of the Company will be the inevitable results. I feel sure that I can trust your discretion, sir, so far?'

'You can certainly trust me,' Henry answered. 'But surely discretion has its limits,' he added, 'after such a discovery as we have made?'

The manager understood that the duty which they owed to the community, as honest and law-abiding men, was the duty to which Henry now referred.

'I will at once find the means,' he said, 'of conveying the remains privately out of the house, and I will myself place them in the care of the police authorities. Will you leave the room with me? or do you not object to keep watch here, and help me when I return?'

While he was speaking, the voices of the travellers made themselves heard again at the end of the corridor. Henry instantly consented to wait in the room. He shrank from facing the inevitable meeting with Agnes if he showed himself in the corridor at that moment.

The manager hastened his departure, in the hope of escaping notice. He was discovered by his guests before he could reach the head of the stairs. Henry heard the voices plainly as he turned the key. While the terrible drama of discovery was in progress on one side of the door, trivial questions about the amusements of Venice,

« Si l'affreuse découverte que nous venons de faire vient à se répandre, dit-il, l'hôtel est fermé et la compagnie ruinée. Je suis certain, n'est-ce pas, monsieur, que je puis avoir entière confiance dans votre discrétion ?

— Vous pouvez vous en rapporter à moi, répondît Henry ; mais cependant, après ce que nous venons de voir, la discrétion a ses limites, » ajouta-t-il.

Le gérant comprit qu'Henry faisait allusion au devoir qu'il avait à remplir envers la société, comme tout respectueux serviteur de la loi :

« Je vais immédiatement, reprit-il, enlever secrètement de la maison ces tristes restes et les remettre moi-même entre les mains de la police. Voulez-vous quitter la chambre en même temps que moi, ou voudriez-vous monter la garde ici, si je vous en priais, et m'aider quand je vais revenir. »

Pendant qu'il parlait, les voix des nouveaux voyageurs se firent entendre. Henry consentit à rester dans la chambre : il reculait à l'idée de se rencontrer en ce moment avec Agnès dans le couloir.

Le gérant se hâta de sortir, espérant ne pas être aperçu ; mais avant qu'il eût atteint l'escalier, les nouveaux arrivés le virent. Au moment où il tournait la clef dans la serrure, Henry entendit clairement les voix de différentes personnes qui causaient. Pendant que d'un côté de la porte on venait de découvrir un terrible drame, de l'autre, des questions banales s'échangeaient sur les amusements qu'on pouvait rencontrer à Venise ;

and facetious discussions on the relative merits of French and Italian cookery, were proceeding on the other. Little by little, the sound of the talking grew fainter. The visitors, having arranged their plans of amusement for the day, were on their way out of the hotel. In a minute or two, there was silence once more.

Henry turned to the window, thinking to relieve his mind by looking at the bright view over the canal. He soon grew wearied of the familiar scene. The morbid fascination which seems to be exercised by all horrible sights, drew him back again to the ghastly object on the floor.

Dream or reality, how had Agnes survived the sight of it? As the question passed through his mind, he noticed for the first time something lying on the floor near the head. Looking closer, he perceived a thin little plate of gold, with three false teeth attached to it, which had apparently dropped out (loosened by the shock) when the manager let the head fall on the floor.

The importance of this discovery, and the necessity of not too readily communicating it to others, instantly struck Henry. Here surely was a chance—if any chance remained—of identifying the shocking relic of humanity which lay before him, the dumb witness of a crime! Acting on this idea, he took possession of the teeth, purposing to use them as a last means of inquiry when other attempts at investigation had been tried and had failed.

des plaisanteries facétieuses se faisaient sur les mérites respectifs de la cuisine française et de la cuisine italienne. Peu à peu le bruit de la conversation s'éteignit. Les visiteurs avaient arrêté leur plan pour la journée et se préparaient à sortir de l'hôtel. Une minute après, le silence régnait de nouveau.

Henry revint à la fenêtre, espérant distraire son esprit par l'attrayante vue du canal, mais bientôt il en fut fatigué. La fascination qu'exerce l'horreur, l'attira une fois de plus vers l'objet épouvantable qui était à terre.

Rêve ou réalité, comment Agnès avait-elle pu en supporter la vue ? Au moment où il se posait cette question, il remarqua pour la première fois quelque chose qui était auprès de la tête. En se penchant, il vit une petite plaque d'or, maintenant trois fausses dents, détachées par le choc probablement, et qui étaient tombées à terre quand le gérant avait lâché la tête.

L'importance de ce détail et la nécessité de ne pas *le* communiquer trop vite à d'autres personnes frappa immédiatement Henry. C'était un moyen, s'il y en avait un, d'arriver à savoir à qui avaient appartenu les tristes reliques qu'il avait devant les yeux, témoins muets d'un horrible crime. Il ramassa donc les dents, pour s'en servir à son tour si l'enquête qu'on allait commencer n'aboutissait à rien.

He went back again to the window: the solitude of the room began to weigh on his spirits. As he looked out again at the view, there was a soft knock at the door. He hastened to open it—and checked himself in the act. A doubt occurred to him. Was it the manager who had knocked? He called out, 'Who is there?'

The voice of Agnes answered him. 'Have you anything to tell me, Henry?'

He was hardly able to reply.

'Not just now,' he said, confusedly. 'Forgive me if I don't open the door. I will speak to you a little later.'

The sweet voice made itself heard again, pleading with him piteously.

'Don't leave me alone, Henry! I can't go back to the happy people downstairs.'

How could he resist that appeal? He heard her sigh—he heard the rustling of her dress as she moved away in despair. The very thing that he had shrunk from doing but a few minutes since was the thing that he did now! He joined Agnes in the corridor. She turned as she heard him, and pointed, trembling, in the direction of the closed room.

'Is it so terrible as that?' she asked faintly.

He put his arm round her to support her. A thought came to him as he looked at her, waiting in doubt and fear for his reply.

Il revint à la fenêtre. La solitude commençait à lui peser : comme il s'accoudait de nouveau, on frappa légèrement à la porte. Il s'empressa d'y aller pour l'ouvrir, mais au moment de le faire, un doute lui vint à l'esprit ; était-ce le gérant ?

« Qui est là ? » cria-t-il.

La voix d'Agnès se fit entendre : « Avez-vous quelque chose à me dire, Henry ? »

Il put à peine balbutier :

« Non, pas maintenant. Pardonnez-moi de ne pas vous ouvrir, je vous parlerai un peu plus tard. »

Elle reprit doucement :

« Ne me laissez pas seule, Henry ! Je ne peux pas rester en bas avec des gens heureux. »

Comment résister à cet appel ? Il l'entendit pousser un soupir ; sa robe frôla la porte au moment où elle s'éloignait toute triste. Immédiatement il fit ce qu'il redoutait quelques instants avant, il rejoignit Agnès dans le corridor. Elle se retourna en l'entendant et en désignant d'un regard la chambre fermée.

« Est-ce si terrible que cela ? » demanda-t-elle tout bas.

Il l'entoura de son bras pour la soutenir. Une pensée lui vint en la regardant pendant qu'elle attendait, tremblante, une réponse.

'You shall know what I have discovered,' he said, 'if you will first put on your hat and cloak, and come out with me.'

She was naturally surprised.

'Can you tell me your object in going out?' she asked.

He owned what his object was unreservedly. 'I want, before all things,' he said, 'to satisfy your mind and mine, on the subject of Montbarry's death. I am going to take you to the doctor who attended him in his illness, and to the consul who followed him to the grave.'

Her eyes rested on Henry gratefully.

'Oh, how well you understand me!' she said.

The manager joined them at the same moment, on his way up the stairs. Henry gave him the key of the room, and then called to the servants in the hall to have a gondola ready at the steps.

'Are you leaving the hotel?' the manager asked.

'In search of evidence,' Henry whispered, pointing to the key. 'If the authorities want me, I shall be back in an hour.' ◆

« Vous saurez ce que j'ai découvert, dit-il, si vous voulez avant mettre votre manteau et votre chapeau et sortir avec moi. »

Elle lui demanda toute surprise quelle raison il avait de sortir.

Il la lui dit immédiatement.

« Avant toutes choses, je veux que nous sachions à quoi nous en tenir au sujet de la mort de Montbarry. Nous allons aller chez le médecin qui l'a soigné, puis chez le consul qui l'a conduit jusqu'à sa dernière demeure. »

Ses yeux se fixèrent avec reconnaissance sur Henry.

« Ah ! Comme vous me comprenez bien ! » lui dit-elle.

Le gérant qui montait l'escalier les croisa à ce moment. Henry lui remit la clef de la chambre et cria aux domestiques qui se tenaient dans le vestibule de faire avancer une gondole près des marches.

« Quittez-vous l'hôtel ? demanda le gérant.

— Je vais aux renseignements, répondit tout bas Henry, en lui montrant la clef des yeux. Si les autorités ont besoin de moi, je serai de retour dans une heure. » ■

25

The day had advanced to evening. Lord Montbarry and the bridal party had gone to the Opera. Agnes alone, pleading the excuse of fatigue, remained at the hotel. Having kept up appearances by accompanying his friends to the theatre, Henry Westwick slipped away after the first act, and joined Agnes in the drawing-room.

'Have you thought of what I said to you earlier in the day?' he asked, taking a chair at her side. 'Do you agree with me that the one dreadful doubt which oppressed us both is at least set at rest?'

Agnes shook her head sadly.

'I wish I could agree with you, Henry—I wish I could honestly say that my mind is at ease.'

The answer would have discouraged most men. Henry's patience (where Agnes was concerned) was equal to any demands on it.

25

Le soir était arrivé. Lord Montbarry et tous les amis des nouveaux mariés étaient à l'Opéra ; Agnès, qui s'était excusée sur sa fatigue, restait seule à l'hôtel. Henry Westwick avait accompagné tout le monde au théâtre, mais il s'était esquivé à la fin du premier acte pour retrouver Agnès au salon.

« Avez-vous pensé à ce que je vous ai dit au commencement de la journée ? lui demanda-t-il en s'asseyant à côté d'elle. L'affreux doute qui nous étreignait tous les deux n'existe plus au moins maintenant. »

Agnès secoua tristement la tête.

« Je voudrais partager votre sentiment, Henry, je voudrais pouvoir dire que le doute n'existe plus dans mon esprit. »

La réponse aurait découragé bien des hommes ; mais la patience d'Henry, quand il s'agissait d'Agnès, était inépuisable.

'If you will only look back at the events of the day,' he said, 'you must surely admit that we have not been completely baffled. Remember how Dr. Bruno disposed of our doubts: — «After thirty years of medical practice, do you think I am likely to mistake the symptoms of death by bronchitis?» If ever there was an unanswerable question, there it is! Was the consul's testimony doubtful in any part of it? He called at the palace to offer his services, after hearing of Lord Montbarry's death; he arrived at the time when the coffin was in the house; he himself saw the corpse placed in it, and the lid screwed down. The evidence of the priest is equally beyond dispute. He remained in the room with the coffin, reciting the prayers for the dead, until the funeral left the palace. Bear all these statements in mind, Agnes; and how can you deny that the question of Montbarry's death and burial is a question set at rest? We have really but one doubt left: we have still to ask ourselves whether the remains which I discovered are the remains of the lost courier, or not. There is the case, as I understand it. Have I stated it fairly?'

Agnes could not deny that he had stated it fairly.

«Then what prevents you from experiencing the same sense of relief that I feel?' Henry asked.

'What I saw last night prevents me,' Agnes answered. 'When we spoke of this subject, after our inquiries were over, you reproached me with taking what you called the superstitious view. I don't quite admit that—but

« Si vous songez à ce que nous avons appris aujourd'hui, reprit-il, vous devez trouver que nous n'avons pas perdu notre temps. Rappelez-vous ce que nous a dit le docteur Bruno : “Après trente ans de pratique médicale, pensez-vous que je puisse me tromper sur la cause d'une mort produite par les effets de la bronchite ?” S'il est une question à laquelle il est impossible de répondre, c'est sûrement celle-là. Le témoignage du consul n'est-il pas aussi clair, dans toutes ses parties ? Dès qu'il sut la mort de Montbarry, il vint se mettre à la disposition de la famille. Il est arrivé au palais au moment où l'on apportait le cercueil, le corps y a été déposé devant lui et le couvercle vissé sous ses yeux. Le témoignage du prêtre est également indiscutable. Il est resté dans la chambre auprès de la bière à réciter les prières des morts jusqu'au moment où le convoi quitta le palais. Rappelez-vous tout cela, Agnès ; comment pouvez-vous dire encore que la question de la mort et de l'enterrement de Montbarry n'est pas épuisée ! Il ne nous reste plus qu'un doute : les restes que j'ai découverts sont-ils oui ou non ceux du courrier disparu? Voilà la question, à ce qu'il me semble. Est-ce exact ? »

Agnès ne pouvait le contredire.

« Alors, pourquoi n'éprouvez-vous pas comme moi un véritable soulagement ? demanda Henry.

— Ce que j'ai vu hier soir m'en empêche, répondit Agnès. Quand nous en avons parlé après nos démarches, vous m'avez reproché d'avoir ce que vous appelez des idées superstitieuses. Je ne suis pas de votre avis sur ce point, mais

I do acknowledge that I should find the superstitious view intelligible if I heard it expressed by some other person. Remembering what your brother and I once were to each other in the bygone time, I can understand the apparition making itself visible to me, to claim the mercy of Christian burial, and the vengeance due to a crime. I can even perceive some faint possibility of truth in the explanation which you described as the mesmeric theory—that what I saw might be the result of magnetic influence communicated to me, as I lay between the remains of the murdered husband above me and the guilty wife suffering the tortures of remorse at my bedside. But what I do not understand is, that I should have passed through that dreadful ordeal; having no previous knowledge of the murdered man in his lifetime, or only knowing him (if you suppose that I saw the apparition of Ferrari) through the interest which I took in his wife. I can't dispute your reasoning, Henry. But I feel in my heart of hearts that you are deceived. Nothing will shake my belief that we are still as far from having discovered the dreadful truth as ever.'

Henry made no further attempt to dispute with her. She had impressed him with a certain reluctant respect for her own opinion, in spite of himself.

'Have you thought of any better way of arriving at the truth?' he asked. 'Who is to help us? No doubt there is the Countess, who has the clue to the mystery in her own hands. But, in the present state of her mind, is her testimony to be trusted—even if she were willing to speak? Judging by my own experience, I should say decidedly not.'

j'avoue que si une autre personne que vous me parlait ainsi, je la comprendrais, elle au moins. Je me souviens de ce que votre frère et moi nous avons été l'un pour l'autre, et je ne suis nullement étonnée qu'il m'apparaisse à moi, pour me demander la grâce d'une sépulture chrétienne et la vengeance du crime dont il a été victime. Je ne trouve rien d'impossible à l'explication de ce que vous appelez la *théorie mesmérique ;* ce que j'ai vu peut être le résultat d'influences magnétiques que j'ai subies, couchée entre les restes de l'homme assassiné et la femme coupable assise à mon chevet, en proie aux remords. Au contraire, ce que je ne saurais comprendre, c'est que cette affreuse épreuve se soit abattue sur moi pour un homme assassiné que je n'ai jamais connu, ou si vous aimez mieux – puisque vous prétendez que c'est Ferraris que j'ai vu – pour un homme que je connaissais uniquement par ce que sa femme, à qui je m'intéresse, a pu m'en dire. Je ne veux pas discuter ce que vous croyez, mais je sens que vous vous trompez. Rien n'ébranlera ma conviction : nous sommes toujours aussi loin de l'affreuse vérité. »

Henry n'insista pas, Malgré lui, elle l'avait profondément troublé :

« Avez-vous songé à un autre moyen de découvrir la vérité ? demanda-t-il. Qui nous aidera ? Sans doute il y a la comtesse, et la clef du mystère est entre ses mains. Mais dans l'état d'esprit où elle est, peut-on croire en elle ?... en admettant qu'elle consente à parler. Si j'en juge par moi-même, je ne le pense pas.

'You don't mean that you have seen her again?' Agnes eagerly interposed.

'Yes. I disturbed her once more over her endless writing; and I insisted on her speaking out plainly.'

'Then you told her what you found when you opened the hiding-place?'

'Of course I did!' Henry replied. 'I said that I held her responsible for the discovery, though I had not mentioned her connection with it to the authorities as yet. She went on with her writing as if I had spoken in an unknown tongue! I was equally obstinate, on my side. I told her plainly that the head had been placed under the care of the police, and that the manager and I had signed our declarations and given our evidence. She paid not the slightest heed to me. By way of tempting her to speak, I added that the whole investigation was to be kept a secret, and that she might depend on my discretion. For the moment I thought I had succeeded. She looked up from her writing with a passing flash of curiosity, and said, «What are they going to do with it?»—meaning, I suppose, the head. I answered that it was to be privately buried, after photographs of it had first been taken. I even went the length of communicating the opinion of the surgeon consulted, that some chemical means of arresting decomposition had been used and had only partially succeeded—and I asked her point-blank if the surgeon was right? The trap was not a bad one—but it completely failed. She said in the coolest manner,

— Voulez-vous dire que vous l'avez revue, reprit vivement Agnès.

— Oui, je l'ai encore dérangée au milieu de ses écritures sans fin et j'ai insisté pour en tirer quelque chose de clair.

— Alors vous lui avez dit ce que vous avez trouvé en ouvrant la cachette ?

— Certainement, répondit Henry ; je lui ai dit que c'était elle qui était responsable de la découverte que j'avais faite. J'ai ajouté que je n'avais pas encore prononcé son nom devant les autorités. Elle a continué à écrire comme si j'avais parlé une langue étrangère pour elle. De mon côté, je me suis entêté, je l'ai prévenue que la tête était confiée à la police et que le gérant et moi nous avions fait notre déclaration et signé nos dépositions. Elle ne fit pas la moindre attention à ma présence. Pour l'obliger à parler, j'ajoutai que l'enquête devait rester secrète et qu'elle pouvait compter sur mon entière discrétion. Je crus que j'avais réussi. Son regard quitta son manuscrit et se tourna vers moi avec un éclair de curiosité. « Que vont-ils en faire ? » Elle parlait de la tête, je suppose. Je répondis qu'elle devait être enterrée en secret dés qu'on en aurait fait la photographie, puis je lui fis connaître l'opinion du médecin légiste qui a été consulté et qui prétend qu'on a employé des produits chimiques pour arrêter la décomposition, mais que cette tentative n'a qu'en partie réussi. Avant d'aller plus loin, je lui demandai à brûle-pourpoint si le médecin ne se trompait pas. Elle reprit avec beaucoup de sang-froid :

«Now you are here, I should like to consult you about my play; I am at a loss for some new incidents.» Mind! there was nothing satirical in this. She was really eager to read her wonderful work to me—evidently supposing that I took a special interest in such things, because my brother is the manager of a theatre! I left her, making the first excuse that occurred to me. So far as I am concerned, I can do nothing with her. But it is possible that your influence may succeed with her again, as it has succeeded already. Will you make the attempt, to satisfy your own mind? She is still upstairs; and I am quite ready to accompany you.'

Agnes shuddered at the bare suggestion of another interview with the Countess.

'I can't! I daren't!' she exclaimed. 'After what has happened in that horrible room, she is more repellent to me than ever. Don't ask me to do it, Henry! Feel my hand—you have turned me as cold as death only with talking of it!'

She was not exaggerating the terror that possessed her. Henry hastened to change the subject.

'Let us talk of something more interesting,' he said. 'I have a question to ask you about yourself. Am I right in believing that the sooner you get away from Venice the happier you will be?'

'Right?' she repeated excitedly. 'You are more than right! No words can say how I long to be away from

« Puisque vous voilà, je veux vous demander quelques conseils pour ma pièce ; je voudrais y introduire quelques incidents. » Notez bien qu'il n'y avait aucune intention ironique dans sa façon de me parler ; elle brûlait réellement du désir de me lire son incroyable ouvrage, s'imaginant sans doute que je prenais grand intérêt à de pareilles choses, parce que mon frère est directeur d'un théâtre. Je me suis aussitôt retiré sous un prétexte quelconque, mais il est possible que votre influence puisse encore s'exercer sur elle. Si vous voulez, pour satisfaire pleinement votre esprit, elle est encore en haut et je suis prêt à vous y accompagner. »

Agnès frémit à la seule pensée d'avoir une seconde entrevue avec la comtesse.

« Je ne peux pas, je n'en aurais pas le courage, s'écria-telle. Après ce qui s'est passé dans cette horrible chambre, elle m'inspire plus d'horreur que jamais. Ne me demandez pas cela, Henry. Tâtez ma main ; rien qu'en vous écoutant je suis devenue froide comme la mort. »

Elle n'exagérait pas, Henry se hâta de changer la conversation.

« Parlons, dit-il, d'une autre chose plus intéressante. J'ai une question à vous faire. Me trompé-je en croyant que plus tôt vous quitterez Venise, plus tôt vous serez heureuse ?

— Ah ! reprit-elle vivement, vous ne vous trompez pas. Je ne saurais dire à quel point je désire être loin de

this horrible place. But you know how I am situated—you heard what Lord Montbarry said at dinner-time?'

'Suppose he has altered his plans, since dinner-time?' Henry suggested.

Agnes looked surprised.

'I thought he had received letters from England which obliged him to leave Venice to-morrow,' she said.

'Quite true,' Henry admitted. 'He had arranged to start for England to-morrow, and to leave you and Lady Montbarry and the children to enjoy your holiday in Venice, under my care. Circumstances have occurred, however, which have forced him to alter his plans. He must take you all back with him to-morrow because I am not able to assume the charge of you. I am obliged to give up my holiday in Italy, and return to England too.'

Agnes looked at him in some little perplexity: she was not quite sure whether she understood him or not.

'Are you really obliged to go back?' she asked.

Henry smiled as he answered her.

'Keep the secret,' he said, 'or Montbarry will never forgive me!'

She read the rest in his face.

'Oh!' she exclaimed, blushing brightly, 'you have not given up your pleasant holiday in Italy on my account?'

'I shall go back with you to England, Agnes. That will be holiday enough for me.'

cette horrible ville ; mais vous savez ce qui m'arrive, vous avez entendu ce qu'a dit lord Montbarry au dîner.

— Mais s'il avait changé d'avis depuis, » demanda Henry.

Agnès le regarda avec étonnement.

« Je croyais qu'il avait reçu des lettres d'Angleterre qui l'obligeaient à quitter Venise dès demain, dit-elle.

— C'est vrai. Il était décidé à partir demain pour l'Angleterre et à vous laisser sous ma garde avec lady Montbarry à Venise pendant les vacances ; mais une circonstance l'a obligé à abandonner cette idée, Il faut qu'il vous emmène tous demain, parce qu'il m'est impossible de veiller sur vous. Je suis moi-même obligé d'interrompre mes vacances en Italie pour retourner aussi en Angleterre. »

Agnès le regarda fixement ; elle n'était pas sûre de comprendre.

« Êtes-vous réellement obligé de partir ! » demanda-t-elle.

Henry lui répondit en souriant :

« Gardez-moi le secret ou Montbarry ne me pardonnera jamais. »

Elle lut le reste sur son visage :

« Quoi ! s'écria-t-elle, c'est pour moi que vous sacrifiez vos vacances et votre voyage en Italie.

— Je reviendrai avec vous en Angleterre, Agnès, ce sera ma récompense. »

She took his hand in an irrepressible outburst of gratitude.

'How good you are to me!' she murmured tenderly. 'What should I have done in the troubles that have come to me, without your sympathy? I can't tell you, Henry, how I feel your kindness.'

She tried impulsively to lift his hand to her lips. He gently stopped her.

'Agnes,' he said, 'are you beginning to understand how truly I love you?'

That simple question found its own way to her heart. She owned the whole truth, without saying a word. She looked at him—and then looked away again.

He drew her nearer to him.

'My own darling!' he whispered—and kissed her.

Softly and tremulously, the sweet lips lingered, and touched his lips in return. Then her head drooped. She put her arms round his neck, and hid her face on his bosom. They spoke no more.

The charmed silence had lasted but a little while, when it was mercilessly broken by a knock at the door.

Agnes started to her feet. She placed herself at the piano; the instrument being opposite to the door, it was impossible, when she seated herself on the music-stool, for any person entering the room to see her face.

Henry called out irritably, 'Come in.'

Elle lui prit la main dans un irrésistible élan de tendresse :

« Comme vous êtes bon pour moi ! murmura-t-elle. Qu'aurais-je fait sans vous, après tout ce qui m'est arrivé ? Je ne puis vous dire, Henry, combien je vous suis reconnaissante. »

Elle voulut lui embrasser la main, mais il l'en empêcha doucement.

« Agnès, lui dit-il, commencez-vous à comprendre combien je vous aime ? »

Cette question si simple lui alla droit au cœur. Sans dira un mot, elle avoua la vérité ; elle le regarda et détourna soudain les yeux.

Il l'attira près de lui :

« Ma pauvre chérie ! » murmura-t-il, et il l'embrassa.

Tendrement émue et toute tremblante, sa bouche rencontra les lèvres d'Henry. Puis sa tête s'inclina, elle lui passa les bras autour du cou et cacha son visage sur sa poitrine. Ils ne dirent plus rien.

Ce silence enchanteur ne dura qu'un instant ; on venait de frapper sans pitié à la porte.

Agnès tressaillit. Elle se précipita au piano. Une fois assise sur le tabouret, l'instrument étant placé en face de la porte, il était impossible à la personne qui allait venir de voir sa figure.

« Entrez ! » cria Henry irrité.

The door was not opened. The person on the other side of it asked a strange question.

'Is Mr. Henry Westwick alone?'

Agnes instantly recognised the voice of the Countess. She hurried to a second door, which communicated with one of the bedrooms.

'Don't let her come near me!' she whispered nervously. 'Good night, Henry! good night!'

If Henry could, by an effort of will, have transported the Countess to the uttermost ends of the earth, he would have made the effort without remorse. As it was, he only repeated, more irritably than ever, 'Come in!'

She entered the room slowly with her everlasting manuscript in her hand. Her step was unsteady; a dark flush appeared on her face, in place of its customary pallor; her eyes were bloodshot and widely dilated. In approaching Henry, she showed a strange incapability of calculating her distances—she struck against the table near which he happened to be sitting. When she spoke, her articulation was confused, and her pronunciation of some of the longer words was hardly intelligible. Most men would have suspected her of being under the influence of some intoxicating liquor. Henry took a truer view—he said, as he placed a chair for her, 'Countess, I m afraid you have been working too hard: you look as if you wanted rest.'

She put her hand to her head.

La porte ne s'ouvrit pas, mais, du couloir, on fit une étrange question :

« M. Henry Westwick est-il seul ? »

Agnès reconnut aussitôt la voix de la comtesse. Elle courut à une seconde porte qui, du salon donnait dans une chambre à coucher.

« Ne la laissez pas approcher de moi, dit-elle. Bonne nuit, Henry ! Bonne nuit ! »

Henry répéta donc, plus irrité encore que la première fois :

« Entrez ! »

La comtesse entra lentement dans la chambre, son éternel manuscrit à la main. Son pas était incertain, son visage était sombre, ses yeux injectés de sang étaient largement dilatés. En approchant d'Henry elle se heurta contre la table près de laquelle il était assis. En parlant, elle n'articulait plus les mots que d'une manière confuse et presque inintelligible. On l'aurait crue ivre, mais Henry ne s'y trompa pas. Il dit en lui offrant une chaise :

« Comtesse, j'ai peur que vous n'ayez trop travaillé ; vous paraissez avoir grand besoin de repos. »

Elle porta la main à sa tête :

'My invention has gone,' she said. 'I can't write my fourth act. It's all a blank—all a blank!'

Henry advised her to wait till the next day.

'Go to bed,' he suggested; 'and try to sleep.'

She waved her hand impatiently.

'I must finish the play,' she answered. 'I only want a hint from you. You must know something about plays. Your brother has got a theatre. You must often have heard him talk about fourth and fifth acts—you must have seen rehearsals, and all the rest of it.'

She abruptly thrust the manuscript into Henry's hand.

'I can't read it to you,' she said; 'I feel giddy when I look at my own writing. Just run your eye over it, there's a good fellow—and give me a hint.'

Henry glanced at the manuscript. He happened to look at the list of the persons of the drama. As he read the list he started and turned abruptly to the Countess, intending to ask her for some explanation. The words were suspended on his lips. It was but too plainly useless to speak to her. Her head lay back on the rail of the chair. She seemed to be half asleep already. The flush on her face had deepened: she looked like a woman who was in danger of having a fit. He rang the bell, and directed the man who answered it to send one of the chambermaids upstairs.

His voice seemed to partially rouse the Countess; she opened her eyes in a slow drowsy way.

« Je ne trouve plus rien, dit-elle ; je n'arrive pas à écrire mon quatrième acte, cela fait un vide, un grand vide. »

Henry lui conseilla d'attendre au lendemain.

« Allez vous mettre au lit et tâchez de dormir. »

Elle agita la main avec impatience.

« Il faut que je finisse ma pièce ; répondit-elle : Je viens vous demander un conseil. Vous devez vous connaître en pièces de théâtre, votre frère est directeur, Vous devez avoir souvent entendu parler de quatrième et de cinquième acte. Vous devez avoir assisté à des répétitions et à tout le reste. »

Brusquement elle mit son manuscrit entre les mains d'Henry.

« Je ne veux pas vous la lire, dit-elle, je me sens tout étourdie quand je vois mon écriture. Jetez les yeux dessus : soyez bon garçon, donnez-moi votre avis. »

Henry regarda le manuscrit, son regard tomba sur la liste des personnages : en lisant les noms ; il tressaillit et regarda la comtesse comme pour lui demander une explication. Il allait lui faire une question, mais il était maintenant tout à fait inutile de lui parler. Elle était assise, la tête renversée sur le dos de la chaise, et paraissait déjà à moitié endormie ; sa pâleur avait augmenté, on aurait dit une femme près de se trouver mal. Il sonna et donna ordre au domestique qui entra d'envoyer une femme de chambre.

Sa voix parut tirer à moitié la comtesse de son assoupissement, elle ouvrit lentement ses paupières alourdies.

'Have you read it?' she asked.

It was necessary as a mere act of humanity to humour her.

'I will read it willingly,' said Henry, 'if you will go upstairs to bed. You shall hear what I think of it to-morrow morning. Our heads will be clearer, we shall be better able to make the fourth act in the morning.'

The chambermaid came in while he was speaking.

'I am afraid the lady is ill,' Henry whispered. 'Take her up to her room.'

The woman looked at the Countess and whispered back, 'Shall we send for a doctor, sir?'

Henry advised taking her upstairs first, and then asking the manager's opinion.

There was great difficulty in persuading her to rise, and accept the support of the chambermaid's arm.

It was only by reiterated promises to read the play that night, and to make the fourth act in the morning, that Henry prevailed on the Countess to return to her room.

Left to himself, he began to feel a certain languid curiosity in relation to the manuscript. He looked over the pages, reading a line here and a line there. Suddenly he changed colour as he read—and looked up from the manuscript like a man bewildered.

'Good God! what does this mean?' he said to himself.

« L'avez-vous lue ? » demanda-t-elle.

Il fallait la calmer.

« Je la lirai volontiers, dit Henry, si vous voulez monter vous coucher. Je vous dirai demain ce que j'en pense. Nous aurons l'esprit plus clair et nous ferons mieux le quatrième acte demain matin. »

La femme de chambre entra à ce moment.

« Je crains que madame ne soit malade, lui dit tout bas Henry. Conduisez-la à sa chambre. »

La femme regarda la comtesse et répondit tout bas aussi :

« Faut-il envoyer chercher un médecin, monsieur ? »

Henry conseilla de l'emmener d'abord chez elle et de demander l'avis du gérant.

On eut beaucoup de peine à la faire lever et à lui persuader d'accepter le bras de la femme de chambre.

Ce fut seulement en lui promettant de lire la pièce et de faire le quatrième acte qu'Henry put la décider à quitter la chambre.

Une fois seul, il commença à sentir une certaine curiosité de savoir ce qu'il y avait dans ce manuscrit. Il le feuilleta, lisant une ligne par-ci, une ligne par-là. Soudain il changea de couleur, ses yeux abandonnèrent la lecture comme ceux d'un homme hébété.

« Grand Dieu ! Qu'est-ce que cela signifie », se dit-il ?

His eyes turned nervously to the door by which Agnes had left him. She might return to the drawing-room, she might want to see what the Countess had written. He looked back again at the passage which had startled him—considered with himself for a moment—and, snatching up the unfinished play, suddenly and softly left the room. ◆

Son regard se tourna soudain vers la porte par où Agnès était sortie. Elle pouvait revenir, elle aussi pouvait désirer savoir ce que la comtesse avait écrit, il relut de nouveau le passage qui l'avait fait tressaillir, réfléchit un instant, puis fermant la pièce inachevée, quitta aussitôt le salon à pas étouffés. ■

26

ENTERING his own room on the upper floor, Henry placed the manuscript on his table, open at the first leaf. His nerves were unquestionably shaken; his hand trembled as he turned the pages, he started at chance noises on the staircase of the hotel.

The scenario, or outline, of the Countess's play began with no formal prefatory phrases. She presented herself and her work with the easy familiarity of an old friend.

'Allow me, dear Mr. Francis Westwick, to introduce to you the persons in my proposed Play. Behold them, arranged symmetrically in a line.

'My Lord. The Baron. The Courier. The Doctor. The Countess.

'I don't trouble myself, you see, to invest fictitious family names. My characters are sufficiently distinguished by their social titles, and by the striking contrast which they present one with another.

26

En entrant dans sa chambre située à l'étage supérieur, Henry posa le manuscrit sur la table. Ses nerfs étaient excités, sa main tremblait en tournant les pages, il tressautait aux plus petits bruits qui se faisaient entendre dans l'escalier de l'hôtel.

Le scénario de la pièce écrite par la comtesse entrait dans le sujet sans préliminaires. Elle se présentait, elle et son œuvre, avec le sans-gêne et la familiarité d'un vieil ami, voici en quels termes :

« Permettez-moi, cher monsieur Francis Westwick, de vous nommer les personnages de la pièce dont nous sommes convenus. Ce sont, par ordre :

LE LORD ; LE MÉDECIN ; LA COMTESSE.

» Je ne me suis pas donné la peine, vous le voyez, d'inventer des noms de famille. Mes rôles sont suffisamment désignés par les professions que j'indique et par la différence sociale qui existe entre mes personnages.

'The First Act opens— 'No! Before I open the First Act, I must announce, injustice to myself, that this Play is entirely the work of my own invention. I scorn to borrow from actual events; and, what is more extraordinary still, I have not stolen one of my ideas from the Modern French drama. As the manager of an English theatre, you will naturally refuse to believe this. It doesn't matter. Nothing matters—except the opening of my first act.

'We are at Homburg, in the famous Salon d'Or, at the height of the season. The Countess (exquisitely dressed) is seated at the green table. Strangers of all nations are standing behind the players, venturing their money or only looking on. My Lord is among the strangers. He is struck by the Countess's personal appearance, in which beauties and defects are fantastically mingled in the most attractive manner. He watches the Countess's game, and places his money where he sees her deposit her own little stake. She looks round at him, and says, «Don't trust to my colour; I have been unlucky the whole evening. Place your stake on the other colour, and you may have a chance of winning.»

'My Lord (a true Englishman) blushes, bows, and obeys. The Countess proves to be a prophet. She loses again. My Lord wins twice the sum that he has risked.

'The Countess rises from the table. She has no more money, and she offers my Lord her chair.

'Instead of taking it, he politely places his winnings in her hand, and begs her to accept the loan as a favour to himself.

» Le premier acte commence. Non, avant d'entrer en matière, il faut que je vous dise bien que la pièce est tout entière de mon invention. Je ne me suis aidée d'aucun événement connu, et, ce qui est plus extraordinaire encore, je n'ai volé aucune de mes idées à un drame français. En qualité de directeur de théâtre anglais, vous refuserez bien entendu de me croire ; mais cela n'y fait rien. Ce qui importe, c'est mon premier acte.

» Nous sommes à Hombourg, en pleine saison, dans le fameux salon d'or : la comtesse, mise avec beaucoup de goût, est assise au tapis vert. Des étrangers de toutes les nations sont debout derrière les joueurs, prenant part au jeu ou regardant simplement les coups. Le lord est parmi les assistants. Il est frappé par la physionomie de la comtesse, qu'un mélange de beauté et de laideur n'empêche pas d'être une personne fort agréable. Il surveille son jeu et place son argent sur son petit enjeu à elle. Elle se retourne et lui dit : "N'ayez pas confiance en ma couleur, je n'ai pas eu de chance de toute la soirée. Placez autre part, vous gagnerez peut-être."

» Le lord, en véritable Anglais, rougit, salue et obéit. La comtesse a prophétisé vrai. Elle continue à perdre, mais le lord gagne le double de la somme qu'il avait risquée.

» La comtesse quitte la table. Elle n'a plus d'argent et elle offre sa chaise au lord.

» Au lieu de la prendre, il lui met galamment dans la main ce qu'il vient de gagner et la prie d'accepter ce prêt. Ce sera une véritable faveur qu'il lui accordera.

The Countess stakes again, and loses again. My Lord smiles superbly, and presses a second loan on her. From that moment her luck turns. She wins, and wins largely. Her brother, the Baron, trying his fortune in another room, hears of what is going on, and joins my Lord and the Countess.

'Pay attention, if you please, to the Baron. He is delineated as a remarkable and interesting character.

'This noble person has begun life with a single-minded devotion to the science of experimental chemistry, very surprising in a young and handsome man with a brilliant future before him. A profound knowledge of the occult sciences has persuaded the Baron that it is possible to solve the famous problem called the «Philosopher's Stone.» His own pecuniary resources have long since been exhausted by his costly experiments. His sister has next supplied him with the small fortune at her disposal: reserving only the family jewels, placed in the charge of her banker and friend at Frankfort.

'The Countess's fortune also being swallowed up, the Baron has in a fatal moment sought for new supplies at the gaming table. He proves, at starting on his perilous career, to be a favourite of fortune; wins largely, and, alas! profanes his noble enthusiasm for science by yielding his soul to the all-debasing passion of the gamester.

'At the period of the Play, the Baron's good fortune has deserted him. He sees his way to a crowning experiment in the fatal search after the secret of transmuting the baser elements into gold. But how is he to pay the preliminary expenses? Destiny, like a mocking echo, answers, How?

La comtesse joue de nouveau et perd encore. Le lord sourit d'une manière fort aimable et la prie de lui emprunter encore une petite somme. À partir de ce moment, la chance tourne. Elle gagne et largement. Son frère, le baron, qui tente la fortune dans la salle à côté, voit ce qui se passe et vient rejoindre le lord et la comtesse.

» Faites bien attention, n'est-ce pas, au baron. C'est le rôle important et remarquable.

» Ce personnage a commencé sa vie par une véritable passion pour la chimie expérimentale, cette passion est fort surprenante chez un homme jeune et beau, qui a devant lui un brillant avenir. Une connaissance approfondie des sciences occultes a fait croire au baron qu'il était possible de résoudre ce fameux problème de la pierre philosophale. *Il a depuis longtemps épuisé toutes ses ressources en coûteuses expériences. Sa sœur l'a ensuite aidé de sa petite fortune, conservant seulement ses bijoux de famille confiés à un de ses amis, banquier à Francfort.*

» La fortune de la comtesse une fois engloutie, le baron a cherché une nouvelle source de revenus dans le jeu. Au début de sa périlleuse carrière il est le favori de la Fortune, il gagne souvent, hélas ! Et la dégradante passion du jeu remplace dans son âme l'enthousiasme de la science.

» Au moment où la pièce commence, la chance a abandonné le baron. Il songe à tenter une dernière expérience pour découvrir le secret de transformer en or de vils métaux. Mais comment payera-t-il les frais de cette expérience. Comment ? répond la Destinée, écho moqueur.

'Will his sister's winnings (with my Lord's money) prove large enough to help him? Eager for this result, he gives the Countess his advice how to play. From that disastrous moment the infection of his own adverse fortune spreads to his sister. She loses again, and again—loses to the last farthing.

'The amiable and wealthy Lord offers a third loan; but the scrupulous Countess positively refuses to take it. On leaving the table, she presents her brother to my Lord. The gentlemen fall into pleasant talk. My Lord asks leave to pay his respects to the Countess, the next morning, at her hotel. The Baron hospitably invites him to breakfast. My Lord accepts, with a last admiring glance at the Countess which does not escape her brother's observation, and takes his leave for the night.

'Alone with his sister, the Baron speaks out plainly. «Our affairs,» he says, «are in a desperate condition, and must find a desperate remedy. Wait for me here, while I make inquiries about my Lord. You have evidently produced a strong impression on him. If we can turn that impression into money, no matter at what sacrifice, the thing must be done.»

'The Countess now occupies the stage alone, and indulges in a soliloquy which develops her character.

'It is at once a dangerous and attractive character. Immense capacities for good are implanted in her nature, side by side with equally remarkable capacities for evil.

» Les gains que vient de faire sa sœur avec l'argent du lord lui suffiront-ils ? Inquiet du résultat, il donne à la comtesse des conseils pour jouer. Mais alors sa malchance s'étend sur sa sœur : elle se met à perdre encore et encore, jusqu'à son dernier sou.

» L'aimable et riche anglais offre un troisième prêt ; mais la comtesse, en femme délicate, refuse absolument. En quittant la table, elle présente son frère au lord. Ces messieurs se mettent à causer ensemble. Le lord demande la permission de venir le lendemain à l'hôtel de la comtesse pour lui présenter ses respects. Le baron l'invite aussitôt à déjeuner. Le lord accepte en jetant un dernier regard de respectueuse admiration à la comtesse, mais ce regard n'a pas échappé au frère. Le lord prend congé d'eux.

» Une fois seul avec sa sœur, le baron lui parle à cœur ouvert. "Nos affaires sont désespérées, il nous faut trouver un remède héroïque. Attendez-moi ici pendant que je vais prendre quelques renseignements sur ce lord. Vous avez évidemment produit une grande impression sur lui ; si nous pouvons nous en servir pour avoir de l'argent, il faut à tout prix que la chose se fasse."

» La comtesse reste alors seule en scène et, dans un monologue, montre à nu son caractère.

» C'est un rôle à la fois sympathique et antipathique. Il y a dans sa nature, à côté d'un grand désir de faire le bien, de grands défauts qui la poussent au mal.

It rests with circumstances to develop either the one or the other. Being a person who produces a sensation wherever she goes, this noble lady is naturally made the subject of all sorts of scandalous reports. To one of these reports (which falsely and abominably points to the Baron as her lover instead of her brother) she now refers with just indignation. She has just expressed her desire to leave Homburg, as the place in which the vile calumny first took its rise, when the Baron returns, overhears her last words, and says to her, «Yes, leave Homburg by all means; provided you leave it in the character of my Lord's betrothed wife!»

'The Countess is startled and shocked. She protests that she does not reciprocate my Lord's admiration for her. She even goes the length of refusing to see him again. The Baron answers, «I must positively have command of money. Take your choice, between marrying my Lord's income, in the interest of my grand discovery—or leave me to sell myself and my title to the first rich woman of low degree who is ready to buy me.»

'The Countess listens in surprise and dismay. Is it possible that the Baron is in earnest? He is horribly in earnest. «The woman who will buy me,» he says, «is in the next room to us at this moment. She is the wealthy widow of a Jewish usurer. She has the money I want to reach the solution of the great problem. I have only to be that woman's husband, and to make myself master of untold millions of gold. Take five minutes to consider what I have said to you, and tell me on my return which of us is to marry for the money I want, you or I.»

Elle sera bonne ou mauvaise, suivant les circonstances. Produisant beaucoup d'effet partout où elle va, cette dame est naturellement en butte à une foule de bruits calomnieux. Elle proteste énergiquement dans cette scène contre un de ces bruits indignes qui représente le baron comme son amant et non comme son frère. Elle finit en exprimant un vif désir de quitter Hombourg, car c'est dans cette ville que la calomnie a commencé. Le baron revient et entend ses dernières paroles : "Oui, dit-il, vous quitterez Hombourg si vous le voulez, mais à la condition que vous le quitterez avec le titre de fiancée du lord."

» La comtesse est tout à la fois étonnée et choquée ; elle répond que si le lord éprouve de l'affection pour elle il ne lui en inspire aucune : elle va plus loin, elle déclare qu'elle ne le recevra pas. "Faites votre choix, répond le baron, épousez le revenu de ce lord ou laissez-moi me vendre moi et mon titre à la première femme riche quelle qu'elle soit, qui voudra m'acheter."

» La comtesse l'écoute toute surprise. Est-il possible que le baron parle sérieusement ? "La femme qui est prête à me payer reprend-il, n'est pas loin, elle se trouve dans la salle à côté. C'est la veuve d'un riche usurier juif. Elle a l'argent qui m'est nécessaire pour arriver à la solution de mon grand problème. Je n'ai qu'à consentir à être son mari et je deviens aussitôt millionnaire. Réfléchissez, si vous voulez, cinq minutes à ce que je viens de vous dire, mais quand je reviendrai, que je sache qui de nous deux se marie pour l'argent, vous ou moi."

'As he turns away, the Countess stops him.

'All the noblest sentiments in her nature are exalted to the highest pitch. «Where is the true woman,» she exclaims, «who wants time to consummate the sacrifice of herself, when the man to whom she is devoted demands it? She does not want five minutes—she does not want five seconds—she holds out her hand to him, and she says, Sacrifice me on the altar of your glory! Take as stepping-stones on the way to your triumph, my love, my liberty, and my life!»

'On this grand situation the curtain falls.

'Judging by my first act, Mr. Westwick, tell me truly, and don't be afraid of turning my head:— Am I not capable of writing a good play?'

Henry paused between the First and Second Acts; reflecting, not on the merits of the play, but on the strange resemblance which the incidents so far presented to the incidents that had attended the disastrous marriage of the first Lord Montbarry.

Was it possible that the Countess, in the present condition of her mind, supposed herself to be exercising her invention when she was only exercising her memory?

The question involved considerations too serious to be made the subject of a hasty decision. Reserving his opinion, Henry turned the page, and devoted himself to the reading of the next act. The manuscript proceeded as follows:

» La comtesse l'arrêta comme il s'en allait.

» Les moindres sentiments sont poussés chez elle à l'extrême. "Quelle est la femme digne de ce nom, s'écria-t-elle, qui a besoin de réfléchir pour se sacrifier quand l'homme à qui elle est toute dévouée le lui demande ?" Elle n'a pas besoin de cinq minutes. Elle lui tend la main et lui dit : "Immolez-moi sur l'autel de votre gloire ; je suis prête à vous servir de marchepied ; prenez ma liberté et ma vie, pourvu que j'aide à votre triomphe."

» Le rideau tombe sur cette situation émouvante. »

« Jugez d'après mon premier acte, monsieur Westwick, et dites-moi, en toute sincérité, sans crainte de me faire tourner la tête, si vous ne me trouvez pas capable d'écrire une pièce ? »

Henry s'arrêta un peu, entre le premier et le second acte, réfléchissant non pas au mérite de la pièce, mais à l'étrange coïncidence qu'il y avait entre tous les incidents racontés par la comtesse et ceux qui avaient précédé le désastreux mariage de son frère, le premier lord Montbarry.

Est-ce que la comtesse, dans la situation d'esprit où elle se trouvait actuellement ne se faisait pas illusion en croyant avoir affaire à son imagination tandis qu'elle n'exerçait que sa mémoire ?

La question était trop grave pour être ainsi résolue du premier coup. Sans s'appesantir sur cette pensée, Henry tourna la page et commença la lecture du second acte. Le manuscrit continuait ainsi :

'The Second Act opens at Venice. An interval of four months has elapsed since the date of the scene at the gambling table. The action now takes place in the reception-room of one of the Venetian palaces.

'The Baron is discovered, alone, on the stage. He reverts to the events which have happened since the close of the First Act. The Countess has sacrificed herself; the mercenary marriage has taken place—but not without obstacles, caused by difference of opinion on the question of marriage settlements.

'Private inquiries, instituted in England, have informed the Baron that my Lord's income is derived chiefly from what is called entailed property. In case of accidents, he is surely bound to do something for his bride? Let him, for example, insure his life, for a sum proposed by the Baron, and let him so settle the money that his widow shall have it, if he dies first.

'My Lord hesitates. The Baron wastes no time in useless discussion. «Let us by all means» (he says) «consider the marriage as broken off.» My Lord shifts his ground, and pleads for a smaller sum than the sum proposed. The Baron briefly replies, «I never bargain.» My lord is in love; the natural result follows—he gives way.

'So far, the Baron has no cause to complain. But my Lord's turn comes, when the marriage has been celebrated, and when the honeymoon is over. The Baron has joined the married pair at a palace which they have hired in Venice. He is still bent on solving the problem of the «Philosopher's Stone.»

« Le deuxième acte s'ouvre à Venise. Quatre mois se sont écoulés depuis la scène de la table de jeu. L'action se passe maintenant dans le salon d'un palais vénitien.

» Le baron, seul, songe à ce qui s'est passé depuis la fin du premier acte. La comtesse s'est sacrifiée ; le mariage a eu lieu, mais non sans tiraillements, à cause de certaines discussions d'argent relatives au contrat.

» Des bureaux de renseignements ont appris au baron que le revenu du lord provient en grande partie de ce qu'on appelle des biens substitués. En prévision d'événements malheureux, il doit évidemment faire quelque chose pour sa femme. Qu'il assure par exemple sa vie pour une somme que le baron indique et qu'il s'arrange de façon à ce que cette somme revienne à sa veuve au cas où il mourrait le premier.

» Le lord hésite, mais le baron ne perd pas son temps en discussions stériles. "Considérons le mariage comme rompu, dit-il, et brisons la." Le lord cède peu à peu ; il serait prêt à souscrire pour une somme inférieure à celle qu'on lui demande. Le baron répond d'un ton sec : "Je ne marchande jamais." Le lord est amoureux, et naturellement il finit par consentir.

» Jusque-là le baron n'a pas à se plaindre. Mais quand le mariage est célébré et que la lune de miel est finie, le lord prend sa revanche. Le baron a rejoint les nouveaux époux dans un vieux palais qu'ils ont loué à Venise. Il est toujours à la recherche de la pierre philosophale.

His laboratory is set up in the vaults beneath the palace—so that smells from chemical experiments may not incommode the Countess, in the higher regions of the house. The one obstacle in the way of his grand discovery is, as usual, the want of money. His position at the present time has become truly critical. He owes debts of honour to gentlemen in his own rank of life, which must positively be paid; and he proposes, in his own friendly manner, to borrow the money of my Lord. My Lord positively refuses, in the rudest terms. The Baron applies to his sister to exercise her conjugal influence. She can only answer that her noble husband (being no longer distractedly in love with her) now appears in his true character, as one of the meanest men living. The sacrifice of the marriage has been made, and has already proved useless.

'Such is the state of affairs at the opening of the Second Act.

'The entrance of the Countess suddenly disturbs the Baron's reflections. She is in a state bordering on frenzy. Incoherent expressions of rage burst from her lips: it is some time before she can sufficiently control herself to speak plainly. She has been doubly insulted—first, by a menial person in her employment; secondly, by her husband. Her maid, an Englishwoman, has declared that she will serve the Countess no longer. She will give up her wages, and return at once to England.

'Being asked her reason for this strange proceeding, she insolently hints that the Countess's service is no service for an honest woman, since the Baron has entered the house. The Countess does, what any lady in her position would do; she indignantly dismisses the wretch on the spot.

Son laboratoire est installé dans les caves du palais, afin que les odeurs de ces expériences n'incommodent pas la comtesse. L'obstacle éternel au succès de sa découverte est le manque d'argent. Sa position, en ce moment, est des plus critiques ; il a des dettes d'honneur qu'il faut absolument payer. Il demande fort amicalement au lord de lui prêter de l'argent. Le lord refuse en termes très secs et presque durs. Le baron s'adresse à sa sœur et la prie d'user de son influence en sa faveur. Tout ce qu'elle peut répondre, c'est que son mari, qui n'est plus amoureux d'elle, s'est révélé sous son véritable caractère, celui d'un avare fieffé. Le sacrifice du mariage a été consommé et il a été inutile.

» Telle est la situation au début du deuxième acte.

» L'entrée de la comtesse vient troubler le baron dans sa méditation. Elle est en proie à la rage. Des paroles de colère s'échappent de ses lèvres : quelques moments s'écoulent avant qu'elle rentre suffisamment en possession d'elle-même pour pouvoir parler. Elle vient d'être insultée à deux reprises, d'abord par une personne de son service, ensuite par son mari. Sa femme de chambre, une Anglaise, a déclaré qu'elle ne voulait pas servir plus longtemps la comtesse. Elle abandonne ses gages, mais veut retourner immédiatement en Angleterre.

» Interrogée sur les motifs qui la font agir ainsi, elle répond insolemment et en termes voilés, qu'une honnête femme ne peut pas servir la comtesse, surtout depuis que le baron est arrivé. La comtesse fait ce que toute femme aurait fait à sa place : indignée, elle chasse sur-le-champ cette misérable.

'My Lord, hearing his wife's voice raised in anger, leaves the study in which he is accustomed to shut himself up over his books, and asks what this disturbance means. The Countess informs him of the outrageous language and conduct of her maid. My Lord not only declares his entire approval of the woman's conduct, but expresses his own abominable doubts of his wife's fidelity in language of such horrible brutality that no lady could pollute her lips by repeating it. «If I had been a man,» the Countess says, «and if I had had a weapon in my hand, I would have struck him dead at my feet!»

'The Baron, listening silently so far, now speaks. «Permit me to finish the sentence for you,» he says. «You would have struck your husband dead at your feet; and by that rash act, you would have deprived yourself of the insurance money settled on the widow—the very money which is wanted to relieve your brother from the unendurable pecuniary position which he now occupies!»

'The Countess gravely reminds the Baron that this is no joking matter. After what my Lord has said to her, she has little doubt that he will communicate his infamous suspicions to his lawyers in England. If nothing is done to prevent it, she may be divorced and disgraced, and thrown on the world, with no resource but the sale of her jewels to keep her from starving.

'At this moment, the Courier who has been engaged to travel with my Lord from England crosses the stage with a letter to take to the post. The Countess stops him, and asks to look at the address on the letter. She takes it from him for a moment, and shows it to her brother. The handwriting is my Lord's; and the letter is directed to his lawyers in London.

» Le lord, entendant sa femme parler haut, quitte le cabinet de travail où il avait l'habitude de s'enfermer avec ses livres et demande ce que signifie cette dispute. La comtesse lui dit les paroles outrageantes et la conduite de la femme de chambre. Le lord non seulement déclare qu'il approuve la conduite de cette domestique, mais il exprime les doutes qu'il a sur la fidélité de sa femme si crûment qu'il est impossible de les répéter : "Si j'avais été homme, dit la comtesse, si j'avais eu une arme à ma portée, je l'aurais tué sans pitié."

» Le baron, qui jusque-là a écouté en silence, prend alors la parole : "Permettez moi de finir la phrase pour vous, dit-il ; vous l'auriez frappé à mort, et par cet acte de violence, vous vous seriez privée de la prime d'assurance qui revient à la veuve, prime si nécessaire pour tirer votre frère de l'intolérable situation dans laquelle il est maintenant."

» La comtesse rappelle gravement au baron qu'il n'y a pas là matière à plaisanter. Après ce que le lord lui a dit, elle ne doute pas qu'il ne communique ses infâmes soupçons à ses avocats en Angleterre. Si elle ne fait rien pour l'en empêcher, avant peu elle sera divorcée et déshonorée, en proie à la calomnie, sans autres ressources que ses bijoux pour ne pas mourir de faim.

» À ce moment, le courrier que le lord a engagé en Angleterre pour l'accompagner dans ses voyages, traverse la scène avec une lettre qu'il va mettre à le poste. La comtesse l'arrête et demande à regarder l'adresse. Elle la garde un instant et la montre à son frère. L'écriture est du lord : la lettre est adressée à ses avocats à Londres.

'The Courier proceeds to the post-office. The Baron and the Countess look at each other in silence. No words are needed. They thoroughly understand the position in which they are placed; they clearly see the terrible remedy for it. What is the plain alternative before them? Disgrace and ruin—or, my Lord's death and the insurance money!

'The Baron walks backwards and forwards in great agitation, talking to himself. The Countess hears fragments of what he is saying.

'He speaks of my Lord's constitution, probably weakened in India—of a cold which my Lord has caught two or three days since—of the remarkable manner in which such slight things as colds sometimes end in serious illness and death.

'He observes that the Countess is listening to him, and asks if she has anything to propose. She is a woman who, with many defects, has the great merit of speaking out. «Is there no such thing as a serious illness,» she asks, «corked up in one of those bottles of yours in the vaults downstairs?»

'The Baron answers by gravely shaking his head. What is he afraid of?—a possible examination of the body after death? No: he can set any post-mortem examination at defiance. It is the process of administering the poison that he dreads. A man so distinguished as my Lord cannot be taken seriously ill without medical attendance. Where there is a Doctor, there is always danger of discovery. Then, again, there is the Courier, faithful to my Lord as long as my Lord pays him. Even if the Doctor sees nothing suspicious,

» Le courrier part pour la poste. Le baron et la comtesse se regardent en silence. Ils n'ont pas besoin de parler. Ils comprennent parfaitement leur position, et le seul remède leur apparaît dans sa triste clarté. L'alternative est bien simple : "Déshonneur et ruine, ou mort de milord et argent de l'assurance !"

» Le baron, fort agité, se promène de long en large, se parlant à lui-même. La comtesse saisit des lambeaux de phrases.

» Il parle de la constitution du lord, probablement affaiblie par son séjour dans les Indes ; d'un rhume que le lord a depuis deux ou trois jours ; de complications inattendues qui font que les indispositions aussi légères que les rhumes se terminent quelquefois par de graves maladies et par la mort.

» Il s'aperçoit que la comtesse l'écoute et lui demande si elle n'a rien à lui proposer, elle, qui malgré tous ses défauts, a au moins le mérite de toujours parler franchement. "N'avez-vous pas, dit-elle, une bonne petite maladie bien sérieuse, dans un de vos flacons, en bas, dans les caveaux ?"

» Le baron répond en hochant gravement la tête. De quoi a-t-il peur ? Qu'on examine le corps après la mort ? Non pas : il se moque qu'on fasse l'autopsie. Ce qui l'inquiète, c'est de savoir comment administrer le poison. Un homme comme le lord fait appeler un médecin quand il se dit sérieusement malade, et quand il y a un médecin il y a toujours danger d'être découvert. Il y a en outre le courrier, fidèle au lord, tant que le lord le paiera. Si le médecin ne voit rien de suspect,

the Courier may discover something. The poison, to do its work with the necessary secrecy, must be repeatedly administered in graduated doses. One trifling miscalculation or mistake may rouse suspicion. The insurance offices may hear of it, and may refuse to pay the money. As things are, the Baron will not risk it, and will not allow his sister to risk it in his place.

'My Lord himself is the next character who appears. He has repeatedly rung for the Courier, and the bell has not been answered. «What does this insolence mean?»

'The Countess (speaking with quiet dignity—for why should her infamous husband have the satisfaction of knowing how deeply he has wounded her?) reminds my Lord that the Courier has gone to the post. My Lord asks suspiciously if she has looked at the letter. The Countess informs him coldly that she has no curiosity about his letters. Referring to the cold from which he is suffering, she inquires if he thinks of consulting a medical man. My Lord answers roughly that he is quite old enough to be capable of doctoring himself.

'As he makes this reply, the Courier appears, returning from the post. My Lord gives him orders to go out again and buy some lemons. He proposes to try hot lemonade as a means of inducing perspiration in bed. In that way he has formerly cured colds, and in that way he will cure the cold from which he is suffering now.

'The Courier obeys in silence. Judging by appearances, he goes very reluctantly on this second errand.

le courrier peut s'apercevoir de quelque chose. Le poison, pour faire secrètement son œuvre, doit être administré à différentes reprises et par doses graduelles. La moindre imprudence peut tout compromettre. Les bureaux d'assurances peuvent avoir des soupçons et refuser de payer. Dans l'état actuel des choses, le baron ne veut pas tenter le coup ni permettre à sa sœur de le tenter pour lui.

» Le lord parait ensuite. Il a sonné plusieurs fois le courrier et l'on n'a pas répondu à son appel. "Que signifie ce silence ?"

» La comtesse lui répond en se contenant – pourquoi en effet aurait-elle donné à son indigne époux la satisfaction de lui laisser voir combien était profonde la blessure qu'il lui avait faite ; – elle rappelle au lord qu'il a envoyé le courrier à la poste. Le lord lui demande d'un air soupçonneux si elle a regardé la lettre. La comtesse répond froidement qu'elle ne s'occupe pas de ce qu'il peut écrire ; puis, à propos du rhume qu'il a, elle lui demande s'il désire consulter un médecin. Le lord répond qu'il est assez grand pour se soigner lui-même.

» À ce moment le courrier paraît, revenant de la poste. Le lord lui donne l'ordre de repartir pour aller acheter des citrons. Il veut essayer de boire de la limonade chaude pour transpirer dans son lit : il a autrefois déjà guéri des rhumes de cette façon et il veut encore en essayer cette fois.

» Le courrier obéit, mais semble le faire à contre-cœur.

'My Lord turns to the Baron (who has thus far taken no part in the conversation) and asks him, in a sneering tone, how much longer he proposes to prolong his stay in Venice. The Baron answers quietly, «Let us speak plainly to one another, my Lord. If you wish me to leave your house, you have only to say the word, and I go.» My Lord turns to his wife, and asks if she can support the calamity of her brother's absence — laying a grossly insulting emphasis on the word «brother.» The Countess preserves her impenetrable composure; nothing in her betrays the deadly hatred with which she regards the titled ruffian who has insulted her. «You are master in this house, my Lord,» is all she says. «Do as you please.»

'My Lord looks at his wife; looks at the Baron—and suddenly alters his tone. Does he perceive in the composure of the Countess and her brother something lurking under the surface that threatens him? This is at least certain, he makes a clumsy apology for the language that he has used. (Abject wretch!)

'My Lord's excuses are interrupted by the return of the Courier with the lemons and hot water.

'The Countess observes for the first time that the man looks ill. His hands tremble as he places the tray on the table. My Lord orders his Courier to follow him, and make the lemonade in the bedroom. The Countess remarks that the Courier seems hardly capable of obeying his orders. Hearing this, the man admits that he is ill. He, too, is suffering from a cold; he has been kept waiting in a draught at the shop where he bought the lemons; he feels alternately

» Le lord se tourne vers le baron (qui jusque-là n'a pas pris part à la conversation) et lui demande d'un ton narquois combien de temps il compte encore rester à Venise. Le baron répond tranquillement : "Parlons franchement, milord ; si vous voulez que je quitte votre maison, vous n'avez qu'à le dire et je pars." Le lord se tourne du côté de sa femme et lui demande si elle est capable de supporter l'absence de son frère, et prononce ce dernier mot avec une emphase insultante. La comtesse garde un imperturbable sang-froid ; rien en elle ne trahit la haine mortelle qu'elle a pour le misérable qui l'a insultée : "Vous êtes le maître dans cette maison, milord, répond-elle simplement, faites comme il vous plaira."

» Le lord regarde tour à tour sa femme et le baron, et soudain change de ton. Voit-il dans le sang-froid de la comtesse et de son frère une menace pour lui ? C'est probable, car il s'excuse maladroitement de ce qu'il vient de dire. Quel abject personnage !

» Les excuses du lord sont interrompues par l'entrée du courrier, qui revient avec des citrons et de l'eau chaude.

» La comtesse remarque pour la première fois que cet homme a l'air malade. Ses mains tremblent en posant le plateau sur la table. Le lord ordonne à son courrier de le suivre et de venir faire la limonade dans sa chambre à coucher. La comtesse fait observer que le courrier semble incapable de se tenir debout. En l'entendant, l'homme avoue qu'il est souffrant. Lui aussi est enrhumé ; il s'est trouvé exposé à un courant d'air dans la boutique où il a acheté les citrons ; et il se sent tour à tour

hot and cold, and he begs permission to lie down for a little while on his bed.

'Feeling her humanity appealed to, the Countess volunteers to make the lemonade herself. My Lord takes the Courier by the arm, leads him aside, and whispers these words to him: «Watch her, and see that she puts nothing into the lemonade; then bring it to me with your own hands; and, then, go to bed, if you like.»

'Without a word more to his wife, or to the Baron, my Lord leaves the room.

'The Countess makes the lemonade, and the Courier takes it to his master.

'Returning, on the way to his own room, he is so weak, and feels, he says, so giddy, that he is obliged to support himself by the backs of the chairs as he passes them. The Baron, always considerate to persons of low degree, offers his arm. «I am afraid, my poor fellow,» he says, «that you are really ill.» The Courier makes this extraordinary answer: «It's all over with me, Sir: I have caught my death.»

'The Countess is naturally startled. «You are not an old man,» she says, trying to rouse the Courier's spirits. «At your age, catching cold doesn't surely mean catching your death?»

'The Courier fixes his eyes despairingly on the Countess. «My lungs are weak, my Lady,» he says; «I have already had two attacks of bronchitis. The second time, a great physician joined my own doctor in attendance on me. He considered my recovery almost in the light of a miracle.

chaud et froid et demande la permission de se jeter un instant sur son lit :

» C'était un véritable appel à l'humanité de la comtesse : elle offre donc de faire elle-même la limonade. Le lord prend le courrier par le bras et lui dit tout bas : "Surveillez-la, qu'elle ne mette rien dans la boisson, puis apportez la-moi vous-même ; ensuite vous irez vous coucher si vous voulez."

» Sans ajouter un mot, le lord quitte la chambre.

» La comtesse fait la limonade et le courrier la porte à son maître.

» En gagnant sa chambre, le courrier est si faible, il se sent si étourdi qu'il est obligé de s'appuyer, pour se soutenir, sur le dos des chaises qu'il rencontre sur son chemin. Le baron, toujours bienveillant pour ses inférieurs, lui offre le bras ; "J'ai bien peur, mon pauvre garçon, que vous ne soyez réellement malade." Le courrier fait cette réponse extraordinaire : "C'en est fait de moi, monsieur, j'ai attrapé la mort !"

» Naturellement, la comtesse est étonnée : "Vous n'êtes cependant pas vieux, dit-elle en essayant d'encourager le courrier ; à votre âge attraper froid ne signifie pas attraper la mort."

» Le courrier regarde la comtesse d'un air désespéré : "J'ai la poitrine faible, milady, j'ai déjà eu deux bronchites. La seconde fois un grand médecin fut appelé en consultation ; il regardait ma guérison comme un miracle :

«Take care of yourself,» he said. «If you have a third attack of bronchitis, as certainly as two and two make four, you will be a dead man. I feel the same inward shivering, my Lady, that I felt on those two former occasions—and I tell you again, I have caught my death in Venice.»

'Speaking some comforting words, the Baron leads him to his room. The Countess is left alone on the stage.

'She seats herself, and looks towards the door by which the Courier has been led out. «Ah! my poor fellow,» she says, «if you could only change constitutions with my Lord, what a happy result would follow for the Baron and for me! If you could only get cured of a trumpery cold with a little hot lemonade, and if he could only catch his death in your place—!»

'She suddenly pauses—considers for a while—and springs to her feet, with a cry of triumphant surprise: the wonderful, the unparalleled idea has crossed her mind like a flash of lightning. Make the two men change names and places—and the deed is done! Where are the obstacles? Remove my Lord (by fair means or foul) from his room; and keep him secretly prisoner in the palace, to live or die as future necessity may determine. Place the Courier in the vacant bed, and call in the doctor to see him—ill, in my Lord's character, and (if he dies) dying under my Lord's name!'

The manuscript dropped from Henry's hands. A sickening sense of horror overpowered him. The question which had occurred to his mind at the close of the First Act of the Play assumed a new and terrible interest now.

« Faites attention, m'a-t-il dit, si vous avez une troisième bronchite, aussi sûr que deux et deux font quatre, vous êtes un homme mort. » Je ressens dans mes os, milady, le même froid que j'ai eu les deux premières fois, et je vous le répète, j'ai attrapé la mort à Venise."

» Après quelques paroles de consolation, le baron le conduit dans sa chambre. La comtesse reste seule en scène.

» Elle s'assied et regarde la porte par laquelle le courrier est sorti : "Ah ! Mon pauvre garçon, dit-elle, si vous pouviez changer de constitution avec milord, quelle heureuse chance pour le baron et pour moi ! Si vous pouviez seulement guérir votre rhume avec un peu de limonade chaude, et lui *s'il pouvait attraper la mort à votre place !"*

» Elle s'arrête soudain, réfléchit un instant et se lève en poussant un cri de triomphe. Une idée sans pareille, une idée merveilleuse vient de traverser son esprit comme un éclair. Substituer un de ces deux hommes à l'autre, et son désir est accompli. Où sont les obstacles ? Il n'y a qu'à enlever le lord de sa chambre, de gré ou de force, à le garder secrètement prisonnier dans le palais et le laisser vivre ou mourir suivant les circonstances. Il n'y a qu'à placer le courrier dans le lit devenu vide, à appeler un médecin qui le voie malade, dans le rôle du lord ; s'il meurt, il mourra sous le nom de milord. »

Le manuscrit tomba des mains d'Henri. Un invincible sentiment d'horreur s'était emparé de lui. La question qu'il s'était posé à la fin du premier acte prenait maintenant un nouvel intérêt, et un intérêt terrible.

As far as the scene of the Countess's soliloquy, the incidents of the Second Act had reflected the events of his late brother's life as faithfully as the incidents of the First Act. Was the monstrous plot, revealed in the lines which he had just read, the offspring of the Countess's morbid imagination? or had she, in this case also, deluded herself with the idea that she was inventing when she was really writing under the influence of her own guilty remembrances of the past?

If the latter interpretation were the true one, he had just read the narrative of the contemplated murder of his brother, planned in cold blood by a woman who was at that moment inhabiting the same house with him.

While, to make the fatality complete, Agnes herself had innocently provided the conspirators with the one man who was fitted to be the passive agent of their crime.

Even the bare doubt that it might be so was more than he could endure. He left his room; resolved to force the truth out of the Countess, or to denounce her before the authorities as a murderess at large.

Arrived at her door, he was met by a person just leaving the room. The person was the manager. He was hardly recognisable; he looked and spoke like a man in a state of desperation.

'Oh, go in, if you like!' he said to Henry. 'Mark this, sir! I am not a superstitious man; but I do begin to believe that crimes carry their own curse with them.

Jusqu'au monologue de la comtesse, les incidents du second acte avaient reproduit les moindres détails de la vie de son frère avec autant de vérité qu'au premier acte. Le monstrueux complot révélé par les lignes qu'il venait de lire était-il le produit de l'imagination malade de la comtesse, ou bien avait-elle cru qu'elle inventait, tandis qu'elle ne faisait qu'écrire sous la dictée de ses criminels souvenirs ?

Si la dernière hypothèse était la vraie, son frère avait été assassiné; le crime avait été longuement prémédité par la femme à laquelle il avait donné son nom !

Pour comble de fatalité, c'était Agnès elle-même qui avait innocemment poussé vers les coupables l'homme qui devait être l'agent passif du crime.

Ne pouvant supporter un doute pareil, il quitta sa chambre, pour arracher la vérité à la comtesse ou pour la dénoncer à la justice comme une criminelle impunie.

Arrivé à la porte, il croisa quelqu'un qui sortait justement de la chambre : c'était le gérant. Il était presque méconnaissable ; il gesticulait et parlait comme un homme au désespoir.

« Entrez si vous voulez, dit-il à Henry. Tenez, monsieur, je ne suis pas superstitieux, mais je commence à croire que les crimes portent avec eux leur châtiment.

This hotel is under a curse. What happens in the morning? We discover a crime committed in the old days of the palace. The night comes, and brings another dreadful event with it—a death; a sudden and shocking death, in the house. Go in, and see for yourself! I shall resign my situation, Mr. Westwick: I can't contend with the fatalities that pursue me here!'

Henry entered the room.

The Countess was stretched on her bed. The doctor on one side, and the chambermaid on the other, were standing looking at her. From time to time, she drew a heavy stertorous breath, like a person oppressed in sleeping.

'Is she likely to die?' Henry asked.

'She is dead,' the doctor answered. 'Dead of the rupture of a blood-vessel on the brain. Those sounds that you hear are purely mechanical—they may go on for hours.'

Henry looked at the chambermaid. She had little to tell. The Countess had refused to go to bed, and had placed herself at her desk to proceed with her writing. Finding it useless to remonstrate with her, the maid had left the room to speak to the manager. In the shortest possible time, the doctor was summoned to the hotel, and found the Countess dead on the floor. There was this to tell—and no more.

Cet hôtel est maudit ! Qu'est-ce qui arrive ce matin ? Nous découvrons qu'un assassinat a été commis autrefois dans le palais. La nuit vient, et apporte avec elle encore une chose épouvantable : une mort. Une mort soudaine et horrible dans la maison ! Entrez et voyez vous-même ! Je vais donner ma démission, monsieur Westwick : je ne peux pas lutter contre la fatalité qui me poursuit ici. »

La comtesse était étendue sur son lit : le médecin et la femme de chambre debout à ses côtés ne la quittaient pas du regard. De temps en temps, sa respiration lourde et pénible se faisait entendre comme celle d'une personne oppressée dans son sommeil.

« Va-t-elle mourir ? demanda Henry.

— C'est fini, répondit le docteur, elle est morte de la rupture d'un anévrisme au cerveau. Ces sons que vous entendez sont pour ainsi dire mécaniques, ils peuvent durer encore des heures. »

Henry regarda la femme de chambre. Elle n'avait que bien peu de chose à lui apprendre. La comtesse avait refusé de se coucher et s'était mise à son pupitre pour continuer à écrire. Trouvant qu'il était inutile de lui faire la moindre remontrance, la femme de chambre l'avait quittée pour aller prévenir le gérant Au plus vite on envoya chercher un médecin, et quand il arriva, il trouva la comtesse étendue morte sur le parquet. Voilà tout ce qu'elle avait à dire.

Looking at the writing-table as he went out, Henry saw the sheet of paper on which the Countess had traced her last lines of writing. The characters were almost illegible. Henry could just distinguish the words, 'First Act,' and 'Persons of the Drama.' The lost wretch had been thinking of her Play to the last, and had begun it all over again! ◆

En sortant, Henry regarda le pupitre et vit une feuille sur laquelle la comtesse avait tracé ses dernières lignes. Les lettres étaient presque illisibles. Henry put seulement déchiffrer ces mots : « Acte premier », et : « Personnages du drame ». Jusqu'à la fin, la misérable folle avait pensé à sa pièce et elle l'avait entièrement recommencée. ■

27

HENRY RETURNED to his room.

His first impulse was to throw aside the manuscript, and never to look at it again. The one chance of relieving his mind from the dreadful uncertainty that oppressed it, by obtaining positive evidence of the truth, was a chance annihilated by the Countess's death. What good purpose could be served, what relief could he anticipate, if he read more?

He walked up and down the room. After an interval, his thoughts took a new direction; the question of the manuscript presented itself under another point of view. Thus far, his reading had only informed him that the conspiracy had been planned. How did he know that the plan had been put in execution?

The manuscript lay just before him on the floor. He hesitated; then picked it up; and, returning to the table, read on as follows, from the point at which he had left off.

27

Henry revint dans sa chambre.

Son premier mouvement fut de jeter le manuscrit de côté pour ne plus jamais le regarder. La seule chance, qu'il eût de connaître la vérité disparaissait avec la comtesse. Quel espoir lui restait-il ? Quel intérêt avait-il à pousser plus loin sa lecture ?

Il se mit à arpenter la chambre. Au bout d'un moment il changea d'avis ; il venait d'envisager la question du manuscrit à un autre point de vue. Jusque-là, grâce à ces feuillets de papier, il avait appris qu'on avait prémédité ce crime, mais comment avait-il été mis à exécution ? Il ne le savait pas encore.

Le manuscrit était justement devant lui à terre. Il hésita, puis enfin le ramassa ; et, retournant à sa table, il continua de lire :

'While the Countess is still absorbed in the bold yet simple combination of circumstances which she has discovered, the Baron returns. He takes a serious view of the case of the Courier; it may be necessary, he thinks, to send for medical advice. No servant is left in the palace, now the English maid has taken her departure. The Baron himself must fetch the doctor, if the doctor is really needed.

'«Let us have medical help, by all means,» his sister replies. «But wait and hear something that I have to say to you first.»

'She then electrifies the Baron by communicating her idea to him. What danger of discovery have they to dread? My Lord's life in Venice has been a life of absolute seclusion: nobody but his banker knows him, even by personal appearance. He has presented his letter of credit as a perfect stranger; and he and his banker have never seen each other since that first visit. He has given no parties, and gone to no parties. On the few occasions when he has hired a gondola or taken a walk, he has always been alone. Thanks to the atrocious suspicion which makes him ashamed of being seen with his wife, he has led the very life which makes the proposed enterprise easy of accomplishment.

'The cautious Baron listens—but gives no positive opinion, as yet. «See what you can do with the Courier,» he says; «and I will decide when I hear the result. One valuable hint I may give you before you go. Your man is easily tempted by money—if you only offer him enough. The other day, I asked him, in jest, what he would do for a thousand pounds. He answered, 'Anything.' Bear that in mind; and offer your highest bid without bargaining.»

« Pendant que la comtesse songe encore à cette combinaison si simple et si hardie, le baron revient. Il réfléchit sérieusement au cas du courrier ; il pourrait être utile, à son avis, d'envoyer chercher un médecin. Il ne reste plus un seul domestique dans le palais, maintenant que la servante anglaise est partie : il faut que le baron aille lui-même chercher un docteur.

» "De toute façon, répond sa sœur, nous avons besoin d'un médecin. Mais avant de l'aller chercher, attendez un peu et écoutez ce que j'ai à vous dire."

» Le baron est enthousiasmé de l'idée, l'exécution n'offre aucun danger ? Le lord, à Venise, a mené la vie d'un reclus : personne ne le connaît de vue, excepté son banquier. Il a simplement présenté sa lettre de crédit et, depuis, lui et le banquier ne se sont jamais revus. Il n'a pas donné de fête et n'est allé à aucune réception. Dans les rares occasions où il a loué une gondole pour se promener, il a toujours été seul. En un mot, grâce à l'horrible soupçon qui le rendait honteux de se montrer avec sa femme, il a mené un genre de vie qui rend l'entreprise aisée.

» Le baron, homme prudent, écoute, mais sans donner encore son opinion définitive. "Voyez ce que vous pouvez faire avec le courrier, dit-il, je me déciderai quand je saurai le résultat de votre conférence avec lui : avant d'y aller, écoutez un excellent conseil : Notre homme se laisse aisément tenter par l'argent, la seule question est de lui en offrir assez. L'autre jour, je lui demandais en riant ce qu'il ferait pour mille livres. Il m'a répondu : N'importe quoi. Ne l'oubliez pas, et offrez-lui du premier coup les mille livres."

'The scene changes to the Courier's room, and shows the poor wretch with a photographic portrait of his wife in his hand, crying.

'The Countess enters.

'She wisely begins by sympathising with her contemplated accomplice. He is duly grateful; he confides his sorrows to his gracious mistress. Now that he believes himself to be on his death-bed, he feels remorse for his neglectful treatment of his wife. He could resign himself to die; but despair overpowers him when he remembers that he has saved no money, and that he will leave his widow, without resources, to the mercy of the world.

'On this hint, the Countess speaks. «Suppose you were asked to do a perfectly easy thing,» she says; «and suppose you were rewarded for doing it by a present of a thousand pounds, as a legacy for your widow?»

'The Courier raises himself on his pillow, and looks at the Countess with an expression of incredulous surprise. She can hardly be cruel enough (he thinks) to joke with a man in his miserable plight. Will she say plainly what this perfectly easy thing is, the doing of which will meet with such a magnificent reward?

'The Countess answers that question by confiding her project to the Courier, without the slightest reserve.

» La scène change ; on est dans la chambre du courrier, le pauvre malheureux pleure et tient dans ses mains le portrait d'une femme.

» La comtesse entre.

» Elle commence habilement par consoler celui dont elle veut faire son complice. Il est attendri et reconnaissant de cette marque de bienveillance : il confie ses douleurs à sa gracieuse maîtresse. Maintenant qu'il se croit à sa dernière heure, il a des remords d'avoir été si indifférent envers sa femme. Il pourrait se résigner à mourir, mais le désespoir s'empare de lui quand il songe qu'il n'a rien économisé et qu'il laissera sa veuve sans ressources, à la grâce de Dieu.

» À cette ouverture, la comtesse prend la parole. "Supposons qu'on vous demande de faire quelque chose d'extrêmement facile, et qu'on vous propose pour cela une récompense de mille livres, comme legs à votre veuve ?"

» Le courrier se soulève sur son oreiller et regarde la comtesse avec une expression de surprise et d'incrédulité. Elle ne peut pas être assez cruelle, se dit-il, pour plaisanter avec un homme qui est dans une si triste situation. "Veut-elle dire nettement ce que peut être cette chose aisée et dont le succès lui vaudra une si magnifique récompense ?"

» La comtesse répond en confiant son projet au courrier sans le moindre détour.

'Some minutes of silence follow when she has done. The Courier is not weak enough yet to speak without stopping to think first. Still keeping his eyes on the Countess, he makes a quaintly insolent remark on what he has just heard. «I have not hitherto been a religious man; but I feel myself on the way to it. Since your ladyship has spoken to me, I believe in the Devil.»

'It is the Countess's interest to see the humorous side of this confession of faith. She takes no offence. She only says, «I will give you half an hour by yourself, to think over my proposal. You are in danger of death. Decide, in your wife's interests, whether you will die worth nothing, or die worth a thousand pounds.»

'Left alone, the Courier seriously considers his position—and decides. He rises with difficulty; writes a few lines on a leaf taken from his pocket-book; and, with slow and faltering steps, leaves the room.

'The Countess, returning at the expiration of the half-hour's interval, finds the room empty.

'While she is wondering, the Courier opens the door. What has he been doing out of his bed?

'He answers, «I have been protecting my own life, my lady, on the bare chance that I may recover from the bronchitis for the third time. If you or the Baron attempts to hurry me out of this world, or to deprive me of my thousand pounds reward, I shall tell the doctor where he will find a few lines of writing, which describe your ladyship's plot.

» Quelques minutes de silence suivent sa proposition. Le courrier n'est pas encore assez malade pour parler sans réfléchir. Les yeux fixés sur la comtesse, il fait une remarque pleine d'originalité et d'insolence sur ce qu'il vient d'entendre. "Jusqu'à présent je n'ai jamais été religieux ; mais je sens que je vais le devenir. Depuis que Votre Grâce m'a parlé, je crois au diable."

» C'était l'intérêt de la comtesse de ne voir que le côté comique de cette remarque. Elle ne s'en offensa donc pas. Elle ajouta seulement : "Je vais vous donner une demi-heure de réflexion. Vous êtes en danger de mort. Décidez, dans l'intérêt de votre femme, si vous voulez mourir ne valant rien, ou valant mille livres."

» Laissé seul, le courrier pense sérieusement à sa situation et se décide. Il se lève avec difficulté, écrit quelques lignes sur une feuille de papier qu'il arrache de son carnet, et à pas lents, tout trébuchant, il quitte la chambre.

» La comtesse revient au bout d'une demi-heure et trouve la chambre vide.

» Mais presque aussitôt le courrier ouvre la porte. Pourquoi s'est-il levé ?

» "Milady, je viens de défendre ma vie, au cas où je reviendrais de cette troisième bronchite. Si vous ou le baron essayez de hâter mon départ d'ici-bas, ou de me priver de mes mille livres de récompense, je dirai au médecin où il pourra trouver quelques lignes qui révéleront le crime de Votre Grâce.

I may not have strength enough, in the case supposed, to betray you by making a complete confession with my own lips; but I can employ my last breath to speak the half-dozen words which will tell the doctor where he is to look. Those words, it is needless to add, will be addressed to your Ladyship, if I find your engagements towards me faithfully kept.»

'With this audacious preface, he proceeds to state the conditions on which he will play his part in the conspiracy, and die (if he does die) worth a thousand pounds.

'Either the Countess or the Baron are to taste the food and drink brought to his bedside, in his presence, and even the medicines which the doctor may prescribe for him. As for the promised sum of money, it is to be produced in one bank-note, folded in a sheet of paper, on which a line is to be written, dictated by the Courier. The two enclosures are then to be sealed up in an envelope, addressed to his wife, and stamped ready for the post. This done, the letter is to be placed under his pillow; the Baron or the Countess being at liberty to satisfy themselves, day by day, at their own time, that the letter remains in its place, with the seal unbroken, as long as the doctor has any hope of his patient's recovery. The last stipulation follows. The Courier has a conscience; and with a view to keeping it easy, insists that he shall be left in ignorance of that part of the plot which relates to the sequestration of my Lord. Not that he cares particularly what becomes of his miserly master—but he does dislike taking other people's responsibilities on his own shoulders.

Dans le cas où je n'aurais pas assez de force pour tout dire, en deux mots, j'apprendrai au médecin où se trouve ma cachette ; il est inutile d'ajouter que la lettre sera remise à Votre Grâce si elle remplit fidèlement ses engagements envers moi."

» Après cette audacieuse préface, il commence à poser les conditions auxquelles il consent à jouer son rôle, et à mourir, pour mille livres, s'il meure de sa belle mort.

» La comtesse ou le baron devront goûter en sa présence les aliments et les boissons qu'on lui donnera, même les médicaments que le médecin ordonnera pour lui. Quant à la somme promise, elle sera en une banknote *pliée dans une feuille de papier blanc sur laquelle sera écrite une ligne sous la dictée du courrier. Ces deux objets seront alors mis dans une enveloppe cachetée à l'adresse de sa femme, et affranchie, toute prête à être mise à la poste. Ceci fait, la lettre sera placée sous son oreiller ; et tant que le médecin aura quelque espoir de le guérir, le baron et la comtesse auront le droit de regarder chaque jour, à l'heure qui leur plaira, si la lettre est toujours à sa place, et si le cachet est resté intact. Il a une dernière condition à poser. Le courrier a une conscience, et pour la garder en repos, il insiste pour qu'on ne lui fasse pas savoir ce qui aura rapport à la séquestration du lord. Non pas qu'il se soucie particulièrement de ce que deviendra son avare de maître, mais il n'aime pas à prendre sa part des responsabilités qui doivent appartenir à d'autres.*

'These conditions being agreed to, the Countess calls in the Baron, who has been waiting events in the next room. He is informed that the Courier has yielded to temptation; but he is still too cautious to make any compromising remarks.

'Keeping his back turned on the bed, he shows a bottle to the Countess.

'It is labelled «Chloroform.» She understands that my Lord is to be removed from his room in a convenient state of insensibility. In what part of the palace is he to be hidden? As they open the door to go out, the Countess whispers that question to the Baron. The Baron whispers back, «In the vaults!»

'The curtain falls.' ◆

» Les conditions acceptées, la comtesse appelle le baron, qui attendait le résultat de la conférence dans la chambre à côté. On lui dit que le courrier a cédé à la tentation.

» Tournant le dos au lit, le baron fait voir une bouteille à la comtesse.

» L'étiquette porte cette indication: Chloroforme. *Elle comprend que le lord doit être enlevé de sa chambre dans un état d'insensibilité complète. Mais dans quelle partie du palais doit-il être transporté ? En ouvrant la porte pour sortir, la comtesse fait tout bas cette question au baron. Le baron lui répond tout bas aussi. "Dans les caveaux !"*

» Le rideau tombe. » ■

28

So the Second Act ended.

Turning to the Third Act, Henry looked wearily at the pages as he let them slip through his fingers. Both in mind and body, he began to feel the need of repose.

In one important respect, the later portion of the manuscript differed from the pages which he had just been reading. Signs of an overwrought brain showed themselves, here and there, as the outline of the play approached its end. The handwriting grew worse and worse. Some of the longer sentences were left unfinished. In the exchange of dialogue, questions and answers were not always attributed respectively to the right speaker. At certain intervals the writer's failing intelligence seemed to recover itself for a while; only to relapse again, and to lose the thread of the narrative more hopelessly than ever.

After reading one or two of the more coherent passages Henry recoiled from the ever-darkening horror of the story. He closed the manuscript, heartsick and exhausted, and threw himself on his bed to rest.

28

Ainsi finit le second acte.

Arrivé au troisième, Henry ne parcourait plus les pages qu'avec une extrême fatigue de corps et d'esprit, il sentait qu'il avait besoin de repos.

Dans la dernière partie du manuscrit, à un passage très important, l'écriture et le style de la comtesse avaient subi une grande altération. La folie apparaissait, à mesure que la pièce tirait à sa fin. L'écriture de venait de plus en plus mauvaise. Quelques-unes des phrases étaient restées inachevées. Dans le dialogue, les questions et les réponses ne concordaient pas toujours exactement entre elles. Par intervalle, l'intelligence affaiblie de l'écrivain paraissait reprendre un instant sa vigueur. Cette vigueur disparaissait bientôt et le fil du récit s'embrouillait de plus en plus.

Après avoir lu encore un ou deux des passages les plus clairs, Henri recula devant l'horreur toujours croissante du récit. Il ferma le manuscrit, malade de corps et d'esprit. Puis il se jeta sur son lit pour reposer.

The door opened almost at the same moment. Lord Montbarry entered the room.

'We have just returned from the Opera,' he said; 'and we have heard the news of that miserable woman's death. They say you spoke to her in her last moments; and I want to hear how it happened.'

'You shall hear how it happened,' Henry answered; 'and more than that. You are now the head of the family, Stephen; and I feel bound, in the position which oppresses me, to leave you to decide what ought to be done.'

With those introductory words, he told his brother how the Countess's play had come into his hands.

'Read the first few pages,' he said. 'I am anxious to know whether the same impression is produced on both of us.'

Before Lord Montbarry had got half-way through the First Act, he stopped, and looked at his brother.

'What does she mean by boasting of this as her own invention?' he asked. 'Was she too crazy to remember that these things really happened?'

This was enough for Henry: the same impression had been produced on both of them.

'You will do as you please,' he said. 'But if you will be guided by me, spare yourself the reading of those pages to come, which describe our brother's terrible expiation of his heartless marriage.'

Presque au même instant la porte s'ouvrit. Lord Montbarry entra dans la chambre.

« Nous rentrions de l'Opéra, dit-il, et nous venons d'apprendre la mort de cette misérable femme. On dit que vous lui avez parlé à ses derniers moments ; je voudrais savoir comment cela s'est passé.

— Vous allez le savoir, répondit Henry, vous êtes maintenant le chef de la famille. Stephen, il est de mon devoir, dans le trouble qui m'oppresse, de vous laisser, à vous, le soin de décider ce qui doit être fait. »

Après ces paroles, il raconta à son frère comment la pièce de la comtesse était arrivée entre ses mains.

« Lisez les premières pages, dit-il, je suis curieux de savoir si elles produiront sur vous la même impression que sur moi. »

À peu près à moitié du premier acte, lord Montbarry s'arrêta et regarda son frère :

« Que peut-elle bien vouloir dire en se vantant d'avoir inventé sa pièce ? Était-elle donc assez folle pour ne plus se souvenir que tout cela est réellement arrivé ? »

C'en fut assez pour Henry : son frère éprouvait la même impression que lui.

« Vous ferez ce que vous voudrez, dit-il ; mais si vous voulez suivre un bon conseil, épargnez-vous maintenant la lecture des pages suivantes, où vous verrez de quelle manière terrible notre frère a été puni de ce honteux mariage.

'Have you read it all, Henry?'

'Not all. I shrank from reading some of the latter part of it. Neither you nor I saw much of our elder brother after we left school; and, for my part, I felt, and never scrupled to express my feeling, that he behaved infamously to Agnes. But when I read that unconscious confession of the murderous conspiracy to which he fell a victim, I remembered, with something like remorse, that the same mother bore us. I have felt for him to-night, what I am ashamed to think I never felt for him before.'

Lord Montbarry took his brother's hand.

'You are a good fellow, Henry,' he said; 'but are you quite sure that you have not been needlessly distressing yourself? Because some of this crazy creature's writing accidentally tells what we know to be the truth, does it follow that all the rest is to be relied on to the end?'

'There is no possible doubt of it,' Henry replied.

'No possible doubt?' his brother repeated. 'I shall go on with my reading, Henry—and see what justification there may be for that confident conclusion of yours.'

He read on steadily, until he had reached the end of the Second Act. Then he looked up.

'Do you really believe that the mutilated remains which you discovered this morning are the remains of our brother?' he asked. 'And do you believe it on such evidence as this?'

— Avez-vous tout lu, Henry ?

— Pas tout. J'ai reculé devant la lecture de la dernière partie. Ni vous ni moi n'avons beaucoup vu notre frère après avoir quitté l'école, je trouvais qu'il avait agi comme un infâme avec Agnès et je ne me faisais aucun scrupule de le dire, mais, quand je lis l'inconsciente confession du meurtre horrible dont il a été victime, je me souviens avec un sentiment voisin du remords, que nous sommes fils de la même mère. En effet, j'ai ressenti ce soir pour lui ce que — je suis honteux d'y songer — ce que je n'avais jamais ressenti auparavant. »

Lord Montbarry prit la main de son frère :

« Vous êtes un bon garçon, Henry ; mais êtes-vous certain de ne pas vous alarmer à tort ? Parce que cette folle a dit dans quelques lignes ce que nous savons être la vérité, est-ce qu'il doit s'ensuivre forcément qu'il faille croire le reste jusqu'au bout ?

— Il n'y a pas de doute possible, répondit Henry.

— Pas de doute possible ? répéta son frère. Je vais continuer ma lecture, Henry, et voir ce qui peut justifier votre conclusion. »

Il continua jusqu'à la fin du second acte. Puis il leva la tête :

« Croyez-vous réellement que les restes mutilés que vous avez découverts ce matin soient les restes de notre frère ? demanda-t-il. Et le croyez-vous sur un témoignage pareil ? »

Henry answered silently by a sign in the affirmative.

Lord Montbarry checked himself—evidently on the point of entering an indignant protest.

'You acknowledge that you have not read the later scenes of the piece,' he said. 'Don't be childish, Henry! If you persist in pinning your faith on such stuff as this, the least you can do is to make yourself thoroughly acquainted with it. Will you read the Third Act? No? Then I shall read it to you.'

He turned to the Third Act, and ran over those fragmentary passages which were clearly enough written and expressed to be intelligible to the mind of a stranger.

'Here is a scene in the vaults of the palace,' he began. 'The victim of the conspiracy is sleeping on his miserable bed; and the Baron and the Countess are considering the position in which they stand. The Countess (as well as I can make it out) has raised the money that is wanted by borrowing on the security of her jewels at Frankfort; and the Courier upstairs is still declared by the Doctor to have a chance of recovery. What are the conspirators to do, if the man does recover? The cautious Baron suggests setting the prisoner free. If he ventures to appeal to the law, it is easy to declare that he is subject to insane delusion, and to call his own wife as witness. On the other hand, if the Courier dies, how is the sequestrated and unknown nobleman to be put out of the way?

'Passively, by letting him starve in his prison?

Henry répondit par un signe de tête affirmatif.

Lord Montbarry fut sur le point de protester d'une façon énergique, mais il se contint.

« Vous convenez que vous n'avez pas lu les dernières scènes de la pièce, dit-il. Ne soyez pas enfant, Henry ! Si vous persistez à croire cette horrible chose, le moins que vous puissiez faire est de prendre entièrement connaissance du manuscrit. Voulez-vous lire le troisième acte ? Non ? Eh bien, je vais vous le lire, moi. »

Il chercha le troisième acte et prit quelques passages assez clairement écrits pour être déchiffrés.

> *« Voici une scène dans les caveaux du palais : La victime du complot est couchée sur un misérable lit ; le baron et la comtesse songent à la position dans laquelle ils se sont mis. La comtesse, si je comprends bien, s'est procurée l'argent nécessaire en empruntant sur ses bijoux à Francfort ; et le courrier peut encore en revenir, au dire du médecin. Que feront les coupables si l'homme revient à la santé ? Dans son habileté, le baron propose de remettre le lord en liberté. Si par hasard il s'adressait à la justice, il serait facile de déclarer qu'il était sujet à des accès de folie et d'en appeler au témoignage de sa propre femme. D'un autre côté, si le courrier meurt, comment se débarrasser du lord séquestré.*
>
> *» Faut-il le laisser mourir de faim ?*

'No: the Baron is a man of refined tastes; he dislikes needless cruelty.

'The active policy remains—say, assassination by the knife of a hired bravo?

'The Baron objects to trusting an accomplice; also to spending money on anyone but himself.

'Shall they drop their prisoner into the canal?

'The Baron declines to trust water; water will show him on the surface.

'Shall they set his bed on fire?

'An excellent idea; but the smoke might be seen. No: the circumstances being now entirely altered, poisoning him presents the easiest way out of it. He has simply become a superfluous person. The cheapest poison will do.—Is it possible, Henry, that you believe this consultation really took place?'

Henry made no reply. The succession of the questions that had just been read to him, exactly followed the succession of the dreams that had terrified Mrs. Norbury, on the two nights which she had passed in the hotel. It was useless to point out this coincidence to his brother.

He only said, 'Go on.'

» Non, le baron est un homme du monde, il n'aime pas les cruautés inutiles.

» Restent donc les moyens violents : si on recourait à un bravo[1] *?*

» Le baron objecte qu'il n'a nulle confiance dans un complice ; en outre, il ne veut dépenser, autant que possible, de l'argent que pour lui-même.

» Doivent-ils jeter leur prisonnier dans le canal ?

» Le baron se refuse à confier son secret à l'eau, l'eau peut rejeter le cadavre.

» Doivent-ils mettre le feu à son lit ?

» C'est une excellente idée ; mais on peut voir la fumée. Non : les circonstances, du reste, sont maintenant changées du tout au tout. Le meilleur moyen d'en sortir c'est encore de l'empoisonner. Le premier poison venu fera l'affaire. »

« Croyez vous, Henry, qu'il soit possible qu'une pareille discussion ait eu lieu ? »

Henry ne répondit pas. La suite des questions que l'on venait de lire se présentait exactement dans le même ordre que les rêves qui avaient épouvanté Mme Narbury pendant les deux nuits qu'elle avait passées à l'hôtel. Il était inutile de faire part de cette coïncidence à son frère.

« Continuez, » lui dit-il seulement.

1. Tueur à gages.

Lord Montbarry turned the pages until he came to the next intelligible passage.

'Here,' he proceeded, 'is a double scene on the stage—so far as I can understand the sketch of it. The Doctor is upstairs, innocently writing his certificate of my Lord's decease, by the dead Courier's bedside. Down in the vaults, the Baron stands by the corpse of the poisoned lord, preparing the strong chemical acids which are to reduce it to a heap of ashes—Surely, it is not worth while to trouble ourselves with deciphering such melodramatic horrors as these? Let us get on! let us get on!'

He turned the leaves again; attempting vainly to discover the meaning of the confused scenes that followed. On the last page but one, he found the last intelligible sentences.

'The Third Act seems to be divided,' he said, 'into two Parts or Tableaux. I think I can read the writing at the beginning of the Second Part. The Baron and the Countess open the scene. The Baron's hands are mysteriously concealed by gloves. He has reduced the body to ashes by his own system of cremation, with the exception of the head—'

Henry interrupted his brother there.

'Don't read any more!' he exclaimed.

Lord Montbarry feuilleta le manuscrit jusqu'au premier passage un peu lisible.

« Ici, continua-t-il, si je comprends bien les indications de mise en scène, le théâtre est coupé en deux. Le médecin est en haut, écrivant naïvement le certificat de décès du lord, au chevet du courrier mort. En bas, dans les caveaux, le baron est debout près du lord empoisonné, préparant les acides qui doivent aider à réduire ses restes en cendres. Ne perdons pas notre temps à déchiffrer de pareilles noirceurs de mélodrames ! Passons ! Passons ! »

Il tourna encore quelques pages, essayant en vain de découvrir la signification des scènes confuses qui suivaient. À l'avant-dernier feuillet, il trouva encore quelques phrases intelligibles :

« Le troisième acte paraît être divisé, dit-il, en deux scènes ou tableaux. Je crois que je peux lire l'écriture, au commencement du second tableau : “Le baron et la comtesse sont en scène. Les mains du baron sont mystérieusement recouvertes de gants. Il a réduit le corps en cendres par un nouveau système de crémation, à l'exception de la tête toutefois.” »

Henry interrompit son frère :

« N'allez pas plus loin ! s'écria-t-il.

'Let us do the Countess justice,' Lord Montbarry persisted. 'There are not half a dozen lines more that I can make out! The accidental breaking of his jar of acid has burnt the Baron's hands severely. He is still unable to proceed to the destruction of the head—and the Countess is woman enough (with all her wickedness) to shrink from attempting to take his place—when the first news is received of the coming arrival of the commission of inquiry despatched by the insurance offices. The Baron feels no alarm. Inquire as the commission may, it is the natural death of the Courier (in my Lord's character) that they are blindly investigating. The head not being destroyed, the obvious alternative is to hide it—and the Baron is equal to the occasion. His studies in the old library have informed him of a safe place of concealment in the palace. The Countess may recoil from handling the acids and watching the process of cremation; but she can surely sprinkle a little disinfecting powder—'

'No more!' Henry reiterated. 'No more!'

'There is no more that can be read, my dear fellow. The last page looks like sheer delirium. She may well have told you that her invention had failed her!'

'Face the truth honestly, Stephen, and say her memory.'

Lord Montbarry rose from the table at which he had been sitting, and looked at his brother with pitying eyes.

'Your nerves are out of order, Henry,' he said. 'And no wonder, after that frightful discovery under the hearth-stone. We won't dispute about it;

— Rendons justice à la comtesse, continua lord Montbarry. C'est une folle. Il n'y a plus qu'une demi-douzaine de lignes lisibles ! Le baron s'est cruellement brûlé les mains en brisant par accident sa cruche à acides. Il est incapable de faire disparaître la tête, et la comtesse est assez femme, malgré toute sa méchanceté, pour reculer à l'idée de le remplacer dans ce travail. À la première nouvelle de l'arrivée de la commission d'enquête envoyée par les compagnies d'assurances, le baron n'a aucune crainte. Quoi que fassent les commissaires, c'est de la mort naturelle du courrier substitué au lord qu'ils s'occuperont aveuglément. Mais la tête n'étant pas détruite, il faut à tout prix la cacher. Ses recherches dans la vieille bibliothèque lui ont appris l'existence dans le palais d'une cachette des plus sûres. La comtesse peut refuser de manier des acides et de surveiller la crémation, mais elle peut sûrement jeter un peu de poudre afin d'empêcher la décomposition. »

« Assez ! cria de nouveau Henry, assez !

— Je ne puis plus rien lire, mon cher ami. La dernière page a l'air d'être de la folie pure. Et elle vous a dit que l'imagination lui faisait défaut ?

— Soyez sincère, Stephen, et dites la mémoire. »

Lord Montbarry se leva et jeta sur son frère un regard de pitié.

« Vous êtes malade, Henry, dit-il. Et ce n'est pas étonnant, après la découverte que vous avez faite sous la pierre de la cheminée. Nous ne discuterons pas là-dessus ;

we will wait a day or two until you are quite yourself again. In the meantime, let us understand each other on one point at least. You leave the question of what is to be done with these pages of writing to me, as the head of the family?'

'I do.'

Lord Montbarry quietly took up the manuscript, and threw it into the fire.

'Let this rubbish be of some use,' he said, holding the pages down with the poker. 'The room is getting chilly—the Countess's play will set some of these charred logs flaming again.'

He waited a little at the fire-place, and returned to his brother.

'Now, Henry, I have a last word to say, and then I have done. I am ready to admit that you have stumbled, by an unlucky chance, on the proof of a crime committed in the old days of the palace, nobody knows how long ago. With that one concession, I dispute everything else. Rather than agree in the opinion you have formed, I won't believe anything that has happened. The supernatural influences that some of us felt when we first slept in this hotel—your loss of appetite, our sister's dreadful dreams, the smell that overpowered Francis, and the head that appeared to Agnes—I declare them all to be sheer delusions! I believe in nothing, nothing, nothing!'

nous attendrons un jour ou deux que vous soyez redevenu tout à fait vous-même. Mais au moins entendons-nous dès à présent sur un point. C'est bien à moi que vous laissez, en qualité de chef de la famille, le droit de décider ce qu'il faut faire de ce griffonnage ?

— Je vous le laisse. »

Lord Montbarry prit tranquillement le manuscrit et le jeta au feu.

« Que cette ordure serve au moins à quelque chose, dit-il, en soulevant les pages avec le poker. La chambre commence à devenir froide : la pièce de la comtesse va faire flamber de nouveau ces bûches à demi calcinées. »

Il attendit un peu devant le foyer et revint auprès de son frère.

« Maintenant, Henry, j'ai encore un mot à dire, puis j'ai fini. Je suis prêt à admettre que vous vous êtes trouvé, par un hasard malheureux, en face de la preuve d'un crime commis dans le palais autrefois, personne ne sait quand, mais à part cela, je conteste tout le reste. Plutôt que de partager votre opinion, je ne veux rien croire de tout de ce qui est arrivé. Les influences surnaturelles que quelques-uns de nous ont subies quand nous sommes arrivés dans cet hôtel : votre perte d'appétit, les rêves affreux de ma sœur, l'odeur qui suffoqua Francis, et la tête qui apparut à Agnès, je déclare que tout cela est pure hallucination ! Je ne crois à rien, rien, rien ! »

He opened the door to go out, and looked back into the room.

'Yes,' he resumed, 'there is one thing I believe in. My wife has committed a breach of confidence—I believe Agnes will marry you. Good night, Henry. We leave Venice the first thing to-morrow morning.

So Lord Montbarry disposed of the mystery of The Haunted Hotel. ◆

Il ouvrit la porte pour sortir, et regarda encore une fois dans la chambre.

« Si, continua-t-il, il y a une chose que je crois : ma femme a commis une indiscrétion. Je crois qu'Agnès vous épousera. Bonsoir, Henry. Nous quitterons Venise demain matin à la première heure. »

Et voici comment lord Montbarry jugea le mystère de *l'Hôtel hanté*. ■

Postscript

A LAST CHANCE of deciding the difference of opinion between the two brothers remained in Henry's possession. He had his own idea of the use to which he might put the false teeth as a means of inquiry when he and his fellow-travellers returned to England.

The only surviving depositary of the domestic history of the family in past years, was Agnes Lockwood's old nurse. Henry took his first opportunity of trying to revive her personal recollections of the deceased Lord Montbarry. But the nurse had never forgiven the great man of the family for his desertion of Agnes; she flatly refused to consult her memory.

'Even the bare sight of my lord, when I last saw him in London,' said the old woman, 'made my finger-nails itch to set their mark on his face. I was sent on an errand by Miss Agnes; and I met him coming out of his dentist's door—and, thank God, that's the last I ever saw of him!'

Post Scriptum

Un dernier moyen de trancher la différence d'opinion qui existait entre les deux frères restait entre les mains d'Henry. Il était décidé à se servir des fausses dents comme point de départ d'une enquête qu'il voulait faire, dès que lui et ses compagnons seraient de retour en Angleterre.

La seule personne encore vivante qui connût les moindres détails de l'histoire domestique de la famille dans les temps passés était la vieille nourrice d'Agnès Lockwood. Henry saisit la première occasion qui se présenta pour tenter de réveiller ses souvenirs sur lord Montbarry, mais la nourrice n'avait jamais pardonné au chef de la famille son abandon d'Agnès : elle refusa nettement de faire appel à sa mémoire.

« La vue seule de milord, quand je l'aperçus pour la dernière fois à Londres, dit la vieille femme, me donna des démangeaisons dans les mains ; mes ongles avaient une furieuse envie d'entrer leur marque sur son visage. J'avais été envoyée en course par miss Agnès et je l'ai rencontré sortant de chez un dentiste. Dieu merci ! c'est la dernière fois que je l'ai vu. »

Thanks to the nurse's quick temper and quaint way of expressing herself, the object of Henry's inquiries was gained already! He ventured on asking if she had noticed the situation of the house.

She had noticed, and still remembered the situation—did Master Henry suppose she had lost the use of her senses, because she happened to be nigh on eighty years old?

The same day, he took the false teeth to the dentist, and set all further doubt (if doubt had still been possible) at rest for ever. The teeth had been made for the first Lord Montbarry.

Henry never revealed the existence of this last link in the chain of discovery to any living creature, his brother Stephen included. He carried his terrible secret with him to the grave.

There was one other event in the memorable past on which he preserved the same compassionate silence. Little Mrs. Ferrari never knew that her husband had been—not, as she supposed, the Countess's victim—but the Countess's accomplice. She still believed that the late Lord Montbarry had sent her the thousand-pound note, and still recoiled from making use of a present which she persisted in declaring had 'the stain of her husband's blood on it.' Agnes, with the widow's entire approval, took the money to the Children's Hospital; and spent it in adding to the number of the beds.

Grâce au caractère emporté de la nourrice et à sa manière originale de s'exprimer, le but d'Henry était déjà atteint. Il se risqua à demander si elle avait remarqué la maison.

Elle ne l'avait pas oubliée : est-ce que M. Henry se figurait qu'elle avait perdu l'usage de ses sens parce qu'elle était âgée de quatre-vingts ans ?

Le même jour, il porta les fausses dents chez le dentiste, et dès lors tous ses doutes, si le doute était encore possible, disparurent à tout jamais. Les dents avaient été faites pour le premier lord Montbarry.

Henry ne révéla à personne l'existence de cette nouvelle preuve, pas même à son frère Stephen. Il emporta son terrible secret dans la tombe.

Il y eut encore un autre fait sur lequel il conserva le même silence charitable. La petite Mme Ferraris ne sut jamais que son mari avait été, non pas, comme elle le supposait, la victime de la comtesse, mais bien son complice. Elle croyait toujours que feu lord Montbarry lui avait envoyé la *banknote* de mille livres, et reculait à l'idée de se servir d'un cadeau qu'elle continuait à déclarer souillé « du sang de son mari ». Agnès, avec l'entière approbation de la veuve, porta l'argent à l'*Hospice des Enfants,* où il servit à augmenter le nombre des lits.

In the spring of the new year, the marriage took place. At the special request of Agnes, the members of the family were the only persons present at the ceremony.

There was no wedding breakfast—and the honeymoon was spent in the retirement of a cottage on the banks of the Thames.

During the last few days of the residence of the newly married couple by the riverside, Lady Montbarry's children were invited to enjoy a day's play in the garden. The eldest girl overheard (and reported to her mother) a little conjugal dialogue which touched on the topic of The Haunted Hotel.

'Henry, I want you to give me a kiss.'

'There it is, my dear.'

'Now I am your wife, may I speak to you about something?'

'What is it?'

'Something that happened the day before we left Venice. You saw the Countess, during the last hours of her life. Won't you tell me whether she made any confession to you?'

'No conscious confession, Agnes—and therefore no confession that I need distress you by repeating.'

'Did she say nothing about what she saw or heard, on that dreadful night in my room?'

Au printemps de la nouvelle année, il y eut un mariage dans la famille. À la demande d'Agnès, les membres de la famille seuls assistèrent à la cérémonie.

Il n'y eut pas de déjeuner de noce, et la lune de miel se passa dans un petit cottage des bords de la Tamise.

Dans les derniers jours qui précédèrent le départ du couple nouvellement uni, les enfants de lady Montbarry furent invités à venir jouer dans le jardin. L'aînée des filles entendit et rapporta à sa mère un petit dialogue relatif à *l'Hôtel hanté :*

« Henry, je voudrais vous embrasser.

— Embrassez, ma chérie.

— Maintenant que je suis votre femme, puis-je vous parler de quelque chose ?

— De quoi ?

— La veille de notre départ de Venise, il est arrivé un événement. Vous avez vu la comtesse pendant les dernières heures de sa vie. Dites-moi si elle vous a fait une confession.

— Elle ne m'a fait aucune confession intelligible, Agnès, et, par conséquent, aucune confession qui vaille la peine qu'on vous attriste en la répétant.

— N'a-t-elle rien dit de ce qu'elle a vu ou entendu dans cette affreuse nuit qu'elle a passée dans ma chambre ?

'Nothing. We only know that her mind never recovered the terror of it.'

Agnes was not quite satisfied. The subject troubled her. Even her own brief intercourse with her miserable rival of other days suggested questions that perplexed her. She remembered the Countess's prediction. 'You have to bring me to the day of discovery, and to the punishment that is my doom.' Had the prediction simply faded, like other mortal prophecies?—or had it been fulfilled on the terrible night when she had seen the apparition, and when she had innocently tempted the Countess to watch her in her room?

Let it, however, be recorded, among the other virtues of Mrs. Henry Westwick, that she never again attempted to persuade her husband into betraying his secrets. Other men's wives, hearing of this extraordinary conduct (and being trained in the modern school of morals and manners), naturally regarded her with compassionate contempt. They spoke of Agnes, from that time forth, as 'rather an old-fashioned person.'

Is that all?

That is all.

Is there no explanation of the mystery of The Haunted Hotel?

Ask yourself if there is any explanation of the mystery of your own life and death.—Farewell. ◆

— Rien. Nous savons seulement que la terreur qu'elle y avait ressentie a hanté son esprit jusqu'à la fin. »

Agnès n'était pas entièrement satisfaite. Ce sujet l'a troublait. La courte conversation qu'elle avait eue avec sa misérable rivale d'autrefois lui suggérait des questions qui l'inquiétaient. Elle se souvenait de la prédiction de la comtesse. *Il vous reste encore à me conduire au jour ou je serai découverte et où la punition qui m'attend viendra me frapper !* La prédiction s'était-elle trouvée fausse, comme toute prophétie humaine ? Ou s'était-elle réalisée dans cette horrible nuit où elle avait vu l'apparition et où elle avait attiré sans le vouloir la comtesse dans sa chambre à coucher.

Quoi qu'il en soit, rendons ici hommage à la discrétion de Mme Henry Westwick : jamais elle ne tenta une seconde fois d'arracher à son mari ses secrets. Les autres femmes, élevées suivant les préceptes et les habitudes modernes, en entendant parler d'une semblable conduite, eurent naturellement pour Agnès un dédain plein de compassion. À partir de ce moment elles ne parlaient d'elle que comme d'une personne « des temps jadis », curieux spécimen des vertus des vieux âges.

« Est-ce tout ?

— C'est tout.

— Alors il n'y a pas d'explication au mystère de *l'Hôtel hanté* ?

— Demandez-vous s'il y a une explication au mystère de la vie et de la mort. Adieu. » ■

The End

Fin

DANS LA MÊME ÉDITION BILINGUE + AUDIO INTÉGRÉ :

- TROIS CONTES RUSSES (Mikhaïl Saltykov-Chtchédrine) *russe-français*
- NIETOTCHKA NEZVANOVA (Fiodor Dostoïevski) *russe-français*
- LE PETIT HÉROS (Fiodor Dostoïevski) *russe-français*
- LE VIY (Nicolas Gogol) *russe-français*
- LE NEZ (Nicolas Gogol) *russe-français*
- LE PORTRAIT (Nicolas Gogol) *russe-français*
- TARASS BOULBA (Nicolas Gogol) *russe-français*
- LE JOURNAL D'UN FOU (Nicolas Gogol) *russe-français*
- LA MÈRE (Maxime Gorki) *russe-français*
- LA PAUVRE LISE (Nikolaï Karamzine) *russe-français*
- LA DAME DE PIQUE (Alexandre Pouchkine) *russe-français*
- LA FILLE DU CAPITAINE (Alexandre Pouchkine) *russe-français*
- LA MORT D'IVAN ILITCH (Léon Tolstoï) *russe-français*
- LE FAUX-COUPON (Léon Tolstoï) *russe-français*
- PÈRES ET FILS (Ivan Tourgueniev) *russe-français*

- ROUDINE (Ivan Tourgueniev) *russe-français*
- NOUS AUTRES (Ievgueni Zamiatine) *russe-français*
- AGNÈS GREY (Anne Brontë) *anglais-français*
- WUTHERING HEIGHTS (Emily Brontë) *anglais-français*
- LA RACE À VENIR (Edward Bulwer-Lytton) *anglais-français*
- LE NOMMÉ JEUDI (G. K. Chesterton) *anglais-français*
- GASPAR RUIZ (Joseph Conrad) *anglais-français*
- MA VIE D'ESCLAVE AMÉRICAIN (Frederick Douglass) *anglais-français*
- MA VIE, MON ŒUVRE (Henry Ford) *anglais-français*
- LISETTE LEIGH (Elizabeth Gaskell) *anglais-français*
- LA FILLE DE RAPPACCINI (Nathaniel Hawthorne) *anglais-français*
- LE LIVRE DES MERVEILLES (Nathaniel Hawthorne) *anglais-français*
- SLEEPY HOLLOW (Washington Irving) *anglais-français*
- LE TOUR D'ÉCROU (Henry James) *anglais-français*
- LES PAPIERS D'ASPERN (Henry James) *anglais-français*
- RASSELAS, PRINCE D'ABYSSINIE (Samuel Johnson) *anglais-français*
- L'HOMME QUI VOULUT ÊTRE ROI (Rudyard Kipling) *anglais-français*
- LE LIVRE DE LA JUNGLE (Rudyard Kipling) *anglais-français*
- JOHN BARLEYCORN (Jack London) *anglais-français*
- LES VAGABONDS DU RAIL (Jack London) *anglais-français*
- L'ASSERVISSEMENT DES FEMMES (John Stuart Mill) *anglais-français*
- LE VAMPIRE (John Polidori, Lord Byron) *anglais-français*
- ROMÉO ET JULIETTE (William Shakespeare) *anglais-français*
- HAMLET (William Shakespeare) *anglais-français*
- OTHELLO (William Shakespeare) *anglais-français*
- OLALLA (R. L. Stevenson) *anglais-français*
- L'ÎLE AU TRÉSOR (R. L. Stevenson) *anglais-français*
- L'ÉTRANGE CAS DE DR JEKYLL ET M. HYDE (Stevenson) *anglais-français*
- WALDEN, OU LA VIE DANS LES BOIS (Thoreau) *anglais-français*
- LA DÉSOBÉISSANCE CIVILE (Thoreau) *anglais-français*
- PLUS FORT QUE SHERLOCK HOLMES (Mark Twain) *anglais-français*
- LA MACHINE À EXPLORER LE TEMPS (H. G. Wells) *anglais-français*
- LE PAYS DES AVEUGLES (H. G. Wells) *anglais-français*

- ETHAN FROME (Édith Wharton) *anglais-français*
- LE PORTRAIT DE DORIAN GRAY (Oscar Wilde) *anglais-français*
- LE FANTÔME DE CANTERVILLE (Oscar Wilde) *anglais-français*
- SALOMÉ (Oscar Wilde) *anglais-français*
- L'ÉTRANGE HISTOIRE DE PETER SCHLEMIHL (Chamisso) *allemand-français*
- CONTES CHOISIS (Frères Grimm) *allemand-français*
- L'HOMME AU SABLE (E.T.A. Hoffmann) *allemand-français*
- LE JOUEUR D'ÉCHECS (Stefan Zweig) *allemand-français*
- LE BOUQUINISTE MENDEL (Stefan Zweig) *allemand-français*
- LES CAHIERS DE MALTE LAURIDS BRIGGE (R.M. Rilke) *allemand-français*
- LES SOUFFRANCES DU JEUNE WERTHER (J.W. Goethe) *allemand-français*
- CONTES (H.C. Andersen) *danois-français*
- CORNÉLIA (Cervantès) *espagnol-français*
- RINCONÈTE ET CORTADILLO (Cervantès) *espagnol-français*
- ALICE AU PAYS DES MERVEILLES (Lewis Carroll) *espéranto-français*
- LA SAGA DE NJAL (Anonyme) *islandais-français*
- LES AVENTURES DE PINOCCHIO (Carlo Collodi) *italien-français*
- LA LOCANDIERA (Carlo Goldoni) *italien-français*
- LE PRINCE (Nicolas Machiavel) *italien-français*
- MAX HAVELAAR (Multatuli) *néerlandais-français*
- LE PETIT JOHANNES (Frederik van Eeden) *néerlandais-français*
- UNE MAISON DE POUPÉE (Henrik Ibsen) *norvégien-français*
- ANIELKA (Bolesław Prus) *polonais-français*
- BARTEK VAINQUEUR (Henryk Sienkiewicz) *polonais-français*
- MÉMOIRES POSTHUMES DE BRÁS CUBAS (M. de Assis) *portugais-français*

Impression CreateSpace
à Charleston SC, en octobre 2019.

Imprimé aux États-Unis.

En couverture :
John Atkinson Grimshaw,
« Une voie d'automne » (1886)
Collection privée.

www.ingramcontent.com/pod-product-compliance
Lightning Source LLC
Chambersburg PA
CBHW030029030726
47500CB00001B/12
9782378080648